陕西师范大学人文科学高等研究院 | 编

李国平 | 主编

大西北
文学与文化

第 七 辑 |

作家出版社

大西北学人：赵学勇

　　赵学勇，陕西师范大学文科资深教授、博士生导师，享受国务院政府特殊津贴专家，兼任中国现代文学研究会副会长、中国鲁迅研究会常务理事、中国当代文学研究会理事等。出版《沈从文与东西方文化》《新文学与乡土中国》《生命从中午消失：路遥的小说世界》《文化与人的同构：论现代中国作家的艺术精神》《革命·乡土·地域：中国当代西部小说史论》《守望·追寻·创生：中国西部小说的历史形态与精神重构》《传奇不奇：沈从文构建的湘西世界》《延安文艺与20世纪中国文学的价值体系重建》《延安文艺与中国新文学的历史发展》等专著；在《中国社会科学》《文学评论》《文艺研究》《中国现代文学研究丛刊》《人民日报》《光明日报》等报刊发表学术论文百余篇；主持完成国家社会科学基金重大项目、重点项目等科研项目多项；获教育部及省部级以上优秀科研成果一、二等奖多项。

在列夫·托尔斯泰庄园（莫斯科）

在沈从文故居（青岛）

赵学勇教授重要奖项

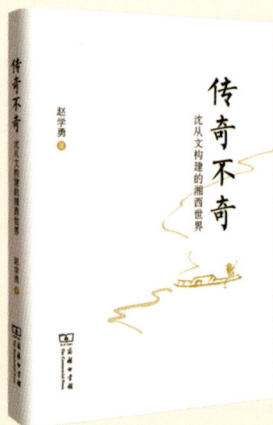

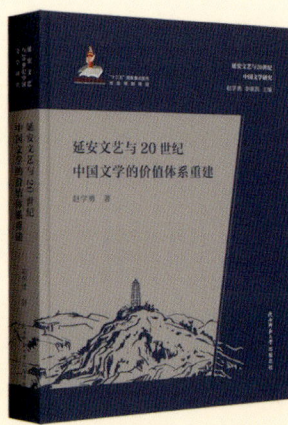

赵学勇代表著作书影

目　录

Contents

Study of Humanities and History of Northwest China

Study on Northwest Writers and Works

Comments on Xu Zhaoshou's *Xi Xing Wu Dao*

Book Review

在"遭遇"与"纠缠"中拓展文学空间

——王德威在陕西师范大学的演讲

王德威

内容提要： 在文字排比的世界里，各种符号、象征等，形之于一种关系的构置中，时近时远，有时深不可测，有时似乎触手可及。借用量子物理学中的"遭遇"与"纠缠"二词，能够更为深入地探析文学的意义生成问题。文学的阅读开启了各种可能的、不同的"遭遇"和"纠缠"。在这些"遭遇"和"纠缠"里面，在一个疫情肆虐的时代里，要维持人与人、人与物之间的关系，就不只是医疗的问题，也是伦理的问题，更重要的是想象力的问题，这些都在小说中得到了特别的呈现。

关键词： "遭遇"；"纠缠"；当代小说；华语文学

小说里的"遭遇"与"纠缠"，听起来好像是一个很浪漫又不太浪漫的话题，事实上这是有所本的。"遭遇"与"纠缠"，也许对于阅读当代中国与整个华语世界的小说能够提供一些新的面向，这也是我论述的出发点。

首先需要解释一下这两个题目，一个是"遭遇"，另一个是"纠缠"，此二词到底何义、所谓何来？我在对应的英语词汇里，选择了 encounter 来作为"遭遇"的翻译，事实上 encounter 这个词，在中文语境里也可以译为奇遇、邂逅、冲突等，它主要意味着是一种接触的现象或状态，在这样的接触状态里，人与人之间的关系开始建立，不仅如此，人与物、环境之间的关系，甚至更广而阔之地来说，人和这个世界或是整个宇宙之间的关系得以建立，所以这是一个最基本的定义。如果在理论方面稍微深入地探讨的话，encounter 这个词，也意味着是一种因为接触或遭遇而产生的一种新的可能。这种可能，它或许爆发出各种不同的交会的状态，有时是正面的，有时则未必。但无论如何，"遭遇"意味着是一种行动的发生，一种线索的延展，还有一种关系的各种各样的牵连而呈现的可能性。这种"遭遇"有时候可能会带来新的问题、新的挑战，但是，无论是在人际关系还是人与环境、人与世界的关系里，它也形塑了各种不同的新的位置、新的形态以及立场。对于这个词，其实如果一定要从理论的延伸来讲，内涵是十分丰富的。德勒兹，这位非常重要的法国思想家就在前些年所谓后现代理论盛行的时候，曾经把encounter 或者"遭遇"定义为一种运动、一种想象，一个事件或是某一种物质，也甚至是在相遇或相撞击时所产生的各种各样的或分或合的现象——有时紧密纠缠，有时相互游离，但不论如何，有一种动能、能动性或者是情动性因此而产生了。所以"遭遇"这个观念，不必是由西方的思想者或文学评论者的发明、发现，中国传统中各种各样的关键词就已经提醒我们这是一个非常丰富的词。但是，此时此地，我们该怎样再一次去思考"遭遇"或者"遇合"的观念？这是有特别意义的问题。过去几年，我们都处于一个全球疫情袭击的状态之下，我们无时无刻不在担心是不是可能被病毒所侵染，有时也因为其他连带的关系不知不觉地进入到一个可能疫情的状态里——或是因为疫情而出现种种麻烦，或是因为疫情的关系被隔离等。所以在这一段时间，人与人的关系、人与事物的关系的确变得特别复杂，而且是一种特别具有疏离性和差异性的复杂。在疫情之后，我们怎样去衡量人与人的关系，怎样再进一步去接触——不只是接触人和人，包括接触人和生物或是人和各种各样的所谓病毒，乃至世界上其他形形色色的关系？这都是在"遭遇"这样的一个关键词范围里面能够给予我们思考的方式。

第二个关键词是"纠缠"，其译词其实是约定俗成的，即 entanglement，这个词很特别，它是现代量子物理学里面一个非常特殊现象的专有名词，指的是在量子力学里面，当几个粒子在彼此相互作用之后，由于各个粒子所拥有的特性已经综合成为总体的性质，无法单独个别地描述、计量或是分离的时候，那就只能用整体的、系统的性质来描述这种撞击或是纠缠的现象，这被称为量子纠结或是量子纠缠。更不可思议的是，这两个或是多个粒子在分离的状态之下仍然有一些看不见的牵引力量穿梭其中，而这种穿梭的速度，有时甚至比光速都要快千百倍。所以，看起来似乎已经分开、分离的两个各不相干的粒子，其实在纠缠状态下它们仍然若有似无地产生了很多连接。将这样的一个量子物理学的观察结果，扩而广之地运用在对于社会或社会跟我们的生存环境的关系的考察方面，我们也可以说有些时候各种各样人与人、人与世界的关系就是这样千丝万缕地纠结在一起，你以为理清了很多的关系和秩序，你以为清理了各种各样的立场、不同的眼光或者是知识的范畴，但事实上也许仍然有许许多多的"纠缠"不断在你我所感触的、所认知的、所理会的状态之下继续进行着。这样的一个整体的所谓"缠结"的现象，在过去传统的牛顿力学里面是找不到的，而这些发现以及围绕在周边的种种理论形成了一个理论架构，譬如爱因斯坦、Schrödinger（薛定谔）等物理学家都参与了进来。从 20 世纪 30 年代以来，对量子物理学的纠缠现象就不断有新的发现或者是理论上的建树，而到了七八十年代以后，不论是在社会学还是在人类学方面，乃至于现在更广义的理论研究的过程中，entanglement，这种无限的缠结现象都成为我们在观察各种各样关系的生成或分离的可能性时所得到的一个结论。所以，我利用 entanglement 来作为另外一个进入当代华语世界小说的切入方式。

在我所想要探讨的话题里面，"遭遇"和"纠缠"都可以变成一种所谓隐喻式的解读方式。我想要探讨的无非是文学的发生必然有它的意义，但为什么在这样一个虚构的场景里面居然能看出很多人生的真相或是真理？文学的产生在虚跟实之间的调换上又可能发生什么样不同的关系？这些话题，我觉得是可以以"遭遇"和"纠缠"来进一步发挥的。

在文字排比的世界里，各种符号、象征等，形之于一种关系的构置中，时近时远，有时深不可测，有时似乎触手可及。所以，它所投射的各种各样阅读、文学以及文学里的世界以及文学以外的世界，其实非常烦琐、复杂。进一步而言，我们今天去看中国文学，除了体认这些文学在约定俗成的意义上反映了社会人生、促进了人间真善美的发展，或者是歌颂了人性的光辉等，同时，也能看到文学本身的复杂性是如此深刻，让我们有兴趣不断去探讨它深层所可能发生的各种各样关系的连接，而这些关系的连接不只是让我们对于所谓以人为出发点的一个人间社会的理解，同时也更在当代，让我们对人和物、人和环境、人和世界、人和宇宙有更多的一些思考。也就是说，除了通常理解的传统写实主义这样一个大的理论及认知世界的框架之外，文学也可以是一种"遭遇"的经验，是对"遭遇"的探讨，它本身就是一个各种各样复杂关系的呈现。

因为这样的接触与碰撞，一个新的议题、一种新的关系发生了，这个关系在鲁迅那里，就引发了他在《祝福》里对人死了以后到底有没有魂灵的问题的思考，也有了知识分子和民间这些被侮辱和被损害者之间的关联，出现了那段非常动人的对话。另外像《在酒楼上》，小说写五四运动之后，曾经学生运动中的热血青年，回想他所经历的种种，颇有往事不堪回首之感。一个偶然的遭遇，再次带出了鲁迅对于一个时代，对于从革命启蒙到其后的一种深刻的感伤或反省。以这样的原型来看，20 世纪有太多的小说在处理这种偶然的相逢与遭遇。这一过程里也碰撞出了一种新的人与人之间关系的火花，譬如在白先勇的经典小说《冬夜》中，曾经五四运动的两位参与者，五十年之后，在台北的一个下雨冬夜重逢了。他们一个从海外归来，一个在台湾蹉跎了一生，这两位当年的老战友于是思前想后，重新思考一代中国人的命运。另外，莫言的《白狗秋千架》也是放在鲁迅《祝福》或《故乡》这类返乡偶遇模式里再一次进行塑造的，讲述在 20世纪 80 年代经过了一场惊天动地的运动之后，人与人之间再重新去定义彼此关系的故事。另外像刘大任，这位曾经保钓运动的健将有篇小说《且林市果》，小说题目为一地名，指纽约中国城的一个小广场，在这个地方，小说中的叙事者和曾经一起参与保钓运动的老战友重逢了，共同在百无聊赖中回首往事。在上述论述中很容易看出，我们期望把这些不同的时代、不同的文学背景的作者，经由"遭遇"这个主题，真正地让他们在一堂文学课上遭遇了，白先勇、莫言、刘大任和鲁迅在一起，他们的碰撞可能产生出怎样的火花？

　　在文学阅读里面，如何重新去理解人与人之间的关系，即所谓的 hospitality 和hostility，这是我们最开始所设置的一个入门的阅读的经验。接下来就可进入"遭遇"的第二个主题：遭遇外人，遭遇异乡人或者是异族朋友。在这个意义上，我所设置的这个主题，也就是与少数民族的"遭遇"，这是我们都在关切的一个话题。在五十六个民族中，虽然汉族占最大多数，但是汉族如何与其他民族之间产生互动，其实是非常深刻同时也需要不断辩证的一个话题。这些来自于不同的文化族群的作者，他们自己可能都没有想到有朝一日会在大学课堂上，因为彼此的作品而遭遇、碰撞。他们包括阿来，是嘉绒藏族；包括李娟，一位生长在新疆的汉族作家；也包括夏曼·蓝波安，他是台湾的达悟族作家——达悟族是台湾原住民人数最少的一个族群，只有大概五千人，他们生活在兰屿岛上。最后，还有 20 世纪 50 年代一位重要的台湾作家钟理和，他是客家人。

　　生长在新疆的李娟，在她的几部作品中都描述了她在阿勒泰地区和不同族群的友人或者素不相识的家庭相互磨合的经验。李娟现在已移居海南，但是我想在过去几年，她可能是华语世界特别受到重视的一位年轻作者，她个人的新疆经验值得讲述。另外像更为人所知的阿来，他的故乡是在阿坝藏族羌族自治州，离汶川不远，他是嘉绒藏族，其实是藏族中既边缘又特别的一个支脉。阿来今天当然是一个非常重要的作家，但是他也很理解自己身份的一种游离性。他通常被介绍为藏族作家，而事实上，阿来其实只是家广义的西藏文明一个边缘支脉的作家，他甚至不能阅读藏文，而他的父亲则是穆斯林，所以阿来有着很复杂的血缘背景，也能体会到不同族群之间的遭遇与磨合那一冗长和艰难的过程，因此他在很多作品里面也都在处理这样的话题。他有一个短篇小说叫作《野人》，讲述了阿来在返乡的过程中所听到的一个野人传说，这个野人所代表的意义是什么？当看到外人，比如不认识的异族之时，我们通常会说他们是野人甚至野蛮人，相对来凸显、夸大自己的文化身份。这种简单的二分法是不是能够真正描述任何文化遭遇之间你来我往的关系，其实是有待思考的。所以阿来在这个方面给予了我们非常多的启发。

再比方说夏曼·蓝波安，他生活在台湾东南方一个非常小的岛屿上，台湾原住民人口本来就非常少，只有五十几万人，占台湾总人口的百分之二点几而已，而达悟族总共也就四五千人而已，可谓少数中的少数。所以达悟族人一直认为自己是所谓边缘的边缘。但是夏曼·蓝波安回到台湾本岛，接受了不同的教育之后，他理解到了他个人的族群本身文化的特殊性。虽然岛上生活艰苦，但他还是选择回去，展开了他的渔猎生活，试图做一个延续他部落文化的观察者、书写者。夏曼·蓝波安其实有很好的教育背景，他现在基本用汉语来写作，这也是一种文字上的"遭遇"，他需要考虑如何用所谓主流的汉语来表达非主流族群的生活经验和情感认知，这是夏曼·蓝波安所致力的一种写作方式。在他的写作中，夏曼·蓝波安逐渐地觉得也许他不一定要和汉族的主流文明来做出相互辉映的必然性。如此，他就会想他的祖先是否可能也是来自太平洋里海岛之间的所谓ostrition，也许在千百年前，这些海洋中的某些岛屿上的部落，驾一叶扁舟来到了台湾边缘这个叫兰屿的小岛上，并形成了一种特别的文化。所以当他在想象寻根的过程里，夏曼就说他的根不在陆地上，而必须在大海上寻找。他写过一本非常精彩的有关航海的报道文学，讲述了他自己如何翻越千山万水来到了南美洲，来到了南美之外的大洋里，参与进捕鱼的行列，在大海上驰骋翱翔，希望经过岛和岛之间的连锁再一次去探寻想象中的祖先所来之处，最后他找到了库克群岛，觉得也许他的祖先来自库克群岛。不难看出这是非常特别的纪实文学，所叙写的是想当然的寻根之旅，但是也有他个人的一种非常情怀在里面。尤其特别的是，这本书里面最精彩的一段是有关羌族的叙事：夏曼·蓝波安作为一个达悟族的航海者，他在南太平洋的捕鱼过程中，有一次在渔船上遇到了几个从四川来到南太平洋协助捕鱼的羌族少年。这些少年在来到南太平洋之前从来没有看过大海，但是听说捕鱼是能挣钱的行业，也许两三年之后赚足了钱，他们就可以回到故乡，娶到一个老婆。所以，他们来到了这个和自己完全没有渊源和关联的太平洋上的一艘台湾人所经营的捕鱼船上。在船上，这些羌族少年和一个达悟族的老航海人相遇了，这是一个几乎不可能相遇的故事，但是这些少数族群，在离开家乡千万里之外，他们的相逢却产生了意想不到的火花。这是我所设计的第二个主题，即当我们把遭遇的范畴扩大，除去我们周边的人与人的关系之外，怎么去看待不同族群的生活环境，或者是不同身份之间的一种互动和交往，所以这当然是另外一种"遭遇"。

在这种"遭遇"之外，还可以把范围扩大。在近代中国，中国人和洋人的"遭遇"，真是一段充满了血泪的经历。其中也就有了关于所谓崇洋媚外和仇外以及治外法权之间复杂关系的一条动线，也就是当中国人遇到外国人的时候，怎么去看待这些外国人？他们是洋人还是洋鬼子？在这些相互交往互动的过程中，所牵涉的不再只是简单的人与人之间的伦理关系，同时也是一种政治和外交的相互阐述、相互接触的关系。在这些关系里，往往有所谓 extrality 即治外法权的问题，尤其是在 20 世纪 40 年代之前中国的准殖民或半殖民的地方，像上海、香港等。因为殖民权力的统治所形成的区域里，各种各样法律的执行并不遵循着整体的法律，而成了一个可谓逍遥于中国法外的另外一种法权的所在地，所以这种权力运作的关系以及政治之间你来我往的互动，形成了"遭遇"的问题，它更偏向于外交和政治的层面。可以香港作家马家辉和山西作家李锐的两部作品作为例证，与之对照的则是张爱玲 40 年代的《倾城之恋》。马家辉的《龙头凤尾》已在大陆发行出版；李锐是一位重要的作家，他的《张马丁的第八天》是我个人非常喜欢的一部作品，我很愿意推荐给大家。两部作品所叙故事都有点复杂，简单来说，马家辉的《龙头凤尾》将时间聚焦于 1941 年、1942 年，处理的是在时为英国殖民地的香港落入了入侵的日本人手中，而变成了二度殖民的状态之下，中国人怎么去面对一些洋人不论是善意的或者是恶意的行为，怎样在这一历史的关口里去定义自身存在的意义。有时我们仇外，有时又崇洋媚外，那怎么去在这样的一个处理内与外的关系之间找到自己的定位，这是我们所要强调的。

李锐的《张马丁的第八天》讲述的是 1900 年庚子事变前夕发生在山西的一场教案：两位从意大利来到山西传教的天主教传教士和当地义和团式的一群起义的农民之间发生了斗争，其中一位年轻传教士即小说主人公张马丁被"误杀"。之后，当地农民的领导者迅速被定罪，而就在农民领导者被处死之前，这位据说已经被杀死的传教士张马丁，居然悠悠地又活过来了。这是一个很传奇的过程。但是，张马丁死而复活的这个故事，却被他们的教会所遮蔽了，因为教会希望张马丁的死能够坐实当地这些农民反抗的事实，进而借刀杀人，把这些农民赶快处死，斩草除根。这是一个非常纠结的关于中国民间和传教士相互斗争的关系。当然,故事的最高潮是完全出人意料的,这里我只能透露一个线索,那就是张马丁这个年轻的传教士良心发现,他拒绝和教会同流合污,他认为他既然活过来就应该告诉大家,他其实并没有在前面一场暴动中被打死或被杀死。但却因为这个原因,他反而被教会逐出了门墙,被定为叛教者。随后,一个风雪交加的晚上,张马丁在一种几乎没有意识的状态里碰到了一个女人,而这个女人,居然希望跟他有一夜亲密经验。这个女人是谁?张马丁,这个向上帝或者向他的主,宣誓守身的这么一个纯洁的年轻的意大利传教士和一个中国女人之间可能发生什么样的故事?这真是一个非常好的电影题材,故事的结尾我就不再透露了。

这个山西教案是历史上的真实事件,而且这些穿着中国式衣服的传教士,的确为中国的福音传播做出了奉献。结果当时太原教案一爆发而不可收拾,共杀了传教士将近两百人,中国的教民及家属罹难的超过一万人。主导这个教案的不是别人,就是山西巡抚毓贤。这个名字对我们来说并不陌生,《老残游记》里也出现过。在庚子事变之后,他被刺死,所以李锐根据这个真实的历史事件,写出了虚构的《张马丁的第八天》,小说非常传奇,同时也再一次地把我们引领到了1900年中国现代性的那种耻辱和创伤的经验,也呈现了中国人和外国人之间怎样你来我往,互相地定义彼此位置而所付出的血泪的代价。所以这个故事,我个人觉得非常值得阅读。

马家辉在《龙头凤尾》中,把焦点放在了香港被日本人占领之后所发生的林林总总的事情。小说里,明线是一个从苏格兰到香港当警探的洋人和香港黑帮老大之间的相互斗法,但是,你正以为这只是一个传统的所谓黑社会故事,加上一些日本人在香港的各种各样倒行逆施的描写,故事可能就这样结尾了,而马家辉却告诉你,不是的,因为在苏格兰警探和黑帮老大之间却发生了不可告人的爱情关系,所以这是一个非常禁忌的话题。马家辉用这样一种非常扭曲的战争里的"同志"关系,写出了当时社会里形形色色的中国人的不同状态。这部小说采取了非常特别的书写方式,叙事本身特别流畅,而我要强调的却是这个故事其实借用了张爱玲《倾城之恋》中的模式:香港的陷落成全了两个微不足道的男女,这是《倾城之恋》的大纲,好像是为了要成全范柳原与白流苏这对庸俗的男女,一个大城市倾覆了,成千上万的人死去,成千上万的人遭受痛苦。而到了21世纪的第二个十年,马家辉却套用了张爱玲的这个模式,讲述了香港被日本人占领三年零八个月期间,一段不可思议的扭曲的感情关系,而这种感情关系对于马家辉来讲,却仍然值得感伤和珍惜。一个大城市颠覆了,成千上万人的痛苦,也许就是要成全这一对乱世里不可能的情侣。如何写大时代里小人物的故事?我想两位香港背景的作家,都是写出了他们各自"倾城之恋"式的一种诠释。

在所谓的"遭遇"过程里，我们需要一个空间才能让"遭遇"发生，但在这个不上不下、不里不外的模棱两可的空间里面，又怎么去定义我们存在的身份及位置？这就要说到另外两位作家，一位是双雪涛，就我所知，他的《平原上的摩西》已经改编成电影马上就要上演了；另一位是台湾出身的朱天心。这里我要特别介绍双雪涛的短篇小说《列宁格勒》和朱天心的中篇小说《古都》。这两个人有什么关系？他们怎会被同时来讲述？正是因为某种不可能，我们让他们在文学的场域里有了可能的对话机会，而对话的基础正是他们怎么处理一个看着好像是最熟悉的地方，但又觉得像是一个乌托邦，一个很生分的、不可思议的奇妙之地，这其实就是不争不抢、不里不外、似是而非的一个场域。所以在这个意义上，又可讨论这两位作家分别如何和世界文学对话的过程。

双雪涛的《列宁格勒》，其实是脱胎自苏联 20 世纪 30 年代最有名的诗人之一曼德尔施塔姆的诗歌题名。而朱天心的《古都》所致敬的对象不是别人，正是川端康成，而她等于是把"古都"又重新写了一遍，所以这是另外的一种 encounter，一种磨合。最终结果如何，我想是非常有趣的一个案例。先看双雪涛。近几年来，东北文艺复兴成为一个时兴的话题，形成了"新东北作家群"，其中像双雪涛、班宇、郑执等，都是比较突出的作家。因为我自己也有东北的家庭背景，所以感觉特别兴奋，这是一个新的世代的作家的诞生，这些作家不约而同地叙写了成长于 90 年代的青年人，更进一步来讲，是他们在成长的过程所面临的故乡惊天动地的巨变，即下岗工人潮。众所周知，东北地区曾经是重要的农业、工业基地，是"共和国的长子"，但到了 90 年代，国有化的制度改换之后，带来了程度空前的离职下岗的社会变动。双雪涛、班宇、郑执这三位作者，他们直接、间接与他们的父兄都是下岗潮的受害者。在这样的一个环境里成长，这些当时的少年，他们有怎么样的一种刻骨铭心的经验？少时双雪涛家所在的铁西区，曾经是许许多多工厂林立的地方，但是后来一切都破败了。在艳粉街，落魄的市民把这里当作退路，进城的农民把这里视为起点，在这样的环境中，双雪涛写了一个他故乡的故事，但是，这个故乡一方面很亲切，另一方面又特别疏离而诡异。在《列宁格勒》这篇小说里，双雪涛写了他少年时的一次稀里糊涂的探险，在一天下午，他来到了一个被抛弃的大煤矿厂，这是一个非常荒凉、神秘而诡异的地方，少年双雪涛经历了他人生中一次最惊心动魄的考验。整个故事为什么和"列宁格勒"这四个字发生关系？这就牵扯到双雪涛特别有意地把这个故事嫁接到列宁格勒的典故上——列宁格勒就是圣彼得堡，曾经的圣彼得堡在苏联的黄金时期改名为列宁格勒,代表了当时社会主义的许多美好的乌托邦理想。《列宁格勒》也是一首诗,作者就是前文所提到的苏联诗人曼德尔施塔姆:"我回到我的城市,熟悉如眼泪,如静脉,如童年的腮腺炎。/ 你回到这里,快点儿吞下 / 列宁格勒河边路灯的鱼肝油。"(北岛译)这是一首读者都曾经耳熟能详的讲述列宁格勒经验的诗歌,但在双雪涛的作品里,列宁格勒,却成为一种不堪回首的往事或往时经验的一种别称、一种密码或一种暗号,他让我们再一次回到曾经的那个乌托邦的想象。小说最后,揭晓了为什么小说名字叫作《列宁格勒》,原因是少年双雪涛在那个下午的冒险过程里不小心到达的一个煤矿厂区,这个废弃厂区原来的名字叫作煤矿四厂,在恍惚之中,年轻的主人翁双雪涛以为他看到的字是"列宁格勒",而厂区悬挂的斑驳标牌却只是写了一个"煤矿四厂"而已。这里面有曾经的一个乌托邦的想象和如今破败的现实强烈对比,也有一个少年对于梦的追寻,还有他在追寻过程里所遇到的一个最恐怖的考验。双雪涛也在呼唤列宁格勒的写作中,思考一代东北子弟和他们的父兄因为这整个社会制度的变迁而沦落的过程里那种成长的遭遇与生活的艰难。

朱天心,用另外一种方式记述了一个所谓外省第二代在台湾20世纪90年代惊天动地的政治变化中所遭遇的一种冲击感。众所周知,朱天心来自台湾最有名的文学家族,朱西宁、朱天文、朱天衣、朱天心这个家族所有的成员都是作家或是翻译者。别有趣味的是,朱天心和朱天文在她们的少年时代,曾经参与创办过一个文学刊物,叫作《三三集刊》,围绕其周围形成了一个文学集团,而这个文学集团后面的精神导师正是胡兰成。胡兰成和张爱玲早在1946年就已经离婚,之后各自有各自的遭遇,此处不再多说。只是到了1970年,朱西宁却因为崇拜张爱玲的关系也开始崇拜胡兰成。70年代胡兰成至台湾讲学,却被揭发出他曾是抗战时期的汉奸,走投无路之际,朱西宁居然把胡兰成接到自己家里来供养,由此引生了一段文坛的传奇。胡兰成风流倜傥,曾经迷惑了张爱玲,到了他的晚年,他居然成了朱天文、朱天心的文学启蒙导师,这是整体的背景。朱家父女,在台湾是一个非常重要的文学现象,也代表了一代由大陆到台湾的文学因缘的一种延续。

但是到了20世纪90年代,台湾岛上的政治生态有了惊天动地的改变。而朱天心作为一个在眷村里成长的女作家,突然了解到她的父辈所代表的那样一种政治的憧憬和对中国那种永远的乡愁,原来在台湾的另外一个时空里已经过时,不再被认可,她有了强烈的失落感。《古都》中的故事就是从这样的失落感开始的,讲述了一个中年的台湾女作家,也许就是朱天心自己,到日本京都想要去和她当年的同学有一个简短的重逢,但是这位同学居然没有现身，这位台湾女作家只好又回到了台北；到了台北，她不甘心就这样结束这段没有结果的访日之旅，所以她用了一个日本人在 20 世纪 40 年代所绘制的台北地图，以一个伪装的日本人的视点，把所熟悉的台北市的大街小巷又重新走了一遍。这是一个特别奇怪的小说情节，小说就是讲日据时期的台北经过了四五十年时间的磨洗，到了八九十年代已经变成一个莫名其妙的地方了。而在这种情况之下，朱天心不禁发思古之幽情，想象着曾经台北可能的美好。并且这个台北又被她拿来和川端康成的京都作为一个对照对象，所以这里有各种错综复杂的所谓"遭遇"的经验。到最后，所有的经验必须累积到对中国文明的一种非常极端浪漫的向往之上，所以这是一个非常纠结的故事。我希望用此来说明，不论是双雪涛的《列宁格勒》，或者是朱天心以京都作为背景的《古都》，都诉说着在一个不同时空里成长所付出的那种创痛的代价，以及对于历史何去何从的思考。所以我觉得是很有野心的作品，也特别值得大家关注。

还要提出两位作家，他们各自以在古寺的奇遇来书写对历史时间变化的一种感受，探讨的是在时间上怎么再去重新定义一个逝去的、不可再追回的时间的错综感觉。一位是台湾作家李渝，另一位是陈春成。后者的《夜晚的潜水艇》大概是去年年底到今年在中国大陆文学界的现象级作品了，陈春成原来是土木工程系的毕业生，现在则是泉州的专业作家，"90 后"的他只有三十岁，但是风格非常老练。行文中有很多匪夷所思的奇思妙想，《夜晚的潜水艇》，光看这个题目就觉得很特别。在两个故事里面，都是以一个古寺的遭遇来作为故事的牵引。在李渝的《江行初雪》里，是因为五代十国的《江行初雪》这样一张画的启发。小说主人公在"文革"之后大陆重新开放的时候，来到江南的一个小镇去重新探寻家族往事，并找寻传说中古寺的过往。他到一个庙里去，听说有一个菩萨特别漂亮，好奇心让他进一步去探索。结果他在庙里遇见了一个老妇人，而这个老妇人有一段惊心动魄的往事，包括一桩不可思议的谋杀案。陈春成的故事讲述的是自己在泉州的故居被拆迁之后觉得没有任何依靠了，他自己有一把钥匙，认定一定要藏在最秘密的地方，作为向过去时光的道别，他于是来到了竹峰寺。听说这个寺里有一个传奇的古碑，这个碑上的书法几百年来深受人们崇拜，但是这个古碑也在"文革"中不知所终。

这两个故事都谈到了艺术作为对历史创伤救赎的可能性，一个是古碑书法，一个是佛像，在这样的故事里面，两位作家各自书写了他们的心事。李渝曾经在保钓运动的时候，在美国加州伯克利参加学生抗议政府反越战的运动，在当时，很多台湾和大陆的年轻留学生也被这一股时代的激情所影响，参与了当时拥护中国，尤其是拥护中国革命运动的事件。因为这样的政治参与，李渝和同辈的许多运动参与者付出了很大的代价。但是时过境迁，当李渝20世纪80年代来到了他朝思暮想的中国时，却面对着一场最恐怖的真相的发掘，最后他在赵干《江行初雪》的画里有所体验。中国的苦难千百年来始终如此，但是也许在艺术化的过程里，我们看到了最平凡的人生，也就是这样不断地承接着春夏秋冬，最朴素的生命韵律缓缓地向着历史的未来展开。同样地，在陈春成的故事里也是一样，他最后把钥匙是否能够藏在古庙里最安全的地方？或者陈春成最后能否找到传说中最伟大的古碑？故事在最后的确是让读者拍案叫绝，就有了一个不可思议的"遭遇"。这个地方怎么去藏东西？把这个东西藏在没有人能够找到的地方，但这个藏也是一种传世的行动，希望在这时所藏的东西能在另外一个历史的时空里再一次地出现。这两个作家都是在他们的作品里面寄托了对于救赎生命的不易和历史残暴的感慨，并从艺术中找到了某一种体悟的可能，所以我觉得这是作品值得欣赏的地方。

　　下面进入"纠缠"，其实"遭遇"跟"纠缠"两者当然是可以相互为用的。但是在"纠缠"的部分，我们能进一步地看到作家把个人和世界的关系怎样延伸到另外一种向度。比方说张贵兴，在他的《野猪渡河》里面我们看到了马来西亚的婆罗洲在20世纪40年代被日本人占领了之后，中国移民起而抗暴的惨烈故事。但是，故事真正的主角却是婆罗洲丛林里面无所不在的野猪，这是小说的焦点。相对于此，石舒清这位来自宁夏固原的穆斯林作家，在《清水里的刀子》中处理的是一个老人在他的妻子亡故之后和一头牛之间相濡以沫的关系。这个故事阐述了老人和他养的一头牛之间的深情，以及他这头牛不得不被牺牲为他亡妻的供品的过程。这是一个非常有民族地方色彩的故事，曾经被改编成电影。宁夏固原过去是一个比较贫穷的地方，但在那里却有最纯粹的宗教信仰，并衍生了人和动物之间的深情。

　　《野猪渡河》中，婆罗洲的一个华侨少年见证了婆罗洲的殖民历史：婆罗洲曾经有过的王国以及三年零八个月占领时期中国移民或其他开垦者所受到的迫害。不论是石舒清小说里的那头牛，或者是《野猪渡河》里成千上万的野猪，这些动物进入到了人世间以后发生了特别复杂的人与物之间的互动关系，这是需要讨论的重点。

　　"纠缠"的人际关系则更为复杂，不再只是简单讨论人和动物或植物和环境之间的互动而已。台湾作家吴明益在他的小说《云在两千米》里，讲述了台湾已经绝种的云豹突然神秘出现，一个登山者就此和云豹所发生的人兽之间的恋爱故事。而陈济舟是来自四川，在新加坡接受教育，现在仍然在哈佛大学继续学业的一位年轻作家，他的作品讲述了一个四川少年在新加坡成长的艰难经验，这个少年在他经验的最极端变成了一个大怪物。所以我们看到生态流变的问题，所要强调的就是物种的变化不再是肯定的人是人、物是物的泾渭分明的关系。种种的"纠缠"，让我们理解到人跟物之间的各种各样的可能或不可能的集结的关系。吴明益是台湾或者是华语世界最重要的作家之一，他的小说中呈现了关于生态、关于各种各样的人跟环境之间的过程。在《云在两千米》这个故事里讲述的就是云豹据说已经绝种了，但是故事主人公不信这种说法，他不断去找寻云豹的下落，而最后似乎在一个最神秘的午夜里，有一头豹子出现在他的帐篷外面，并且云豹和人有了云雨的关系。整个故事在传奇或者是可信或不可信的聊斋式的演绎过程中，最后居然又投掷到另外一种层面：小说的最后，阿宝终于发现云海上没有人存在，但有棵外表高大的树木，树中心蕴藏有一个深邃巨大的森林世界，里面也有一头云豹繁衍的后代。可以说这是一个魔幻小说，也可以说这是从事生态研究的作家的奇想，所以这个故事有太多的层次值得我们仔细探讨。

这里谈到的千丝万缕的纠结和纠缠，的确让故事一层又一层不断地翻出新的让人惊诧的阅读经验。在我个人阅读海峡两岸的文学经验里，吴明益的写作方法，目前的大陆同辈作家里我还没有看到类似的写法，所以我个人也非常愿意推荐。再说到陈济舟，他的小说《物种和起源》讲的是一个从四川到新加坡的少年种种生活上的不适应，最后让他有了像卡夫卡《变形记》的经验——有一天这个不快乐的四川少年在新加坡小岛上一个蓄水库里失踪了，第二天有一种很怪的巨蜥出没在蓄水湖的旁边。少年难道变成了蜥蜴吗？故事并没有给出答案，但却提醒我们，就在你以为你掌握了所有的知识、分门别类，把各种各样的现实跟超现实做出清楚规划的同时，你其实可能并不知道各种各样不可思议的"纠缠"早就把人和物、环境还有各种各样奇诡的变换扭曲在一起，让你无时无刻不理解到我们人对于世界认知的有限性，充满了无限可能的世界仍然有待新的发掘。

"纠缠"的过程里面当然少不了鬼故事。譬如迟子建《世界上所有的夜晚》、韩少功《归去来》，还有台湾的左翼作家陈映真《归乡》，在这些作品里，人和非人、人和鬼之间的定义变得特别暧昧。迟子建是当代由东北而来的最重要的一位女性小说家，《世界上所有的夜晚》是她的一篇极为精彩的作品，讲述的是一个小说家在她的先生亡故之后万念俱灰，来到了一个煤矿小镇，这个煤矿小镇里面充满了悲伤的故事，充满了因为煤矿灾变而留下来的无数寡妇。小说家遇到了一个神秘的女子，这个神秘的女子行为放荡，但是似乎有着巨大的忧愁难以告人。借住在这样一个女人的家里，小说家因为好奇，晚上起来看到了一个密封的房间，她把那个房间的门打开了，看见了一个冰箱；又因为好奇，她把冰箱打开了，发现了一个不可告人的事实。这个故事其实有很多的层面，所谓的"鬼"到底是什么？这个再一次引起了读者的注意。知道迟子建故事的读者会了解到，生活不能没有魔术，小说就是一种变魔术的方式，使死者可以生，生者可以死。《世界上所有的夜晚》中有太多悲伤的故事，实际上迟子建在写作这部小说之前，她自己的人生发生了一场撕心裂肺的大变故，她的先生在意外车祸中过世了，这个故事正是写来纪念她的先生。所以这是一个悼亡的故事，但是在小说家的处理之下，却成为深邃的不断变幻着讲述人和未知世界的一种"纠缠"的过程。陈映真是台湾左翼作家里最重要的代表，在《归乡》这篇小说里，讲述了台湾和大陆在 1987 年开放了两岸探亲之后，曾经被国民党征召到大陆进行最后的国共战争的一群台湾士兵在解放之后因为种种原因拘留在大陆，过了几十年之后再度返乡的过程。这其实是一个真实的故事，台籍老兵生活了多少年之后回到故乡，故乡的人却再也不能够理解他是从哪里来的了。而更惊人的是他的身份早已被注销，他在故乡台湾其实已经是个"鬼"了，所以在这个故事里面也包括家族各种各样的恩怨。对于两岸关系的处理，尤其对国共斗争里面牺牲的年青一代，不论是台湾或是大陆的曾经的老兵，陈映真有着非常深刻的一种怜悯，所以这部小说是向他们致敬的。在这个故事里，千丝万缕的人间的关系、海峡两岸剪不断理还乱的关系，经过一种像是鬼故事但其实是人间故事的结构娓娓道来。

最后，还可以有两个主题。一个是当代的科幻小说家陈楸帆，他是目前在大陆除了刘慈欣和韩松的后起之秀，还有台湾的一位科幻小说家纪大伟，他们处理的是后人或者后人类的、超人的故事。在他们创作的两个故事里，纪大伟讲述了现在各种各样所谓"变脸"的过程：《膜》讲述的是科幻环境里面怎样换肤变脸、怎样把我们的身份完全改变的传奇故事。而陈楸帆的小说《巴鳞》讲述了在人跟动物之间的一种生物被圈养在一个人的家里，作为人的叙事者去接触这个名为巴鳞的怪物，而从在与怪物的互动过程里了解到人本身的一种自鸣得意的虚荣以及难以言说的脆弱性。这两个作品都牵涉到了科幻小说的元素，都对人到底是何种存在这个命题有深刻反省，因此进入到了所谓后人类写作的过程里。陈楸帆 2013 年写作的《荒潮》以故乡潮州作为背景，讲了一个女性机器人抗暴的故事，想象极为丰富。同时也把当代中国在资讯爆炸的时代因技术所带来的灾害融合在一起，讲述一个后人类式的故事。纪大伟的故事当然有情色的一面，呈现了在各种各样的人际关系，无论是性别身份、生理身份，还是社会身份的不断变异中所产生的似幻似真的后人类的一种现象。

在疫情肆虐的时代里，我们每天都是在传染与散播的阴影之下，不断找寻自我保护的方法，也不断在隔离和被隔离的一个状态里面，希望找到某种安身立命的方法。今天人们的网上相会是不是也是一种不得已而为之的方式？在一个传染和散播的时代里，传染只是一种病的传染吗？它是不是也代表了一种资讯无所不在的能量？散播或传播是不是也正是一个隐喻，代表了各种各样的病毒，也可能是一种资讯上的病毒？ virus 这个词可能是生理的病毒，也可能是资讯或是电脑的病毒。所以在这种重重隐喻之下，以对"病毒"、疾病的讲述结束"遭遇"与"纠缠"的探讨，也许有其特别的意义。我所介绍的两个作品，一部是当代中国大陆最重要的科幻小说家韩松的三部曲《医院》，一部是台湾当代重量级的作家骆以军的《匡超人》。《医院》三部曲讲述了一个健康人到医院所经历的卡夫卡式的故事。原来没有生病的人，医生说你有病你就真的有病了，这种医院是进得去却再也出不来，于是有了各种各样的轮回，生者可以死、死者可以生，到最后，这个火星上的医院仍然让潜逃者没有任何机会找到安身立命的地方。韩松写作这部作品也有佛教的妙趣，他告诉我们人生下来就在一个医院里面，这个世界就是医院，医院就是人生，蕴含了很多隐喻，是非常庞大的科幻小说。我们知道，骆以军的想象天马行空，你永远不会预料到他的作品会带来什么样可怕的、奇怪的、可笑的遭遇。在《匡超人》里，骆以军自称讲了他最个人的故事——一个关于他身体被传染的故事。一般的病大家都可以讲出个所以然来，但这个病实在是有点难以启齿，这个病发生在他的生殖器后边，被感染了之后，一开始以为是一个小小的伤口，不晓得是否因为不干净的护理所引发，最后，用他自己的话来讲，他的生殖器居然变成了可怕的卡夫卡式的梦魇式探险的开始。他胯下有一个小小的感染的窟窿，而这个窟窿最后把他带向了天体里面。从一个生理上的疾病，最后居然把我们引到了一个天体物理学的探险故事。他想象的窗口里好像有一个看不见的金属天线，我们在那洞口里像矿工不断地挖掘，越挖越深，但不知道这个病毒在哪里。然而，它让骆以军的身体轴心抽空为一个很深的洞。这个洞在我们来看像一个活物，每天都往人们不知道是什么境地的反物质或暗黑宇宙长大、深入，变成了一部不可思议的、既可笑又可怕的恐怖科幻小说。那个洞太大了，这是反物质的观念，在那破裂感、撕碎感、死命痛苦的黑暗空无中造出了第二个破洞，变成了哲学家似的反省的故事。这篇小说读者看了既着迷又觉得不好意思，也正说明了在瘟疫蔓延的时代里，我们每一个人面对自己的身体，面对着不可得知的病毒的抗疫过程里的种种考验。

　　以上整个的论述用最简单的话来说，是将关于环境研究或者是量子物理方面的最初步的一些理念带入我们对于文学的阅读中。文学的阅读开启了各种可能的、不同的"遭遇"和"纠缠"。在这些"遭遇"和"纠缠"里面，在一个疫情肆虐的时代里，要维持人与人、人与物之间的关系，就不只是医疗的问题，也是伦理的问题，更重要的是想象力的问题。

（作者单位：哈佛大学东亚系）

历史叙述与道德叙述：
柳青路遥与文学时代的转换[*]

吴　进

内容提要：路遥是新时期文学中最接近柳青的作家。由于两个时代的巨大差异，这种文学传承并不常见，从中可看出柳青作为"十七年"作家的特殊影响力。但路遥作品中有柳青所不具备的底层精神，这种精神使路遥在追寻柳青的过程中产生了深刻变异。虽然柳青在深入底层方面惊世骇俗，但不能改变他创作中的"客观"态度。不论他多么了解底层，他们只是他表现的对象，而路遥则在表现身处底层的"自己"。这种差异可以被概括为"历史叙述"和"道德叙述"。路遥笔下的"知识农民"形象系列是他对 20 世纪中国乡土小说的贡献，有独特的文学史意义。

关键词：柳青；路遥；历史叙述；道德叙述

在很大程度上，"新时期"文学是作为"十七年文学"的对立面出现的，这使它很难将后者作为可供效法的一种遗产，但正由于此才凸显了柳青作为"陕西当代文学之父"的特殊性。与他同时代的大多数作家不同，柳青影响的主要是他的后辈作家。尽管"十七年"作家在"新时期"文学中产生地域性影响的并不只是柳青一人，但这种影响的深广度与柳青之对陕西作家不能同日而语。①鉴于"新时期"文学与"十七年"文学之间的巨大转型，柳青这种跨时代的文学影响有其不容忽视的意义。

---

　* 基金项目：2015 年陕西省社科基金项目（2015J010）。

　① 吴进：《柳青新论》，陕西师范大学出版总社有限公司 2013 年版。该著作对此有专题论述。

即使在陕西作家中，路遥也是学习柳青最认真的作家，甚至可以说，正由于对柳青的尊崇（当然还有其他原因），他才在建立自己的文体风格方面不那么突出。但尽管这样，两人之间的区别还是明显的。新的文学时代为路遥提供了丰沛的话语空间，使他在诸多方面偏离了原来的模式。在他们的似与不似之间，能够看到文学时代转换的复杂性，看到"十七年"文学传统具有怎样可以延续的生命力。

一、史诗的召唤

柳青和路遥都不是高产作家，所以，在他们的作品中，多卷本长篇小说《创业史》和《平凡的世界》都分别占有核心位置，作品的规模和构思也决定了它们自然地带有史诗性，反映出他们的史诗情结。不过，柳青和路遥对"史诗"却有不同的理解和期待，其间可以看出"十七年"文学美学类型的建立及它在新时期的影响和变型。

史诗性是"十七年"文学的一种总体特征，其文学语境鼓励作家表现一种史诗性情，使作品有一种显现或隐含的史诗性框架。史诗（Epic）是一个外来词，原指早期西方文学的一种文类，但在中文使用的过程中，逐渐摆脱了其原意而把它作为形容词，强调它的修饰性，表现了对一种具有宏大历史规模巨著的肯定和向往。①对"十七年"文学来说，史诗性作品有难以取代的代表性和典范性，所以"史诗性"也就成为那个时代评价作品的重要标准。史诗性作品虽然并不自然成为优秀作品，但优秀的史诗性作品却总是处在评价等级的最高层。

史诗性是"十七年"文学革命性质的美学体现，它表现了革命对自己事业的一种历史认知和美学期待。不过，这种美学风格的自觉和成型却经历了相当长的时间。"十七年"文学的史诗性到20世纪50年代后期才逐渐成为一种总体特征，它是中国革命和中国文学发展到特定时期交互影响的产物。"十七年"文学有两个源头，一个是30年代左翼文学，另一个是"讲话"之后的解放区文学。左翼文学已经有了史诗性文学的雏形，《子夜》和《财主底儿女们》都具有这种史诗性。左翼文学的内在激情和它对整个中国社会和中国革命的宏观认知也需要这么一种"情感结构"，但它的"小资产阶级"性质和风格却不符合中国革命的需要。立足于乡村的中国革命需要它的文学朴实一些，少一些自我表现和欧化笔法，这些都是左翼文学欠缺的。以工农兵文学为旗帜的解放区文学改

---

① 吴进：《柳青新论》，陕西师范大学出版社有限公司2013年版，第8—9页。

变了这种状况，但与此同时，这种文学过于执着于底层民众的现实生活，缺乏一种宏大气势和全局眼光，以及与中国革命的规模和深度相适应的风格和声音。中国革命的历史蕴藏着一种升华版史诗性文学的内在冲动。

但是，史诗性文学并没有随着中国革命的成功马上产生，起码没有成为一种引领文学的潮流，成为评判高水平文学作品的价值尺度。虽然新中国成立初期一些反映土改和大型战役的长篇小说已经出现，如丁玲的《太阳照在桑干河上》、周立波的《暴风骤雨》和杜鹏程的《保卫延安》等，但视野还不开阔，缺乏史诗性作品需要的宏大构架，新的美学类型的转变尚未真正完成，但那种以大的社会运动和军事战役为题材的长篇作品已经显示了革命政治对特殊类型文学形式的需要。真正的"革命史诗"以及由这些史诗为标志的文学时代是在那以后才出现的。新中国成立十周年前后有一大批革命题材的长篇小说出版，其中的《红岩》《红日》《红旗谱》等都有史诗的因素，在作品的规模、场景展示的宽广度以及构思的深入等方面都为史诗性作品的出现做了文体上的准备。整体而言，"十七年"小说中最具史诗性的代表作是《创业史》和《李自成》。"大型音乐舞蹈史诗"《东方红》虽然不是文学文本，但它的影响使充满革命抒情和历史总结意味的"史诗"到了一个无可附加的程度。中国革命需要以这种方式对历史进行总结，并由此形成一种庄重而激越的文体风格以及它背后的一种美学性情。

所谓史诗虽有自己的历史根源和相对确定的文体特征，但革命文学中的史诗概念却有着自己的独特内涵，即一个宏大的结构框架，一个以英雄主人公为核心的人物群，一种自信又确定的精神指向，一种带有激情的叙述。这种史诗性叙述模式是革命文化的独创，但形成了一种集体记忆，并没有随着时代的转换而消失。当然，新时期的史诗性叙述已经去掉了革命史诗的一些最带时代痕迹的特征，原本的各种要素也有了一些替换和修改，成为一种抽象的叙述模式，以一种新的面貌出现在新时期。陈忠实的《白鹿原》和路遥的《平凡的世界》都是这种史诗模式的代表，在它们已经强烈变异的外表之下仍有其母本的内核。

《创业史》的史诗性质并非柳青有意为之。他并没有为作品设立庞大的构架，没有试图写一部当代社会的百科全书。作品的主要场景都在故事的主要发生地，皇甫区下堡乡蛤蟆滩；作品涉及的时间也不长，第一卷的主体部分只是 1953 年的初春；时空都有限。作品的史诗性质其实来自作家的创作目标，即以合作化运动写"中国社会主义革命为什么发生和怎样发生的"①。写合作化的作家很多，但没有人选择这样的"元叙述"的思

---

① 柳青：《提出几个问题来讨论》，《延河》1963 年 8 月号。

路。①柳青的特点就在于他不只是用文学方式去诠释一个规定好的主题，不是在"政策"的意义上去讲述一个无须深层思考的故事，而是要有自己的"发现"，去揭示集体劳动、分配和由此带来的巨大社会变化对农民的心理冲击。作品的整个结构、规模和人物设置都与这种主题相关。这种对合作化运动的宏观理解并在此基础上展开的农民叙述构成了作品的"史诗"性质。

《创业史》对合作化运动诠释的独特性就在于它不是从主流的需要出发去先在地确定这个运动的正确性，并以此对自发农民采取一种嘲弄和批判的态度。在柳青看来，合作化和农民根深蒂固的自发倾向都有其历史合理性，所以并不是不惜一切发家的农民都是可耻的或者可笑的。柳青当然坚信合作化／集体劳动，并且坚信这种新的体制能够改造私有制农民。这种思路不与中国革命的社会主义性质冲突，同时又能最大限度地展示主流意识形态的思想容量，从而形成一种宏观的历史视野。柳青并不认为在私有制条件下个体农民的创业都必然失败，《创业史》中那些富裕中农和富农就都是这种"成功"的代表，但所有这些"成功"农民的背后都有一个不光彩的创业故事。郭世富、姚世杰、梁大老汉，甚至郭振山，都是这样。他们无法在"创业成功"的同时保持人格的完整。这样，《创业史》就将合作化和集体劳动的正当性建立在私有制农民道德人格的破产之上，这正是柳青的与众不同处。他并不把个人创业看成私有制农民的道德污点。相反，他对个体农民的"发家"执着表示理解甚至钦佩，也充分注意到个体发家能够激发农民难以想象的身心潜力。所以他在《创业史》的第二稿里专门加上了"题序"一章，②将梁三老汉父子个体发家史的失败作为合作化和集体劳动的逻辑起点。"题序"在《创业史》中有举足轻重的作用，它使作品不再仅是"政策"的演绎，而是一种由合作化引起的独立思考。柳青将整个合作化以前的个体发家史作为合作化运动的"前史"，从而将合作化小说的主题大大深化了。当然，今天看来，柳青由此对合作化运动合理性的思考未必就是雄辩的，但问题在于这种对巨大历史课题的独立思考及其文学表现在当时是罕见的。他将一个现实问题转化为一个历史课题。《创业史》的史诗性由此而来。

但是，仅仅有一个庞大的思想构架本身并不足以使作品成为史诗，"十七年"文学中诸如此类的失败甚至可笑之作很多，后来的论者将这类作品称为"假大空"可谓一针见血。落实《创业史》思想构架的主要是作品中那些农民人物的性格深度，不过这些农民

---

① 贺桂梅：《"总体性世界"的文学书写：重读〈创业史〉》，《文艺争鸣》2018 年第 1 期。

② 刘可风：《柳青传》，人民文学出版社 2016 年版，第 166 页。

形象是借助于"合作化"的背景才得以完成罢了。《创业史》中每个重要人物都有自己扎实的性格逻辑，这在自五四以来的现代农村题材作品中前所未有。主题的深入和农民形象的深刻，两者一起才构成了作品的史诗性。当然，《创业史》是一部没有完成的作品，从柳青的设想和计划可以了解，它虽然以蛤蟆滩为中心，但展开的规模和整体的轮廓却是宏大的，但它被称为"史诗"的最重要理由并不在此。

路遥创作的年代与"十七年"文学已经有了深刻变化，但"史诗"依然是评价作品非常重要的尺度，只是他的"史诗"已经与革命文学的史诗有了重要区别：那里依然有英雄，但却没有了"以英雄主人公为核心的人物群"；也依然有"自信又确定的精神指向"和叙述激情，但这种精神和叙述却带有更强烈的个人色彩。唯一能够清晰辨认的痕迹是那种"宏大的结构框架"。尽管如此，这种时代和个人因素导致的种种变异并没有改变路遥"史诗"的"正面性"。邵燕君曾经指出，在"新时期"文学中依然存在的"史诗"现象中可以看到"十七年"文学的影响，但这种现象已经有了实质性的改变：虽然还有"史诗"的架构，但在内容上已经有了"反史诗"的倾向。①但《平凡的世界》不然，即使在内容上已经有了很大变化，路遥追寻的依然是"正史诗"。

《平凡的世界》与《创业史》在"史诗"意义上的区别主要体现在，它没有一个后者那样的"问题"意识。柳青并没有明确地要将《创业史》写成史诗，他要回答的只是"社会主义革命为什么发生和怎样发生"这样的重大问题，史诗只是这种回答的自然呈现方式。但路遥不同，他首先要写的就是史诗，或者说，史诗的篇幅和规模。在写《平凡的世界》之前，他已经写了《人生》，并获得了巨大成功。对于这部计划的新作品，他要有所突破，要拿出更有分量的作品，而在更具体的计划形成之前，这种"分量"的直观尺度就是篇幅和规模。正因为如此，他在作品写到超过 13 万字时特别激动，因为那是《人生》的篇幅，是截至那时他写过的最长作品。②这种对作品规模的格外重视显示了他与柳青之间对史诗性作品各要素重视程度的不同次序。正由于此，由于要写一部"大作品"的意念在先，在这"大"的框架下要填充什么内容反而成了接下来要考虑的事情，没有《创业史》主题那样的聚焦点。这种次序造成了他作品的一些重要特点。

《平凡的世界》规模宏大，人物众多，分布在从基层到高层的广阔领域，时间跨度

---

① 邵燕君：《"宏大叙事"解体后如何进行"宏大的叙事"——近年长篇小说的"史诗化"追求及其困境》，《南方文坛》2006 年第 6 期。
② 路遥：《早晨从中午开始》，《路遥全集·早晨从中午开始》，北京出版集团有限责任公司 2013 年版，第36 页。

10 年，已经完全具备了"史诗性"作品的规模。但就史诗对作品的要求而言，它却是矛盾的。因为这部巨著包括两条相关性不强的基本线索：孙少平的个人"成长故事"和这条线索以外的"改革故事"。有趣的是，只有后一条线索才能真正构成反映特定时代全貌的"史诗性"，但作品的真正着眼点却始终集聚在孙少平身上。虽然孙少平的成长故事也深深嵌入到改革进程中，但围绕他的各种人物和情节都是不连贯的，主要表现的也是他个人的人生体验和道德完善，"时代"只是他成长的背景。问题在于，即使抛开孙少平这条线不谈，作品中的"改革故事"也缺乏像柳青对合作化运动那样事关全局的"创造性解释"，作者无法为这种改革故事提供一个独特视角，无法成为一种"元叙事"。所以，作品的"史诗性"就被这种相对平庸的改革故事冲淡了。路遥想在作品中为读者提供一幅关于改革的宏观画面，把自己作为时代的"书记员"，但他对励志型人物的偏爱和熟悉又是根深蒂固的，两者之间的用力不均使整个作品显得分裂。我们不能说《平凡的世界》不好，但这个"好"并不在于路遥想写的"史诗"。

缺乏对改革年代的总体性思考及"发现"，缺乏能组织作品的庞杂内容并使之深化的"元叙事"，这也使《平凡的世界》缺乏结构焦点。《创业史》（第一卷）表现的时间并不长，但由于作家将整个叙述置于一个有着巨大历史纵深的话题下展开，作品就没有了"闲笔"，保持了一种很好的结构弹性①。《平凡的世界》没有使用《创业史》那种"压缩的历史"的方法，而是用类似"编年体"的方法基本匀速地叙述了从 1975 年到 1985 年中国改革前后发生的事情，历史依靠自身呈现自己。这里的所谓"历史依靠自身呈现自己"当然不是新写实的"零度叙述"，不是叙述主体的主动退出，因为作品的叙述者是有明显的叙述热情和倾向性的。之所以用"编年体"，还是作者缺乏一种能够统领作品的强大思想力量。历史只是一种框架，问题在于叙述者怎样以自己对历史的理解而将它组织为一种"故事"并将其意义化。《平凡的世界》的问题是，作者需要为自己描写的历史"安排"内容，而叙述者为这种"安排"而确立的原则是模糊的。对路遥来说，首要的问题并不是再现和评说历史，而是什么才是他认为的历史，这才是考验"史诗性"作家最感困难的问题。相较之下，倒是《人生》更像是真正的历史叙述，因为高加林面对的问题——进不进城——是一个带有强烈历史意味的问题，它反映了城市化历史潮流给高加林这样的"知识农民"带来的道德困惑。

造成《平凡的世界》史诗性流失的原因是多重的。比方说，他的人物塑造的深度和

---

① 所谓"结构弹性"，就是指能够使作品的不同内容都可以有机地融入主题的结构。

鲜活程度相当不均衡。从他关于《平凡的世界》的创作手记《早晨从中午开始》我们得知，这部多卷本长篇花去了他大约 6 年的时间，在这 6 年中，写作用去了一半，而准备工作用去了另一半。但他的准备工作大部分是进行广泛的阅读，各种报纸、文学经典，以及与描写对象有关的技术书籍，还到煤矿和高校等他在作品中必须涉及，而他又储备不足的地方体验生活。至于双水村——他作品中最重要的点——他反而没有提及。在这方面，他主要依仗的是过去的知识储存，但没有经历柳青那种对人物的对象化过程。虽然一些人物塑造的颇有特点，如孙少安、田福堂、孙玉亭等，但那种细致入微的程度却大有不如。《创业史》在艺术表现上的最大特点是重人轻事，"事情"的作用是通过人物的心理变化体现的。这样，人物与社会的巨大变动就在更深层次上结合了起来。但这样的社会变化与人物心理变化的结合对作家有很高的要求，以路遥对人物的把握还无法满足。在这种情况下，作家就只好用"事情"来填充篇幅，从而在一定程度上陷入了柳青忌讳的那种缺乏意义的"过程"。路遥曾经多次说到像柳青那样深入生活的"蹲点"方式在新的历史时期已经不适用了，因为这个时期社会变化迅疾而且各地生活不一致。[①]路遥还曾说过柳青在写《创业史》时有两种装备，"望远镜"和"显微镜"，用以在宏观和微观两种视距上观察生活。[②]在《平凡的世界》中，他显然在这两者之间用力不均。柳青那种"体验生活"的方式的确难以复制，但不能断言它就不适用了。

　　不过，作为史诗的"平庸"并不影响《平凡的世界》的成功。事实上，这部小说不但是路遥所有作品中阅读量最大的，甚至是这一时期所有小说中阅读量最大的，而且这种阅读持续的时间相当长，最后变成了一部"常销书"，只是这种"常销"的原因并不是它的史诗性。路遥最想写的是广阔的时代画卷，但他最擅长写的却是孙少平一类青年的励志故事。当然，这样的励志故事很有价值，因为它不仅为路遥赢得了读者，而且这些底层出身的励志人物是路遥的独到发现，使 20 世纪中国文学中的农民形象呈现出了新的面貌。以马健强（《在困难的日子里》）、高加林（《人生》）、孙少平（《平凡的世界》）为代表的青年"知识农民"形象已经远不是鲁迅和乡土小说作家笔下的可怜又愚昧的农民，也不是左翼作家笔下激烈反抗的有觉悟的农民，更不是梁生宝那样的革命农民。他们的知识贮备和思想的现代化程度与他们城市里的同代人其实无异，无须别人来讲述他们的故事，他们可以自己"发声"。所以《平凡的世界》中孙少平这条线写得更真切而且更有

---

　　① 路遥：《早晨从中午开始》，《路遥全集·早晨从中午开始》，北京出版集团有限责任公司 2013 年版，第 22 页。《东拉西扯谈创作（一）》，《路遥全集·早晨从中午开始》，北京出版集团有限责任公司 2013 年版，第 115 页。
　　② 路遥：《柳青的遗产》，《路遥全集·早晨从中午开始》，北京出版集团有限责任公司 2013 年版，第 113 页。

激情。正是这类人物才是路遥对当代中国文学的贡献，但路遥自己对这一点并没有自觉。由于过去的文学语境形成的思维定式，他像大多数人一样，认为有成就的作家应该写"史诗"，而它应该有大型的篇幅和规模，应该是"百科全书"式的巨著。正是这种思维定式造成了作品结构的分裂。

二、历史叙述与道德叙述

就内容而言，"史诗"不仅叙述历史，也包括对历史的道德理解。历史发展有自己的逻辑，但这种逻辑有时并不符合人们在历史中形成的道德准则；在这种情况下，人们很难兼顾，从而形成某种偏颇，但当事者对此往往是不自觉的。这种情形是"史诗性"叙述合适的对象。《创业史》和《平凡的世界》都深深触及这种矛盾，但对这两者有不同的认识，对表达它们之间的矛盾也提供了不同的方式。

道德化叙述是路遥小说的本色。他几乎所有小说都有一种道德颂扬、道德谴责或者道德感悟；在他讲述的人生故事中，几乎所有人物和故事最后都会归结为一个道德主题。从早期的《姐姐》《青松与小红花》《月夜静悄悄》《风雪腊梅》等一直到《人生》之后的《黄叶在秋风中飘落》和《你怎么也想不到》，道德问题一路如影随形，一直是路遥小说注意的焦点，而且这种道德焦虑几乎毫无例外地都以对乡村的坚守或者背叛这样边界清晰的方式表现出来，显示出他对道德追求的执着，也显示出他的朴素和单调，缺乏与道德评价相应的其他参照系。这种道德化叙述在《在困难的日子里》《人生》《平凡的世界》等作品中有了不同程度的转变，尽管道德化叙述的色彩依然浓重，但叙述者已经注意到人物评价的复杂性，开始站在"对方"的、被谴责一方的角度上考虑问题。对路遥来说，这是一个巨大的变化，因为他钟爱的主人公不再垄断全部的道德资源，早期一无是处的城市文化开始呈现出某种"正面性"，呈现出后来路遥的所谓"城乡交叉地带"的特点。就此看来，他早期的作品只是试笔，只是到了这个阶段，他才开始成熟起来，开始具备了同时代作家难以取代的重要性。

从路遥作品所能达到的思想高度来说，《人生》是难以超越的，因为它已经拥有比他原本的道德化叙述更加深刻的眼光，其意义甚至超越了他本人对人物的理解。从作品的结局看，作品主人公高加林是"人生"战场上的失败者，虽然心高气傲，勤学能干，想在外面的世界闯一番事业，但最后还是身败名裂，灰溜溜地回到了家乡的小村庄。不过，高加林的形象已经用道德视角无法涵盖了。高加林想"进城"，也有在乡村以外的世界中展示其潜力的志向和能力，他对乡土和巧珍的背弃都有其"不得已"之处。路遥没有把高加林处理成一个负面人物，也不再有那样截然分明的道德立场，因为作品中涉及的所有对象都有一种复杂的辨认尺度：城市和乡村、现代和传统、黄亚萍和刘巧珍，他们都色彩斑斓，各有其阳光和阴暗处，对高加林来说都求之不得又挥之不去，而他正是所有这些矛盾的集大成者，历史内容异常丰富。高加林是路遥心爱的人物，但与其他作品中那些他心爱的人物不同，他既需要同情又需要批评，显示了这个人物的复杂性和路遥叙述态度的历史化。从历史角度看，高加林进城有着无可指摘的正当性，但这种历史正义与浸润其中的乡村文化形成了尖锐冲突，对这种冲突的捕捉说明了路遥历史意识的形成，说明了他从道德化叙述向历史叙述的转变。

　　但是，必须看到，路遥这种历史意识的形成并不自觉，他也没有放弃道德叙述的视角。事实上，《人生》之后的中篇小说《黄叶在秋风中飘落》和《你怎么也想不到》就大踏步地向原来的道德化叙述倒退，其中的人物已经没有高加林性格中的复杂性，人物组合又恢复了正义/堕落的对抗模式。两类作品质量的悬殊和思想深度的差异令人难以置信。说到底，路遥是一个需要与作品中人物人格认同的作家，只有在那些与他性格和心气类似的人物身上，他才能完成柳青在《创业史》中使用的那种"对象化"方法，才能摆脱道德化叙述的窠臼。这种特点决定了他难以真正获得一种"史诗性"视角。

　　《平凡的世界》是路遥唯一的长篇小说，他的道德化叙述已经在一定程度上被作品的"史诗"性质稀释了，但依然有其浓重的印记。田润叶和李向前，郝红梅和田润生，武惠良和杜丽丽，作品中这几对不同阶层青年男女的恋爱婚姻都在不同程度上显示了作者早期道德化叙述的思路，但这种游离作品主线的道德化叙述已经不是作品的重心了，它被转移到孙少平身上，成为一种经过修饰的高加林式的个人主义，一种个人主义与道德叙述的混合体。"高加林式的个人主义"①是路遥带有时代标志的文学发现，也是他与柳青分道扬镳的实质性体现，而孙少平则是一个成熟而平和的高加林。他像高加林一样，仍然是一个单身闯天涯的底层青年，但与高加林不同，虽然坚信自我的力量，但却同情弱者，没有了高加林身处底层时的愤愤之气，追求自身的道德修炼和精神完满。他的个人奋斗和励志使他与"十七年"文学"组织"内的当代英雄明显不同，但他对个人道德完善的注重又使他与"背离道德"的同时代作家拉开了距离。由于缺少高加林式的精神

① 杨晓帆称之为"路遥式的个人主义"。（杨晓帆：《怎么办？——〈人生〉与80年代新人故事》，《文艺争鸣》2015年第4期）

煎熬，孙少平形象没有高那样深刻的历史内涵而显示出更加浓重的理想色彩，但却是路遥道德叙述意味深长的蜕变。

在新时期文学语境里，路遥的道德化叙述反而在某种意义上体现了他的与众不同，因为像他那样的道德化叙述不是太多，而是太少了。他与柳青之间的差异并不仅仅是两个文学时代的差异，因为即使在自己的文学时代里，路遥也是一个异数。在那个批判和解构的"非道德化"年代，他的作品难以进入主流。与他的道德化叙述相对的并不是《创业史》那样的历史叙述或者"政治道德化"①的革命叙述，而是逐渐弥漫文坛的"反道德"叙述。路遥创作的时期是一个文化转型期，也是一个道德失范期和重建期，原有的道德规范失去了过去的权威性。在文学领域，许多作品也以放纵、亵渎和有意突破道德规范来凸显其文化挑战性。这类作品并没有着意建立新的道德规范，而是表现过去被视为消极和粗俗的东西并从中发现合理性，如个人权利、利益、欲望、金钱等。这种叙述伦理的改变后来形成了一种时代氛围，并获得了相当的合法性，即使普遍保守的陕西作家也受到强烈冲击，程度不同地放松了自己的道德尺度，但路遥不为所动。

相对路遥而言，柳青更重视叙述的历史性，重视人物由历史决定的性格逻辑，但并不意味着那里就没有道德叙述，只是这种道德叙述并没有成为作品的线索，不是作品情节发展的主要动力。实际上，道德化叙述是"十七年"革命文学的重要特点，如李扬所说："政治道德化是 50—70 年代小说使用得最为普遍的修辞方式。"②文学人物的道德水平一般会与他的政治身份相当，这也是那时文学公式化的原因之一。但柳青不同，他习惯将个人道德放在具体的历史条件下表现，没有那种"政治道德化"的随意性和强加的性质，人物的道德水平都能从他（她）们的历史环境和心理逻辑中得到说明。

在"十七年"文学中，对人物的道德化处理最容易体现在那些政治身份彰显——尤其是正面主人公——的人物身上，因为意识形态对这些人物的体制化期待最高、最明确，因而也容易成为无可挑剔的"完人"，这也是梁生宝形象经常为人诟病之处。但与路遥的孙少平不同，梁生宝的所有道德特征都是与合作化运动结合在一起的，或者说，他的这些道德特征与柳青对合作化带头人的特殊期待和对这场运动的理解是一致的。从个人气质上看，梁生宝虽然心思缜密而且处事得体，但并不是一个强硬的领导者，不像郭振山

---

① 李扬：《50—70 年代中国文学经典再解读》，山东教育出版社 2006 年版，第 146 页。
② 李扬：《50—70 年代中国文学经典再解读》，山东教育出版社 2006 年版，第 146 页。

那样，是一个善于制造声势的"轰炸机"。他的优势在于他是一个"新式的好人"。①柳青在书中反复提到他的"为人"：他幼年时给人看果园，收了吃果人的钱，原封不动交给富农主人，主人惊叹道："啊呀！这小子！你长大做啥呀？"任老三弥留之际，还在等着在终南山躲兵役的梁生宝，要把年幼的儿子欢喜托付给他，学他的"为人"；《创业史》第一卷"结局"中生宝劝说中农虎头老二交纳统购粮的描写充分显示了他道德人格的影响力：

> 虎头老二抬不起头来了。郭振山再来说十回，他可以不应。但他怎能折梁代表的面子呢？折了这个人的面子，全蛤蟆滩的庄稼人都会对他孙兴发老汉冷淡的。终于，虎头老二把真心话倾吐出来了。
>
> 唉！二叔没脸和你侄儿说话。唉！二叔心想：振山老大怎么说也不应，就没人再说二叔了。想不到你侄儿来了。罢罢罢！就是了！五石就五石！②

这就是柳青的道德叙述，它最后还是要落实在合作化运动的进程中，同时又使这种历史进程充满了道德的尊严与人性的温馨。它并没有让自己成为作品的焦点，但它的重要性又是不容忽视的。在柳青看来，带头人或者骨干的道德品质——"为人"——对于合作化的成败起着关键作用，不但在作品中他这样写，而且在现实中他选择互助组的带头人时也是这样做的。③但这种"政治道德化"并没有使人物走形。"新式好人"并不是一个难以企及的标杆，不必将这类人物写成"完人"，影响他的可信性。如果说梁生宝形象的塑造确有一些问题，如严家炎先生所说"三多三不足"中的某些意见，那也不是因为作品的道德叙述。梁生宝的道德威望是他以低调胜任合作化带头人的重要资质，④也说明了柳青对历史叙述与道德叙述的基本看法。

与梁生宝一样，柳青对《创业史》中其他人物的道德叙述也都会融入历史叙述中去：郭振山"在党"与否的困局，梁三老汉对"自发"的眷恋，白占魁对干部位置的向往，梁生禄在"梁生宝互助组"感到的尊严失落，甚至改霞妈对生宝的反感，等等，所有人

---

① 解志熙：《"别有一番滋味在心头"——新小说中的旧文化情节片论》，《鲁迅研究月刊》2002年第10期。
② 柳青：《创业史》（第一部），《柳青文集》（第二卷），人民文学出版社2005年版，第421页。
③ 程凯：《"理想人物"的历史生成和文学生成——"梁生宝"形象的再审视》，《文学理论与批评》2018年第3期。
④ 程凯：《"理想人物"的历史生成和文学生成——"梁生宝"形象的再审视》，《文学理论与批评》2018年第3期。

物的道德标准都在经受着合作化运动的冲击。在这种叙述中，可以看见很多在别人那里由于僵硬的"政治道德化"叙述而被遮蔽的独特发现。尽管柳青并不回避对具体人物的态度，但他特别注意不因此而将人物简单化，以倾向化的夸张描写损害人物的可信性，而要以经得起历史检验的人物性格展现生活的丰富性。实际上，柳青自己在介绍《创业史》时，使用的词汇或者表达方式都是中性的："我这个小说没有别的主题，就是一个：农民放弃私有制、接受公有制的过程、方式、心理"；"《创业史》是一部描写中国农村社会主义革命的长篇小说，着重表现这一革命中社会的、思想的和心理的变化过程"。[①]这当然也表现了他对"政治道德化"有意克制的历史主义态度。

所谓道德化叙述是道德叙述的一种特殊方式。之所以把路遥的叙述称为道德化叙述而非"道德叙述"，是因为后者接近于中性表达，而前者则有某种倾向性。所谓道德化叙述意味着将人物从他所处复杂的社会关系中拉出来，做一种非历史情况下的简化，从而获得一种鲜明的道德立场。从这种对人物复杂性的有意忽视可以看到革命文学时代的浓重印记，这种对人物的简单化、道德化处理被认为是政治立场坚定的表现。但柳青不同，他的过人之处就是能够在道德视野的潜力已经穷尽的地方继续深挖，在不失去原则的情况下，还原历史与道德间的复杂关系。例如前面所说对农民自发倾向的看法问题。因为几乎所有农民都有自发的欲望，就不能视它为道德问题而应该看作是历史问题——"好人"也想发家。事实上，农民在个人发家的激励下迸发出来的干劲和吃苦精神反倒使柳青感慨。在理性上，柳青清醒地意识到个人发家的荒诞性和不可能，这也是整个《创业史》主题赖以成立的基础，但在情感上，他欣赏农民为这种荒诞目的所付出的诚实劳动。

柳青的历史叙述与路遥的道德化叙述反映了两个文学时代以及他们两人之间的深刻差异。如前所说，以是否反映时代矛盾为标志，路遥的道德化叙述大致可分为两类。前一类作品在专家以外的读者中受关注度不高，其中的故事虽然也有当代背景，但对人物的复杂性注意不够，缺乏可追踪的历史纵深，这类作品当然与《创业史》不同，质量悬殊，缺乏比较的价值；后一类作品才真正显示了路遥对当代精神的把握，也正是这类作品才显示出他与柳青的差别。高兆明在谈到"道德失范"时，曾经提到两个概念，即"常态下的道德失范"和"转型期的道德失范"。"前者指非社会结构转型时期的社会道德失范现象，后者指处于结构转型时期的社会道德失范现象。二者的根本区别在于，出现道德失范现象时的那种社会生活方式本身的合理性基础是否存在。"[②]比较而言，路遥前一

---

① 徐民和：《一生心血即此书——柳青写作〈创业史〉漫议》，《延河》1978年第10期。

② 高兆明：《道德失范研究——基于制度正义视角》，商务印书馆2016年版，第35页。

类小说反映的伦理问题属于"常态下的道德失范",后一类小说中的伦理问题则属于"转型期道德失范"。前一类小说缺少对故事的深入挖掘,人物性格较为类型化,重复而且单调,正反面人物黑白分明,但这种故事为深化人物或作品主题留下了想象空间,只是路遥对故事和人物的处理过于单一,失去了可以使作品深化的机缘。总的来说,这类作品只在"常态"意义上做文章,失去了转型条件下才有的历史感。而后一类故事才借道德视角写出了文化转型期的历史纵深。

路遥第二类小说有一个特点,即它们的主人公都是出身底层又抱负远大的农村青年,与路遥自己有很高的重合性,有一种强烈的自我意识,由此拉开了路遥与柳青的距离。用路遥自己的话说,就是"把自己的体验,灌输在自己所描写的主人公身上"[1]。这也是"新时期"文学与"十七年"文学最重要的区别之一。在柳青的年代里,对"自我"的表现极为克制,除非这个"自我"能够成为革命本身的一部分,"小我"和"大我"几乎完全重合。"自我"可以有某种叙述调子,但很少成为叙述对象。所以柳青不会有路遥那样的情感挣扎。不论他对文学创作如何认真敬业,在多大程度上与人物融为一体,或者这种与自己差别巨大甚至迥异的人物的融合过程有多么艰难,他也不会有路遥经历的那种道德煎熬。柳青毕竟是在"客观"地描写"他人"的故事,他与描写对象间的巨大差异使他难以将人物的处境视为自己的处境。他可以最大限度地认识和理解他们,却难有那种发自内心的认同感。所以,这种工作也许很紧张,也许要克服众多的心理障碍,但作者的心理却是坦然和放松的。而路遥不同,他与自己作品中那些标志性的重要人物——如高加林和孙少平——的心理距离要小得多。在某种意义上,他写的就是自己。所以他无法保持柳青那样"历史叙述者"[2]的超脱姿态。

柳青和路遥都是注重文学人物道德形象的作家,而且都善于塑造具有正面意义,甚至英雄气质的底层人物形象,但他们对这些道德人物的理解差异极大。"十七年"文学重视文学人物的道德表现与政治身份的关系,有很高的可辨识度。更重要的是,轮廓分明的政治/道德人物形象和作品主题有助于形成"十七年"文学所期待的"崇高"风格,已经成为这一时期革命文学的文体需要。而在路遥写作的时代,文学形象的政治/道德模式已经解体,作家和读者都对那种"可辨识度"高的模式化人物感到厌倦,人物的政

---

[1] 路遥:《东拉西扯谈创作(一)》,《路遥全集·早晨从中午开始》,北京出版集团有限责任公司2013年版,第117页。

[2] 萨支山:《试论五十至七十年代"农村题材"长篇小说——以〈三里湾〉〈山乡巨变〉〈创业史〉为中心》,《文学评论》2001年第3期。

治身份与道德行为的简单对接和吻合不但不再重要，甚至成为禁忌。价值观的变化使伦理意义上的"制度公正"①遭遇到挑战，不同的，甚至矛盾的道德观念都在当时的语境里取得了合法性，这使得对那种道德化叙述的坚持困难重重，因为很难再有这种叙述所要求的那种观念和内容相对固定的表现模式。实际上，很多人反倒乐于享受这种由"破"带来的道德无政府状态。置身在这样的语境里，路遥的道德化叙述当然具有与柳青写作《创业史》时大异其趣的文化意义。

三、"农民进城"及其文学意义

对"农民进城"的文学反映是区别柳青和路遥的重要依据，也是"十七年"和新时期两个文学时代对立统一关系的体现，有着不容忽视的意义。不过，这样说并不意味着路遥像柳青一样，也是他所处的文学时代的代表。所谓"路遥现象"就是他在新时期文学中尴尬地位的写照，但并不能因此忽视他在反映"农民进城"过程中表现的文学意义。

马建强、高加林和孙少平是路遥"农民进城"故事的三位主人公，孙少平也许不是其中最成功的，但却极有分析价值。作为一个"知识农民"，他已经深刻背离了现代乡土小说中的农民形象谱系，并且决定了《平凡的世界》的"分裂"结构。这种特点体现的恰恰是新时期社会转型与"十七年"革命精神的深度融合。

孙少平形象的最重要特点就是他从家乡的"出走"②，这种姿态意味深长。就工业化和城市化的历史潮流而言，孙少平的故事似乎得风气之先，但路遥着意表现的并不是这样的历史敏感和历史视野，并非一种无法阻止的客观趋势，以及由此展开的新的历史格局，而是一种个人体验及包含在内的人生哲学。孙少平的"农民进城"在《平凡的世界》中只是个案，与他一样怀揣"进城"梦的农民人物并不多。叙述者没有让读者看到孙少平"进城"的历史必然性，没有有意识地将"农民进城"作为一种社会经济现象去探究它的历史原因。一句话，路遥并没有将"农民进城"历史化——虽然作品对它的呈现都是经得起历史检验的，而是把它道德化和哲学化了。在孙少平这一条线上，作品聚

---

① 高兆明：《道德失范研究——基于制度正义视角》，商务印书馆 2016 年版，第 39—45 页。

② 马建强、高加林和孙少平都是离开了乡土的农村知识青年，但这种"离开"有不同的原因和意义。蔡翔把高加林的离土称为"逃离"。（张书群（整理）：《"80 年代"文学：历史对话的可能性——"路遥与 80 年代文学的展开"国际学术讨论会纪要》，《文艺争鸣》2011 年第 16 期）"文也文不下，武也武不下"，所以逃离才是上策。但相较之下，孙少平要从容得多。

焦的是他的个人成长，而不是由此反映出的历史纵深。孙少平与他工作环境的伙伴之间没有深度的情感交流，不论是双水村的村民、黄原城里的揽工汉还是铜川矿下的矿工们，而在作品中能够与他进行这种交流的只有两人，恋人田晓霞和少年伴侣金波，但这两人的生存境遇和生活目标都与他相差很大甚至悬殊，他（她）们无法构成一种能够深层次说明"农民进城"现象的历史图景。

孙少平形象这种与历史的疏离及其深刻的个人性体现了文化转型时期新旧文化交融的特点。相较一般的进城农民，孙少平的最大特点就是没有一般进城务工者那样明确的世俗目标，不把"经济翻身"作为"进城"的现实目的。孙少平出走时家里的状况正在改善，哥哥少安正在建烧砖窑，经济翻身指日可待，所以家人对他的这种出去"逛"的想法极不理解，但他毫不退缩：

> 但他的确渴望独立地寻找自己的生活啊！这并不是说他奢想改变自己的地位和处境——不，哪怕比当农民更苦，只要他像一个男子汉那样去生活一生，他就心满意足了。无论是幸福还是苦难，无论是光荣还是屈辱，让他自己来遭遇和承受吧。①

这种"不切实际"的人生理想和浪漫态度恰恰就是孙少平一类人物的特征，而且也是《平凡的世界》甚至路遥小说的特征。一方面，正是孙少平的这种人生理想和态度使得一部描写农村改革的乡土小说横生枝节，将这样的小说自然地导入进另一个叙述维度，进入到一种一般乡土小说不会有的结构状态，这也是《平凡的世界》中"成长小说"与"改革小说"相互割裂的根本原因。另一方面，也是更重要的，这种理想和态度将主要作为经济行为的"农民进城"现象变为一种价值追求，起码是将这种价值追求纯粹化了。这种将价值追求置于物质追求之上的历史观带有明显的革命文化痕迹，但其实现形态却只能出现在新时期，只有在这个时期，在社会控制放松和个人空间扩大之后，"农民进城""闯世界"才能成为主流文化允许的合法形态。这种历史变迁对孙少平这样的农村青年意义重大，使得他们可以在一种坦然的心境中"独立地寻找自己的生活"。实际上，《人生》中的高加林就已经表现了这种对"外边世界"的向往，"联合国都敢去"，但他却是通过"组织程序"——尽管是违纪的——进城的，而且直接进入有保障的体制之中，没

---

① 路遥:《平凡的世界》,《路遥全集》(第二部),北京出版集团有限责任公司 2013 年版,第 98 页。

有孙少平那样面临个人选择时暴露出的对人生的深层思考，也没有在底层挣扎时体现出来的人生坚韧。就此而言，孙少平形象虽然没有高加林那样由于来自不同方向的撕扯而导致的内心煎熬，以及由此反映出的历史纵深，但却表现出人生选择时的主动性和自由心态。

从某种角度来说，"农民进城"是一个文化适应过程，即文化冲突以及相应的心理和行为调整的过程。由于缺乏各类资本，主体经验的这个过程当然是充满艰辛甚至屈辱的。怎样使主人公在这样的处境中坚韧不拔，顽强胜出，成为路遥在《平凡的世界》中着意突出以至与作品的改革主题平行的另一主题。这是一个极其彰显"后革命"性质的主题。但正是在这里，暴露出路遥的复杂性。仅就这部作品的"改革"性质及其叙述模式而言，它还不能说是一部彻底"新时期"的文化产品，因为不论作者对改革抱何种看法，怎样塑造作品中的人物并安排相应的情节故事，它与《创业史》这样的"红色经典"还是有很多相似性，还是发生在一个典型的村庄里，还是"改革"这样与合作化一样的重大社会事件作为贯穿的主线，还是将人物依他们对这个事件的态度分为不同的几组，所有这些都可以看出《创业史》的影子，路遥自己的独特性是有限的。但孙少平的"进城"及其成长故事却完全是路遥的独创。柳青从来没有叙述他的人物的"文化适应"；在当时的文化语境中，他也不会以一个进城农民的感受作为他反映时代的视角。但正是这一点，才显示出路遥和柳青的深刻差异。对柳青不可能的，对路遥来说不但可能而且是必需的。他不会在展现时代的过程中漏掉这样极具他个人色彩的人物和角度。

孙少平的"进城"之路不但使《平凡的世界》在结构上二元化，同时也使作品的叙述方式二元化了。简言之，"改革故事"是历史的、叙述的，而"成长故事"则是道德的、自省的。两条线索沿着不同的维度向前伸展。"改革故事"是那一段历史的文学呈现，而"成长故事"则是对人物心理的深入探寻，尽管这种心理发展还是有着明显的时代印记，但它的指向却不仅是历史的文学记录，更有一种超历史的人生总结和慨叹的意味。作品中改革故事的文学意义和感召力会随着历史的延伸而逐渐消退，但那种渗透进"成长故事"的人生意义却会成为这种故事不可剥离的价值记忆。由于《平凡的世界》缺乏一种能够总括历史的"元叙述"，它从本质上说是散化的，缺乏那种可以使这种历史叙述阶段化完结的内在依据。田福堂由说一不二到后来的颓然失势，孙少安几起几落的艰苦创业，田福军由失意到主政的宦海沉浮，虽然都是改革过程中的典型故事，但相互间却缺少能使它们连接起来的思路和节奏。所以这种历史是开放的，你进他退，可以继续延伸。但孙少平的"成长故事"却是一个从青涩到成熟的完整过程。

孙少平"成长故事"的核心是他作为赤贫的现代青年在城市闯荡中的"内圣"过程，在底层磨炼中形成的一种生活坚韧和自信。在路遥的代表性作品中，使他最感纠结的就是怎样让他的底层英雄在人生挣扎时保持一种人格尊严，能够与城市的精英平等对话。这一直是一个极深刻地刺痛路遥的问题，所以即使他在写一部本可以像《创业史》那样的"史诗性"巨著的时候，也绝不忘记浓墨重彩地插入这么一个"成长故事"。孙少平可以一转身就从一个揽工汉变为完全能与高干家庭出身的大学生田晓霞大谈最新外国小说的现代青年，从而扬眉吐气地填平了底层与"高干"间的社会鸿沟，这种"华丽转身"在《在困难的日子里》和《人生》中也出现过，这些底层人物都以他们的知识、能力和自尊自信获得了他们的文化资本，使他们在面对城市时不再一无所有。尽管这样的"现代农民"在真正的底层中为数不多，显示出路遥的一种强烈的倾向性甚至一厢情愿，但从宏观上看，他们依然昭示了一种伴随国家现代化而出现的历史趋势。不过，相比马建强和高加林，孙少平要沉稳多了。在那些作品中，同样出身高干家庭的都市女性都曾以不同方式惹得乡村出身的男主人公不快，即使对方只是施以善意却有些居高临下的同情，但他和田晓霞之间相处却一直和谐，相互激励，没有那些马建强和高加林曾经有的冲动和情绪化。路遥已经不愿意以这种激烈的方式露骨地表现他的主人公多么在意他的尊严，不惜在失态的状态下维护以至捍卫它，但这种对尊严的敏感、维护和捍卫并没有就此失去，只是在表现时更加谨慎或者不自觉而已。孙少平与晓霞的谈话内容往往是一些"脱俗"的话题，但有时会显得有意为之和不自然。当晓霞到铜川煤矿"采访"并看望少平时，他却兴致勃勃地谈起了国内采矿业的落后现状：

> 就我所知，我们国家全员工效平均只出零点九吨煤左右，而苏联、英国应该是两吨多，西德和波兰是三吨多，美国八吨多，澳大利亚是十吨多。同样是开采露天矿，我国全员效率也不到两吨，而国外高达五十吨，甚至一百吨。在德国鲁尔矿区，那里的矿井生产都用电子计算机控制……[①]

这样的话在久别重逢的恋人间虽说也有合理性，尤其是对两个这么好学上进的知识青年，但风格太像是某篇科普文章的节选，使人觉得它主要是表现少平的广博，从而能

---

① 路遥：《平凡的世界》，《路遥全集》（第二部），北京出版集团有限责任公司 2013 年版，第 78—79 页。

够与晓霞"平等"，捍卫少平需要的尊严。但总体来看，路遥这时对他主人公"尊严"的看法已经不那么冲动和情绪化了，这一点在作品结尾时孙少平对向他表示爱意的金秀的婉拒和隐隐透露的与惠英嫂结合的可能也可以看得出来。

但是，孙少平与金秀和惠英嫂的插曲看得出来有些匆忙草率，是作品结尾的收束之笔，缺乏足够的说服力。相较之下，田晓霞的"高干"家庭出身还是路遥把她作为少平恋人的重要因素，也是路遥对影响他主人公成长的社会环境的一种独特理解。这并不意味着少平在"攀附"，而是说从那里他可以感觉到他认为宝贵和必需的素质。这类人物的存在及她们与作品的底层主人公间的情感关系都为这些主人公打开了一扇窥视外面世界的窗子，也为资源贫乏的主人公提供了一个使他们迅速感到平等的平台，能够使他们在看世界时获得一种超越底层的尊严，在融入陌生的都市世界时有了一块情感的缓冲地带。这种解决带有些一厢情愿的浪漫，因为路遥并没有让我们看到晓霞的内心世界，她是如何克服与少平之间巨大的世俗鸿沟走在一起的，没有像《创业史》中的改霞那样，对她与生宝之间的爱情有那么细致周密的思考。这样，晓霞就成为一个客体化的、被需要的人物。更明白地说，她在作品中的存在并不是由于她的主体性，而是孙少平走向世界时一个必要的"构件"。反过来，田晓霞形象的这种虚拟性也衬托出孙少平维护"尊严"的虚拟性，也就是说，田晓霞在作品中的存在可以使孙少平绕过他本来会更为屈辱难堪的人生环节，以偶然的方式给了他急需的精神支撑，使他在体验城市的过程中能有一块保持尊严的社会空间。

不过，田晓霞的家庭出身还是非常重要的。在路遥的时代，社会等级的构成比较单纯，高干几乎就是整个社会高端的全部，与它的接触就大幅度地缩短了作为底层青年的孙少平与社会上层及核心文化的距离，给了他开阔的视野和自信。但是，路遥并没有让他直接进入体制，而是让他保持了一个相对自由和超脱的姿态。所以当他因公负伤，妹妹兰香和她的男朋友、省委副书记之子吴仲平建议他去省城工作时，他谢绝了。[①]这是《平凡的世界》与《人生》诸多意味深长不同中的一个，与整个少平这条线内省的叙述语调也是吻合的。少平在作品中的使命并不是参与改革，而是体验和感悟人生，他在作品中不是政治人物而是道德人物。这也是新的时代文化在这部小说中最重要的烙印。但是，尽管有这种独立的个人身份，路遥对他的塑造还是可以看到革命文化的清晰影响。他始终是正面、积极、努力、向上的，而不是一个茫无目的或者怀揣私利的流浪汉。这

---

① 路遥：《平凡的世界》，《路遥全集》（第二部），北京出版集团有限责任公司2013年版，第458—459页。

种正面的社会漫游者形象在新时期文学中绝无仅有。①

在柳青的时代，文学作品中"农民进城"的故事也不是没有，如《创业史》中的徐改霞，周立波《山乡巨变》中的陈大春，艾芜《百炼成钢》中的秦德贵，以及陈残云《香飘四季》中的许细娇，康濯《水滴石穿》中的张小柳，秦兆阳《在田野上，前进！》中的周梅仙等。但由于当时的历史语境，合作化运动以及其中的阶级和路线斗争总是作家注意的焦点，而这些"农民进城"故事都不是、也不可能成为作品的主要线索，作家也不会赋予这样的故事更丰富的历史内容。《山乡巨变》中的陈大春到株洲工厂当工人的情节在作品中的作用微不足道；《百炼成钢》中的秦德贵只是有过乡村经历的产业工人，故事的中心在现代化的炼钢厂，作品并没有涉及其"进城"的过程和心理变化；《香飘四季》中的许细娇，《水滴石穿》中的张小柳，《在田野上，前进！》中的周梅仙都是模式相近的人物，"贪图虚荣"，"羡慕城市的物质生活"。相较之下，《创业史》改霞进城的情节重要得多，人物的成长和发展也更自然和深入地融入到作品的主要情节中，但那也只是与合作化运动同时发生的伴随现象，是合作化运动主干情节外的一条支线。柳青不会像路遥那样赋予这样的人物更多历史主动性和独立性。

细数为什么"十七年"文学中没有像高加林和孙少平这样的"农民进城"故事，主要原因有二，即历史的和意识形态的。当时的"农民进城"还没有形成一种大规模和持久的社会现象，没有吸引作家们足够的注意力，而且虽然有"支援工业建设"等口号，但并没有对因之而起的城市化现象采取有意识的肯定和鼓励，农民即使进了城，也都是组织化地进入"单位"，与孙少平式的"闯荡世界"完全是不同的概念。而且，由于从50年代早期就开始的对农民进城的控制政策，居民的大规模流动已经被遏制了，人们的工作和生活都被限制在相对狭小的范围内，形成具有明显纵向系统特色的社会形态。在这种情况下，在主题和结构方面具有较强"组织"特征的作品就成为叙述文学的主流，而以个人经历为主线的"成长小说"则逐渐式微。可以想象，对这种流动人群的文学描写会自然进入个人的心理世界，冲淡和干扰那种以运动和事件为主轴的叙述节奏，破坏以具体地域为圆心、各级组织为架构的主流叙述模式。当然，对《创业史》这样篇幅宏大的多卷本长篇小说而言，腾出一些篇幅来对进城的农民——如改霞——做一些跟踪的描写也不是不可行，但对强调宏大叙述的"十七年"文学，对集中笔力描写合作化运动

---

① 路遥与"十七年"革命文化的关系是一个复杂的问题，既有融合也有差异。杨庆祥说："路遥对柳青的认同，实际上就是对毛泽东文学遗产的认同。"（《路遥的自我意识和写作姿态——兼及1985年前后"文学场"的历史分析》，《南方文坛》2007年第6期）这种看法不无道理，但过于简化。

的柳青，却是不可思议的。在那个时代，没人会将一个进城农民的文化适应作为一部长篇作品的主题，即使是分主题。

新时期的巨大历史变化使"农民进城"作为文学题材成为可能。这是一个具有丰厚历史内容的题材。路遥对这种题材的自觉和持续发力显示了他的独特性和敏感性，但并不意味着他对这种题材有清醒的认识。事实上，只是由于他本人与作品中人物的相似和重合，他才会对这种城乡"交叉地带"的生活有特殊兴趣，但也在某种程度上妨碍了他获得一种更为超脱和宏观的视野。不过，又必须看到，这种带有强烈时代和个人特点的故事并没有割断它与"十七年"文学的关系。孙少平形象的正面性和他在离乡进城时的浪漫情怀都可以看到"十七年"文学的明显影响，只是这种影响经过新时期语境的折射已经产生了一些变形而已。

（作者单位：西安翻译学院终南学社）

王独清与近代陕西辛亥革命
及城市文化空间转型初探

刘　宁

内容提要："创造社"诗人王独清在 20 世纪 30 年代写下的自传体著作《长安城中的少年》，叙述了从 19 世纪末期至作者旅欧前在西安的生活经历和社会时代变革。反映了发生在西安城内推翻满清近三百年的陕西统治的革命风云变幻，展现了偏远落后的陕西从封建社会向现代共和时代转变的复杂历程，真实、详尽地描绘出城市是孕育中国新型知识分子的地域，从晚清新政的产物陕西高等大学堂到辛亥革命硕果的西北最早现代学府西北大学、三秦公学，再到少年王独清流连忘返的公益书局，这里不仅是陕西同盟会员交流工作意见的场所，也是成立于日本的同盟会陕西分会和陕西留日学生组织出版的机关报《夏声》在陕西传播的窗口。西安城内这些新兴文化空间培养了陕西大批现代人才，他们很多走出西安，走向欧洲，成为中国新文化先驱和创建者，并对普及中国西北地区的文化事业做出重大贡献。

关键词：王独清；《长安城中的少年》；陕西辛亥革命；西安城市文化空间

　　20 世纪是中国社会发生重大变化的一个世纪，革命的力量摧毁一切，传统中国各种体系迅速崩溃。从教育来讲，传统中国社会以私塾教育为主，宋代兴起的书院依傍山林，教育的内容以儒教经验著作作为蓝本，然而从近代以来，革命力量在城市孕育并发展壮大，因此，西安城内发生的革命武装运动便与西安的现代化教育紧密联系在一起。任何一座城市的现代转型都是多种因素合力的结果，西安的现代化发展绝非在 1911 年 10 月西安辛亥革命这个时刻才真正开始，对于展现这场推翻满清在陕西统治的革命风暴，迄今为止，文学中描述最详尽的，是"创造社"诗人王独清的《长安城中的少年》一著。

一、封建大家庭衰败与革命暗潮涌动

王独清原籍陕西蒲城，其父一族常年居住在西安城。西安响应辛亥革命发生起义时，王独清还是一名少年，目睹了这场轰轰烈烈的政变，于 20 世纪 30 年代初写下了《长安城中的少年》一著，作品叙述了 19 世纪末期至作者旅欧前在长安的生活经历和时代变革，广阔的社会背景就是近代西安向现代转变的社会现实。1900 年，八国联军攻占北京，慈禧太后携光绪皇帝仓皇逃到西安，国难巨变中，现代之风吹进王氏宅院。到王独清 10 岁时，清廷已经开设国会一年，废除科举制已有三年光景了（1905 年废除科举），时代变革的狂潮冲击着西安城。

据作者在《长安城中的少年》里描述，王家本是陕西蒲城一望族，长安城中这一族是父亲这一支。王氏家族历史古远，是从明代到清朝都没有断过的官僚大家族。明末远祖中出现了一位叫王道明的御史，在满族人入关时殉道而死。清代一位高曾祖官至相国，而王独清这一支的曾祖又连任两代两广监运史。这位叫王益谦的曾祖和林则徐是莫逆好友。王独清的父亲是一位富有浪漫气息的举人，能作诗、画画、讲学，并没有做过什么官，但是做官的都拜访他。官僚贵族和名士身份交织的王父家中蓄养着许多用人，其中最多的便是丫头。这些丫头被父亲分成不同种类，年龄大的伺候家眷，年龄小的做粗重家务，长得好看且年龄大一点的用来招待宾客。父亲的野心是让每个丫头都认识字。接待宾客的丫头熟悉当时上流的招待礼节，服装也特别地娴雅。除了培养有一定文化的丫头外，父亲最大的雅事是在家中邀请长安城中的名流来赏花。"父亲书斋前有一个园子，中间种着许多花木，大半都是由父亲自己监督着用人经营出来的。每到比较著名的花开的时候，父亲必定大张宴席，请所有长安城中的官僚名人来聚会。这在父亲是顶重要的一种交际手段，他用这种名义去结交着一般有势力人物。'赏花'那一天中，我们家中便变成长安最高等的俱乐部：名人不成问题，都是陕西的一流角色，官僚是巡抚、藩台、臬台、道台、知府等等。家中的布置是尽可能地要做到讲究的地步。"①父亲对食物非常奢侈，他有一个食谱，上面都是他发明的菜，并且想了许多办

---

① 王独清：《长安城中的少年》，光明书局 1935 年版，第 19—20 页。

法以花代菜。

　　然而，就是这样一个与陕西官府有着密切联系的家庭也面临着变革。核心的原因在于 19 世纪末期以来中国社会的巨变。王独清出生在 1898 年，即中国戊戌变法年，作者讲："这算是近代开始翻身的时期。我是生成便不是这个家庭中的人。然而我也带来了一个悲苦的命运：在我出生前四年正是中国历史上重大事件之一的中日战争，从此各帝国主义便开始有规模地在中国伸出他们的巨掌来了。我的生命是注定了一和这世界接触时便要印上半殖民的囚犯的烙印。安宁的世界和我没缘。我两岁多的时光便发生了义和团和联军进攻北京的事件，清廷的太后皇帝都奔到长安来，同时，也就在这一年陕西在闹着饥馑的大灾。"① 在王独清 10 岁时，就是 1908 年，"这个时代的狂涛在猛烈地攻击着封建的围墙。旧社会是在崩溃着了。长安城中到处都走动着'新党'，这给呼吸古老空气的人物和家庭以绝大的不安。我们家的变动就发生在这种社会变革的情势之下"②。王独清的父亲和新派、老派都有联系，当时长安城内有两个不做官的旧名士在长安的新人物中间相当流行，一个是张柏云，一个是王注东，后者是王独清父亲。张柏云比较"左"倾，与同盟会有关系。而王父对同盟会的态度只是拉拢，其实并不了解同盟会，或者说没有任何关系。一次父亲走到按察使衙门的巷子时，遇上了同盟会会员焦子警，焦子警的辫子上打了一个结，一会儿又遇到两个人走进巷子，这两个人，一个是当时高等学堂的学生，一个是健本学堂的教员，高等学堂与健本学堂是清末民初的新式学堂。这两人的辫子上也打了个结，事后证明那天是同盟会在巷子里开会，遇到的人都是同盟会成员。处于这样一个风云即将骤变的时代，种种既传统又现代的事物在王独清家中都出现了。

　　就王独清所接受的教育而言，辛亥革命前，他接受的教育一半是传统，一半是现代，这正是西安由传统走向现代的一种表征。一方面父亲给他安排了非常严格的儒教经典功课，另一方面少年王独清有幸接触到现代文化，并努力学习它。他曾得到一本上海出版的吴友如画的画报，"我照样的把那些时事画临了又临，我觉得那是比临画谱要有趣得多。于是我明白了绘画原来还可以用去表现现代的人物和眼前发生的活动的事体。这给了我新的刺激，我再也不愿意画什么山水和什么花卉了，并且连美人也都不愿再去着笔。我也创作去我的时事画来了"③。《点石斋画报》创刊于清光绪十年四月（1884 年 5

---

① 王独清：《长安城中的少年》，光明书局 1935 年版，第 25—26 页。
② 王独清：《长安城中的少年》，光明书局 1935 年版，第 60 页。
③ 王独清：《长安城中的少年》，光明书局 1935 年版，第 40 页。

月），由英国旅沪商人美查——画报所载之尊闻人创办，连史纸石印，每月上中下旬各出1次，次凡8帧，随《申报》出售，售洋5分，发行至光绪二十四年（1898年），共出528号，刊行图画4600多幅。因画报由点石斋石印书局印刷，故得名《点石斋画报》。《点石斋画报》是我国第一本画报。当时与吴友如合作的，还有田子琳、金蟾香、符艮良、金耐青等人。他们都用白描的线条作画，和吴友如的画风是一致的。后来，吴友如把他在该刊所发表的作品，汇印成册，题为《吴友如墨宝》。因为画报是以报道时事为主，看重新闻性，吴友如和他的同事也就把再现时事作为绘画的主要题材。这样，就很自然地形成了吴友如一派以事件为画题、以人物为中心、以线画为特色的艺术风格。这种风格，对于宋元明清以来以山水花鸟为题材来表现文人士大夫山林隐逸思想的文人画来说，是一种突破和创新。《点石斋画报》的艺术特点，是它很好地继承了中国传统以来，特别是明清这个时期版画木刻艺术的特点，吸取了民间艺术中的表现方法，采取了广大人民喜闻乐见的内容和形式，因而获得群众喜爱，它也适当吸收了西洋画法中的透视和解剖知识，因而在画面上的远近、人物比例，看来都很舒服。在构图的处理上，是从现实中去吸取，因而真实而有变化。

王独清模仿吴友如《点石斋画报》把家庭中发生的较为大的事件描绘下来，同样在每张上用蝇头小楷写一段说明，再加上一两句评语，并且装订成册，上面题上"有成画册"。然而，即就是这样，在作者看来："现在想来，我的童年是一个在矛盾的空气里生长的童年。一面我是在一种好像简直是非常舒服的境遇中生活，一面我的精神却被一种几乎是悲惨的黑暗压倒佝偻的地步。这就是说：表面上我的童年算是理想化的，我是不认得什么是饥，不认得什么是寒，并且有相当的教育，有大多人享受不到的抚养。但是实际上我的周围却又笼罩着种种不和平的瘴雾，封建家庭中常有的暴虐和残酷都在迫害着我的脆弱的想象。不错，我的境遇是如此其高贵，我是被人前呼后拥地度了我人生的最初光阴，然而跟着这个境遇而来是些什么呢？那恐怕是除了些坏的习惯，虚伪的假面具，宗法制度下的病态……除了这些，再没有什么了吧？"[①]这样的家庭后来随着王父去世，也就衰落了。长安城内另外的几家富庶人家也在这个时候走到了没落期。一家姓戴的人家和一家姓张的人家先后衰败，宅子被中国银行所购买，至此，宣告西安城内的封建大家庭土崩瓦解，而此时正是革命暗潮涌动之际。

———————————

① 王独清:《长安城中的少年》，光明书局1935年版，第47—48页。

二、同盟会、哥老会、新军与西安起义

1911 年 10 月 10 日武昌发生起义之后，10 月 22 日陕西和湖南同日发动起义支持武昌首义。陕西可谓是最早支持武昌起义的省份之一。少年王独清目睹了这场武装反对清廷的起义过程。在《长安城中的少年》中作者描述道："陕西反正是九月初一。这天是一个很好的天气，太阳非常温暖地照在人的头上。从早上到正午，什么事也没有。可是，刚一到正午，这种升平世界便立刻告终。突然，人的喊声和枪声压倒了一切。那仅仅两个团属于清政府的'常备新军'的军队在这时得了真正的下层民众的援助把这场新鲜的场面演到了一个动人的顶点：首先，那座空洞的行宫被新军占领了。这便做了革命队伍临时的中央机关。接着巡抚、布政司、按察司，这一类的衙门都被包围起来。甚至不知道哪个衙门还被放起来火，黑烟简直吞噬了天空的一半。城门是很快地夺在了群众的手中，这给了一个从来没有过的开放，所谓刀客、土匪，这般贫苦的农民大队便如潮地涌了进来。即刻，所有的街道都成了这般好汉的领土。他们第一便是打开牢狱，救出成百成千的囚犯，其次是搜查那些出名的公馆，用报仇的手段在抢劫着官僚和地主的财物。巷战是一步一步地紧张，子弹在每家屋顶上飞来飞去……这样一直继续到第二天早晨。"[①]关于 1911 年西安支持辛亥革命的武装起义史书记载甚多，但从没有一种记载像王独清作品里对这场起义详细地描述出历史变动场面，我们似乎感受到革命浪潮掀起时，动荡不安的社会时局。

《长安城中的少年》尤其重要的史料价值在于，指出了当时参加这场陕西辛亥革命的各种社会力量。谁都知道辛亥革命运动大部分是破产的农民和手工业者的力量。在陕西，农民更是运动的主体。当时除了各省都有的所谓的江湖会的群众之外，陕西还有着本省特殊的农民组织：那便是所谓刀客和土匪。刀客的势力好像最大，他们在这次运动中起了不小的作用。像他们那样无条件地打开所有的牢狱，像他们那样把所有官僚和财主的住宅当作窝藏贼赃的所在，那也只有他们才能够干得出来。"我们可以说，就只这两种事实，便绝不是当时上层的革命领导者所肯干的。他们确是使得旧有的社会更加混乱了，但是那个混乱，便是被压迫阶级的力量的表现。从前受人剥削和虐待的人现在都找着报复的机会了。我们的刀客和土匪的行动立刻便教会了要飞越的群众。大家都不约而

---

① 王独清：《长安城中的少年》，光明书局 1935 年版，第 109 页。

同地武装起来，争着去'发洋财'。所有在街上跑的人都是扎着包头，绑着草鞋，手中或是来复枪，或是土枪，甚至还有的在拿着大刀、铡刀等等。暴动简直好像是抬起了整个的长安……'发洋财'这个熟语好像就是这个时候才叫出来的。这在当时的意义便是抢劫有钱人家的财物。不过为什么叫作'洋财'，这却恐怕是有另外的一种意义的。本来辛亥革命爆发的重要原因是为要抵制帝国主义的经济上的侵略，不消说，这时民众最恨的便是'洋人'。民众是已经意识到他们的不能生存是因为'洋人'在那儿作怪，可是，同时他们也明白容许'洋人'来作怪的却正是他们头上的特权阶级。他们很透彻地懂得了他们头上的那些人一定是在那儿和'洋人'分赃，一定是在受着'洋人'的贿赂。他们要夺回他们的财产，首先他们便要在那些做'洋人'的代理人的身上去下手。这是很简单的，那些人的财产不叫'发洋财'还叫什么呢？真的，'发洋财'便是当时下层民众的唯一的口号……"①对于辛亥革命的认识，王独清清醒地意识到西方列强与国内特权阶级勾结起来，造成了民国初期中国社会的动荡，"发洋财"一词形象描述出下层民众革命的目标和目的。

　　民国时期，土匪横行，陕西关中一带出现了一种叫"刀客"的土匪。他们原是在关中东部渭河两岸地区兴起，通常携带一种刀子。这种刀子由临潼县关山镇打造，长约3尺，宽不到2寸，形制特别，极为锋利，人称"关山刀子"。携带这种刀子的人往往行侠好义，蔑视官府，打击豪富，人称"刀客"。大概到光绪、宣统年间，他们配备了长短枪支，但人们仍喜欢沿用"刀客"的名称来称呼他们。刀客主要活动在关中一带，由破产农民、手工业者和一些被政府通缉的逃犯组成，没有固定组织、严密禁忌。陕西辛亥革命期间，起义队伍里有一部分人便是刀客。参加武装起义的还有会党，主要构成是哥老会。清中后期，社会动荡不安，产生大量的破产农民，手工业者以及散兵、乡勇。陕西哥老会是从南方传来的，同治六年（1867年）为镇压陕甘回民起义，清政府任命左宗棠督办陕甘军务，左宗棠率部调防至陕西、甘肃，从而将哥老会带入陕甘两省。从嘉庆十五年（1810年）到宣统三年（1911年），陕西至少有七个哥老会。陕西哥老会有太白山、定军山、提笼山、秦凤山、琥珀山、贺兰山、通统山。在众多的哥老会中以张云山领导的通统山哥老会势力最大。张云山的通统山开山于辛亥革命前一年，初开山堂就有1000多人加入，绝大部分是新军士兵。

　　1911年西安能够发生反抗清廷的武装起义，还在于同盟会的领导。孙中山1905年

---

　　①　王独清：《长安城中的少年》，光明书局1935年版，第110—111页。

在日本，深感有必要成立一个全国规模的统一革命组织，以便领导全国的革命运动。1905 年 8 月 20 日，在孙中山倡导下成立中国同盟会，确定"驱逐鞑虏，恢复中华，建立民国，平均地权"的革命纲领。同盟会成立以来，1905 年至 1907 年，据可考的加入人数有 379 人，其中留学生和学生有 354 人。陕西当时在日本留学的有 30 余人，主要来自三原宏道学堂、省立高等学堂、师范学堂，其中有 22 人加入中国同盟会陕西分会。1905 年陕西同盟会员井勿幕、徐朗西、张铣、马凌甫、张蔚森等奉孙中山之命回国进行革命活动。徐朗西回国后去了上海，井勿幕、张铣等回到陕西。据张奚若先生回忆，井勿幕是"一个了不起的人物"，"陕西人中运动革命出力最大的，一个是在上海办报的于右任，一个是他"。①井勿幕曾三次往返于陕西和东京之间，筹组同盟会陕西分会，被孙中山和黄兴誉为"西北革命巨柱"。他们回到陕西后，积极宣传孙中山的救国主张和同盟会的革命纲领，联络进步知识分子和其他阶层的革命力量，发展了王子端、焦冰（子静）、李异材（仲特）、李良材（桐轩）、柏惠民（筱余）、邹炳炎（子良）、高又明、马开臣等 30 余人为同盟会会员，奠定了同盟会在陕西建立组织的基础。1906 年秋，同盟会陕西分会在东京成立，推举白秋陔为会长。此时，陕西革命队伍已经组成完成。

1910 年春，张益谦（靖卿）、张凤翔（翔初）由日本士官学校毕业回省，到新军中任职。另钱鼎、张钫、党自新、曹位康（建安）等 23 人从保定陆军速成学堂相继毕业回陕，按所学兵科分配到各营任职。新军掌握在这些接受新式军事教育的军人手中。然而，此时，陕西的革命力量还处于零散状态，西安起义前夕，同盟会陕西分会积极联络会党、新军，1910 年 7 月 9 日，同盟会在大雁塔召开大会，到会的有井勿幕、钱鼎、张云山、万炳南、朱叙五等 30 多人，号称三十六兄弟，歃血为盟共图大举，这些人中有新军、同盟会、哥老会成员，大雁塔会议标志着陕西同盟会、会党、新军形成统一战线。1911 年 10 月 22 日，在同盟会领导下，西安起义成功，新军改称为秦陇复汉军，推举张凤翔为大统领，万炳南、钱鼎为副统领，张云山为兵马都督。陕西革命者以三原和富平最多。因为"三原县和富平县是陕西的商业区域。那儿一向便是出着有名的商业资本家和大地主。不消说，从那儿出去留学的人很多。因为这样，当时陕西革命党的上层分子便几乎都是这两处的人才。这恰恰就说明了辛亥革命的总的意义，就是说，这革命是资产阶级的解放运动"②。西安举行武装起义，推翻满清在陕 260 多年的统治，

---

①　张奚若：《回忆辛亥革命．辛亥革命回忆录（一）》，中华书局 1961 年版，第 143 页。
②　王独清：《长安城中的少年》，光明书局 1935 年版，第 111 页。

有力地支持了武昌起义，为西安城市现代化发展奠定了基础，成为西安城由传统走向现代的转折点。

以武装推翻满清统治在陕西取得成功，西安是这场革命的发生地。革命的结果是巡抚不见了，代替的是一个都督和一个大帅。1911年11月26日，成立陕西军政府，改大统领为都督，由张凤翙担任，大帅是张云山。革命之后，陕西政治风云变幻莫测，各种力量此消彼长，斗争异常激烈。张凤翙代表当时正统的革命党，即当时革命者的上层分子，张云山代表的是下层革命分子，两派之间斗争非常激烈。起义第一个成功的标志是西安市老百姓的家门口都挂着一面大旗，上面写着"投降大汉"。非常有意思的是，"张凤翙派了军队在每个人家底门前来回地巡查，要是那一家没有挂那面白旗，那一家便是满人的奸细。从反正后的第二天起，每天都是这样。然而一天忽然起了一个奇怪的变动：早晨，张凤翙所派的军队才巡查过了不久，突然有一批另外的军队到每家门上来命令，叫把白旗取下，换上红旗。并且那命令还附带了一句话，说是旗上写不写'投降大汉'都不要紧，只要是红旗就好。果然，家家都挂起红旗来。这叫挂红旗的便是万炳南。大概这是起初张凤翙也给惊得失掉了主意了。后来张凤翙终于又派了军队到每家，叫重新换上白旗"[1]。于是，这支队伍来了，老百姓家门口挂红旗，那支队伍来了挂白旗，结果是每家门口这边挂的是红旗，那边挂的是白旗。万炳南的举动断送了自己的性命。张凤翙用计枪杀了万炳南。张凤翙的权威震慑了整个江湖，谁也不敢说报仇的事情。张云山逐渐归入到张凤翙的势力范围。但是很快就有部队来围攻陕西。王独清在《长安城中的少年》中写道："那便是赵倜攻打陕西的那一段插话。这是当时记得历史的人都知道的：袁世凯为了和南京的临时政府谈判的条件，一面叫段祺瑞虚张声势地向武汉进攻，一面命令河南的赵倜攻打陕西。赵倜的军队是已逼进潼关，但却停在那儿，不肯前进。这时陕西确是危险得很，无论在哪个方面要和赵倜的大军抵抗是完全不可能的事。问题是只看南北议和的情形怎样，只要说一声条件破裂，赵倜简直便可以不费一点力量，一直冲击省城。"[2]王独清客观地描述了西安起义之后，袁世凯与南京临时政府之间的斗争，写出由于南京临时政府解散，袁世凯获得政权，赵倜的军队退出潼关。王独清还列举赵倜攻打陕西时张贴的一张告示。"牛兄马弟，兔五龙三，见面礼节，卑鄙难堪。"这前两句是指江湖会，后两句是江湖会人相见时抱拳的礼节。从这里看出赵倜反对的是西安起义中的底层阶级，而不反对像张凤翙

---

① 王独清：《长安城中的少年》，光明书局1935年版，第111页。

② 王独清：《长安城中的少年》，光明书局1935年版，第117页。

这样的资产阶级。王独清还交代了起义领袖人物之一的张云山的命运。张云山作为底层老百姓的代表人物，进城之后就腐化了，大洋房盖起来，铺子开起来，但是一年后却死于仇人的毒杀。

陕西辛亥革命是西北辛亥革命的重要组成部分。1912年张凤翙在纪念陕西光复一周年大会上的讲话指出："陕西以无兵、无粮、无械、无援之国，振臂一呼，四民响应，开西北之义声，作东南之后劲，大小数百战，奔驰千余里，坚持五六月，死伤数万众，推倒数千年帝制，恢复百二重关河，为中国革命史上留一大纪念，为吾秦黑暗界中的一大光明，轰轰烈烈，堂哉，皇哉！"①毋庸置疑，革命摧毁着一切旧秩序和旧的习惯。社会刚刚经历了"反正"，人们对于带兵打仗的人产生了一种盲目的崇拜。王独清在大母的安排下和蒲城一望族结亲，这一家姓李，姑娘的哥哥是同盟会员，参加了这次西安城内的革命，并且是一个团长，于是王独清的命运被改变了。《长安城中的少年》从个人的人生遭遇以及家庭变故，写出了晚清末年西安城内的时局变迁，详尽地叙述了陕西近代历史上影响格局深远的重大历史事件。和一般史料相比，更真实，更生动，因为亲历更有复原当时历史场景的功能。

三、起义前后西安城内新文化空间

革命之前需要新式人才领导革命，革命后，由于国家权力的转移，旧有的文化部门和设施被废弃，有的成为潜在的土地开发用地，有的转化为新式教育机构，于是西安城里出现了更多的新文化空间，王独清的《长安城中的少年》在描述西安起义的经过及其善后事宜之际，给我们展开了一个又一个新式的文化教育空间和机构，它们有的创办于起义之前，有的开办于革命之后，从这些新式学堂走出来的陕西新式知识分子成为最早了解世界，最早接受现代化思想的先驱，为陕西文化事业发展，乃至中国社会和文化发展都曾做出了贡献。由于王独清是这段中国社会的变迁亲历者，他的描述比任何一份历史文献资料都要真实，更有生动性。

第一，从陕西高等大学堂到国立西北大学。1902年，即光绪二十八年，陕西巡抚升允创立了陕西高等大学堂，地址在西安城东考院，与西安府之崇化书院相邻，光绪三十一年（1905年），巡抚夏时按照朝廷要求将其改为陕西高等学堂，时为西安城内级

---

① 《秦中公报》1912年9月20日。

别最高的学校。陕西高等大学堂创办之初，就聘请外国教习，显示出一种欣欣向荣的现代气息。1906 年至 1910 年，日本人足立喜六在陕西高等学堂任教习，足立喜六一向憧憬中华文化，每当授课之余，便在西安附近调查古迹，回国后 1933 年完成《长安史迹研究》一著。从足立喜六到晚清末年的西安担任外国教习一事就可看出，清政府一方面派遣一批批学生出洋留学，另一方面延请大批日本人来中国任教习，以应新式学堂之急需。陕西高等学堂所在旧址为清军同知署，由清政府招聘的日本籍教员足立喜六、铃木直三郎等任教。据王独清在他的《长安城中的少年》中描述："高等学堂是当时官办的学堂，那算是科举废除后一省最高的学府。在名义上，那算是中学，甚至还是大学预科，不过实际上怕不见得真是那么一回事。那里面的学生有十多岁的孩子，也有三四十岁的人物。在当时能进那个学堂的人是再舒服也没有了：学校在供给房子和伙食，并且每月还发着几两银子的津贴。"[①]无疑，高等学堂是官办，监督、学监都是当时的官僚。王独清的父亲与他们都很熟悉，这些高等学堂里的官僚表面上是在办新学，但实际上却都是反对学校制度的守旧分子，所以他们大多劝王父不要把孩子送到高等学堂里来。但是那时的王独清对新式学堂的向往是不言而喻的，只是一时还没有寻找到进入新学堂的机会。

　　1911 年 10 月西安发生了支持武昌起义的武装革命，革命成功后，1912 年秦陇复汉军大都督张凤翙在西安创设西北大学，这所西北最高学府的前身就是陕西大学堂，办学的人大部分是在日本明治大学速成班学了法政的留学生，这是西北地区第一所真正意义上的现代高等学府。1914 年 6 月，袁世凯将张凤翙调离陕西，派其亲信陆建章率兵入陕。陆统治陕西后，即于当年冬天将西北大学校长钱鸿钧逮捕，由关中道尹末焕彩接任校长职务。1915 年陆建章又将西北大学撤销。

　　1923 年反动军阀刘镇华督陕时重新设立"国立西北大学"。1924 年 1 月，北洋军阀政府正式批准西北大学立案，任命原西北大学筹备处处长傅铜为校长。西北大学获准成立后，刘镇华将原陕西法政专门学校、水利工程专门学校、渭北水利局附设之水利道路工程专门学校及甲种商业学校等，强行与西北大学合并，设立法科、工科两个专门部和国文、蒙古文、政治、经济等专修科。法科主任蔡江澄，工科主任李仪祉（陕西水利局长兼），政治经济主任王风仪，国文主任吴芳吉，蒙古文主任黄成恍，教务长吴小朋。1924 年暑假，西北大学和陕西省教育厅合办"暑期学校"，邀请国内学者名流来陕讲学。

---

① 王独清：《长安城中的少年》，光明书局 1935 年版，第 77—78 页。

应邀前来的有鲁迅先生，北京师范大学教授王桐龄、林砺儒，东南大学教授陈钟凡，南开大学教授蒋廷黻、陈定谟、刘文海及《北京晨报》记者孙伏园，《京报》记者王小隐等。然而，1926 年在围城之役中西北大学解散。1937 年抗日战争爆发，平津沦陷，西安成立"西安临时大学"，由北平大学、北平师范大学和天津工学院迁西安合并组成，继而迁至城固，1939 年改名"西北联合大学"，后又改称"国立西北大学"，抗战胜利后才迁回西安，这就是解放后重新命名的"西北大学"。20 世纪 30 年代台湾作家尹雪曼在西北大学就读，30 年代后期诗人牛汉也曾报考西北大学，在外文系读书。从陕西高等学堂到西北大学，这是西北现代化教育发展的起步。西北大学的前身陕西高等学堂为陕西辛亥革命培养了革命力量，辛亥革命在陕西取得胜利又为陕西现代化教育奠定了政治基础，此后这所近代西北最早的高等学府为西北的经济和文化发展培养了大批优秀的人才，推动了近现代西安文化繁荣发展。

第二，三秦公学与健本学堂。以个人的经历折射时代的风云是王独清《长安城中的少年》这部自传体著作最显著的特点，不仅描绘了武装暴动的全部过程，交代了革命队伍的复杂构成和内部矛盾，而且从个人经历角度，描述了当时西安城内最主要的几所新式学堂。王独清在父亲去世之后，便由大母决定为他联姻，妻兄是辛亥革命中的一位团长，在王氏看来，"三秦公学的规模虽然赶不上西北大学，但是它内边也有许多部门，除了中学部而外还有高等英文班、留学预备科等等。在性质上说来，这是一个包括中学和大学预科的学校。……教员是在日本留学的也有，从上海和北京住了学校回去的也有"[①]。三秦公学成立于 1912 年 4 月 28 日，以理工和留学教育为主，主要发起人有刘鼎球、田种玉（蕴如）、宋向辰、焦子静等，著名的水利工程专家李仪祉曾任该校教务长兼德文、物理教员，渭南人严敬斋曾任教务长兼英文教员。在当时，虽然晚清的陕西高等大学堂、三原的宏道学堂，以及师范等各学堂均以引入西学为目的，但是它们当时引入的东洋教习充其量不过五六位，而留学生尚未归国，因此，实际上，陕西晚清时期所谓的新式教育与真正的现代教育尚有一定距离。而三秦公学的教员中懂西文与日文者竟占半数以上，仅在公学任上前后留日者就有 10 余位，还开创了以留日、留英、留德等留学预备教育为特色的办学特色，这就极大地提升了学校的西学水准。

---

① 王独清：《长安城中的少年》，光明书局 1935 年版，第 127 页。

三秦公学后改名为省立西安初级农业职业学校，后又改名为农业学校，第一职业学校，后合并到第二职业学校，校址位于西安城外西南角，负郭而居，地址宽宜，空气新鲜，前有园圃 50 亩，分畦别部，栽植花蔬果木，以供园艺作物森林诸学程实习研究之用。另外，王独清在《长安城中的少年》中还提到"健本学堂"，这所新式学堂在西安西城"早慈巷"，是革命党的秘密机关，也是焦子静为培养革命人才和掩护同盟会开展活动所创办的学堂，辛亥革命后改名"健本小学"，1948 年移至咸宁学巷南口外以东，仍用旧名。

第三，公益书局与《新民丛报》。尽管当时全国的文化中心在上海，文化名人主要集中在北京和上海两地，图书的出版和选题策划均集中在这两个城市，但是这些大书局也在西安设立分馆，主要是销售本馆主办的用于各类学校的教材和其他一般图书，这样就带动起来西安近现代文化的发展。西大街的正学街，全长不过百米，就有印刷厂数十家，涝巷是雕版印刷年画及冥币的集中地，南院门、竹笆市则是书店、印书馆最集中的地域，有著名的世界书局、中华书局和商务印书馆在西安设的分馆，三联书局更是当时进步青年经常光顾的地方。还有华西书局、大东书局、荣记书局、维新书局等也云集于此。当时陕西各种学校所用课本大多为商务印书馆、中华书局、世界书局以及一家名叫文化学社的出版社出版，西安市各种学校多数使用此四家出版机构的课本。

对王独清影响较大的则是"公益书局"。它是清光绪三十四年（1908 年）由一个叫焦子静的人"和进步人士张拜云、吴宝珊三人合资在南院门街路南租了三间木板门面街房，开设的。表面上是收购和销售各种故旧书籍、碑帖，往往能在这里买到名贵的古典著作，还兼卖文具、纸张，实际上是陕西同盟会秘密革命活动的据点"。这里的焦子静在《长安城中的少年》一著中被作者称为焦子警，而根据《西安老街巷》以及《西安老街村》等诸多资料，我们确定此人应该叫焦子静，是同盟会陕西分会会员。后来，公益书局因为所处的地方狭窄，革命者来西安聚会不够住，焦子静便在南院门街路南，南院广场对面，买了一所有三间门面街房带一个大后院的房子。街房开书局并附设有"公益印书馆"，后院办有印刷厂，并将原"公益书局"改名为"含璋书局"，大约过了年余又改名为"酉山书局"，出售书报、纸张和印刷材料。并且根据需要秘密翻印革命刊物，也翻印上海商务印书馆和中华书局出的课本和代印其他书刊，出售文化用品。事实上，晚清末年开创的公益书局不仅是知识分子寻求新知识的地方，也是他们宣传新思想的机构，陕西留日学生在日本东京创办的《夏声》刊物就是通过公益书局而宣传革命激进思想的，所以公益书局无疑是当时西安城重要的文化中枢之一，每天来往的教界人士络绎不绝。

《夏声》是在中国同盟会的影响下，由在东京成立的同盟会陕西分会和陕西留日学生组织出版的机关报。它是各省留日学生创办的刊物中时间较长的刊物之一。1908年2月创刊至1909年9月停刊，为月刊，共发行9期。发行人为杨铭源，主要撰稿者有井勿幕、李元鼎、茹欲立、张季鸾和于右任等。《夏声》辟有"论著""时评""学艺""文艺""杂纂""附录""时事丛录"等栏目，采用文言体，由在日本东京的陕西籍同盟会会员编辑发行，出版后由日本寄往国内以及美、英等国的各代办处分销，运到陕西的则由西安公益书局经销。读者对象是革命党人、青年学生和旧军队的下级军官。内容以反对清朝专制统治，防止西北利权外溢为主，涉及政治、教育、军事、农业、工商业、历史、风俗民情等，介绍国内外发生的重大事件以及最新的西方科学技术成就。

可见，公益书局不仅是《夏声》的经销书店，而且由于外县的同盟会会员和进步人士常来书局居住，并与省城的会员、开明士绅们在此聚会，所以这里也是革命党人联络感情和交换工作意见的主要场所。当时陕西的同盟会能够团结许多士绅，并得到了他们的帮助，不言而喻，公益书局（"酉山书局"）发挥了巨大的作用。辛亥革命后，"酉山书局"在陈树藩督陕，西安围城后和宋哲元驻陕时，先后三次因故被封闭，旋又复业。到1932年左右，该书局仍承印景梅九办的《国风》报和《出路》杂志等。以后因生意萧条，焦子静遂将南院门街书店的房屋出租上海商人开的"亨达利"钟表店，将印刷机搬到竹笆市。新中国成立后，焦子静将南院门街原书局的房屋租赁给西北工程总局，以三年得的租金还清了他欠亨达利的债款，此后房归公有，在这里开设了一家"古旧书店"。

在公益书局里少年王独清接触到《新民丛报》。这是晚清末年，资产阶级兴办的一份报刊，1902年2月8日在日本横滨创刊，1907年11月20日停刊，前后出版了5年零9个月，共发行了96号。内容分图画、论说、学说、时局、政治、史传、地理、教育、宗教、学术、农工商、名家、谈丛、文苑、小说、新书介绍等类别，包含人文社会科学的各个领域以及自然科学的某些学科。梁启超是《新民丛报》的创办者和主编，也是《新民丛报》的主要撰稿人。《新民丛报》对报刊界、新式教育界影响颇大，梁启超的文章充满热情，纵横捭阖，对青年更有吸引力，"使读的人不能不跟着他走，不能不跟着他想"。胡适在其自传《四十自述》里，多次提到梁启超对他本人的影响。他说梁启超及其文章，"引起了我们的好奇心，指着一个未知的世界叫我们去探寻"。陕西近代一些重要文人都曾经深受它的影响，像于右任、郑伯奇都是接受了《新民丛报》的先进思想的。《新民说》诸篇给他们开辟了一个新世界，使他们彻底相信中国之外还有很高等的民族，很高等的文化，知道了《四书》《五经》之外中国还有学术思想。新中国成立后，焦子静将南院门街原书局的房屋租赁给西北工程总局，以三年得的租金还清了他所欠债款，除此之外，王独清还介绍了自己接触到的陕西本省创办的《秦风报》。这是一种权威报纸，每天四大张，评论是一篇文字相当长的文章，时评总有五六篇，还有至少二天一次的"杂俎"。王独清在《长安城中的少年》一书中不仅介绍了西安城内主要的文化空间，还描述了这些文化空间的动态发展。民国二年陆建章督陕，社会上出现了一群学生退学的风潮。然而，还有一部分青年因为烦闷而走上了革命的新路。王独清就认识了民党一位叫姚树陔的人，他在思想方面是很激进的革命家，又是汉学家和历史学家，"他创办了一个带有革命性质的文化团体，叫作'觉社'，那算是在长安——恐怕也是在全陕西——第一次出现的平民教育机关"[①]。

晚清之际，西方列强迫使中国开放 24 处通商口岸城市，以上海为中心的通商口岸城市几乎都成为中国后来的工业基地和现代化中心、文化重镇。而西安作为一座深处内陆的都市，尤其是拥有几千年的都城史，可以想象，在中国，没有哪座古都像西安这样，它的现代化转型举步维艰。但是，在 20 世纪上半叶，笼罩在西北黄尘飞沙之中的西安大街上出现了代表殖民现代化的碎石马路（这是中国挪用外国都市技术关键之点），出现了新式的城市景观。毋庸置疑，传统的和现代的物质文化交织在西安，现代的新式文化空间在这座古老的城市里艰难地扩展着自己的地盘。民国时期的作家们从物质文化、历史遗迹，以及文化新空间视域勾勒出了这座古老城市古今杂糅，现代与传统交融的特色。尽管从声光电角度讲，西安的现代化发展还是那么的微弱，但是在创造社诗人王独清笔下，我们发现这座城旧有的官学、书院被新兴的学堂、书局、书店、报馆所代替。正是这些新的城市景观、新兴的文化空间的诞生，西安城逐渐走进了现代化城市的行列之中，尤其是这些新文化空间不仅培养了陕西大批的现代人才，

---

① 王独清：《长安城中的少年》，光明书局 1935 年版，第 31 页。

他们很多走出西安，走向了欧洲，成为中国新文化的先驱和创建者，而且对普及陕西地区的文化事业做出了重大的贡献，同时，他们的存在本身就意味着西安城市的生命力不断得到绵延。

（作者单位：陕西省社会科学院文学艺术研究所）

"青记"西安分会相关史实考

闻 倩

内容提要："青记"全称为中国青年新闻记者学会，正式成立于 1938 年 3 月 30 日的武汉。为发展战时新闻事业，"青记"随后在全国好些省市成立了分会，西安分会就是其中之一。遗憾的是，关于"青记"的西安分会，学界的相关研究并不多见，已有的少量文献记载也不尽准确。查阅历史文献可知，"青记"西安分会成立于 1938 年 5 月 14 日，选出了吴焕然、樊仰山、陈翰伯等一批杰出的理事成员代表，随后召开了理事会，组织了茶话会，也参与了通电讨汪等重要活动。西安分会是"青记"发展壮大的见证，为促进新闻事业、扩大宣传力度、坚定抗战信念做出了一定贡献。

关键词："青记"西安分会；成立时间；重要代表；主要活动

"青记"全称为中国青年新闻记者学会，成立于 1938 年 3 月 30 日的武汉，是抗日战争时期一个重要的新闻工作者团体。在中国共产党领导下，"青记"团结了中外同业，为抗日宣传服务，并教育青年记者坚持抗战、团结、进步的立场，奋发向上，促进了中国新闻事业的发展，为中华民族的解放事业贡献了力量。今日的我们考察"青记"的这段历史时，会特别留意到其各地分会的重要作用，而"青记"西安分会就是值得重视的分会之一。遗憾的是，关于"青记"西安分会的成立时间、理事成员、组织活动及贡献的基本史实，至今都少有人涉足，因而笔者不揣浅陋，对相关史实稍作钩沉，希望能引起学界的关注。

一

　　关于"青记"西安分会，已有的相关文献记载并不翔实。新华社北京分社主编的《中外新闻知识概览》曾这样介绍"青记"1938 年时的盛况："中国青年记者学会总会在解放区和国统区的广州、桂林、成都、西安等城市以及香港设有分会，到一九三八年年底，会员达六百多人。"[①]显然，在这样的话语系统中，西安分会是支撑"青记"的重要力量。方汉奇、史媛媛主编的《中国新闻事业图史》中采用此说，指出"青记"曾"在广州、桂林、成都、西安等城市以及香港设有分会，到 1938 年年底，会员达 600 多人"[②]。范苏苏、王大龙主编的《范长江与青记》一书中也提到了"西安分会"[③]，但并未做详细阐述。黄林编的《近代湖南出版史料》中，收入了中国青年记者学会理事会的《致长沙会友书》，其中涉及了西安分会："各地会务发展的情形很好……西安和香港分会亦已建立，重庆已成立通讯处，分会正加紧筹组中。"[④]上述材料都证明了"青记"西安分会存在的事实，而并未对其成立于 1938 年何月何日加以准确说明。

　　与上述材料不同，王文彬编著的《中国现代报史资料汇辑》中，对"青记"西安分会进行了较为详细的介绍。他说："中国青年记者学会西安分会，是由早已成立的'西安报人协会'改组而成。1938 年 9 月 17 日会员大会选出……樊仰山、王文德、高绍亭等三人为常务理事。"[⑤]王文彬是"青记"成员之一，因而他所言的"青记"西安分会与西安报人协会的关系值得我们重视。但在他的表述中，1938 年 9 月 17 日仅仅是"青记"西安分会举行会员大会并选出理事的时间，并非"青记"西安分会的成立之日。专门研究中国青年新闻记者学会历史的陈娟，"根据查到的资料考证出了部分分会的大概成立日期"，其中，西安分会的时间是"1938 年 9 月 17 日"[⑥]。这是至今正面论述"青记"西安分会成立时间问题的唯一说法，但因其论述时采用了"大概"一词，而该时间又仅是王文彬所言的开会员大会之日，因而若要采信这一说法，断定"青记"西安分会就成立于1938 年 9 月 17 日，显然失之粗疏。

① 新华社北京分社主编：《中外新闻知识概览》，新华出版社 1992 年版，第 407 页。
② 方汉奇、史媛媛主编：《中国新闻事业图史》，福建人民出版社 2006 年版，第 334 页。
③ 范苏苏、王大龙主编：《范长江与青记》，北京工艺美术出版社 2008 年版，第 393 页。
④ 黄林编：《近代湖南出版史料（2）》，湖南教育出版社 2012 年版，第 1405 页。
⑤ 王文彬编著：《中国现代报史资料汇辑》，重庆出版社 1996 年版，第 480 页。
⑥ 陈娟：《中国青年新闻记者学会历史研究》，华中科技大学 2011 年硕士学位论文，第 16 页。

根据王文彬先生提供的线索，笔者决定先查询西安报人协会的相关史实。在《工商日报（西安）》1938年1月14日第3版上，有新闻名为《报协筹备会 选定筹委积极组织》，内容如下：

> 本市报人协会发起人，昨（十三）日午后一时，假长安县党部办公室，举行谈话会，共商筹备进行事宜。计有樊仰山、冯德先、王文德、吴焕然、高绍亭、张益哉、和非玄、张聿飞、赵时纯。

也就是说，樊仰山等人于1938年1月13日午后召开谈话会，开始商讨西安报人协会筹备事宜。到了1938年1月27日，《工商日报（西安）》在第3版上刊载了新闻《报人协会昨日成立 编辑人协会昨开理事会》，相关内容如下：

> 西安报人协会，于连日来筹备就绪后，即于昨（二十六）午十二时，假长安县党部办公室，召开成立大会……结果选定赵时纯、吴焕然、张益哉、徐国馨、高绍亭、樊仰山、和非玄等七人为执委，王岳东、王文德、王介仁为候补执委，刘光黎、张聿飞、杨斌青为监委，张性初为候补监委。

由此可知，西安报人协会正式成立于1938年1月26日，距离筹备谈话会的召开仅有13天，距离中国青年记者学会的正式成立还有1个月零4天。若仅从时间上考量，西安报人对时代需求的敏锐感知，值得我们充分肯定。

1938年3月30日下午2时，"中国青年记者学会，假座汉口青年会二楼礼厅，开庄严热烈的成立大会"[1]。在成立大会上，陆诒、朱明、傅于琛、唐纵、石家驹等30余位参会者，郭沫若、张季鸾、王芸生、杜重远、邹韬奋、罗果夫、潘梓年、曾虚白、于右任、许君武、金仲华、邵力子、沈钧儒等29位名流都留下了亲笔签名，还选出了陆诒等理事及郭沫若等名誉理事。"这次会既是'青记'庄严隆重的成立大会，又是实际上的全国性的首次代表大会。"[2]"青记"成立后，就计划"筹备南昌、桂林、郑州、西安、厦门、宜昌、新加坡、菲律宾分会，限五月内成立"[3]。刊载该计划的《新闻记者》第1

---

① 陆诒：《记中国青年记者学会的成立大会》，《新闻记者》1938年第1卷第2期。
② 陆诒：《文史杂忆》（上海文史资料选辑·第75辑），上海市政协文史资料编辑部1994年版，第153页。
③ 中国青年新闻记者学会：《中国青年新闻记者学会一年工作纲领》，《新闻记者》1938年第1卷第2期。

卷第 2 期出版于 1938 年 5 月 1 日，也就是说，"青记"至迟在此时已在计划成立西安分会，而给出的时限为 5 个月。可见，"青记"西安分会的成立时间应在 1938 年 5 月 1 日至 1938 年 10 月 1 日期间。令人欣喜的是，1938 年 7 月 1 日出版的《新闻记者》第 1 卷第 4 期上，就已有"西安分会正在发展中"①的报道，证明在该期刊物出版前，"青记"西安分会就已经成立。

那么，"青记"西安分会到底成立于这期间的哪一天？笔者幸运地查到了《西安晚报》1938 年 5 月 14 日第 1 版上的新闻《青年记者学会西安分会今日成立　选定樊仰山高绍亭等为理事》。其相关文字如下：

> 中国青年新闻记者学会，自在汉成立后，各地纷纷响应成立分会。本市报人协会，经执委会议决，改组成立中国青年记者学会西安分会，特于今午十二时假长安县党部正式成立西安分会，届时到有各报及通讯社记者三十余人，由樊仰山主席，报告成立意义，并宣读各项简章甚详，当经选定吴焕然、樊仰山、高绍亭、陈翰伯、赵时纯、徐国馨、关洁民等七人为理事，并通过提案多件，决议下礼拜六举行首次座谈会云。

根据该新闻，"西安市报人协会"为响应"青记"号召，改组成立了"中国青年记者学会西安分会"，并于 1938 年 5 月 14 日这天中午 12 时召开了成立大会。在该次会议上，成立意义得到了宣讲，相关简章得到了发布，理事选出了 7 人，提案通过了多件，还决定了座谈会召开的时间。可以说，该成立大会召开得颇为顺利，内容相当丰富。

二

在 1938 年 5 月 14 日的"青记"西安分会成立大会上，吴焕然、樊仰山、高绍亭、陈翰伯、赵时纯、徐国馨、关洁民 7 人当选为理事。能担任"青记"西安分会的理事职务者，应该不是泛泛之辈。但经笔者多方翻阅资料，仅找到吴焕然、樊仰山、陈翰伯的相关记载，而高绍亭、赵时纯、徐国馨、关洁民尚未有详细的文字材料记录。兹将查阅

---

① 中国青年新闻记者学会：《会务报告（三）》，《新闻记者》1938 年第 1 卷第 4 期。

到的内容整理如下，其余几位的信息，还有待继续努力查证。

一是吴焕然。1927 年，他考入陕西中山学院，加入中国共产党。1929 年为西府工委负责人之一，后任兰州《西北文化日报》副总编辑。抗战爆发后，他回西安任《工商日报》总编辑，《秦风日报》《工商日报》联合版编辑。①吴焕然担任报社的编辑时，在编写新闻稿和社论上，能够做到随写随交排版，所成文章富有文采，很值得看。他还善于作旧体诗，遣词不避俚俗，用意深长，有自己独特的风格。也就是说，在"青记"西安分会成立之前，吴焕然已经拥有了纯熟的新闻编辑素养，这将有助于以后进一步提高西安分会内部成员的新闻编辑能力。二是樊仰山。如前所述，在"西安报人协会"筹备时他就参与其中，到后来该协会改组成"青记"西安分会时又当选为理事，可以说樊仰山是西安分会发展的见证人。需要指出的是，樊仰山在当时新闻界和戏剧界都具有一定的地位。1932 年他为西安易俗社编写了秦腔古典戏《杨贵妃》，名噪陕、京，此后，被易俗社聘为社员兼编辑。1936 年，樊仰山在杨虎城的资助下创办了《青门日报》，后到杨虎城第十七路军三十八军第十七师赵寿山部任文职，并被聘为《西安平报》编辑、总编辑。②由此可见，樊仰山不仅具有娴熟的新闻编辑能力，还对戏剧创作颇有造诣，其影响力有利于"青记"西安分会在文艺界接触更多的名人，进而扩大宣传的范围。三是陈翰伯。他是我国著名的新闻工作者和编辑出版家。陈翰伯自身有着丰富的教育经历和新闻工作的经验，1936 年，他在北平燕京大学新闻系学习时加入中国共产党，曾任北平学生联合会党团书记，同年开始从事新闻工作。③另外，需要提及他与吴焕然相同的共产党党员身份，在一定程度上证明了分会与共产党有着密切的联系。除此之外，还有一人应该指出，那就是杨松。他虽未在前述"青记"西安分会初始理事成员中，但《中国记协六十年》上有这样的记载："1942 年 11 月 25 日，中国青年记者学会西安分会理事、《解放日报》总编辑杨松（吴绍镒）积劳成疾，在延安病逝。"④可见，杨松应是后来加入"青记"西安分会的理事成员。杨松 1927 年加入中国共产党。1938 年 2 月底他回到延安，担任中共中央宣传部副部长，1938 年 11 月杨松兼任中共中央宣传委员会秘书长、委员，中共中央华中工作委员会兼中共中央华北工作委员会委员，中共中央文化工作委员会委

① 澄城县志编纂委员会主编：《澄城县志》，陕西人民出版社 1991 年版，第 662 页。
② 参见中共陕西省委党史研究室编：《陕西抗战人物纪事》，陕西人民出版社 2015 年版，第 193 页。
③ 参见贾树枚主编：《上海新闻志》，上海社会科学院出版社 2000 年版，第 754 页。
④ 《中国记协六十年》编委会编：《中国记协六十年》，学习出版社 1997 年版，第 77 页。

员，中共中央党报委员会委员。^①众所周知，在1938年"青记"西安分会成立之时，国内政局动荡，杨松此时的政治身份和背景能够带来强有力的发言权，有助于提高"青记"西安分会的社会影响力。

其他几位理事成员的详细记载虽不易得，但他们当时所任职的报社对西安社会均有一定的影响。一是高绍亭任编辑的《西安晚报》。《西安晚报》由山西人景梅九创办于1937年8月16日。抗战开始不久，郭紫峻来陕，当上了国民党陕西省党部书记长，就以山西同乡会的关系兼任了社长。这样，该报就同《西北文化日报》同属"姊妹报"，成为国民党陕西省党部控制的一家报纸了。^②1938年5月15日，《西安晚报》发表《惨绝人寰　倭杀厦民三千人》^③一文，真实而具体地揭露日寇屠杀厦门难民、在其各县狂轰滥炸的暴行，点燃了民众心中的怒火，激起了民众为了民族独立斗争到底的决心；1938年5月24日，《西安晚报》通过《抗敌后援会募集药物告民众书》^④一文，呼吁广大市民积极为战争贡献自己的力量；1938年5月26日，《西安晚报》在《我军进三面围攻兰州　萧县激战予敌重创》^⑤中描述前方战势的同时进行了抗战宣传，一定程度上激励了民心。二是赵时纯任社长的中华新闻通讯社。中华新闻通讯社通过各报刊撰文发稿宣传抗日救国主张，发表地方新闻时事，让地方的民众及时掌握资讯从而能够了解社会的变化。三是徐国馨任编辑的《国风日报》。《国风日报》也是景梅九经营的一家民间报纸。北洋军阀当政时期在北京出版，1937年迁来西安出版。^⑥1938年8月27日，《国风日报》刊载《即席赠朱德将军》^⑦一文，对指挥若定的朱德将军、浴血抗战的八路军表示钦敬与颂扬。1938年12月13日，《国风日报》发表《战经研会电请阎卫两司令　抚恤姚建新　对其部下赐予收编　以厉士气而慰英魂》^⑧一文，以此来悼念姚建新这位抗日民族英雄。总之，抗战期间，《国风日报》主张对日抗战到底，反对退让、妥协和投降，在国家的紧迫关头，尽到了新闻人应尽的职责。四是关洁民任编辑主任的《甘肃民国日报》。

---

① 参见李蓉、张延忠主编：《中国共产党第一至第六次全国代表大会代表名录》（增订本），中共党史出版社2014年版，第230页。

② 陕西省地方志编纂委员会编：《陕西省志·报刊志 陕西省》，陕西人民出版社2000年版，第186页。

③ 《惨绝人寰 倭杀厦民三千人》，《西安晚报》1938年5月15日第1版。

④ 《抗敌后援会 募集药物告民众书》，《西安晚报》1938年5月24日第1版。

⑤ 《我军进三面围攻兰州 萧县激战予敌重创》，《西安晚报》1938年5月26日第1版。

⑥ 陕西省地方志编纂委员会编：《陕西省志·报刊志 陕西省》，陕西人民出版社2000年版，第185—186页。

⑦ 《即席赠朱德将军》，《国风日报》1938年8月27日第2版。

⑧ 《战经研会 电请阎卫两司令 抚恤姚建新 对其部下赐予收编 以厉士气而慰英魂》，《国风日报》1938年12月13日第3版。

《甘肃民国日报》是国民党甘肃省党部的机关报，是解放前甘肃省出刊时间最长、影响最大的地方报纸。抗战时期，该报推动了全民抗日力量的形成，很好地把握住了时代的脉搏，逐渐成为甘肃的舆论中心。[①]该报虽然在甘肃，但却说明了"青记"西安分会加强了与西北各地区的紧密联系，共同促进其发展，扩大宣传力量。

综上可见，"青记"西安分会的理事成员不仅是新闻工作者，还具有一定的政治地位、工作经验和行业声望，是当时西安先进新闻工作者、进步文化人的代表。这些人的参与，能让西安民众及时地了解抗战形势，也能使西安分会具有更广泛的影响力。

三

"青记"西安分会成立后，着手开展了一系列活动，为抗战建国做出了自己的贡献。笔者依据查阅到的相关文献，对这些活动进行初步呈现。

首先，举行理事会。"青记"简章规定："分会理事会每月举行一次，讨论分会会务之进行事宜，并向总会建议会务进行上之一切意见。"[②]在总会简章规定之下，各分会以此为基准进行工作，促进各地方新闻事业的发展。西安分会举行理事会讨论"呈请党部备案"[③]以使其具有合法性，选定会址所在地以方便成员聚集商量事宜，并处理经费和协调人员、计划各项事宜。另外，需要提及其他分会，如桂林分会举行理事会主要决议人员安排、理事会各部工作分配[④]，以及学会内部会费及人员住宿薪资[⑤]等事项的安排。成都分会通过理事长联席会定期开改选大会，欢迎新会员入会，筹备"记者之家"，邀请党政军代表及文化界名流莅临指导。[⑥]在发展新闻事业上，《中国青年新闻记者简章》也明确宗旨为"研究新闻学术，进行自我教育，促进中国新闻事业之发展，求取新闻事业及其从业员之保障，以致力中华民族之解放与建设"[⑦]。可见，各分会举行理事会是为了统筹安排从大到小的各项事宜，商讨进一步发展的计划。因此，"青记"西安分会一方

---

① 关子儒：《民国时期甘肃地区的政党报纸研究——以〈甘肃民国日报〉为例》，《新闻世界》2012 年第 12 期，第 148—150 页。

② 中国青年新闻记者学会：《中国青年新闻记者简章》，《新闻记者》1938 年第 1 卷第 2 期，第 21 页。

③ 《西安记者学会昨开理事会》，《西北文化日报》1938 年 12 月 11 日第 2 版。

④ 《记者学会桂林分会 昨举行首次理事会 通过大会宣言 电委员长致敬》，《救亡日报》1939 年 4 月 12 日第 2 版。

⑤ 《桂记者学会 二次理事会》，《扫荡报（桂林）》1939 年 4 月 19 日第 3 版。

⑥ 《青记学会成都分会 定期开改选大会 新设"记者之家"正加紧布置》，《捷报》1939 年 11 月 30 日第 2 版。

⑦ 中国青年新闻记者学会：《中国青年新闻记者简章》，《新闻记者》1938 年第 1 卷第 2 期，第 21 页。

面经由理事会的各项决议，逐渐成为一个有组织、有纪律的新闻团体；另一方面跟随总会的步调，健全组织，实施自我教育，确定工作方针，开展新闻工作活动，努力发展西安的新闻事业。

其次，组织茶话会。"青记"是一个具有统一战线性质的新闻团体，以巩固和加强新闻界的团结为己任。为响应总会，西安分会组织茶话会致力于新闻界的团结协作，不仅招待各报社、通讯社、杂志社、社长编辑、机关团体等，还欢迎外报记者自动参加。茶话会上一方面扩大分会宣传，另一方面协同各方力量广纳建议，对记者之修养及态度尤多指正，"以纯一的信念，刚毅的精神，淡泊的胸襟等相勉励"①。在这一方面，桂林分会组织座谈会响应精神动员及增进会员、新闻从业员的学术。②另一方面，桂林分会还举行国民月会，检讨"抗战两年来新闻工作"并欢迎非会员新闻从业员与新闻从业赞助者参加。③关于宣传，《中国青年新闻记者学会成立大会宣言》中提到："抗战以来，随着许多地域的陷落，纵然国内民众，对于报纸的需要更感迫切，但现在时报纸销数并未激增，国内这贫弱的现象，一方面指明中国新闻事业之无（限）发展的前途，一方面提示抗战中新闻事业尚有待于特殊的努力。"④受国民条件和战争的影响，此时新闻事业的发展需要增加报纸的销量以增强抗战的宣传力度。另外，《新闻记者》发表的《一年来战时宣传政策与工作的检讨》一文也涉及到了宣传，在国内宣传中，文章指出："随时把抗战的整个形势及每一场战争的意义普告民众……唯有他们深刻认识了这一点，才能积极来支持这个运动。"⑤由此可见，宣传一方面需要增加销量，另一方面更要民众深刻认识到战争的形势并积极支持抗战。所以，"青记"西安分会积极配合总会，组织茶话活动除了尽可能把各报记者一齐请来，欢迎广大青年同业的合作，还召集各界人士参与讨论，诚意接受各方面的指导。以此来加强新闻界的团结，扩大宣传以辅助战事的发展，这在战事激烈的年代是难能可贵的。

最后，通电讨汪。在日本侵略者对国民党高官的诱降下，身为国民党副总裁、国民参政会议长的汪精卫于1938年12月29日发表"艳电"公开投敌叛国。迫于全国人民的压力，1939年1月1日，国民党以"违反纪律，危害党国"罪名开除汪精卫的国民党党

---

① 《青记茶话会昨盛大聚谈》，《工商日报（西安）》1939年1月12日第2版。
② 《记者学会开座谈会》，《扫荡报（桂林）》1939年4月29日第3版。
③ 《青年记者学会桂林分会 定期举行国民月会》，《救亡日报》1939年6月30日第2版。
④ 中国青年新闻记者学会：《中国青年新闻记者学会成立大会宣言》，《新闻记者》1938年第1卷第2期，第3页。
⑤ 参见舒宗侨：《一年来战时宣传政策与工作的检讨》，《新闻记者》1938年第1卷第5期，第4页。

籍，并撤销其国民参政会议长之职。[1]全国各地新闻媒体、社会团体、各界群众、海外侨胞纷纷响应，举行了众多声势浩大的声讨汪精卫叛国投敌的运动。比如，1939年1月2日，《新华日报》第357号第1版发表社论《汪精卫叛国》，指明汪精卫卑鄙无耻的行为，表明团结巩固力量将"更加迅速地把叛贼汪兆铭之流及其提线人——日本帝国主义驱逐出中国去"[2]；《新蜀报》发表《讨叛逆汪精卫》，直指汪精卫的叛国求降行径是"丧心病狂，认贼作父"[3]。在这股讨汪、锄奸的潮流中，"青记"西安分会于1939年1月9日致电中央声讨汪精卫，说"值兹国力增强、全国奋起之际，英美贷款、国际好转之秋"，"汪氏以中枢付托之重，不思报国，完成抗战，反倡谬论，以媚寇敌"，引起了"海外同嫉，天人共愤"[4]。这份电文，次日全文刊载于《西北文化日报》第2版上，表明了"青记"西安分会的鲜明态度。随后，该会密切关注汪精卫的动向。1939年5月31日，汪精卫飞赴东京，与平沼首相、板垣陆相等人进行卖国交易。[5]1939年8月10日，《工商日报（西安）》在《响应记者学会讨汪宣言》一文中愤然指出汪叛党卖国的罪行，并表明要"扩大讨汪宣传"，要"更加紧密国内团结"，而"这一件工作应该落到每个中国人身上"[6]。

众所周知，抗战时期，陕西的战略地位非常重要，不仅是抗战大后方，还是大后方的前沿。陕西军民更是积极地投入抗日救国运动，建立和巩固抗日民族统一战线。此时，"青记"西安分会及西安各界开展的活动，进一步激起了西安民众抗日救国的热情，也为当时团结抗战凝聚了强大的力量。

结　语

"青记"在中国人民抗日战争的历史上书写了遒劲有力的一笔，在中国新闻史上绘就了一首壮丽的诗篇，其中"青记"西安分会所起到的作用也不容小觑。抗战时期，"青记"西安分会是进步青年记者的会聚地，西安分会进行的一系列工作和活动，扩大了抗日宣传、团结了抗战的力量、激励了民众的自信心，同时还发展了新闻事业，

---

① 参见张成明主编：《重庆抗战时期民主党派史》，重庆大学出版社2015年版，第43页。

② 《汪精卫叛国》，《新华日报》第357号，1939年1月2日第1版。

③ 《讨叛逆汪精卫》，《新蜀报》1939年1月2日第2版。

④ 《本市记者学会昨电中央声讨汪兆铭》，《西北文化日报》1939年1月10日第2版。

⑤ 陈旭麓主编：《五四后三十年》，上海人民出版社2019年版，第286页。

⑥ 《响应记者学会讨汪宣言》，《工商日报（西安）》1939年8月10日第1版。

在西安新闻界引起了巨大的反响。在这个意义上，深入分析"青记"西安分会的相关史实，不仅让我们感受到西安分会的价值所在，还能更全面地了解"青记"分会发展的具体形式。

（作者单位：重庆师范大学文学院）

抗战时期西北艺坛的一道异彩

——西北联大新生剧团相关史实钩沉

姜彩燕　李晨希

内容提要：以西北联大校史、档案史料和当时的相关报刊报道为基础，结合当事人的纪实性散文、自传、日记、回忆录等文字，从剧团成立、主要成员、公演活动等方面入手，对抗战时期西北联大校园戏剧团体新生剧团的相关史实进行全面梳理。认为新生剧团虽是校园戏剧团体，但其演剧活动早已超出校园范围，在抗战时期深入到陕西的汉中、宝鸡、西安等地，促进了《雷雨》《日出》《原野》《这不过是春天》等现代经典话剧在内地的传播，对于丰富当地民众的精神生活，激发人们的抗战热情，启迪民众的民族国家意识起到了重要的推动作用。

关键词：西北联大；新生剧团；演剧活动

抗战时期，西北联大和同时期的其他高校一样，组织了丰富多样的学生社团活动，他们以各种文艺形式深入抗日救国宣传第一线，其中演剧活动尤为活跃，在汉中、宝鸡、西安等地影响很大。西北联大的学生们将话剧这一新兴艺术形式带到西北大后方，不仅丰富了群众的精神生活，启迪了民族国家意识，而且促进了抗战宣传。在西北联大的众多剧团中，当属尹雪曼、唐祈、夏照滨等人所组织的新生剧团活动范围最广、影响最大，但目前学界对这一剧团所知甚少。本文以西北联大校史、档案史料和当时相关报刊报道为基础，结合当事人的纪实性散文、自传、日记以及相关回忆性文字，对抗战时期这一影响广泛的校园戏剧团体的相关史实进行全面梳理，以期对大后方文学研究有所丰富和补充。

一、新生剧团的成立缘起

1938 年，北平大学、北平师范大学、北洋工学院等院校合组之西安临时大学翻越秦岭到达陕南地区，成立国立西北联合大学，虽然这个名称仅存在一年多，但其后分立出去的国立西北大学、国立西北工学院、国立西北医学院、国立西北农学院、国立西北师范学院仍然采用一脉相传的办学宗旨，因而可以视作一个分而有合的高等教育共同体，目前学界统称为"西北联大"。西北联大上承北平大学和北平师范大学的传统，校园社团活动非常活跃。据西北联大档案史料记载，学校训导处生活指导组为了丰富学生的课余生活，设置了新剧社、国剧社、科学研究会、劳动服务队等活动团体，每学期举办音乐会、竞赛和社会服务活动，如为前方将士募捐、慰劳军人家属、纪念会等，并鼓励学生自主建立抗敌后援会、漫画团、讲演团、劳动服务团、戏剧表演团等各种团体。在西北联大的《本校训导大纲》中，明确地指出社团服务安排导师会指导[1]。在团体活动中个人成绩良好的，还可以由学校给予奖状[2]。校常务委员会议还规定了学生团体之核准及考察问题[3]。在学校的鼓励支持下，西北联大成立了众多学生团体，如西北地理学会、历史学会、经济学会、西北化学学会、西北物理学会、西北数学学会、西大国剧社、西大秦剧社、西大剧团、新生剧团、星社、中国文学学会、科学月报社等[4]。壁报和刊物有《春秋》壁报、《West wind》壁报、《文豌》壁报、《法律学报》《经济学报》《数学学报》《地理学报》等。

另外，西北联大在戏剧教育方面也相当重视。由国立北平师范大学文学院院长、国立西北联合大学国文系主任黎锦熙和国立北平师范大学国文系主任钱玄同共同拟定的《师范大学国文系科目表及说明书》中可见，西北联大的选修科目中有《戏曲史》《戏曲选》《戏剧选》，并提出在课余另设研究会，包括新文学系统的话剧研究会、歌咏队。《戏剧选》由学生自习，交由任课教员评改。同时，在文学院开设的《新文学概要》中戏剧亦为分论之一。在师资方面，清华四子之一的饶孟侃担任文学批评、小说史、作文和戏剧的教学。曹靖华也曾在西北联大担任教职，从事俄罗斯文学和苏联文学翻译，译

---

① 国立西北大学档案：全宗号 67，目录号 1，案卷号 205–3。
② 《本校训导大纲》，《西北联大校刊》1939 年 1 月 1 日第 8 期。
③ 《本校导师会常务委员会办事细则》，《西北联大校刊》1939 年 1 月 15 日第 9 期。
④ 《国立西北大学校刊复刊》1945 年 1 月。

有《契诃夫戏剧集》。杨晦于西北联大任教期间曾讲授鲁迅、艾青、田间、曹禺等人的作品，尤其对曹禺有系统的研究，曾撰写过长篇论文《曹禺论》，并翻译莎士比亚戏剧《雅典人台满》。外文系霍自庭在西北联大从事英国语言文学专业的教学与科研工作，讲授英诗选读、英美著名诗人作品研究、莎士比亚选读等课程，还译有索福克勒斯的悲剧《伊列克特拉》等作品。有如此强大的师资队伍，西北联大的戏剧教育与戏剧翻译活动十分活跃，也极大地点燃了学生们参与戏剧活动的热情。

据史料可见，西北联大校园戏剧团体非常活跃，先后有西北联大剧团（前身是西安临时大学剧团）、新生剧团、振中国剧社、西大秦剧社、豫剧社等。他们演出的剧目既有传统旧剧，也有新式话剧。其"文艺气氛，演出水准，均远超过今日许多职业剧团"[1]。在新式话剧演出方面，前期影响较大的是联大剧团，后来日渐式微，其后新生剧团扛起了公演活动的大旗，向汉中、宝鸡、西安剧坛进军，成为西北联大的明星剧团。

1938年，西北联大师生初到陕南，精神文化活动贫乏。法商学院学生尹雪曼（本名尹光荣）创办了"新生社"，旨在"推广新生活运动"[2]，以一人之力编写和张贴壁报。之后随着人员增多还成立了话剧团、歌咏队和壁报社，虽然此时没有得到学校经费的帮助，但同学们的精神却热烈而兴奋，二十几位舍友凑了十几元钱便活动起来。1939年正式改为"新生剧团"，并获得学校经费的资助。歌咏队主要在校园、城市与乡间活动，负责教群众演唱抗战歌曲。话剧团则专在校外进行演出，壁报负责宣传。据尹雪曼回忆，新生剧团成立之后，联大剧团并不活跃，新生剧团是"1938到1941的唯一活跃剧团"[3]。但实际情况和尹雪曼的回忆略有出入。据现存史料记载，1938年到1939年间，联大剧团曾到"汉中大剧院"公演，公演内容包括独幕剧《秀姑》和三幕剧《回春之曲》，"在古旧的南郊，全城轰动，获得市民热烈的欢迎"[4]。1939年暑假，联大剧团还到成都部队慰问演出，之后才收到当局的演出禁令。

由于新生剧团成立的时间相对较晚，当时的演出效果并不如联大剧团，但随着剧团成员的增多，以及外出演剧活动的逐步拓展，新生剧团日渐壮大。他们先是在城固、汉中等地演出，获得了观众的赏识之后开始在陕西省抗敌救援会的领导下，寒暑期于宝鸡、

①　书绅：《戏剧与我》，西北大学台北校友会编：《国立西北大学建校卅周年纪念刊》，1969年版，第76页。
②　国立西北大学档案：全宗号67，目录号1，案卷号205-2。
③　尹雪曼：《大学生活二三事》，西北大学台北校友会编：《国立西北大学建校卅周年纪念刊》，1969年版，第51页。
④　赵定明：《联大剧团第一次公演：王文琦女士饰"回春之曲"的黄碧如：[照片]》，《上海（中华）》1939年第73期。

西安等地开展大规模公演，并为前方将士募捐物资。在 1940 年至 1942 年间达到演剧活动的高峰，成为陕南地区一道戏剧的"热流"。①

二、新生剧团的主要成员

新生剧团的成员来自西北联大的十多个院系，其中三分之一的学生来自法商学院，文学院和理学院次之，还有教育系、体育系、医学院。新生剧团的主要发起人是尹雪曼。他原名尹光荣，1937 年考入北平大学法商学院，抗战爆发后在西安临时大学入学，后随校迁至陕南，是西北联大校园文学活动中最活跃的人员之一。他组织了西北文艺笔会，主编《青年月刊》的副刊《文艺习作》。他对戏剧活动的兴趣由来已久，早在 1931 年即创作了反日救国独幕剧《爱国》②。虽因河南口音重，又满脸青春痘，因此从未上台演出，但他是这一戏剧团体的创办者和组织者，真正的灵魂人物。他在大学时代对戏剧活动的实践，对他后来的文学活动也有一定影响。赴台之后由他主编的《中华民国文艺史》中，就吸纳了戏剧（皮黄）作为评述对象，并对曹禺剧本、马华文学剧本都作了颇有新意的评述。

新生剧团的另一成员是唐祈，原名唐克蕃，大学时常用笔名唐那或唐纳，祖籍江苏苏州，是后来"九叶诗派"的成员之一。唐祈 1930 年到 1933 年读小学期间就受到易卜生戏剧的影响③，其姑父和家庭教师也经常讨论京剧④，为他的成长带来浓郁的戏剧氛围。中学时期，唐祈的好友文健也经常演出话剧，对他也有一定的影响。1938 年唐祈全家为躲避战乱迁往兰州，后考入了甘肃学院文史系，"很快就参加了抗战宣传活动——演话剧、朗诵诗"，⑤并且出演塞克导演的话剧《突击》。据唐祈之女唐真所述："唐祈在艺术领域似乎很有天赋，写诗，演剧自然不必说，还十分擅长操弄乐器，平胡、京胡、三弦琴可以无师自通，且能唱歌（男高音）、会识谱。"⑥1939 年，唐祈考入了国立西北大学文学院历史系，学习期间经常到外文系旁听，并结识了许多好友。由于成长过程中受到戏剧艺术熏陶，在学校社团活动积极开展的时候，他很快便被剧团活动吸引，入校后

---

① 李英才：《剧的热流在陕南》（城固通讯），《黄河》月刊 1941 年 2 卷第 8 期。
② 尹光荣：《反日救国特辑：爱国（独幕剧）》，《少年时代（上海）》1931 年第 1 卷第 22—23 期。
③ 唐祈：《诗的回忆与断想——我与外国文学散记》，《外国文学评论》1989 年第 1 期。
④ 张天佑：《唐祈年谱》，《新文学史料》2017 年第 4 期。
⑤ 唐祈：《诗歌回忆片断》，《飞天》1984 年第 8 期。
⑥ 姜彩燕、丁永杰：《汲取金色蜂巢的蜜汁——唐祈在西北联大的求学经历与文学活动》，《现代中文学刊》2020 年第 5 期。

便参与新生剧团，在尹雪曼之后任团长。同在国立西北大学求学的牛汉在回忆录中称赞他"会演戏，长得帅"①，九叶诗友唐湜也说"他有着苏州人的清俊风度，天生是好演员"②。在西北联大时，唐祈既当导演，又当演员。他曾导演《原野》《结婚进行曲》，饰演《日出》中的方达生、《原野》中的焦大星，还参演了《春风秋雨》《这不过是春天》《朱门怨》等。1941年，唐祈受到河南《大河日报》的邀约导演《原野》。这些丰富的演剧活动，为其诗歌写作提供了"戏剧化"经验，使他日后成为"新诗戏剧化"理念的实践者。

新生剧团的另一位重要成员是夏照滨。他于1937年成为西安临时大学文学院外国语文学系正取九名中的一员，入校后结识了尹雪曼。1938年随学校迁至城固。他和尹雪曼一起组织西北文艺笔会，编辑《文艺习作》。当尹雪曼创办"新生社"时，夏照滨也欣然加入。夏照滨在新生剧团中既任演员，又任导演，还能兼任化妆工作。据尹雪曼回忆，由于夏照滨个子比较高，少有相配的女主角，所以经常演老头。他胆子很小，但是很热心，"对于朋友常是'心有余'"③，还会哼唱几段京剧。他曾出演《日出》中的方达生，饰演《家》中的觉慧，除此之外，还排演了《万世师表》和《清宫外史》等剧。

新生剧团的另一位成员是李战，他原名李峻恩，祖籍河南太康，李战是他的别名。1939年考入国立西北大学，是法商学院经济学系的一名学生。加入新生剧团之后，他积极投入剧团活动当中，身为剧务组成员，他曾撰文记录剧团公演过程当中从城固辗转至宝鸡的坎坷，以及演出《雷雨》《原野》《人与傀儡》《人约黄昏》等剧的经过。在新生剧团和"日本兄弟反侵略剧团"同台演出之时，虽然李战抗日热情十分高昂，但当他看到日本兄弟反侵略剧团演唱的《义勇军进行曲》和《大刀进行曲》之后，他明白"只有日本军阀才是两国人民大众的仇人"④，而台上的反侵略者和台下军民的爱与恨是相通的。在新生剧团公演过程中，李战扮演了《原野》中的仇虎，这是全剧中最重要的一个角色，他十分卖力地进行表演，李战的个子过高，但是和其他人搭配起来也别有一种反差的美感，虽然他的动作比较呆板，大动作比较少，但是他善于利用面部表情来传达角色的性格心理。在随学校从陕南迁至兰州之后，他看到抗日战争为陕南带来的艺术辉煌盛况，同时对于兰州剧运现状感到忧心，他号召兰州"剧人"们为建设兰州地区的文化艺术而

① 牛汉：《我仍在苦苦跋涉——牛汉自述》，生活·读书·新知三联书店2008年版，第64页。
② 唐湜：《诗人唐祈在四十年代》，《诗探索》1998年第1期。
③ 尹雪曼：《大学生活二三事》，西北大学台北校友会编：《西北大学建校卅周年纪念刊》，1969年版，第51页。
④ 李战：《从城固到宝鸡——"新生剧团"西北劳军演剧日记》，《青年月刊》1942年第13卷第1期。

努力①。从西北联大毕业之后，李战积极地投入到豫剧教育工作当中，成为兰州早期话剧运动的主要开拓者，后成长为著名的豫剧教育家。

新生剧团还有一位成员是李紫尼。他曾写过大量记录西北联大校园生活的散文、随笔和小说，并积极尝试话剧创作。据其 1942 年发表的《城固风光》一文可知，西北大学暑期留校同学曾举办"夏令讲学会"，参加者包括教授、讲师、大学生、中学生、农民等，主要活动有祈祷、歌唱、座谈、进修、游戏。而由西大、西师、工院、医学院合组而成的剧艺社，包含酷爱艺术之同学五十余人，决定于 7 月中旬开始外出演剧，剧目计有《结婚进行曲》《沉渊》《北京人》《原野》《这不过是春天》等。②李紫尼非常热衷于话剧创作，在他出版的小说封底都有关于自己所创作的剧本的介绍。如三幕剧《北京屋檐下》，作者的介绍是："看过上海屋檐下、重庆屋檐下的人们，该看看北京屋檐下，北京的屋檐，是潮湿的，忧郁的，金漆渐渐的剥落了……"还有独幕剧《还乡曲》，内容是写一个空中英雄跟白云公主的悲喜剧。另一个独幕剧《落花时节》，内容是关于战争中农村抒情的小插曲。此外，他还与赵白合作写过大型歌剧《夜行曲》，内容是关于新中国远景的象征与憧憬，但很遗憾到目前为止这些剧本都没有找到。李紫尼毕业回到北平后，出版了小说《三月江城》和《青青河畔草》。在《三月江城》这部小说中，李紫尼描写了自己在西北联大时期丰富的社团活动和演剧经验。书中的江城物质贫乏，安静而优美，却不乏对民族前途的关切和对艺术的求索热情。血淋淋的现实让他们无法静下心来读书，吃不饱饭的生活让他们思念家乡。在这样的心境下，男主人公邵梦菲创作了《夜行曲》，抒发"黑夜茫茫，路儿长……""何处是故乡？何处是故乡？"的哀叹③。小说中写到了50 年代剧社、青年剧社、银星剧艺社、孩子剧团等众多话剧团体，主人公江川的原型即新生剧团成员夏照滨。

新生剧团另一位成员是西北联大外文系的王黎风。他创作的三幕剧《傀儡》在城固县的北平文治中学上演，对话、技术与剧本和演员都取得了巨大成功，里只认为王黎风"对话剧不但有天才，并且肯努力"④。他于 1940 年前后完成五幕剧《狂风暴雨》的创作，书写沦陷区汉奸傀儡丑态，总共约 18 万字，已在接洽出版社。可惜的是，王黎风英年早逝，这些珍贵的剧本资料也在动荡的年代遗失。《青年月刊》曾出版专辑悼念，西北

① 李战：《供》，《西北日报》1942 年 2 月 15 日第 4 版。
② 李紫尼：《城固风光》，《中央日报扫荡报联合版》1942 年 7 月 15 日第 6 版。
③ 李紫尼：《三月江城》，江城出版社 1946 年版，第 14—15 页。
④ 里只：《悼一位战友》，《青年月刊》1941 年第 5 期。

文艺笔会青年月刊社西大分社、蒂克、孙萍、夏紫纹、里只等人纷纷撰文悼念。王黎风一边努力地进行戏剧创作，同时也积极探索戏剧理论。在《论儿童剧》一文中，他从儿童与戏剧的关系、儿童剧本的缺乏、儿童剧本的创作方面进行探讨，认为当前的儿童剧数量有限，质量不足，呼吁剧作者、导演、舞台工作者领导儿童、启迪儿童，"让儿童也在我们神圣的民族革命斗争的激流中坚强的成长起来，变成一小批战士"[1]。他发出呼吁，希望演剧能够在街头、在农村、在工厂、在学校、在兵营、在伤病公社、在难民中演出，把救亡歌曲和话剧发展到这些场合中去，到各阶层中去，同时与当地各文化团体话剧团体联合推动西北文化，开展民运工作，"踏着整齐严密的步伐，走向大众"[2]。

　　除此之外，新生剧团的成员还有法商学院经济系的青莱藻，饰演须生、配角；青莱藻的妻子萧敏蓉也是演员；万纲主管宣传；法商学院法律系的朱霞任总务，主管策划；陶钧是朱霞的同班同学，也负责总务工作；外文系转经济系的金惟萱是尹雪曼的女友，也参与演出；教育系的林颖葆管理服装和化妆；法商学院经济系的邱德生是当家小生，王敬闾是剧团大将，也是导演和演员；化工学院的朱宝丽、医学院的宋瑶琴是女主角。还有法商学院经济系的李英才（李云萱）、张苓、赵蕴石、赵锋、张琳、孙材英、田心、陈家城、姚汝江等。

三、新生剧团的演剧活动

　　新生剧团出于宣传、募捐和劳军有众多演剧活动，学生们不畏烈日和寒风，跋山涉水几十公里路完成公演。由于团员刚开始的演出经验有限，所以先从独幕剧开始，剧团首先演出的是独幕剧《张家店》《有力者出力》，之后排演了《放下你的鞭子》并上演多次，独幕剧还包括《塞外的狂涛》《我们的国旗》《重逢》《烙痕》《火海中的孤单》等。随着剧团规模扩大，独幕剧发展到多幕剧，排演了四幕剧《前夜》，还有《鸽子姑娘》《血洒晴空》《日出》《夜光杯》等。与此同时，壁报也扩大成为《新生半月刊》《新生月刊》，还组织了"新生球队"[3]，甚至远征南郑，为伤友购鞋袜公开卖票表演，轰动陕南。新生剧团之后又演出了《重逢》《人与傀儡》《天津的黑影》《凤凰城》《前夜》《雷雨》《原野》

---

①　王黎风：《论儿童剧》，《青年月刊（南京）》1942年第3卷第5期。
②　王黎风：《开展剧运到大众中去》，《国风日报》1937年10月30日第2版。
③　里只：《秦岭南北驰骋记》，《中国青年（重庆）》1941年第4卷第3期。

《这不过是春天》《野玫瑰》《家》《长夜行》《愁城记》《雾重庆》《结婚进行曲》《塞上风云》等。在新生剧团的影响下，陕南观众的话剧品味也随之提高，话剧这一新兴的艺术形式逐渐在偏僻闭塞的陕南地区获得了与旧剧同等重要的地位。汉中还成立了汉中学生抗敌剧团和扶轮中学九一八剧团等，各剧团也逐渐提高艺术水准，向"穷乡僻壤作有力的戏剧突破"[①]。在陕西省各界抗敌后援会西北联大支会的带领下，联大剧团、振中国剧社、新生剧团有条不紊地在城固、宝鸡、西安地区开展声势浩大的公演活动，剧团不仅具有专业水准，而且顺利进入了当地剧坛的场域，获得了戏剧界人士的好评，并通过报刊与广播的宣传扩大影响范围。

1940年暑期，新生剧团排演五幕剧《夜光杯》、四幕剧《雷雨》，以及《这不过是春天》《春风秋雨》做西北劳军公演。新生剧团先在城固演出，成绩甚佳。这其中有不少波折，一度使他们几乎上演不成，但是社员们依然排除万难演出，很多有识人士给他们提供帮助。他们继续出发到汉中演出，途中遇大雨而延期，但是由于观众买票太踊跃，不马上上演则无法应付。社员们历经艰险赶到汉中，观众早已在台下等着，并且加演一日，还慰劳了空军战士。在转场宝鸡的路途中，社团们经历了重重困难，天气恶劣、路况糟糕，还有敌军的轰炸[②]，终于抵达宝鸡，在宝鸡的大华剧院上演四幕剧《雷雨》。公演持续了三日，颇受各界好评，三天募集三千多元，除了社员开支，还捐给荣誉军人五百元慰劳品，捐给青年团宝鸡分团部七十元。并应各界要求加演，还演出了话剧《人约黄昏》《人与傀儡》，又慰劳伤兵公演一日，并与"日本兄弟反侵略剧团"同台演出了几幕短剧。

此后，社员们又搭车前往西安，一行三十余人由薛圣率领，先派尹雪曼、宋孟卓等人进行准备，由唐那（即唐祈）领头在东大街鸿福楼招待本市文化界、剧界、新闻界人士，此次演出也响应全国剧界献机运动为"剧人号"飞机募捐。西安话剧团人士告诫同学们本市的演出常因为开支过大，且后两天没有观众而栽跟头，劝他们缩短日期公演三日，但是同学们勇敢地将时间定为五日。9月1日至5日，在北大街明星大戏院举行四幕剧《雷雨》的劳军公演，夏照滨饰演周朴园，朱宝丽与宋瑶琴饰演繁漪，萧敏荣饰演四凤，自8月25日起开始售票，票价为二元、三元、五元。据报道，开幕之日男女演员各显身手，演出十分精彩，场内观众均称赞不已，到后几日七点左右"座位已满，观众不下千五百人，打破历来公演记录，该剧情节生动，一般观众甚为感动，演员技艺纯熟，

---

① 夏照滨：《陕南平原上的戏剧洪流》，《戏剧岗位》1940年第1卷第5—6期。

② 李战：《从城固到宝鸡——"新生剧团"西北劳军演剧日记》，《青年月刊》1942年第13卷第1期。

尤使一般观众为之兴叹"①。虽然也有个别人认为学生剧团"演出水准不高"②，但学生们得到了西北剧运戴涯等人的赏识，他们"五天的成绩竟不能不使西安市的人们惊奇！"③观众到最后一天还是挤碎了门，票价甚至达到25元，总收入1.3万多元，捐给陕西伤兵之友社5500元。《西京日报》上《雷雨》公演的宣传广告如图1所示④。

　　此次公演完满结束，获得各界好评。9月9日，新生剧团继续演出，在北大街明星大剧院公演李健吾喜剧《这不过是春天》，于7日开始售票。此剧曾在陕南各地演出，获得的评价很高。在11日南院门西北剧场的演出中，"观众气氛轰动活跃，效果良佳，演出水平不亚于话剧团上次公演，《雷雨》继续公演三天，以酬谢各界的盛情"⑤。

图1　《雷雨》宣传广告

　　后《西京日报》《西北文化日报》《工商日报（西安）》转发中央社消息，"新生剧团在暑期假期来陕西省举行劳军公演，爱国热忱至为可佩，公演数日表演纯熟，剧情深刻，尤得各界好评，成绩亦卓卓可观"⑥。新生剧团即将离开，14日下午5时在西北食堂举行欢宴，邀请全剧团成员三十余人，并请王友直等人作陪，会中伤兵之友社的相关人士分别致欢宴词，对于此次伤兵之友社的公演深表感谢之意，之后进餐，席间觥筹交错，主客各尽其欢，结束后一同前往易俗社观剧。本次公演活动声势浩大，还引起了青海地区的关注，《青海民国日报》对于此次陕南区学生剧团响应全国剧界献机的公演进行了报道。新生剧团启程，原计划至西北战场劳军，但是由于时间紧迫，便在离省沿途如双石铺部队等处做劳军宣传工作。

　　1941年暑假，新生剧团开始了第二次公演，先后在汉中、宝鸡演出名剧《黑字二十八》，受到各地的热烈欢迎，这个剧目的演出也引起了陕南刊物上前所未有的一次剧

①　中央社：《新生剧团公演 观众极为踊跃》，《西北文化日报》1940年9月3日第2版。
②　唐陀：《一九四〇年西安剧坛巡礼》，《黄河（西安）》1941年第2卷第1期。
③　里只：《秦岭南北驰骋记》，《中国青年（重庆）》1941年第4卷第3期。
④　《广告》，《西京日报》1940年9月3日第2版。
⑤　中央社：《新生剧团 第二次劳军公演》，《西北文化日报》1940年9月12日第2版。
⑥　中央社：《伤兵之友社 欢宴新生剧团》，《西京日报》1940年9月15日第2版。

图 2 《原野》宣传广告

评辩论，余才友《新生剧团演出了黑字二十八》与夏风《谈黑字二十八》进行论争①，可见新生剧团演剧活动在当地剧坛的影响之大。

1941 年暑期公演反响最强烈的莫过于《原野》。《西北文化日报》《西京日报》《工商日报（西安）》皆转发中央社消息指出，"《原野》一剧为著名剧作家曹禺所著，曾在西南一带公演，新生剧团此次演出，在西北尚属首次"②。《西京日报》刊发的广告如图 2 所示。③

9 月 8 日晚的演出成绩极佳，颇得各界人士之赞许，到场观众 2000 余人，剧场气氛热烈，为历次话剧公演所不及，话剧演员排演精良，饰演各角惟妙惟肖，效果甚宜，颇能动人。《原野》由唐那（唐祈）导演，李战任舞台监督。其"在西安上演不但在西北是一个光荣的标记"，就是在全国的演出记录上也是极其珍贵值得肯定的，他们"对于这美满的收获实感到无上欣慰"④。新生剧团在战时那种艰难困苦的条件下，能取得如此骄人的成绩简直是一个奇迹。据夏照滨的文章记载，当时的演员阵容强大，扮演焦大妈的演员滔子将阴鸷毒辣的老妇人的形象刻画得非常成功，她的台词很娴熟，动作也很老练，尤其善于控制面部的肌肉，使面部表情帮助她细细地展露内心情感的柔情。金子由唐祈的女友沙合（孙材英）扮演，她舞台经验很丰富，把金子的泼辣、任性表现得相当明确，而且动作来得极其自然。仇虎是全剧中最重要的一个角色，李战演起来很卖力气，虽然身高太高，但是却积极和同学们配合，在表演中，他很能利用面部传达包裹在他身体里的一颗热烈蓬勃的心。焦大星由唐那（即唐祈）扮演，他只用了几个明确的动作就充分表现出焦大星憨直懦弱的性格。此外，扮演白傻子、常五的演员也表现不俗。除了演员的表演之外，舞台装置和布景都相当讲究，尤其是第一幕的铁轨和权枢的老树，都可以向观众显示出舞台工作人员的努力。虽然作为学生剧团，在演员表演和舞台布景方面也还存在诸多缺憾，但总体而

---

① 白英：《城固文化动态》，《黄河（西安）》1941 年第 2 卷第 5—6 期。
② 中央社：《新生剧团 定今公演》，《西北文化日报》1941 年 9 月 8 日第 2 版。
③ 《广告》，《西京日报》1941 年 9 月 8 日第 2 版。
④ 夏照滨：《写在〈原野〉公演之后》，《工商日报（西安）》1941 年 9 月 13 日第 2 版。

言，这次演出相当成功。此次公演收入全部捐赠，为轰炸西安受伤难童捐赠1000元①。早在1939年，唐祈等人就排演了《塞上风云》②。此次公演结束后，唐祈、沙合等人尚未返校，参与到10月西安剧坛为募建伤胞招待所开展的《塞上风云》演出当中，一同演出的还有中国戏剧学会李次玉，西安剧界名角③，演出情节动人，演技纯熟，布景配合融洽④，受到各界好评。

1941年新生剧团在西安演出《塞上风云》时的演员表⑤

1942年，新生剧团三度到西安公演，与西北青年剧社联袂公演陈白尘五幕剧《结婚进行曲》及林珂四幕社会剧《沉渊》。中央战干团诸人于24日上午举行茶会招待新生剧团，30日起，借用易俗社的场地继续公演《结婚进行曲》。由于天阴欲雨，观众不便，决议于31日公演，连演七日。31日下午2时，陕西省文化运动委员会在省党部大礼堂茶会招待剧团团员。《结婚进行曲》演出六天，7日下午妇应会招待团员茶话，剧团代表致谢词后，表演游艺助兴，到下午3点。《结婚进行曲》演出完毕之后于15日晚改演《沉渊》，在西大街财政厅民众俱乐部连演五天。

由于新生剧团是校园剧团，因此外出公演活动的时间主要选在暑期进行。每年的演出时间大概都在7月底到9月中旬。从现存史料来看，公演活动的反响是相当强烈的，当时的《西京日报》《西北文化日报》《工商日报》《国风日报》《青海民国日报》《西安晚

---

① 陕西省委党史研究室编：《抗日战争时期中国人口伤亡和财产损失调研丛书 陕西省抗日战争时期人口伤亡和财产损失》，中共党史出版社2015年版，第425页。

② 唐那：《〈塞上风云〉小记》，《甘肃民国日报》1939年11月9日第4版。

③ 唐那：《演出以前》，《西北文化日报》1941年10月4日第2版。

④ 中央社：《塞上风云演出 成绩极佳》，《西北文化日报》1941年10月7日第2版。

⑤ 唐那：《演出以前》，《西北文化日报》1941年10月4日第2版。

报》等报都进行了广泛报道。由此可见，新生剧团的影响早已超出了校园的范围，而深入到了广大的民众中，产生了广泛的社会影响。新生剧团"演出者的努力，与观众的赞赏，加上艺术及宣传效果的宏伟"使他们成为"西北艺坛上的一道异彩"①。

表 1　新生剧团的公演活动

时间	演出剧目	演出地点	演出性质	报纸报道
1940.08.09—1940.08.11	《夜光杯》《雷雨》	宝鸡大剧院	暑期公演	《西京日报》《西北文化日报》
1940.08.15		宝鸡	慰劳伤兵	《工商日报（西安）》《西北文化日报》《西京日报》
1940.08.30	《这不过是春天》《春风秋雨》	东大街鸿福楼	招待义演	《西京日报》
1940.09.01—1940.09.05	《雷雨》	易俗社	劳军公演"剧人号"飞机募捐 票价：2元、3元、5元募捐伤病之友社	《西京日报》《西北文化日报》《工商日报（西安）》《国风日报》《青海民国日报》《新秦日报》
1940.09.09	《这不过是春天》	北大街明星大戏院	"剧人号"飞机募捐	《西京日报》
1940.09.11—1940.09.14	《雷雨》	南院门西北剧场	劳军公演	《西北文化日报》《西京日报》《工商日报（西安）》
1940.09.23		双石铺部队	劳军宣传	《西北文化日报》《工商日报（西安）》《西京日报》
1941.8.23	《黑字二十八》	汉中、宝鸡	暑期公演	《西京日报》
1941.10.4—1941.10.8	《塞上风云》	易俗社	参与募建伤胞招待所公演	《西北文化日报》
1941.09.08—1941.09.12	《原野》	易俗社	救济难童 票价：30元、10元、7元、5元	《西京日报》《西北文化日报》《工商日报（西安）》
1942.07.31—1942.08.08	《结婚进行曲》《沉渊》	易俗社	暑期公演	《西京日报》《工商日报（西安）》《西北文化日报》《国风日报》《西安晚报》
1942.08.15—1942.08.20	《沉渊》	西大街财政厅民众俱乐部	复演	《西京日报》《西北文化日报》

① 李英才：《剧的热流在陕南》，《黄河（西安）》1941年第2卷第8期。

结 语

抗战时期的陕南地区信息闭塞，物质条件艰苦，西北联大的新生剧团在如此艰难的环境中，进行着开放多元的艺术实践，将新的文化观念和艺术形式带到西北腹地，不仅激活了陕西汉中的历史文化积淀，而且将新鲜的艺术活力融入汉中古老的血液当中，促进了汉中地区文化的开发。正如新生剧团成员夏照滨所言："战争是破坏的，也是建设的……外面新生的风暴被秦岭和巴山阻拒着，使这片内山平原永远停滞在落后的状态中。然而战争替话剧的进展在客观上提供下有利的条件，于是伴随着文化尖兵的移入，这儿的剧场，展开了光辉的一面。"[1]以西北联大新生剧团为首的文艺活动正是通过演剧这一特殊形式开展抗日救亡运动，促进了《雷雨》《日出》《原野》《这不过是春天》等现代经典话剧在内地的传播，同时也丰富了当地民众的精神生活，激发了人们的抗战热情，启迪了民众的民族和国家意识，对于抗战时期大后方的文化事业做出了重要贡献。

（作者单位：西北大学文学院）

---

① 夏照滨：《陕南平原上的戏剧洪流》，《戏剧岗位》1940 年第 1 卷第 5—6 期。

抗战时期左翼文艺中民歌的整理与改编[*]

——以王洛宾的西北民歌为中心

张 蕾

内容提要：左翼文艺始终与中国现实同步，是五四新文化运动的继承，也是在另一个层面的跃进。左翼文艺中民歌的整理与改编，对战时新诗创作、新音乐、民歌的现代化发展均有不可估量的作用。而王洛宾投身于抗战的文艺宣传，配合战时需求改编的西北民歌，与陕北民歌在此时期都颇受欢迎，却未纳入左翼文艺的研究范围内。他的民歌改编突破了"谣歌体"叙事诗只在诗歌的尝试，及战时歌曲"政治化""时事化"的单一风格。将西北民族语言所属的阿尔泰语系重形态变化，与汉语的重意合重整体性有效融合，提升了汉语表达简洁、跳跃的修辞性，形成富含趣味、自由、幽默的审美意境。旋律的处理和调整，不局限在西方音乐知识范畴中，以富有异域情调的西北民歌为参照，创编出兼具民族风格与现代音乐风格的歌曲。王洛宾改编的西北民歌体现了艺术化实践左翼文艺"大众化"与"民族化"的理念，实现文艺跨区域、跨民族的审美融合与建构。其改编的民歌成为各民族共享的文化符号和超越时代的经典文艺，对于当下增强中华文化认同，及新时代文艺创作导向具有重要意义。

关键词：王洛宾；西北民歌；左翼文艺；抗战时期；人民

1930 年 3 月 2 日成立的中国左翼作家联盟，是中国共产党领导的革命文学团体，给

---

* 基金项目：江苏高校哲学社会科学研究项目"江南文化对清代新疆流人文学的影响研究"（2019SJA1130），常州工学院教学改革研究重点项目"'互联网＋教育'背景下中国现当代文学模块化教学模式的理论与实践研究"（30120300000-KT-017）。

白色恐怖下的上海及中国文坛带来勃勃生气，开创了中国现代文化的新局面。与此同时，对它功过的讨论从未停止。今年值左联成立92周年，回顾左联走过的历史、带来的社会影响，显得刻不容缓。针对犹存的谈"左"色变，左翼突出的政治色彩，及与意识形态的联系，左翼文艺即"革命文艺"的评价，贴标签式的固化认知长期左右受众的判断，需要研究者从历史细节出发扭转偏见。事实上左翼在那个时代是代表先进生产力的，是与黑暗抗争的进步力量，不能等同于"极左"等说法。从20年代发端对文艺大众化的讨论，到1938年向救亡文学的转变，左翼文艺始终与中国现实同步，为那些无奈现实却又渴望社会变革的精神压抑者，提供情绪的宣泄，带来方向的指引。无论从对社会的批判还是创作主体看，左翼文艺是五四新文化运动的继承，也是在另一个层面的跃进。左翼文艺虽以政治为主，但绝不限于政治，其包含的艺术价值，也非革命文艺等简单的定义。在对文艺"大众化"和"民族化"的实践中，积极汲取各种类型的民间文学，左翼文艺中民歌的整理与改编，对战时新诗创作、新音乐、民歌的现代化发展均有不可估量的作用。其对底层的关注和同情，包含的人文关怀是当代文艺创作的精神传统，具有永久的艺术魅力。

目前，对战时民歌的关注，大多集中在"谣歌体"叙事诗、抗战歌曲、民间俗曲、陕北民歌等主旋律表现形式，而那些服务于抗战却游离于主旋律的民歌，未引起足够的重视。如王洛宾投身于抗战的文艺宣传，配合战时需求改编的西部民歌，与陕北民歌在此时期都颇受欢迎，却未纳入左翼文艺的研究范围内。大部分研究认为王洛宾的民歌远离政治，与战时民歌高亢有力、鼓舞士气的风格截然不同。然而，王洛宾从踏向西部土地的那一刻起，所从事的音乐工作，都是深入人民群众，宣传抗日的"大众化""民族化"实践。他整理与改编的西北民歌是战时左翼文艺实践的另一种尝试。因此，重新回到历史现场，梳理隐藏在历史主线中的细节，发掘被忽略的文艺现象，于左翼文艺在革命文艺之外有何探索和实践，于王洛宾改编的民歌为何经典等问题会有较为清晰的诠释。

一、抗日救亡背景下的民歌运动

20世纪文学发展史上有三次民歌潮流：20年代的歌谣征集运动、40年代的民歌体叙事诗创作潮流、50年代的"新民歌运动"。这三次民歌潮流是在不同的时代语境、政治文化、文学观念中产生兴盛，体现迥异的意识形态观念和现代民族国家的现代性理念。

从民歌的发掘、收集、整理到改编，存在于民间传唱度较高的歌乐正式进阶为主流音乐，乡野与高雅之间的界限不再清晰，甚至在一定程度上影响或形成了现代文学的新形式、新风格。民歌虽与新文学建立了良好的互动，但 20 年代没有真正吸收歌谣运动的成果，文学层面的建设是不彻底的。"民歌真正大规模地进入新诗，对新诗创作产生影响，是在 40 年代抗战的背景下，主要集中在根据地文学中。"[①]抗战全面爆发后，左翼文艺思想在抗战的历史潮流中融入到抗战文艺中。左翼文艺的成员一度成为抗战文艺的主力，协力采编、改写、创作民歌，践行文艺大众化的宗旨，在抗战区掀起了一股民歌风。左翼文艺以延安为主要阵地的民歌运动，推动了左翼文艺的传播和发展，成为三次民歌潮流中持续时间最长、人民群众基础最广、文学艺术成就突出的民歌运动。

　　以延安为主要阵地的西北民歌运动是左翼文艺在抗战背景下的产物，是在左翼文艺指导下展开的内容丰富、形式多样的实践与尝试。因战时需要，左翼文艺界、音乐界人士从城市转向农村，延安成为抗战中心、文艺宣传中心。早期左联的文艺大众化运动在延安根据地有了更大的实践空间，或者说文艺界人士对于理论的现实化、革命化有了更大的决心。救亡的呼唤日益热切，陆续有青年加入到抗日的组织中，1937 年年底王洛宾受丁玲之邀，与上海来的抗日演剧队一同参加八路军的西北服务团，同老友塞克、萧军等人一起探讨时局，琢磨演出戏剧，创作出《老乡上战场》《风陵渡的歌声》等三十几首抗日救亡歌曲。王洛宾早期创作的抗日救亡歌曲与民歌联系甚微，却说明了左翼组织初到革命根据地坚定的救亡理想，只是民歌的种子还未发芽。其中萧军和毛主席的一段话解释了当时初到延安的文艺现状。萧军问毛主席："党有文艺政策吗？"毛主席回答道："哪有什么文艺政策，现在忙着打仗种小米，还顾不上哪！"[②]萧军与毛主席之间通过信件交流思想，共谋文艺方针，随后 5 月 2 日到 23 日的延安文艺座谈会围绕文艺与政治、文艺与革命、文艺为工农兵服务等问题展开了民主式的讨论。此次会议为接下来的文艺活动指明了方向，对文艺大众化的肯定及明确的做法具体化。而民歌运动是在一系列救亡歌曲尝试后思想观念的深入表现，并非一蹴而成。

　　抗日救亡时期的民歌运动大规模盛行的主要阵地为延安，左翼文艺逐渐融入到延安文艺中。延安文艺座谈会为文艺工作指明了方向，相继成立了鲁迅艺术文学院、中国民间音乐研究会等协会。随着抗战剧团、乐团等文艺工作者的不断实践，大量的革命歌曲

---

　　① 贺仲明：《论民歌与新诗发展的复杂关系——以三次民歌潮流为中心》，《中国现代文学研究丛刊》2008 年第 4 期。

　　② 王德芬：《萧军与延安文艺座谈会》，《天津政协》2012 年第 6 期。

呼之欲出，配合工农兵武装革命，起到了广泛的宣传作用。此时的延安文艺进入了一个全新的发展时期，文艺工作者真正深入到工农兵生活中，向民间学习，从人民生活和实践中汲取艺术灵感。对于具有高度革命热情的左翼文艺工作者来说，相较于30年代在上海的文艺大众化活动，延安有利于开展革命工作，偏远边缘的地方蕴藏着原生的中国文化，可以成为民族认同的文化资源，为中共建立政治的领导权提供保障。丁玲曾说："在30年代，知识分子要到工人当中去是很不容易的，我去时总换上布旗袍、平底鞋，可是走路的样子就不像工人，很引人注意。再说，人家都是互相认识的，你到那里去，左右不认人，又不像从农村来走亲戚的，只能到跟自己有联系的工人家去坐一坐，谈谈他们的生活。"[①]工人阶级仅占上海人口的一部分数量，而延安作为抗战中心和总后方，集结了革命者、知识分子、文艺家、爱国青年，和广大的农民基础，适合开展文艺大众化的相关活动。

延安虽然具备开展革命的有利条件，但封闭的环境、城市化的缓慢导致媒介的欠缺和滞后，信息传播远远落后于中东部地区。30年代左翼人士在上海的革命工作，便是借助近代上海发达的媒介环境，全国主要书报出版社发行社都在上海，上海是新思想的传播阵地。传播媒介的兴起与繁盛同工业社会的发展密不可分，读者、市场、产业网络构成现代传媒的组成要素。以延安为代表的西北地区或农村革命根据地，尚处于农业发展时期，现代化的传媒未萌发。如何将革命思想、马克思主义、现代化理念根植到人民大众的头脑中，是在特殊环境下需要解决的问题。为了革命的需要，诸多文艺界人士来到革命圣地，深入大众、走进民间，践行文艺大众化。为了配合革命进程，民歌这一文艺形式作为媒介载体被大规模地创作。如火如荼的民歌运动可以说是革命时期的产物，也是受制于西北地区有限的传媒环境下兴盛的。

二、一路向西的艺术轨迹

在抗战背景下，左翼文艺的中心由上海转为延安，爱国的文艺界人士也由各自所处的中东部转移到了西北。1937年王洛宾和妻子洛珊满腔热血准备奔赴革命阵地，加入丁玲领导的西北抗战剧团，由此王洛宾开启宣传抗日之路。左翼音乐家吕骥指出，"新音乐不是作为发抒个人的情感而创造的，更不是凭了什么神秘的灵感而唱出的上界的语言，

---

① 梁伟：《论30年代"亭子间"青年文化与上海文化的关系》，《海南师范大学学报（社会科学版）》2014年第7期。

而是作为争取大众解放的武器，表现、反映大众生活、思想、情感的一种手段，更负担起唤醒、教育、组织大众的使命"①。冼星海也坚持认为："音乐是一种宣传工具，利用了它去宣传；它是改造社会的工具，它不但反映社会，而且更进一步改造社会……它是一种教育工具，在抗战期中教育了广大民众……用音乐做唯一的斗争武器，配合着抗战。"王洛宾在西北战地服务团中创作了许多反映抗日的歌曲，与此时期左翼文艺的主张一致。

　　因战局变化，1938 年王洛宾、塞克等人滞留在西安战地服务团，得到萧军带来的去新疆宣传抗日的消息，欣喜之后随即准备前往。直到离开，王洛宾也未去过延安，与抗战主要阵地擦肩而过，带着革命的热情和决心一路向西，继续他的抗战宣传工作。虽然不在延安从事抗战文艺宣传工作，但王洛宾向西的艺术轨迹未曾与抗战脱离。在六盘山车马店歇息时，为了打消大伙的烦闷，唱起《老乡，上战场》鼓舞士气。并结识"五朵梅"，听到辽远苍凉富有西部风韵的"花儿"。地道的"走西口"民歌，激发王洛宾的创作欲望，感怀于"花儿"传递的乡村气息和悠远抒情，王洛宾重新改编了五朵梅唱的"花儿"。六盘山的"花儿"可以说是王洛宾改编的第一首西北民歌，浓郁的西北风情激活了他的音乐细胞，开启了他西北民歌改编探索之旅。王洛宾民歌改编的初试牛刀及后续佳作，不得不说与他向西的抗战宣传征途有关。在通往目的地的过程中，动员抗战是文艺工作者的目标。正是有了实地宣传，与人民群众深入接触的经历，王洛宾对文艺"大众化"的理解才会有切身的体会和实际的创作经验。改编后的"花儿"与《老乡，上战场》艺术风格相异，但它们都属于左翼文艺在抗战时期的文艺实践，是不同向度的文艺作品。

　　如何将文艺与人民群众联系在一起，是左翼文艺成立之初知识分子自觉的历史使命。到抗战时期，文艺大众化的主题显得更加迫切，如何用文艺的形式将普罗大众引导到革命的大潮中，文艺与现实结合推动中国的革命进程。从 20 世纪 30 年代到 1934 年，左翼成员共展开三场关于文艺大众化的讨论，涉及大众化动机问题、现实问题与实践途径、文字改革等问题。对于已有的普罗文艺，很多文艺家认为与工农的实际生活和文艺需求有相当的距离。"中国普罗革命文学，还不过只在知识分子和青年学生范围之内的思想斗争上帮助着无产阶级罢了，它并没有和工农群众发生直接的关系。"创造出真正为大众接受的大众文艺，特别是在激烈的政治斗争和民族危机面前，争取最广大的人民群众，

---

① 居其宏：《战时左翼音乐理论建构与思潮论争》，《中国音乐学》2014 年第 2 期。

直接关乎到革命的胜利。文艺大众化是根据中国文艺现状、社会现实提出的，既是文艺内在性的要求，也是战时民族危机的呼吁。抗战加快了文艺大众化的脚步，深入群众宣传抗战是文艺大众化最直接的表现方式。"大众化"不仅是文艺形式的一种通俗化的追求，更是一场文化权利下移至乡野平民的民主运动。王洛宾所在的西北抗战剧团是左翼成员丁玲领导的，在践行文艺大众化上有多种尝试。有诗歌、乐曲、戏剧等文艺类型的多元形式，有符合民间说词的语言表达，更有内容丰富、反映大众情感的主题呈现。王洛宾的民歌既表现了抗战鼓舞人心的一面，也彰显了大众的真情实感。可以说，王洛宾的音乐与左翼关于文艺大众化的指向是一致的，甚至是更为自觉的大众化实践和自为的艺术探索，深化了文艺大众化的呈现形式与内容。

原先赶赴新疆的计划，到了兰州后遭遇突变。由于盛世才鼎力邀请变为拒绝延安方面派遣干部和文化人士入疆宣传抗战，将王洛宾一行阻拦在兰州。抗战宣传也因此就地进行，王洛宾和洛珊在兰州参加了西北抗战剧团。他们奔波在祁连山下，向群众宣传抗战的道理。其间演出话剧《放下你的鞭子》，惟妙惟肖的表演感染到群众，呈现了出彩的宣传效果。在兰州的西北抗战剧团，王洛宾和剧团成员一方面宣传抗日，一方面走进群众，与当地人交谈，融入当地的生活。艺术来源于生活，来自乡野民众被赋予平等、民主的文化参与权利，大众和艺术之间的距离逐渐缩小。王洛宾在居住的市街中结识了很多商贩，他们大多来自新疆，运送苏联援助中国的抗战物资，在西北重镇兰州中转。这些维吾尔族商贩，能歌善舞，会唱新疆民歌。轻松、幽默、自由的新疆民歌，打动了王洛宾，他深感歌曲有一种自然之美。王洛宾根据听到的新疆民歌，改编创作出《马车夫的幻想》，并以载歌载舞的形式在剧团演出，吸引了在场的全体观众。后经他的老同学赵启海带到战时陪都重庆，在山城引起轰动，继而又传到昆明和缅甸、马来西亚、南洋各国。而这首《马车夫的幻想》就是被人们熟知的经典民歌《达坂城的姑娘》。有评论认为，王洛宾的创作灵感和抗日热情融合得天衣无缝，民歌与抗战歌曲同时开花，在群众中都获得了不俗的反响。这是文艺"为人民服务"的最佳体现，符合毛泽东延安讲话的宗旨。

然而鲜有认识会把王洛宾改编的民歌与他在西北参加的抗战宣传工作联系在一起，多分割来看。其中一个原因归于王洛宾1938年离开兰州后，到青海宣传抗日的经历。1939年间，因西北抗战剧团遭到国民党的强制破坏，被迫就地解散，剧团的同伴们大都选择东归，王洛宾和洛珊却决定继续西行前往青海。虽然王洛宾所在的西北抗战剧团曾到西宁有过话剧演出，但此时是脱离组织的西宁之行。也有评论认为是青海的民间文艺吸引着他，是民歌的魅力和对音乐的热爱让王洛宾坚定地走上西行之路。在青海的日子，王洛宾始终以宣传抗战工作为己任，即便是脱离西北抗战剧团，在西宁学校教学时，也用"抗战歌曲"打开了青海学校没有音乐的局面。《穆斯林青年进行曲》是王洛宾为穆斯林兄弟写的一首抗战歌曲，极大地推动了青海回族人民的抗日宣传工作。如：

> 我们是青年人，中国的青年人
> 青年要领导大众向前进
> 用我们的热血捍卫祖国
> 青年的穆斯林勇敢前进
>
> 侵略者进犯，把他打回去
> 侵略者进犯，大家起来拼
> 用我们的热血发扬穆圣精神
> 用我们的热血教训敌人
>
> 我们是青年人，中国的青年人
> 青年要领导大众向前进
> 用我们的热血捍卫祖国
> 青年的穆斯林勇敢前进[①]

　　青海的学校开始有了音乐课，民众抗日的积极性被调动起来。王洛宾一面教歌，一面组织建立青海抗战剧团。足迹遍布河西走廊，编排抗日内容的小剧，还编写农民喜闻乐见的乡土民歌。从这方面看，王洛宾对青海的音乐文化、艺术学习做出了努力和贡献，也将左翼关于文艺大众化的实践扩大至西部少数民族地区。他的实践使文艺大众化的范围扩大、内容多样化，创作形式更为丰富，文艺与大众之间有了联系。为少数民族地区带来了文艺食粮，为左翼宣传抗战争取到了更多的力量。其积极探索左翼文艺大众化的艺术创作，尤其对民歌的创编，有了自为的意识和较为成熟的艺术认知。

---

① 言行一、王海成:《王洛宾》，陕西师范大学出版社 2019 年版，第 38 页。

三、最美的音乐在自己的国土上

通过不断的采风积累，王洛宾逐渐将民歌编写融入到抗日工作中，如《沙漠之歌》采用了哈萨克族的民歌素材，深受观众喜爱，推动了抗日文化活动。利用民歌宣传抗日，在大西北地区早已如火如荼地开展起来，王洛宾虽然不是第一个，但能够与少数民族地区的民歌相结合，突破语言障碍，实现文艺"大众化""民族化"的文艺工作者，王洛宾可谓是佼佼者。继20年代民歌运动后，因战时需要，及"民族形式讨论"的推动，"大鼓词""歌谣""弹词"等民间形式得以肯定和运用。萧三明确表示："广大的民间所流行的民歌、山歌、歌谣、小调、弹词、大鼓、戏曲……这一切都是我们的先生，我们应向它们学习，虚心用苦功去学习。"[①]随后根据地开始民歌搜集活动，在1939年成立了"民歌研究会"，建立专业组织鼓励民歌搜集工作。而1939年间的王洛宾，已编写了《半个月亮爬上来》《玛依拉》《流浪之歌》《我等你到明天》等耳熟能详的民歌。王洛宾较之根据地的民歌搜集，更多的是出于对民歌的喜爱，对西部民歌神奇、跃动、轻松、自如风格的倾心。少了为宣传抗日而寻找民歌的目的性、功利性，多从民歌本身散发的艺术魅力出发，通过民歌与大众联系得更加紧密。他认为民歌是人与人之间相互联系的最好的信物。即使遇到困难，不懂哈萨克族、维吾尔族语言，独自前往牧区，凭借民歌的沟通作用，与广大民族同胞建立了深厚的友谊。王洛宾改编的这些民歌传递了大众朴实真切的情感，拉近了文艺工作者与人民大众的距离，团结了抗日的力量。无论是对艺术还是革命工作，都具有重大的意义。

三四十年代在全国范围内大规模开展并盛行的民歌运动，主要集中在两个方向，其一是民歌搜集后的文学化，如"谣歌体叙事诗"；其二是利于传唱的民歌，如陕北民歌。总体来看，传唱的民歌数量和传播度远不及叙事诗。抗战时期究竟采用何种方式的文艺形式，哪种文艺形式能带来有效的宣传，需要在这两个方向的实践中找到答案。文学和音乐自五四新文化运动以来，始终在求新求变的路上行进着，在中西、古今的博弈中，寻找契合时代变革、现代文化的文艺表达。从左翼文艺早期的文艺论争，到战时文艺形式的选择，文艺"民族化"成为文艺现代性发展的主要议题。左翼文艺自产生之初，围绕新文学过于欧化白话的语言，脱离大众的贵族气息，进行了批判。新文学的白话替代

---

① 王荣：《论40年代"解放区"叙事诗创作及其形式的"谣曲化"》，《陕西师范大学学报（哲学社会科学版）》2004年第5期。

文言是一大突破，但属于知识分子等上层人士的文学交流，民间大众并未参与到新文艺运动中，文艺的启蒙作用式微。左翼文艺提倡文艺的"大众化""民族化"正是对新文学脱离民众接受能力的缺憾所做的弥补。

左翼音乐家吕骥认为，"既然抗日救亡歌曲的服务对象是工农兵大众，那么，围着让这些歌曲'走进大多数工农群众的生活中去'，它在音乐语言、风格和形式方面就应以'各地方言和各地特有的音乐方言'来创作'民族形式、救亡内容的新歌曲'"[①]。文艺界对文艺"民族化"的讨论和实践逐渐达成共识，民歌成为有力的载体，是这场"民族化"文艺运动的宝贵传统文化资源，在一定程度上解除了文艺工作者文艺现代化追求的困境。王洛宾早期在北师大学习时，认为西洋旋律更具有抒情性和浪漫风格，上扬和下抑都能表达得恰到好处，去巴黎学习音乐是他此时期的梦想。但当他接触到西北民歌，被强烈的音乐性和委婉的叙事性所吸引，怀疑之前的认识，重新开始对音乐等文艺问题进行思考。正宗的抒情不一定只在西方，中国民间音乐有最浓郁的抒情，是东方式的抒情音乐。其实，最美的音乐就在自己的国土上。

民歌成为文艺"民族化"的最佳载体，对民歌的着力搜集和编创，不仅有专业的民歌协会做支撑，还有政治制度的保障。1942年毛泽东发表《在延安文艺座谈会上的讲话》，直接推动了解放区的民歌搜集和创作活动。更多的文艺人士深入民间采风，编选民歌集。《陕北民歌集》《内蒙古民歌集》《东蒙民歌集》等民歌集相继产生，同时也成为新诗学习的典范。民歌与诗歌两种不同审美表现机制下的艺术，在战时背景下得到了结合。"民间歌谣和唱本俗曲的美学趣味及其结构形式，随着中国现代诗歌包括现代叙事诗艺术的发展进步，也越来越多地影响到一些作家或某些文学流派的创作实践。"[②]用大众的语言、大众的情感表现民族形式，存在于诗歌和音乐创作中。40年代初的"谣歌体"叙事诗盛行，并取得了新诗发展的新变，可以说是民歌于文艺实践的成就。"在吸收或运用民间谣曲章法结构及句式语言等形式因素的基础上，所创作出的那些反映及表现中国共产党领导下人民革命事业的'历史性'进程，以及'解放区'新的政治生活及人物故事，并且代表'解放区文学'的现代叙事诗艺术成就的作品，自然也就成为这种汇聚'革命的文艺'、'自己的民族形式'和'劳动人民喜见乐闻的形式'等品质于一体的'新时

① 史竟：《中国新音乐运动的特殊典范——王洛宾》，《新疆社会科学》2001年第2期。
② 王荣：《论40年代"解放区"叙事诗创作及其形式的"谣曲化"》，《陕西师范大学学报（哲学社会科学版）》2004年第5期。

代史诗'。"①虽然朱光潜、胡雪峰等文艺家质疑民歌与诗歌的结合是把诗看成新闻记事，但民歌体或谣歌体在形式上对现代诗歌，包括叙事诗、歌剧诗的民族性审美追求，具有文艺与政治的双重影响。

从意识形态及组织形式方面，确定了作家及党的文艺工作的文学意识产生及写作行为，"谣歌体"叙事诗、新秧歌剧、新式歌剧等文艺形式受政治保障，盛行并取得了较大的影响。"谣歌体"叙事诗等主流形式侧重于视觉宣传，是战时民歌运动的主要形式之一，而另一形式为侧重听觉的民歌歌曲。富有旋律和节奏的演唱，与"谣歌体"叙事诗属于不同的审美机制，但也是此时期民歌发展的一个方向。民歌本是民间歌曲，旋律具有地方色彩，歌词通俗易于吟唱，存在于平民大众之间，可随意哼唱、传唱。从听觉层面，易于调动大众的参与性与积极性，只是在民歌与新诗的结合中，属于民歌本身的音乐性被弱化了。以"信天游"为代表的陕北民歌在抗战时期轰动一时，最终也纳入到了诗歌写作的新变中。以至于谈到战时左翼文艺运动中的民歌，往往把焦点放在民歌影响下的文学形式，对民歌的现代性与革命性、音乐性与文学性的内在变革尚未有更多的关注。王洛宾在30年代末40年代初改编的民歌，有力地践行了左翼文艺"大众化"与"民族化"，并将"大众化"与"民族化"之路走得更深更远。没有因战时需要过分将创作主题倾斜为抗战主题，而是从人性出发，尊重人的真实情感，以敏锐的艺术洞察力将两者巧妙地结合，是战时民歌的宝贵财富。

四、旋律为美化语言而存在

台湾民谣之父柯正编写的中国第一部音乐大词典《世界民谣》中收集的大陆民歌很少，归于大陆民歌整理成谱子的不多。大多数民歌搜集与改编为配合抗战文艺宣传，形成以朗诵为主的诗歌文学样态，谱成曲子、有完整旋律的民歌较少。王洛宾改编的民歌，既有民歌内容，也有民歌旋律，可诵可读，是抗战时期左翼文艺中民歌的别样存在，具有丰富的艺术价值。

民歌是诗与歌结合的创作，这两方面都是构成民歌不可或缺的一部分，是不能独立看待的。通常民歌是口头创作，口头流传，随着语言、劳动、情绪及演唱者条件的不同，在曲调、速度、力度、繁简各方面都可能有所变化。尤其是曲调、旋律的变化，加大了

①　赵学勇、李明：《左翼文学精神与20世纪中国文学的现代化论纲（上）》，《兰州大学学报（哲学社会科学版）》2003年第1期。

民歌中"歌"的搜集难度。相较而言，记录歌词相对容易。故此，30年代的民歌运动中民歌的体式与内容，对诗歌产生了重大影响，"谣歌体"叙事诗一度成为抗战时期诗歌的新样态及主流文艺。带有旋律的民歌创编自然被划分为另一种形式，属于从事音乐工作的文艺界人士的范畴。而王洛宾改编的西北民歌兼有两种倾向，歌词部分充满诗意，旋律部分彰显音乐的专业素养。他改编的民歌产生于抗战时期，但又不拘泥于战争主题，从更广泛更深远的艺术层面创新了民歌的表达，符合民歌现代性发展的需求。

　　王洛宾虽然毕业于音乐专业，但有一定的文学造诣。在大学时代爱读现代诗，尤其爱读"新月派"诗人徐志摩的诗，并认真阅读和研究。对徐志摩的诗《云游》进行谱曲，于毕业汇报演出中获得师生的一致好评。他始终坚信，民歌的歌词在贴合大众情感表达的同时，也要有诗歌美妙的语言和唯美的意境。1935年7月，把萧军的成名作《八月的乡村》中《奴隶之爱》这首诗谱成曲子，成为近代中国为小说谱写插曲的第一人。诗歌本亦能吟唱，王洛宾凭借敏锐的音乐才情和诗意情怀，对现代新诗进行音乐创编，提升了音乐的文学性、现代性。战时，王洛宾改编的西北民歌，除了具有辨识度的旋律，轻快明朗易上口的风格，富有文化意味的歌词也耐人寻味。

　　王洛宾一路向西的艺术轨迹，因宣传抗战结缘西北民歌。改编了多首西北民歌，数新疆民歌最为知名，而新疆却是他解放后踏入的热土。整理改编新疆民歌，与来往于西北要道上的商人有关。从西北商人的演唱中，发掘并激发了他创编的欲望，最终形成一首首与原唱相似却又完全不同的民歌。因为存在语言的障碍，西北商人演唱的民歌，需要借助翻译。经过二次加工的歌词，再加上语言表达的差异，王洛宾改编的民歌与原唱有很大的不同。如歌曲《达坂城的姑娘》的原唱来自一位维吾尔族青年司机，虽然他用维语演唱，但王洛宾被他不同寻常的歌声所吸引。在朋友的帮助下，翻译出几组关联不大的词句："达坂城—丫头—辫子—娶她做老婆。"[1]此时的王洛宾在兰州，还未进入新疆，达坂城的姑娘和马车夫到底是什么样子，只能在青年司机的歌声中想象。对于维吾尔族司机唱的不流畅的旋律，翻译不完整的内容，王洛宾以敏锐的艺术直觉，认为这首歌充满了自然之美，及饱含的轻松、幽默和自由。改编也并非一蹴而就，从旋律看，记录的曲调不流畅，它的后半拍起唱就不适合汉族人的唱歌习惯；从歌词看，歌词的组合不合乎汉语规则，唱起来拗口、词不达意。"原生态歌词和曲调，与受过正规音乐教育的汉族音乐家的审美标准有很大差距。"[2]

---

① 言行一、王海成：《王洛宾》，陕西师范大学出版社2019年版，第23页。
② 冯长春：《新音乐的理论基础——以救亡音乐思潮为背景》，《音乐研究》2006年第3期。

　　经过对翻译歌词的反复研究、推敲和琢磨，按照民歌歌词比兴规律、新诗的浪漫唯美色彩，王洛宾将他所理解的内容，用汉语重新组合编排。准确地抓取到西北少数民族所属的阿勒泰语系多黏着语多附加成分的特征，在保留民歌通俗易懂、善用具象表述的特点外，融合汉语重表意性功能，增强了歌词的文学审美意境，简单朴实却又回味无穷。旋律方面，把分散、凌乱的乐思按民歌特有的方式贯穿起来，调整确定主旋律，使之变得完整。《达坂城的姑娘》歌词朗朗上口，节奏明快，容易触发对歌曲传达的审美意境的想象。其中"你要是嫁人，可别嫁给别人，一定要嫁给我"，成为传唱度最高的一句，充溢着大胆表达、直抒胸臆的心声。这是王洛宾改编的第一首新疆民歌，也是第一首用汉语编配的维吾尔族民歌，新疆民歌至此走进了内地乃至世界。王洛宾对文艺"大众化""民族化"的实践，不仅没有背离抗战主题，反而践行得更脚踏实地。真正做到了走进大众，及大众的内心情感深处，发掘到民族文化的艺术魅力，是"艺术来源于生活，又高于生活""为人民服务"的有力呈现，为当时文艺对民族的解放做出了贡献。

　　身处兰州抗战剧团的王洛宾接触到民歌，源于剧团宣传抗战工作的需要，贴近群众而结缘民歌，以杰出的音乐感知力，开始西北民歌创编之路。尤其对新疆民歌的改编，在了解到歌词大意的情况下，完全借助想象组织语词形成汉语的表达。在歌词和旋律之间做出平衡，建构适合汉语表达的习惯，是对汉语歌曲表达的突破。唱词符合汉语的语法规范，同时要配合旋律。因处于丝绸之路要道上，与中亚国家相邻，西北的民歌有一种异域情调，同内地音乐有差异。在改编过程中，需要专业的乐理知识，理解西北民歌的旋律，从中找寻异同，并结合现代音乐理论，调整为适合汉语演唱的律动。改编取决于需要熟悉西北少数民族音乐的表达习惯，透彻律动之外的内在文化心理和音乐传统。与其说改编不如说创编。而抗战时期左翼文艺中的其他民歌表现形式，在以民歌促新诗的发展中，"诗的歌谣化"成为新诗发展的主要方向，旋律暂且被搁置了。民歌赋比兴的艺术手法，质朴的语言和丰富的内容，民歌形式等被融入到新诗写作中，对新诗的探索起到了积极作用。却也因过强的政治化、缺乏对真正农民生活的细致再现，简单地套用民歌形式，局限了文艺家在艺术上的探索深度和作品的艺术高度。李季曾谈到陕北高原的农民唱"顺天游"对他的影响，不只是外在文学趣味影响，而是内在的心灵震撼。要获得心灵震感，特别是捕捉律动的起伏，绝非只有搜集、整理、改编民歌的工作，而是要深入到人民群众中，与"各民族交往交流交融，各民族之间多接触、多联系、多流动、多沟通，与各族群众共居、共学、共事、共乐，实现各民族居住相融，各民族共同学习文化相融、经济社会相融、幸福情感相融，在中华民族大家庭中手足相亲、守望相助"①。在地方—民族形式的实践中，建立代表民族利益、民族文化认同的文艺作品，推动平等的新的社会关系的形成，进而增加抗战力量，稳固中共政权统治。

凭着对民歌的持续热爱和西北少数民族文化的兴趣，以及长期与民族群众的深入交往交流交融，王洛宾整理改编的西北民歌保留了民歌歌词和旋律两部分的艺术性。在这两方面同时展开深入的研究，兼及诗歌和音乐的成就。突破了"谣歌体"叙事诗只在诗歌的尝试，及战时歌曲"政治化""时事化"单一风格。将西北民族语言所属的阿尔泰语系重形态变化，与汉语的重意合重整体性有效融合，提升了汉语表达简洁、跳跃的修辞性，形成富含趣味、自由、幽默的审美意境。虽然未直接呈现抗战主题，但捕捉到大众最真实的情感，即对苦难的转移和对美好生活的向往，于宣传抗日亦是有积极意义的，区别于战时歌体诗的表达。旋律的处理和调整，不局限在西方音乐知识范畴中，以异域情调的西北民歌为参照，创编出既有民族风格，也有现代音乐风格的歌曲。这些民歌是战时民歌的另一种存在，是左翼文艺"大众化"与"民族化"的有力表现。直至当下仍然传唱不绝，成为民歌中的经典，无不与王洛宾在民歌歌词旋律上的艺术追求有关。

左翼文艺在三四十年代为了配合抗战的需要，文艺"大众化""民族化"的主张更加明确，民歌成为文艺实践的载体。大规模的民歌运动，使文艺从知识精英走向了民间大众，文艺理念从借鉴西方转向本国的民间文学。这回答了五四新文化运动以来，究竟何种文艺、语言适合中国人的表达，符合启蒙的现代性思想。同时调动全民积极性，争取最大的力量团结抗日。战时左翼文艺下的民歌运动不仅在民歌运动史上，而且在文艺史上、抗战史上都具有重大的意义。在文艺与人民大众紧密结合、文艺为人民服务方面，此时期的民歌做了有效尝试，王洛宾整理改编的西北民歌更是这时期民歌的典范。

王洛宾改编的西北民歌在战时环境颇受欢迎，战争结束后乃至当下在海内外仍然拥有不少忠实的歌迷和粉丝，彰显出"超越现代性"的"当代性"意识，可谓是超越时代的"经典"。其中"大众化追求""为人民服务"的创作、审美心理，与新时代文艺"坚持以人民为中心的创作导向"具有一致性。2014 年习近平总书记所作的《在文艺工作座谈会上的讲话》明确指出，"人民是文艺创作的源头活水，一旦离开人民，文艺就会变成无根的浮萍、无病的呻吟、无魂的躯壳。人民生活本来就存在着文学艺术原料的矿藏，人民生活是一切文学艺术取之不尽、用之不竭的创作源泉"②。洛宾改编的民歌"把

---

① 金炳镐：《加强"三交"、促进"三和"，巩固和发展社会主义民族关系》，文化部宣传司，2017 年 8 月 21 日。

② 习近平总书记 2014 年 10 月 15 日《在文艺工作座谈会上的讲话》。

不同的历史时代贯穿起来，使得历史、现在甚至未来并存于当下，并存于我们活着的当下"①。文艺与人民关系的思考贯穿于72年的历史长河中，"以人民为中心"的观念超越时间具有同一性。王洛宾整理改编的西北民歌也因而具有经典的当代性，是新时代文艺的精神传统。同时王洛宾与少数民族及其文化的深度融合，更是民族交往交流交融的典范。其改编的民歌成为各民族共享的文化符号，对于增强各族群众对中华文化的认同，筑牢对中华民族共同体意识具有不可估量的作用。

（作者单位：常州工学院人文学院）

---

① 丁帆：《现代性的延展与中国文论的"当代性"建构》，《中国社会科学》2020年第7期。

激情与理性兼容的学术自觉[*]

——赵学勇的西部文学研究

吕惠静

内容提要：在赵学勇的学术研究中，西部文学成为他的一种兼具激情与理性的学术自觉。他在西部文学概念的命名与诠释，西部文学历史形态的生成及发展，西部地域文学在当代文坛格局中的地位和价值，西部作家的文化基因、精神结构、创作心理、审美追求的发掘等方面，颇有建树，形成了独具特色的西部文学研究格局。

关键词：西部文学研究；学术自觉；史学意识；问题导向

众所周知，西部地处偏僻，环境酷硃，交流闭塞，发展落后。但是，西部文学却以其自身的文化多元性、精神主体性与审美独立性，逸出了经济基础决定上层建筑的反映论范畴，生成了或平实质朴，或俊逸洒脱，或沉雄悲壮的不拘一格的美学风貌。这种物质生产与文化发展的不平衡性，平添西部文学的个性魅力与传奇色彩。特别是改革开放以来，伴随着区域经济协调发展的现代化诉求与文化的巨大转型，西部文学作为中国当代文学之独异地域文学的一支劲旅，引发了研究者的广泛关注。

长期生活、工作在西部的赵学勇教授，在西部文学研究领域深耕多年，著述丰赡，影响甚大，尤其在明确西部文学概念、建构西部文学史、揭示西部作家的文化基因及精神结构、剖析西部文学重大现象及理论命题等方面，颇有建树，甚而在西部文学研究领

---

　　* 基金项目：陕西省教育厅 2022 年度一般专项科研计划项目（22JK0172），陕西省哲学社会科学重大理论与现实问题研究 2022 年度一般项目（2022HZ1256）"新世纪陕西革命历史叙事的'审美世俗化'思潮研究"的阶段性研究成果。

域具有诸多开创之功。西部地缘的亲近、社会责任的担当与学术志业的偏好，使赵学勇的西部文学研究始终灌注着热情、感奋、执着与忧患，成为一种充满激情的学术自觉与饱含忧患的人文实践。

作为长期生活在西部的一位学人，赵学勇对西部乡土怀有深厚情感与切身体验，由此他能够以"理解之同情、心绪之悲悯"的态度，真正进入西部作家的创作实践之中，从而真切体察西部人的生存状态，深入理解西部人的生存本质，进而与西部文学达成情感共鸣与精神对话。作为思想型学者，赵学勇以学术研究的方式，参与西部地方文化建设，看取西部文明进展、文化生态与西部大开发的深层互动关系，探视西部社会生活及文化现象的诸多重大问题，考察西部文学之于中国当代文学独特的价值和意义。

一、西部文学概念的命名与诠释

西部文学是百年中国文学版图中具有独特的文化资源、丰富的精神内涵与多元的审美追求的一种文学形态。赵学勇以动态性、开放性的学术眼光，首先从概念命名、价值定位上对学界莫衷一是的西部文学做出自己的论断。

在他的视野内，并不是将西部文学纳入到单纯的地域文学序列与明晰的文学流派范畴之中，而是以实事求是的态度与研判，从20世纪80年代起至今，对西部文学进行了长达数十年的跟踪研究与多维透视。从地域空间的层面而言，他指出西部文学只是把"'生于斯，长于斯'的地域作为一个背景，作为一处肥厚的土壤，这些作品在这块广袤的土地上滋生、成长，却又不时地逸出地域的限制，与其他地域的文学相互缠绕、碰撞"[1]，由此西部文学源于地域又超越地域，与各区域、各民族文学形成广泛对话。从作家创作的层面而言，他认为西部文学"不仅指作家的'西部身份'指认，也不仅指作家叙说了西部的自然景观、世态人情、生活境遇等，还应该包括那些以西部地域为支点，言说西部历史的、现当代的、未来的并能体现西部多民族的生存相、生态相、情绪相、精神相的文学"[2]。从文化寻根的层面而言，他着重阐释西部文学传统性与现代性对抗、衍变、交融、互渗且相随相伴、互为表里的历史与文化精神特征，即西部文

① 赵学勇、孟绍勇：《西部小说："概念"、"命名"及历史呈现——当代西部小说与西北地域作家群考察之一》，《兰州大学学报》2005年第2期。
② 陕西师大文学院中国现当代文学教研室编：《西部文学研究论文选》，赵学勇：《建构一种广义上的"西部文学"概念》，陕西师范大学出版社2009年版，第3—4页。

学"把'传统'往往描述为一种符合人性的自然存在，一种协调人与人关系、消除各种紧张、能够丰富人的精神和心灵结构的文化时空，并以之对抗或修复现代破碎的社会和迷失的人的心灵"①。

在西部文学中，小说是最为活跃、影响最大的文体样式，赵学勇对西部小说的价值定位别开生面、耐人寻味。他将西部小说置于恢宏开阔的全球化、现代性视野之中，指出西部小说是"指涉西部独特文明形态的小说"②，并且"非常典型地体现出中国在走向全球化、多元文化时代的征候。全球化时代几乎所有带有世界性趋向的文化冲突都体现在西部小说中，体现在前现代、现代抑或后现代文化之间所形成的冲突形态及其张力当中"③。从中可见，他对西部小说内在品质的价值判断与阔深的阐释视野。

同时，赵学勇对西部作家的范畴界定，彰显出务实求真、开放包容的研究姿态。他认为西部作家是"比较全面地描述了西部独特文明形态的作家"④，因而他所关注的西部作家群体，就不只是长期扎根西部的本土作家，如路遥、陈忠实、贾平凹、红柯、雪漠、董立勃等，还包括迁徙或下放到西部的作家，如王蒙、张贤亮等。在他看来，对西部作家身份的确认，要以他们的文学创作是否反映了西部人的生存相、生命相以及西部的历史人文与自然景观作为最重要的标尺，要以作家长时段地表现西部文明形态、持续性地张扬西部文学精神为内在规定性，这一看待西部作家的视角，丰富了学界对于西部作家群体的认知。

二、西部文学研究的史学意识

赵学勇的西部文学研究，贯穿着自觉的史学意识与鲜明的整体建构理念。他围绕着西部文学的历史分期、思潮流变、文学精神、审美表征等多维向度，从整体上概括了西部文学生成与发展的历史形态，积极构建了极具特色的西部地域文学史，审慎重估了西部文学在当代文坛格局中的地位和价值，由此拓展了西部文学整体性、系统化的研究理路，增强了西部文学研究的历史纵深感与学术理性。

就历史分期而言，他深入中国现当代历史文化之中，揭示了西部小说"四代三时期"

---

① 赵学勇、王贵禄：《论西部作家的文学精神》，《甘肃社会科学》2005 年第 4 期。
② 赵学勇、王贵禄：《论西部作家的文学精神》，《甘肃社会科学》2005 年第 4 期。
③ 赵学勇：《新世纪：西部文学研究现状及思考》，《大西北文学与文化》2020 年第 1 期。
④ 赵学勇、王贵禄：《论西部作家的文学精神》，《甘肃社会科学》2005 年第 4 期。

的衍变轨迹，勾勒了西部小说从领唱到合唱再到独唱的曲折之路①。具体而言，他指出第一时期（1942—1966 年间）的西部小说，在毛泽东《在延安文艺座谈会上的讲话》的精神指引下，由第一代西部作家（柳青、杜鹏程、王汶石等）所创作的解放区小说与十七年小说，呼应文学主潮，在意识形态话语与民间文化话语的双重建构下，一度成为经典作品；第二时期（20 世纪 70 年代后期—90 年代中期）的西部小说，历经追赶新潮、短期阵痛、冷静思考、再度崛起（90 年代初"陕军东征"），随后脱离"合唱"，走向充满田园乐趣、原始情怀的乡土之路，这期间诞生了王蒙、张贤亮等"外乡人"身份的第二代作家，以及张承志、路遥、陈忠实、贾平凹、扎西达娃、邹志安、陆天明、杨争光等本土身份的第三代作家；第三时期（20 世纪 90 年代中期以来）的西部小说，在阿来、红柯、董立勃、雪漠等第四代作家的引领下，走向了现实主义宏大叙事与个体体验叙事的融合。从中可见，赵学勇凭借敏锐的历史眼光，对西部文学的衍变历程所作的严谨切实的学理判断。

就思潮流变而言，他梳理了西部小说创作的三大主潮，把握了西部小说创作的转型特征②，即延安时期到十七年时期，西部小说在民族国家宏大叙事思潮的影响下，注重继承革命现实主义传统，表现革命化、大众化、民族化的主旋律；新时期以来，西部小说在反思、寻根、先锋等审美写意思潮的影响下，回归西部本土，开掘西部意识，注重对自然、生命、心灵、人性的诗性化描写；20 世纪 90 年代以来，西部小说在现实主义、文化主义、消费主义、生态主义等思潮的交织影响下，呈现出探索乡土现代性转换、表现民族 / 宗教 / 民俗文化、张扬欲望化 / 私人化体验、反对"人类中心主义"等众声喧哗的创作内容。这种对西部小说创作思潮的特征性归纳，彰显了赵学勇鲜明的文学整体观与深邃的学术洞察力。

就文学精神而言，他强调当代西部文学从某种意义上，"即是现代乡土文学内在精神的延伸和发展，又是西部独特文化区域的精神体现"③，即当代西部文学继承了鲁迅所开创的乡土写实传统，以社会批判、文化批判的方式，揭示了西部民众生存的沉重与人格的变异，张扬了人性觉醒的现代意识；与此同时，当代西部文学又展现了自身的本土文化精神④，不仅描绘了西部特有的历史民俗、伦理道德、宗教信仰等文化景观，展现了

---

① 赵学勇、孟绍勇：《西部小说："概念"、"命名"及历史呈现——当代西部小说与西北地域作家群考察之一》，《兰州大学学报》2005 年第 2 期。

② 张英芳、赵学勇：《当代西部小说的三大主潮》，《西安交通大学学报（社会科学版）》2013 年第 4 期。

③ 赵学勇：《中国乡土文学：从现代到当代西部》，《海南师院学报》1994 年第 4 期。

④ 赵学勇、王贵禄：《论西部作家的文学精神》，《甘肃社会科学》2005 年第 4 期。

西部大气恢宏的自然生态与文明形态，而且开掘了儒、佛、道、伊斯兰多元文化影响下的阳刚入世、隐忍旷达的民族心理与剽悍顽强、豪放侠义的地域性格，彰显了超越苦难的民族自信力。赵学勇从现代文学传统与地域文学特色两方面，阐释西部文学精神，使其西部文学研究具有了深沉的历史意识与鲜明的学理思辨色彩。值得一提的是，他着眼于现代乡土文学与当代西部文学之间的精神联系，在国内最早提出乡土文学视域下的西部文学研究课题。作为国家教委青年专项科研基金项目"现代乡土文学与当代西部文学"的研究成果，《新文学与乡土中国——20世纪中国乡土文学与西部文学研究》①，将西部文学纳入到中国现代文学"现代性"的发展谱系中进行系统考察，从"生命主题""现代意识""人的觉醒""理想人格"等层面，着力探讨当代西部文学与现代乡土文学的精神共振，着力挖掘西部文学精神的历史经验和现实意义，从中映现出赵学勇恢宏开阔的史学视野与融会贯通的学术思维。

就史学建构而言，赵学勇主撰的两部力作《革命·乡土·地域：中国当代西部小说史论》②与《守望·追寻·创生：中国西部小说的历史形态与精神重构》③，带有西部地域文学史的研究性质，旁征博引，资料翔实，视野宏阔，论证深刻，是西部文学研究领域的扛鼎之作。

前者，作为国内第一本对当代西部小说进行整体研究与纵深开掘的史论著作，确立了西部这一地域文学史的写作合法性。该著着眼于"革命""乡土""地域"等西部独特的社会历史语境与人文地理因素对西部小说的显著影响，从西部小说的发展流变、文学地位、审美追求、文化表征、时代走向等方面，勾画出西部小说的历史形态及当代样貌，凸显了西部小说作为当代中国极为重要的创作潮流的"文学史"意义。该著立足于多元的文化视野，灌注着强烈的问题意识，为窥探中国当代文学的整体构建及复杂内涵提供了理论启示。

后者，作为国家社科基金后期资助项目"中国西部小说的历史形态与精神重构"的研究成果，整合与深化了西部小说研究，彰显了本土性的文学与文化诉求。该著以"精神结构""文化基因""冲突模式""史家叙事""读者接受"等，作为阐释西部小说的关键词，展现了西部作家群在文化承接过程中发挥的巨大作用，在较大规模上激活了西部

① 赵学勇等：《新文学与乡土中国——20世纪中国乡土文学与西部文学研究》，兰州大学出版社1993年版。
② 赵学勇、孟绍勇：《革命·乡土·地域：中国当代西部小说史论》，中国人民大学出版社2009年版。
③ 赵学勇、王贵禄：《守望·追寻·创生：中国西部小说的历史形态与精神重构》，北京大学出版社2012年版。

小说研究的话语空间。首先，该著通过阐释西部小说的历史分期、风格特征、美学风貌，揭示了西部作家的精神气质、文学观念、底层意识，并在全球化的时代语境中，为西部小说的发展提供了理论思考。其次，该著通过分析西部独特的地理状况、生态环境、民族风情、文化衍变等对作家精神气质与文学创作的影响，揭示了西部作家群特有的创作风貌以及西部小说建构民族精神文化的积极意义。最后，该著将西部小说置于中国当代文学史的整体发展框架中，以小见大，窥探中国当代文学的演进动向与存在问题，从中包含赵学勇对中国当代文学境遇的深层焦虑与冷峻反思意识。此外，该著既从"左翼"革命文学、地域文学、生态文学等多元视域理性审视西部文学，也将研究者的主体性情、价值取向熔铸在学术研究之中，从而实现了学术理性与人文情怀的有机交融。

三、西部作家文化基因及精神结构的探寻

同处西部，赵学勇与西部作家在身份认同、乡土体验、文化心理等方面的契合性，使他能够与研究对象产生情感共鸣、心灵感应与精神共振，正如他坦言："他们同我一样从乡土一步步走来，怀揣着同情之理解、之悲悯的情感对当下的底层社会与日常生活进行观照，进而用文字的形式将其表现出来。"[1]由甘入陕，他基于天然的情感联系与自觉的学术意识，展开了以秦地作家为代表的西北作家群的相关研究，承担了国家社科基金项目"当代西北作家群研究"等课题。他对西部作家研究的特色之处便在于采用文化批评、心理批评的方式，对西部作家的"文化基因"与"精神结构"进行深入剖析。

首先，他从传统文化、民间文化、地域文化等多元文化系统入手，阐释作为先验性知识结构的"文化基因"对于西部作家及其文学创作的潜在影响。

如他考察了中国传统文化在路遥创作中所发挥的重要作用[2]：一方面路遥文学创作的内在张力便源于传统儒家道德人伦观念与现代理性进取意识的价值冲突，另一方面路遥在文学创作中实现了民族优美德性的现代重塑。他探讨了和而不同的秦地民俗文化对陕西作家创作的多维影响[3]，即受到与时偕行的乡土文化影响的陕北作家，注重汲取说

---

[1]　赵学勇、魏欣怡：《以下沉的姿态求知问学——赵学勇先生访谈录》，《新文学评论》2020 年第 9 期。

[2]　赵学勇：《"老土地"的当代境遇及审美呈现——路遥与中国传统文化》，《陕西师范大学学报（哲学社会科学版）》2011 年第 3 期。

[3]　赵学勇、魏欣怡：《当代秦地作家与民俗文化》，《陕西师范大学学报（哲学社会科学版）》2021 年第 3 期。

书、信天游、秧歌等陕北民间艺术经验；受到中庸务实的家族文化影响的关中作家，注重表现家族礼仪与伦理传统；受到隐秘奇诡的山地文化影响的陕南作家，注重叙写原始古老、无拘礼束的民风民俗。他分析了西部地域文化对于西部作家精神系统与话语方式的形塑作用①，即西部作家注重运用西部地方性话语，摹写西部雄阔壮观、雄豪跌宕的自然景观，塑造西部"农民""少数民族人物""漂泊者""硬汉"等人物系列，表现西部儒、道、佛、伊斯兰斑驳多元的文化形态，挖掘西部安分知足、因循守旧、自卑封闭、坚韧乐观的文化性格，由此使得西部作品富有了浓郁的地方文化色彩，生成了雄浑苍凉的艺术格调。他挖掘了长安文化精神对于当代秦地作家的深层影响②，即秦地作家在长安文化精神（儒家济世思想、道家天人理论、佛家悲悯情怀、"以大为美"意识、历史言说意识等）的熏陶下，承继悲悯、济世情怀，注重表现乡情、乡思、乡恋的乡土与农民题材，注重在苦难叙事中呈现硬汉人物的精神世界与底层群体的生命意志，注重追求富有史诗品格与恢宏气象的宏大叙事。他论述了商州地域文化因素（自然、人文、政治经济等地理环境）对贾平凹小说自然意象、人文意象、地域文化意象以及轻灵神秘艺术风格的影响机制。这种寻根、探源性质的文化研究，对于深入解读西部作家的文学观念、精神追求、审美取向极为关键，从中可见赵学勇洞中肯綮、纲举目张的学术敏锐性。

其次，他在遵循文化研究理路的基础上，融合心理研究方式，深化了对西部作家创作情结、主体意识、文化心理、精神结构等方面的细部研究。

如他探察路遥、贾平凹文学创作的"乡土情结"，指出深厚的农业文化根性，塑造了路遥强烈的恋土观念、浓郁的乡土之情、深沉的乡土意识，却也使路遥失去了峻切的乡土审视意识③；指出以"乡下人"自居的贾平凹，注重开掘乡村与都市文明冲突、人性冲突的现代主题，注重追求商州世界拙厚古朴的审美意蕴④。他阐释了西部作家（贾平凹、张承志、红柯、陈忠实、阿来等）的生态文明意识，指出西部作家以"皈依自然的传统生态意识""诗意栖居的现代生态意识""聚焦寻根的文化生态意识""自我超越的精神生态意识""关怀生命的人文生态意识"等自觉的主体意识，持续瞩目西部民众的生存状态⑤。他探索了张承志的文化心理与精神内核，解析了张承志作为创作主体的怀疑、困

---

① 赵学勇、王贵禄：《地域文化与西部小说》，《陕西师范大学学报（哲学社会科学版）》2007 年第 5 期。

② 赵学勇、王贵禄：《论长安文化精神对当代秦地作家的深层影响》，《人文杂志》2010 年第 2 期。

③ 赵学勇：《路遥的乡土情结》，《兰州大学学报》1996 年第 2 期。

④ 赵学勇：《"乡下人"的文化意识和审美追求——沈从文与贾平凹创作心理比较》，《小说评论》1994 年第 4 期。

⑤ 赵学勇、田文兵：《生态文明意识中的西部小说》，《兰州大学学报（社会科学版）》2009 年第 1 期。

惑、焦虑、矛盾、寂寞等一系列的情绪心理特征①。他开掘了路遥创作的"人民性"精神指向，指出路遥"对于新时期以来的现实主义文学具有独特的标示性价值，对于当代作家的使命意识与审美理想有着积极的重塑意义，并对正视当代文学与社会、与人民大众之间的关系具有示范作用"②。这种探照西部作家心灵史、情绪史、精神史的研究方式，带有研究者强烈的主体关怀意识与精神对话意识，对于挖掘西部文学精神内核、体认西部文学审美追求大有裨益。从这个层面而言，赵学勇的西部文学研究，拓展了西部文学的研究视角，激发了西部文学的研究活力。

四、西部文学研究的问题导向与理论品质

赵学勇秉承鲜明的问题探索精神与学术前瞻意识，通过攫取西部文学的重大现象，剖析西部文学的理论命题，对西部文学乃至中国当代文学的显著创作情形、主流评价机制、重要书写经验进行了切实分析与深入反思，由此提升了西部文学研究的思想深度与理论品质。

他十分关注柳青、路遥、贾平凹等在评论界具有较大争议的西部作家，通过对作家本人及其文学创作（如《创业史》《平凡的世界》《废都》）在史学批评、读者接受等领域所构成的重大现象的研究，对中国当代文坛乃至当代社会的文化思潮演进、价值观念转型、美学评价标准都进行了理性观照与冷静思索。

具体而言，他通过考察"柳青《创业史》现象"史学评价的演变轨迹③，不仅审视了中国当代文学史的评价尺度和价值立场，而且探察了中国当代文学的生产体制、文学观念、叙事范型的转变特征，同时看取了革命文学传统、现实主义叙事、底层大众文学的流变衰落。他通过揭示路遥现象"冷落与热情""新潮与传统""浮躁与沉潜"一系列的悖论形态④，彰显了路遥为民众而写作的道义责任与精神底线，突出了路遥质朴温厚的现实主义创作的难能可贵性；通过聚焦路遥《平凡的世界》在文学史评价与读者接受之间冷热两级的反差现象⑤，揭示了新时期以来"反映论""典型论""史诗性""宏大叙事"等现实主义经验的衰退迹象，以及当代文学史写作模式对接受美学视域忽视的不足。

---

①　李秀萍、赵学勇:《困惑的自我与寂寞的旅者——张承志文化心理解析》,《兰州大学学报》2002 年第 6 期。
②　赵学勇:《人民性:路遥写作的精神指向》,《中国文学批评》2020 年第 1 期。
③　赵学勇、王贵禄:《经典的剥蚀:"柳青现象"的文学史叙事及反思》,《当代文坛》2011 年第 4 期。
④　赵学勇:《"路遥现象"与中国当代文坛》,《小说评论》2008 年第 6 期。
⑤　赵学勇:《再议被文学史遮蔽的路遥》,《小说评论》2013 年第 1 期。

他针对"贾平凹《废都》现象",进行了独出机杼的史学评判与鞭辟入里的文化批评:就当代城市小说的发展格局而言,他认为"从《废都》这一带有明显的城市文化标记的西部城市小说为开端,西部城市小说实现了与中东部小说在表现上的一致"①;就当代消费主义文化思潮的兴起而言,他指出"贾平凹的欲望写作文本逐渐成为了一个时代欲望世俗化与欲望肉身化过渡发展的重要标志,成为了人文知识分子在社会大变革时期主体精神下滑与人文精神失落的典范"②。这种以点带面,由表及里,由作家作品研究到社会 /文化问题反思的研究方式,洞见了西部文学的征候所在,拓宽了西部文学的阐释空间,从中显示出赵学勇峻切深刻的反思意识与质实稳健的治学风格。

值得一提的是,路遥作为中国当代文坛的现象级作家,赵学勇是国内最早研究路遥的学者之一。早在 20 世纪 90 年代中期,他就出版了国内首部路遥研究专著——《生命从中午消失——路遥的小说世界》③,近年来以当代读者与文学史家评价路遥的不同价值向度为研究重心,出版了该著的增订版④。首先,该著围绕着路遥的生命人格、精神结构、文学创造、审美追求等维度,冷静审视了路遥现实主义创作的精神底蕴与艺术魅力,公允评判了路遥的独特价值与文学地位。其次,该著综合运用了社会历史批评、文化心理批评与文学审美批评,将宏阔的价值视角与精细的文本细读相融合,对路遥及其创作进行了全方位、立体化观照。具体而言,该著通过分析路遥的人生经历、个性气质、文化心理及其所处时代背景,把握了路遥现实主义创作的生命激情;通过聚焦路遥创作的城乡视角,凸显了路遥问题小说创作的重大社会意义;通过阐释路遥的"乡土情结""民族传统文化心理",揭示了路遥的大众化、民族化创作的文化底蕴;通过考察路遥小说的悲剧性格、苦难意识、浑朴语言、壮丽风格等审美质素,挖掘了路遥史诗性创作雄浑沉郁的美学境界。最后,该著彰显了强烈的问题反思意识与鲜明的当下研究意义,围绕着"路遥现象",既敏锐捕捉了当代文学史的叙事模式以及当代作家创作的文学史评价等问题,又深入探讨了当代文学现象的繁复性与"重写文学史"的多种可能性,也深切关注了现实主义文学在当代中国的命运走向,同时力图挖掘路遥的人民性创作经验之于中国当代文坛的价值启示意义。赵学勇通过聚焦由西部典型作家及其创作所构成的一系列显著的文学现象,力图考察在中国当代社会变革、中国当代文化思潮、中国当代文学史中

---

① 张英芳、赵学勇:《当代西部小说的三大主潮》,《西安交通大学学报(社会科学版)》2013 年第 4 期。
② 赵学勇、王鹏:《欲望的纵情与狂欢——贾平凹 20 世纪 90 年代以来的欲望叙事》,《兰州大学学报(社会科学版)》2011 年第 3 期。
③ 赵学勇:《生命从中午消失——路遥的小说世界》,兰州大学出版社 1995 年版。
④ 赵学勇:《生命从中午消失——路遥的小说世界》(增订版),陕西师范大学出版社 2019 年版。

所涉及的一些关键问题，由此使其西部文学研究带有了以小窥大、触类旁通的纵深感与价值重估、文化反思的创新性。

在敏锐洞察西部文学重大现象的同时，赵学勇也深刻思索着西部文学现代性发展转型、现实主义创作经验、民族性/本土性美学追求等一系列重大的文化（文学）理论命题。

他清醒地认识到西部文学在现代性转型过程中的思想杂糅性与现实挑战性，意味深长地指出："西部乡土的现代性转化中西部当代小说的现代性建构与反启蒙的交织，市场化冲击下消费文化对西部原始文化形态的商业化侵蚀，西部民众精神上的困境，这些带有时代痕迹和时代要求的变革，文学从哪个合适的层面去回应，这种回应对文学的发展又将具有何种价值都是有待检验和批判的。"[1]他以路遥研究为基点，深入总结了西部文学现实主义创作的书写经验[2]：只有自觉秉承文化忧患意识与社会干预精神，深广聚焦当代中国变革时期的重大社会问题，广泛汲取俄苏现实主义、心理现实主义诸种表现技巧，才能史诗般书写人民群众的苦难抗争史与心灵追求史，才能生成大悲悯、大同情的精神境界。他在论述西部文学"本土化"追求的同时，极富辩证地指出："坚持就意味着要付出代价，意味着远离喧嚣、拒绝潮流、摈弃时尚，意味着与围绕在我们身旁的市场化诉求格格不入，意味着一种旁人难以理解的决绝与悲壮。"[3]他对西部文学理论命题的深沉思索，有机镶嵌在对西部文学现象、思潮、文本的敏锐剖析之中，从中映现着其浓厚的文化忧患意识与执着的文化探索精神。

除此之外，赵学勇的西部文学研究还涉及影视改编与文学批评领域，可见他对西部文学多方位的观照意识。他聚焦20世纪80年代中期以来中国西部电影改编的整体特征，指出西部电影改编展现了西部风土人情，反思了民族传统文化，表达了民族整体经验，走向了产业化趋势。[4]他瞩目西部批评家雷达的文学批评特色，指出雷达融会中西方文论，深得感悟式、直觉式、点评式、印象式传统批评精髓，关注中国社会文化与底层民众，富有正义感、使命感、忧患意识，并且总结出中国当代文学的诸多文学现象、文学思潮、文学流派。[5]可见，赵学勇以开放的学术胸襟与广博的学术视野，在西部文学研

① 张英芳、赵学勇：《当代西部小说的三大主潮》，《西安交通大学学报（社会科学版）》2013年第4期。

② 于敏、赵学勇：《路遥与新文学的现实主义思潮》，《中国现代文学研究丛刊》2020年第9期。

③ 赵学勇、孟绍勇：《主体意识、"本土化"与文学超越——当代西部小说与西北地域作家群考察之二》，《兰州大学学报》2005年第3期。

④ 阮青、赵学勇：《论中国西部电影的文学改编》，《贵州社会科学》2009年第6期。

⑤ 赵学勇：《中国化批评诗学建构中雷达的角色》，《甘肃社会科学》2014年第1期。

究领域所做出的开掘性努力。

　　赵学勇扎根西部、了解西部、研究西部，他将自我生命体验、社会责任担当与学术研究志业紧密结合，使其西部文学研究别具一种真挚、热忱的"主体建构"属性。他以建构西部地域文学史、服务西部地方文化建设为研究导向，通过探究西部文学的历史形态、当代样貌，西部作家的文化基因、精神结构以及西部文坛的重要创作现象、重大理论命题，不仅构筑了独具特色的西部文学研究格局，而且回应了现代化进程中当代西部的一些社会文化问题，由此使其西部文学研究富有了学术厚重感与学术前瞻性。

（作者单位：西安文理学院文学院）

历史建构、主体生成与价值重估

——赵学勇的延安文艺与 20 世纪中国文学研究

魏欣怡

内容提要： 在 20 世纪中国文学的整体格局中，延安文艺无疑占据着承先启后的重要位置。延安时期对于民族化与大众化文艺的持续兴趣与强烈关注，也构成了百年中国文学最重大且最深刻的主题。基于此，赵学勇提出了"延安文艺与 20 世纪中国文学研究"这一命题，将延安文艺置于百年中国文学的谱系之中进行纵贯研究，在全新的话语范畴内激活了延安文艺自身的话语空间。历史地看，延安文艺扎根于五四新文学的启蒙传统，在发展过程中与文学的现代化历程保持着密切的同步，以创造性的民族形式构成了马克思主义中国化的话语实践。因此，作为中国共产党领导下文化领域的重要成果，延安文艺内在精神的价值导向，对于指导当下文学创作也具有重要的借鉴价值。

关键词： 延安文艺研究；视野与方法；突破与建树

延安文艺作为百年中国文学史中一种特殊的文学形态，是中国共产党领导下政治诉求的文艺呈现，在全民族抗战的精神存在和审美符号的基础上，更在于建立具有无产阶级意识形态的现代民族国家的政治文化寓言。正如丁玲所言，延安文艺"是在中国共产党的正确领导下，在毛泽东思想的哺育下，文艺工作者与广大人民密切联系，从苏区文艺、红军文艺以及'五四'以后新文艺与左联提倡的大众文艺等优良传统发展起来的"[1]。作为百年中国革命心史和审美理想的重要凝聚，延安文艺不再仅仅被视为文学

---

[1] 丁玲：《总序》，钟敬之、金紫光主编：《文艺史料卷》（第 16 卷），湖南文艺出版社 1983 年版，第 3 页。

遗产，更是成为当今文学发展需要学习和汲取的"中国经验"。因此，对于延安文艺的研究既是一部中国现代文学的发展史，也是一部中国现代思想变迁的文化史。回望学界从延安时期开始一直延续至今的长时段研究，相关议题已经取得了较大的成就。但是，对于延安文艺的整体内容与重要经验的把握方向尚有突破的空间，对于从宏观、整体的角度研究并客观评价延安文艺的文学史地位等问题仍显不足。因此，赵学勇教授的延安文艺研究就是在此前相关研究的基础上，分层次、有针对性地对延安文艺本身进行宏观透视、立体观察与文学史的整体反思，并通过发掘各层面之间相互的逻辑关联，寻求进一步延展的话语空间，生发出了一系列需要加以正视的重大理论与现实问题，由此逐步形成了一套具有个人特色的延安文艺研究体系。

一、在百年中国文学谱系中定位延安文艺

整体地看，在百年中国文学的发展历程中，如果想认识中国现代文化与文学，认识现代中国革命与社会，以至认识当代中国诸多文化与文学的现实问题，其实都离不开对于延安文艺的不断认识和解读。因此，赵学勇的延安文艺研究，正是在现当代文学学术史研究的基础上，以延安文艺相关的主要问题作为推进，将更为宏观的历史视野与当代意识作为出发点，以丰富中国百年文学的历史场域和充实中国文论话语体系为目标，希望从整体上系统性地对延安文艺与百年中国相关联的一些重大问题进行深度研究。在这里，"历史"与"当下"成为延安文艺研究的双翼，也更被视为进入延安文艺场域的基础。

"一切划时代的体系的真正的内容都是由于产生这些体系的那个时期的需要而形成起来的。"①赵学勇的延安文艺研究，首先是在对于中国现代文学的学术史研究的基础上，经过长期思考提炼出来的。在《论五四文学的情绪特征》《非抒情时代的抒情文学——30年代抒情小说论》等论文中，赵学勇即对于五四以来现代文学思潮发展的时代特征及问题进行了思考与研究，通过揭示出新文学作家群体的创作体验，标识了中国文化正经历着由传统向现代跨越的重大历史转折时期，因而提出了一个时代的典型情绪及现象在文化建构中所必然表现出的时代特征的主要观点。《左翼文学精神与20世纪中国文学的现代化论纲（上）（下）》的长篇论文则在上述基础上将时间线索推进，通过对以

---

① ［德］马克思、恩格斯:《马克思恩格斯全集》（第3卷），人民出版社1960年版，第544页。

"左联"为中心的左翼文学思潮与创作进行考察，发现左翼作家、作品以及其所生成的现代意识已经形成了"新的文学传统和创作模式"，因此它"对解放区文学、十七年文学、'文革'文学、新时期文学以及当下动态发展的中国文学产生了重大而深远的影响"①。这期间，赵学勇于世纪之交出版的《文化与人的同构——论现代中国作家的艺术精神》一书，可视为对于现代文学思潮研究领域的一次汇总。从全书的整体思路与章节结构之中可以看出，著者的研究是超越作家个体而深入至新文学特定的社会文化语境之中的。整体地看，新文学作家以其独特的生命活动与书写历程，在个人与文化的互动过程中，展示出了中国社会由传统步入现代后的生存方式及精神气质。这一通过将研究对象置于20世纪中国文学的长河中加以关联考察的视野，对于其日后的延安文艺生成研究、延安文艺价值论断等的相关问题讨论都铺垫了良好的开端。

此外，对于当代文学发生现场的考察、总结及反思，也是赵学勇开启延安文艺研究的主要动力之一。在第一届文代会上，周扬就曾宣告"文艺座谈会以后，在解放区，文艺的面貌，文艺工作者新的人民的文艺的面貌，有了根本的改变。这是真正新的人民的文艺"②。新中国成立以后，当代文学的展开便是基于延安文艺的种种经验加以普及与推广的。赵学勇在这一问题上便多有关注。在《"文学中心"的转移与当代文学"新方向"的确立》一文中，作者以"文学中心"这一概念为切入点，旗帜鲜明地指出了"从1938年左右开始，由于大批作家奔赴延安，使文学的'中心'在建国前后发生了明显的西移，并以此为'契机'，在延安解放区'新'的文艺政策的指引下，直接规定了之后中国当代文学的走向"③，从而从区域性视角出发为延安文学的发轫意义做出了历史定位。而《转折·构建·流变——论中国当代文学"新方向"的确立及历史实践》一文则在此基础上，更为详细地考察了中国当代文学的发展脉络。这其中，作者尤其突出了作为源头的延安文艺，对于"作家主体的创作心态"以及"人们的日常生活、伦理道德、审美情趣、情感方式、价值取向等带来的全新的冲击"④，从中可以看出这一文学生产模式对于新的文学形态生成的重要影响。

与此同时，面对新时期以来延安文艺一度遇冷的研究现状，赵学勇选择站在文化反

---

① 赵学勇、李明：《左翼文学精神与20世纪中国文学的现代化论纲（上）》，《兰州大学学报》2003年第1期。
② 周扬：《新的人民的文艺》，北京大学等主编：《文学运动史料选》（第5册），上海教育出版社1979年版，第683页。
③ 赵学勇、孟绍勇：《"文学中心"的转移与当代文学"新方向"的确立》，《山西大学学报》2006年第1期。
④ 赵学勇：《转折·构建·流变——论中国当代文学"新方向"的确立及历史实践》，《陕西师范大学学报》2010年第3期。

思的视角，再度确认了以延安文艺为代表的中国现代革命文学的重要历史价值。《消费时代的"文学经典"》《消费文化语境中文学经典的处境和命运》等论文便讨论了当文学经典被纳入社会消费系统后，应当怎样扭转遇冷的局面，从而进一步拉近其与大众间的距离。此外，还有一些论文对于当下部分的研究视野与方法提出了反思。譬如在《"汉学热"与中国现当代文学研究》中，论者对于异军突起的汉学热潮提出了相关质疑，指出现当代文学学科应努力摆脱西方话语的限制，立足于本土的文学实践进行原创性的阐释，从而找回学科的学术尊严与话语权力。相似地，《"视角"的限制与"边界"延展的困境——对于"民国文学"构想及其研究视角的思考》一文，则对"民国文学"这一概念的合理性与文学史价值进行反思，进而指出"对'民国文学史'构体进行反思的目的，在于从更加宽阔的学术层面寻找中国当代文学研究的新'生长点'"①。

在对于中国文学的历史与当下进行考察、反思的基础上，赵学勇提出了延安文艺这一课题，并形成了一套相对完整的研究图景。在 2011 年国家社科基金重大项目"延安文艺与 20 世纪中国文学研究"获批并取得滚动资助后，延安文艺研究逐步成为赵学勇教授研究领域中的重要一环。

回顾延安文艺相关研究史可以发现，虽然自毛泽东《在延安文艺座谈会上的讲话》（以下称《讲话》）发表至今，与"延安文艺"命题相关的研究络绎不绝，并在不同的历史语境、身份立场中呈现出有别甚至相异的观点争议局面，成为中国现当代文学研究史上难以绕开的学术领地。但是，由于受限于各个时期政治意识的、文学与文化思潮的影响，延安文艺的研究其实一直并未真正在学术层面充分地展开，延安文艺的历史成就及巨大影响也始终没有得到科学、公正、系统的研究和评估。所以，在赵学勇的《延安文艺研究：历史重评与当代性建构》一文中，首先强调指出延安文艺既不能忽视本体性研究，又需要将研究的重点置于延安文艺与 20 世纪中国文学的复杂关系之中。因此，为满足这一诉求，"延安文艺的再研究，需要研究者以建构的而非解构的、理性的而非漠然的姿态进入，同时还需要形成新的研究思路，既不忽视延安文艺的本体性研究，又能将研究的重点置于考察延安文艺与 20 世纪中国文学的复杂关系上面去"②，这一观点可视为延安文艺研究的基本出发点。

基于上述新的研究方法与视野，这一议题首先需要解决的问题是，延安文艺在现

① 赵学勇：《"视角"的限制与"边界"延展的困境——对于"民国文学"构想及其研究视角的思考》，《厦门大学学报》2013 年第 6 期。

② 赵学勇：《延安文艺研究：历史重评与当代性建构》，《陕西师范大学学报》2012 年第 3 期。

当代文学史中是以一种怎样的特殊形态出现的，它又是怎样发生、发展及最终得到确立的？对此，赵学勇在回归现代文学的历史现场后作出了判断。作为百年中国文学发展进程的重要关节点，延安文艺是以延安时期为主要时间背景，以文艺的大众化、民族化为主要诉求，以马克思主义文论的中国化为最终成果，裹挟着新的意识形态和权力话语色彩的一种无产阶级革命文艺理论与实践形态。那么，进一步而言，它的存在又对整个百年中国文学及文化的发展产生了何种价值及意义？在《延安文艺与百年中国文学发展的历史经验》一文中，论者从历史的视角出发，指出以 1942 年《讲话》为中心的延安文艺思潮与创作，是在五四文学的启蒙精神以及"左翼"文艺运动理论建设的基础上，所形成的新的文学传统和创作模式。它切实推进了新文学的大众化、民族化之路，也对日后的十七年文学、"文革"文学、新时期文学以及当下动态发展的中国文学产生了重大而深远的影响。由此可见，"延安文艺的精神影响并没有随着时代的变迁而消隐，而是在不同历史阶段、不同的现实境遇中得以不断发展，并内化为当代文学所特有的文艺传统和精神文化现象，渗透于中国文化建设的各个领域"[1]。因此，在当下重提延安文艺精神，对于中国文学发展所面临的种种问题，具有借鉴性的重要价值。

赵学勇的专著《延安文艺与 20 世纪中国文学的价值体系重建》，可视为在上述理论方法、问题意识与历史视域中，重新认知延安文艺与 20 世纪中国文学发展历程的一项重要成果。论著以 50 余万字的篇幅，为读者条分缕析地呈现出延安文艺及其与百年中国文学发展的历史图景，深度阐释了延安文艺何以成为一个时代及民族的精神存在、情感寄托和审美理想。它不仅从延安文艺本体入手，对其生成的历史必然性进行发掘与论证，更是在此基础上将延安文艺与 20 世纪中国文学的启蒙式思潮、现代性精神、现代性追求、大众化思潮以及体制化建构等重大主题相结合，从而重新发掘、再次定位延安文艺在百年中国文学史上的重大影响。论著以古鉴今地总结出延安文艺之于当代中国文化建设的智慧和经验，指出其为当下文艺创作中出现的种种问题提出解决的思路，为 21 世纪以来的文艺健康发展之路提供可作参照的"延安经验"。整体而言，论者希望借此书"站在学术的时代前沿，审慎地、科学地重估延安文艺的价值，着力建构延安文艺史料学与延安文艺学术史，在作家新论的基础上探究延安文艺的经典化历程，在广阔的社会文化视野中考察延安文艺的发生、特征及影响，探索精英文化与民间文化的融合、新型文艺形态的创构"[2]，可以说《延安文艺与 20 世纪中国文学的价值体系重建》正是在这一层

---

① 赵学勇：《延安文艺与百年中国文学发展的历史经验》，《中国文学批评》2021 年第 3 期。
② 赵学勇：《延安文艺与 20 世纪中国文学的价值体系重建》，陕西师范大学出版社 2021 年版，第 3 页。

意义上实现了对于延安文艺研究的开拓与创新，以独创性的思路填补了延安文艺与百年中国文学关联与影响研究的重要内容。

二、马克思主义中国化与延安文本的话语实践

作为马克思主义文论的中国话语与时代命题，延安文艺自身包含政治与审美、历史与想象、通俗与典范、传统与现代的内在张力。它以鲜明的时代风貌、政治文化的思想特征以及民族性、本土性、人民性的美学风范，推动马克思主义中国化的文艺历史进程取得了质的飞跃。在《延安文艺与 20 世纪中国文学论纲》一文中，赵学勇在对延安文艺进行历史定位后，便格外提出要看到它本身所表征的重大理论意义。他指出，如果说马克思主义文化理论在中国是历史的选择的话，那么延安文艺的发生、发展及经验，就是马克思主义文艺理论在现代中国的文论范型与实践总结。2014 年，习近平总书记在《在文艺工作座谈会上的讲话》中，再次强调"以马克思主义为指导，建设具有中国化的、时代化的、大众化的当代中国马克思主义文艺理论"，同时提出了"历史的、人民的、艺术的、美学的"[1]马克思主义文艺理论中国化的理论标准。由此可见，由延安文艺经验汇聚而成的最为广大的"民族化"、"大众化"及"人民性"思想精神，仍然是当前社会文学创作的时代要求与基本方向。因此，抚今追昔，作为中国共产党在文化战线上全面领导文艺事业所取得的巨大成果，延安文艺的话语实践与马克思主义中国化进程的密切关联，这也成为赵学勇延安文艺研究中的题中之义。

在延安文艺如何推动并实现马克思主义中国化的系列问题中，赵学勇首先从发生学、文艺学及价值论等角度，细腻地考察了延安文艺的形成、样态和价值，深刻地揭示了延安文艺的历史与美学特征。他认为延安文艺研究的重要价值和意义，首先是由延安文艺本身的价值和意义所决定的。从文学话语而言，延安文艺研究的价值归结于其在当代中国文学话语中的元叙事作用。它所倡导的文学规范以一种先锋的姿态，显性地呈现为一种话语权威，支撑起了新意识形态下文艺体系中的文学组织方式、生产方式的合法性运转。此后，它被进一步继承与发展，在现实与民众的结合中走向了一条"中国化"的道路并延续至今。对此，赵学勇指出："延安文艺的现代性和先锋特质不仅与世界现代潮流同步，而且是与中国革命的历史进程结合的产物，它所展示的现代性和先锋性带有

---

① 习近平:《在文艺工作座谈会上的讲话》,《人民日报》2015 年 10 月 15 日。

较多的中国文化文学现代化的因素，因此，我们认为延安文艺实际上是马克思主义文艺理论中国化的重大成果。"①因此，百年中国文学要独立地走向世界并被世界文学所认可，应该从延安文艺中汲取成功的经验。

从文学精神的维度而言，延安文艺内化为百年中国文学所特有的文艺传统和精神品格——即作为极为重要的"中国经验"的组成部分，不断地渗透于中国现当代文学及文化建设的各个层面。延安文艺在中国现代史上的发生，是多种因素交互作用的结果。20世纪20年代以降，鲁迅、茅盾等对文学艺术本质有着精深把握的左翼理论家及创作家对左翼文学精神的理解及其创作，孕育出了真正代表左翼文学全部内涵的现代文学意识。此后，在全世界的左翼思想浪潮退潮后，只有中国的左翼文艺运动进入延安并有了新的发展——延安文艺。正因为它"通过对革命话语的书写，完成了属于第三世界国家特殊的现代性之旅"②，所以只有延安文艺能够自然地在理论与实践上提出新的命题，比如"民族化"与"大众化"的问题，文艺为什么人以及如何"为什么人"的问题，普及与提高、文艺批评的政治标准与艺术标准的问题等。赵学勇由此评价道，"延安文艺的现代性不仅指向单纯的人的个体解放、人性的解放，它在与革命话语、与政治功利的纠结中，在对西方现代性、对中华民族历史文化的反思中不断地建构起富有中国特色的现代性文学景观"③。

正因为"延安文艺"自身是一个具有丰富、复杂的内涵以及顽强生命力的概念，所以它的出现促成了中国化进程中一些新形态的生成。因此，为了进一步凸显延安文艺的种种对于马克思主义中国化的独特贡献，在具体的研究过程中，还需要促使延安文艺向内在的维度不断发掘。对此，赵学勇在延安文艺的个案研究领域也进行了诸多尝试。比如在《延安女作家群创作中集体与边缘的双重叙事》及《天地之宽与女性解放——延安女作家群述论》等论文中，赵学勇第一次提出了"延安女作家群"这一重要的概念。他摒弃了以往取革命话语而舍女性话语、知识分子话语的研究惯性，主要对这一群体形成的历史文化环境、精神追求、创作特征等进行了研究，并将其视为中国现代文学发展中一个十分突出的文化现象。通过女作家群的形成、女性话语秩序的调整以及新女性话语的生成过程可以看到，在"她们身上，表现出强烈的女性解放与社会革命融为一体的群

① 赵学勇：《延安文艺与现代中国文学》，《解放军艺术学院学报》2012年第4期。
② 赵学勇、张英芳：《论延安文艺的现代性追求及特征》，《陕西师范大学学报》2014年第4期。
③ 赵学勇、张英芳：《论延安文艺的现代性追求及特征》，《陕西师范大学学报》2014年第4期。

体性特征，这使她们创造的女性话语具有了丰富性和多向性的内涵"①。具体地看，她们的写作具有不可化约的复杂性：她们虽然会选择在文艺创作中自觉地对自身的女性身份进行弱化处理，但是鲜明的性别身份往往令她们的作品透露出现实社会中女性真实的生存状态与文化困境。这便揭示了由女性、知识分子、革命者等多重身份所导致的群体创作情绪及女性话语的丰富表征，以及她们如何突破性别身份而深切地参与至现代民族国家文化的构建之中。应当看到，"她们在中国新文化的建构过程中，自觉将对女性命运的关怀与思考融入对国家、社会、民族的思考之中，表现出强烈的民族承担意识与卓越的人格魅力"②。

相似地，以拓展延安文艺的世界维度为着眼点，赵学勇还在《域外作家的延安书写（1934—1949）》一文中首次尝试提出了"域外作家的延安书写"这一重要的命题，通过挖掘延安精神的形塑历史，进一步探索延安形象的国际建构经验。从对域外作家群体概念的界定，到对于作家国别身份的定位，再到其延安之行写作实践的精神内涵，论者将"红色中国"如何走向世界的历史图景在这样的思路中进一步清晰化。与本土作家相区别，域外作家因其差异性的文化背景，在写作时往往具有超越时代的现实意义，加之受到特殊身份的影响，其笔下的延安叙述还具有一种相当真实的在场感，因此构成了文学历史中的延安的旁证。可以说，联结多元艺术形式的延安文化景观，正是在本土作家与域外作家的合力下被加以型塑的，马克思主义中国化的阶段性成果也因此被国际社会所发现并收获瞩目。总之，"域外作家的延安书写恰恰成为了延安红色历史建构的旁证，为本土文学的主体性叙述提供了另一种历史发生的未知叙述。从延安开始，中国红色革命文化正式参与世界话语体系，步入多元的互动空间"③，因而也借此填补了过往延安文艺研究缺乏更广阔世界视野的缺憾。

此外，回顾延安文学的历史场域，毛泽东的《讲话》对于战时解放区文艺方向的确立、文学主体的塑造，以及文化情感的转变等方面无疑具有重大的转向意义。它"不仅仅局限于延安地区，局限于抗战时期"，也"是整个革命事业的一部分"④，因此是延安文艺研究中的中心议题所在。在赵学勇的新作《延安〈讲话〉与中国文艺的文化创造》一文中，论者便紧紧围绕《讲话》中"为人民大众"方向的文艺创造性价值，既发现了

---

① 赵学勇：《天地之宽与女性解放——延安女作家群述论》，《中国社会科学》2013 年第 7 期。
② 赵学勇：《延安女作家群创作中集体与边缘的双重叙事》，《中国现代文学研究丛刊》2015 年第 9 期。
③ 赵学勇、王鑫：《域外作家的延安书写（1934—1949）》，《中国社会科学》2018 年第 4 期。
④ 丁玲：《研究延安文艺，继承延安文艺传统（代发刊词）》，《延安文艺研究》1984 年第 1 期。

《讲话》对于"人"的价值观念自五四以来的历史性转变；又从普及与提高的辩证关联中，揭示了小说、戏剧、民歌、说书等相关文艺实践的根本展开路径；还从当下文艺政策的建构出发，确立了《讲话》作为当代文学发展与建设的重要前提与长久影响。因此，正如文首所提出的，"《在延安文艺座谈会上的讲话》是马克思主义文艺理论中国化的重要成果，不仅为中国文艺确立了新的发展方向，而且在文化创造方面具有超越时代的价值和意义，突出体现在'人'的概念演进及其带来的文化价值观的转变"①。《讲话》正是在这层意义上，继往开来地彰显出其生生不息的生命力量。

　　总而言之，无论是对延安女作家的女性话语建构的发掘，对域外作家群体的概念界定及文本识读，还是对《讲话》的文化创造的梳理与总结，赵学勇教授的此类多面向的个案研究，都是在强调延安文学自身的丰富性及复杂性，以及其作为马克思主义中国化的重要成果的典型意义。鉴于延安文艺对百年来中国共产党文化建设体系的形成与成熟所作出的巨大贡献，因此这样的研究也相应地具有十分重要的理论价值与实践价值。

三、重估延安文艺的历史贡献与当代价值

　　那么，基于延安文艺与20世纪中国文学间的复杂关系，值得追问的是，作为现代重要历史节点的延安文艺对于百年中国文学史有着怎样的意义？它是否能为研究者进入文学史提供另一重视角，又是否能够借此把握中国现当代文学进程的内在规律？我们今天该如何更深层次地看待并进一步理解它，它所负载的精神力量和美学风格又如何对当下的文学发展产生借鉴价值呢？对此，赵学勇所提出的"既不能简单地以想象式研究否定延安文艺中出现的一些不成熟的问题，也不能简单地以西方文学性的标准否定延安文艺的政治性。而要借用价值重估这一科学的研究视角和方法对其进行研究，目的仍在重估延安文艺的历史价值与当代意义"②，可以被视为其延安文艺价值论研究的基本框架。

　　从文学史价值重估的视角进入延安文艺研究，一直是赵学勇思考延安文艺问题的重点所在。纵观整个20世纪中国文学的发展历程，延安文艺上承晚清以来"五四""左翼"时期的文学传统，下启"十七年""文革"及新时期至今的文学路向。与此同时，延安文艺又是一种特殊空间范畴的文艺形态，它完成了将战时特殊的区域化文学实践与一般意义上的国族文学形态相联结的巨大的文化实验。可以说，在百年中国社会的历史发展中，

---

　　① 赵学勇：《延安〈讲话〉与中国文艺的文化创造》，《中国社会科学》2022年第7期。
　　② 赵学勇：《延安文艺与20世纪中国文学的价值体系重建》，陕西师范大学出版社2021年版，第451页。

延安文艺之所以能够成为中国当代文学与艺术的先声，完全是由社会与历史的客观要求所决定的，也是由中国共产党所领导的无产阶级革命的历史实践决定的。甚至可以这样说，在 20 世纪中国文学的发展中，所有积累的正、反经验都与延安文艺有着密切的关联。因此，延安文艺的形成及其演进，构成了百年中国文学中最为重大的文艺事件甚至是文化事件。从另一方面而言，正是因为 20 世纪中国文学史上的所有重大文学现象、文艺问题都与延安文艺有着直接或间接的联系，所以对延安文艺的研究又可以重新反思 20 世纪中国文学的许多重大问题，这二者之间由此形成了无法割裂的互依、互存、互动的关系。因此，将延安文艺研究视为一把钥匙，重新打通并进入整个 20 世纪中国文学时间及空间的生成，对其意义与价值进行重估便会成为可能。

而所谓"价值重估"，就是要更为学理性地将延安文艺视为一个客观的研究对象，探讨其形成的历史必然性，发掘其形成的理论资源并解析其体系架构。在此基础上，更要将延安文艺作为一种特殊的切入视角，以观察和辨析 20 世纪中国文学发展、演进的内在联系，反思、重估以及总结 20 世纪中国文学的成功经验与深刻教训，广泛深入地探讨延安文艺所生发的中国经验的丰富性和独特性。历史的事实告诉我们，延安文艺并没有随着时代的变迁而消隐，相反，在不同的历史阶段、不同的现实诉求下，它不断发展、内化为当代文学及文化所特有的文艺传统和精神品格，并渗透于中国文化建设的各个领域。因此，需要通过对延安文艺与 20 世纪中国文学每一时段及整体性价值意义的重估，包括对延安时期重要作家作品的重估及其经典意义的发掘，从而深化、升华并提炼出对于当代文化建设有意义的精神资源。与此同时，在宽广的文学史视野和理论视野的基础上，这项工作还需要有世界文学的视野。赵学勇曾在《延安文艺与现代中国文学》一文中指出，"延安文艺不仅顺应了中国现代革命发展的趋势，规范了中国文艺现代化的走向，而且也使中国文艺汇入了世界无产阶级革命文艺运动的潮流"[1]。从这个层面而言，作为马克思主义理论中国化的重大经验成果，延安文艺充分展示了无产阶级革命文艺的本质特性，因此在世界文学的格局中也占据着十分重要的历史地位。综上可以看到，对延安文艺的历史地位、世界影响及其对当代文化建设重要性的认识和研究，怎么对其估价都不过分，这就是赵学勇教授对于延安文艺进行价值重估的主体思路。

在论及延安文艺的文学史特征时，还要随之看到它与百年中国文学的启蒙性、现代化、民族化与大众化等重大问题的关联。作为中国现当代文学历史发展中不可或缺的关

---

[1]　赵学勇：《延安文艺与现代中国文学》，《解放军艺术学院学报》2012 年第 4 期。

键性词汇，它们展现了中国现代文学从发生之日起如何与中国整体的现代化进程相伴随的全部过程，也呈现出了在遭遇延安文艺后所发生的转折与新变，从而形成了具有中华民族特色的现代性文学景观。比如在《延安时期文学启蒙思潮的历史演变》一文中，赵学勇就围绕"延安文学启蒙"这一主题，对五四以来启蒙主义的变化进行了梳理与提炼。从大众与知识分子的双重身份的启蒙主体，到群体性与阶级性的启蒙形式，再到作为被启蒙对象的知识分子，启蒙主义正是借由延安文艺的契机完成了阶级解放与国家民族建构的诉求。可以说，"延安时期的文学启蒙是'人'的启蒙与革命启蒙的双重奏，在个体启蒙走向阶级启蒙的过程中，启蒙被启蒙化，启蒙完成了意识形态化的建构"[①]。相似地，在延安文艺的大众化追求方面，赵学勇在《延安文学"大众化"理论及其实践》一文中便对于20世纪中国文学的文艺"大众化"思潮进行时段性分梳，并进一步从理论建构、文学形态、精神价值等维度对延安时期的大众化文艺文本进行细读，由此将延安文学"大众化"的整体特质总结为"知识分子与大众的角色转换，精英话语与大众话语的历史转移，集体化创作、'民族化'追求以及政治功利主义色彩"[②]。总之，在赵学勇教授的论述中可以看出，延安文艺的种种现代性品格与精神"顺应了中国现代革命发展的趋势，规范了中国文艺现代化的走向"，因此作为"马克思主义文艺理论中国化的重大成果"[③]具备独立完整的思想价值体系。

"一切历史都是当代史"[④]，在对延安文艺进行历史定位后，还要看到它本身所表征的时代意义。可以说，延安文艺研究的价值最终还在于其鲜明的当下性指向。赵学勇对此指出，延安文艺是一种集合了中国民间传统与外国文艺理论的大众文艺形态，它以"新鲜活泼的、为中国老百姓所喜闻乐见的中国作风和中国气派"[⑤]，与广大民众的诉求密切结合，在真正意义上实现了文艺与社会历史进步的互动，因此具有鲜明的先锋性、民族性与现代性特征。进入新时期以来，中国文学及社会现实经历了大众文化的逐步崛起、商业话语的疾速发展以及西方话语的全面引入，与之相对的是民间文化资源的褪色与本土化创造的失落等中国文学亟待解决的问题。而延安文艺对于传统的创造性转化经验，无疑能够为当下大众文艺的健康发展及出路提供借鉴与反思的契机。如何解决好大众化的问题、以读者为中心的转向问题等，都可以从延安文艺经验中寻找到答案。可以说，

---

① 赵学勇、张英芳:《延安时期文学启蒙思潮的历史演变》,《中国现代文学研究丛刊》2014年第9期。
② 赵学勇、吕惠静:《延安文学"大众化"理论及其实践》,《兰州大学学报》2017年第4期。
③ 赵学勇:《延安文艺与现代中国文学》,《解放军艺术学院学报》2012年第4期。
④ 转引自彭刚:《精神、自由与历史——克罗齐历史哲学研究》,清华大学出版社1999年版,第32页。
⑤ 毛泽东:《中国共产党在民族战争中的地位》,《毛泽东选集》(第二卷),人民出版社1991年版,第534页。

延安文艺实际上为认识及解决当代文学发展中的诸多问题提供了某种有益的参照。

　　总体而言，围绕"延安文艺与 20 世纪中国文学"的总论题，赵学勇在构思中以延安文艺的具体现象为原点，观照了延安文艺在中国革命、建设及改革实践过程中所孕育出的中国化的文化成果，提纲挈领地总结了延安文艺所凝聚的人民大众的美学精神，由此为延安文艺作出了基于学理性的历史定位与价值判断。当下，中国文化与文学正在遭遇百年不遇的历史转折与发展的重要时期，通过对于延安文艺的系统性研究，可以进一步鼓励并引导文艺工作者秉承马克思主义文艺观，充分运用延安文艺资源，创作及改编更多相关题材的优秀文艺作品，强化新时代文艺创造的"人民性"追求，在文艺领域中提供更为丰富的精神食粮。因此，赵学勇教授的延安文艺研究视野及其研究路径，尤其对延安文艺本身及其与 20 世纪中国文学发展所进行的宏观透视、立体观察与整体反思，在这一研究领域具有重要的推进作用。

（作者单位：陕西师范大学文学院）

文化心理与审美研究的融合

——赵学勇教授的沈从文研究

郭大章

内容提要：赵学勇教授的沈从文研究大致可分为三个方面的内容，一是从"文化—心理"视角对沈从文进行综合研究；二是将沈从文与中外作家进行比较研究；三是对沈从文审美意识及其追求的研究。赵学勇的沈从文研究，不仅为"沈研"打开了一条新的路径，而且拓展了现代文学研究的新观念和新方法，对于整个中国现代文学研究，都有着重要的价值和意义。

关键词：赵学勇；沈从文研究；文化心理；比较研究；审美追求

综观赵学勇教授的中国现当代文学研究，我们会发现有这么几个板块：沈从文与中国现当代重要作家研究；中国西部文学与文化研究；延安文艺与中国现当代重要文学现象研究等。而沈从文研究，是他起步最早且持续时间最长的一个领域，自1986年在《文学评论》发表第一篇沈从文研究论文以来，他共发表有关"沈研"论文30余篇，出版专著3部，可谓硕果累累，取得了不凡的成绩，为沈从文研究做出了重要贡献。全面梳理和考察赵学勇教授的沈从文研究，大致可分为三个方面的内容：一是从"文化—心理"视角对沈从文进行的综合研究；二是沈从文与中外作家比较研究；三是对沈从文审美意识及其追求的研究。下面将分别从这三个方面，评述赵学勇教授在沈从文研究领域的建树，及其研究的个人化特点。

一

　　1986 年第 6 期的《文学评论》发表了两篇有关沈从文研究的论文，一篇是著名学者赵园的《沈从文构筑的"湘西世界"》，该文从审美意识和社会历史意识以及更广阔的文化意识等方面探讨了沈从文所构筑的"湘西世界"的丰富性和复杂性，是沈从文研究史上一篇极其重要的论文，有重要的学术价值。另一篇就是赵学勇的《在历史的反思中探索——近年来沈从文研究述评》，该文是赵学勇教授的处女作，也是他奉献给学术界的第一个成果。该文对 20 世纪 80 年代前期国内的沈从文研究作了一次全面而深刻的梳理和评析，分别对"当时"诸如凌宇的《从苗汉文化和中西文化的撞击看沈从文》、笛论富的《植根在民间——论沈从文小说的特有风貌》等多篇现在看来在沈从文研究史上占有重要地位的论文进行了点评和论述，不仅总结了沈从文研究自 80 年代复苏后的现状，而且在此基础上指出了沈从文研究所存在的问题以及未来的发展方向，其中的一些观点，比如"将沈从文放在中西文化和苗汉文化的历史交融中来考察，或与中外作家沟联比较，都预示着沈从文研究的新趋向，这说明需要建立一种更为宏观的研究格局"①，对于中国现代文学研究和沈从文研究影响甚大，有着"承前启后"的重要意义和作用。

　　我们知道，沈从文研究曾经经历过一段曲折的历程，甚至还出现过"墙内开花墙外香"的现象，国内外的沈从文研究并不对等和同步。国内的沈从文研究虽说在时间上要早于美国等国的沈从文研究，但首先给予沈从文较高评价和地位的，却是美国的夏志清和金介甫等，夏志清在《中国现代小说史》（1961）中发现了被"掩埋"的沈从文，说其是"中国现代文学中最伟大的印象主义者"，跟西方的文学大师华兹华斯和福克纳等能够相提并论。国内的沈从文研究肇始于 20 世纪 30 年代，以苏雪林和刘西渭为代表。苏雪林的《沈从文论》主要从沈从文的文学思想和成就来肯定沈从文的创作地位，认为沈从文区别于鲁迅和茅盾等现代作家而"另成一派"；刘西渭的《〈边城〉与〈八骏图〉》一文针对沈从文这两篇不同价值取向和风格的小说进行比较，认为前者是"一部 idyllical 杰作"，而后者则是一部嘲笑"知识阶级"的小说。到了 40 年代，左翼文学界对沈从文有过几次不同规模的批判，如默涵的《"清高"和"寂寞"》和乃超的《略评沈从文的〈熊

---

① 赵学勇：《在历史的反思中探索——近年来沈从文研究述评》，《文学评论》1986 年第 6 期。

公馆〉》等，这些文章对沈从文进行了简单粗暴的批评，鉴于时代环境等因素，这些批评不可避免地带有意识形态特征和美学政治化的色彩。

因种种复杂的历史原因，20 世纪 50—70 年代，是国内沈从文研究的空白期，仅仅在王瑶的《中国新文学史稿》和丁易的《中国新文学史略》等几部文学史著中对沈从文有所评价，其余则"踪影全无"。然而，就算这几部文学史，也多以政治评判代替文学评价，沈从文多以负面形象出现，其创作的价值和意义并未得到正确的认识。在此期间，只有中国香港的学者司马长风在其著作《中国新文学史》中，对沈从文给予了充分的肯定，不仅将其定位为中国现代文学史上的大师，更是将其放在"世界文学"的范围中予以认识和评说，肯定了沈从文的价值和意义。80 年代以降，随着意识形态话语的松动，社会思想开始解禁，沈从文研究不再是一个"雷区"，学术界重新解读和评定沈从文的呼声越来越强烈，沈从文研究呈现出"反思"和"重构"的特征，开始向纵深方向拓展，形成了一股"沈从文热"，呈现出多元化的发展态势，涌现出数量众多的学者和论著，赵园的《沈从文构筑的"湘西世界"》和凌宇的《从苗汉文化和中西文化的撞击看沈从文》即是其中的代表，因而，赵学勇的这篇综述性论文出现在这个时间节点，无疑具有重要的"沈研"史意义。

在 20 世纪 80 年代呈现出来的多元化"沈研"态势中，从"文化"的角度和范畴来看待沈从文，无疑是其中一个重要的视域，这和当时的"文化热"有关。80 年代的"文化热"产生于"文革"结束后，以追求现代化为其主要目的和内容，其实质是人文知识分子为建构话语空间在文化领域展开的一场文化启蒙运动。在这场启蒙运动中，80 年代的文化精英们渴望继续"五四"先贤的未竟伟业，企图通过对西方文化思潮的引进和对传统文化的批判与反思，建立一个具有现代意识的文化体系，借此刷新民族的文化心理和变更社会的价值取向，实现中华文化的自我超越。他们围绕中西方文化的比较、文化与现代化的关系以及传统和现代的冲突等核心问题，展开了热烈讨论，在同一时间不同的学科领域，形成了突破此前格局的一股"文化热潮"。其实，说穿了就是一场关于中西方文化的融合和"博弈"。那么，在这场中西方文化"博弈"的"文化热潮"中，沈从文研究自然也深受影响，凸显出其"文化"特色。

在这一方面，有研究者已经做出了有益的尝试，比如笛论富和凌宇等，笛论富的《根植在民间——论沈从文小说的特有风貌》从民间文化的角度，论述了沈从文的成功和民间文化的熏陶有着深刻的内在联系；凌宇的《从苗汉文化和中西文化的撞击看沈从文》将沈从文及其创作置于苗汉文化和中西文化碰撞中的广阔的文化背景下进行考察，为解开沈从文究竟是属于西方还是属于民族的谜题找到了新的突破口。在总结这些学者的观点时，赵学勇体现出敏锐的学术嗅觉，据此提出："从文化范畴来看沈从文，是值得十分重视的研究课题，对认识和估价沈从文无疑是更为醒目的格局，而这方面的研究才只是开了个头，也许沈从文研究的新的突破还要从这里开始。"①此后，他更是身体力行，将理论化为具体的研究实践，把沈从文作为一个研究对象，从文化的角度来看待中国现代文化和文学的进程及其关系，并用比较的方法，研究作为现代作家的沈从文究竟在文学史上是以什么样的姿态出现并从事创作的，在此基础上，诞生了其第一部"沈研"专著《沈从文与东西方文化》（1990）②及其一系列相关论文。

　　《沈从文与东西方文化》（1990）将沈从文置于东西方文化的宏阔背景下加以考察，对其创作的思想观念和"生命"诗学以及审美追求和文本实践等方面进行全方位的比较研究，对沈从文的文学创作现象及其在文学史上的地位进行了重新评价。这本著作除了论述沈从文与东西方文化的密切联系外，还提出了一些与现代中国及文化现象相关的论题，譬如沈从文的文化创造及其"民族精神重造"的思路，以沈从文为代表的现代自由主义知识分子作家群体，他们是以怎样的姿态关注民族的复兴和新文化的建设的；沈从文所提出的"人的重造"和"文化的重造"问题，是不是代表了自由主义知识分子另谋中国出路的一种思路；这种现代的文化"重造"思潮对于当代中国有什么样的价值和意义等，而这些问题在过去一直是被文学史极力否认或有意遮蔽的，正是在这样的思考过程中，赵学勇感觉到了自己对旧有研究成果以及自身知识系统的一个补充。③尤其值得注意的是，他在本书中对沈从文研究方法的尝试和突破。

　　20 世纪 80 年代中期，广大研究者就当时所普遍关注和思考的问题展开了广泛讨论，面对新的文化热潮的冲击所带来的现代文学研究困境，诸多学者不断呼吁用真正科学的社会历史学批评方法研究中国现代文学，坚守历史唯物主义的研究态度，还历史的本来面目。赵学勇提出了他的文化—心理研究与社会—历史批评的"互补说"，这在当时的沈从文研究界和现代文学研究界来说，都是一种新颖的方法和尝试。他把其运用到《沈从文与东西方文化》一书的研究实践中，这种方法论上的意义，对沈从文研究来说，无疑更具深远的影响，早已超越了其"沈研"本身。正如吴小美在该书《序》中所说："我感到最终对学术发展产生影响的往往不仅仅是论文的某些观点，而是研究

――――――――――

　　①　赵学勇：《在历史的反思中探索――近年来沈从文研究述评》，《文学评论》1986 年第 6 期。

　　②　赵学勇：《沈从文与东西方文化》，兰州大学出版社 1990 年版。

　　③　赵学勇、魏欣怡：《以下沉的姿态求知问学――赵学勇先生访谈录》，《新文学评论》2020 年第 1 期。

方法的突破。"①

　　赵学勇对沈从文的"文化—心理"研究涉及的面颇广，可以说涉及了"文化"和"心理"的诸多方面，比如沈从文的"文化观"和"道德观"，沈从文的生命意识和现代意识，以及沈从文和民俗文化的关系等，都成了赵学勇关注的对象。《现代文化建构的一个重要命题——从"人的重造"看沈从文的文化观》（1989）从现代文化建构的角度出发，论述了构成沈从文"人的重造"和"民族精神的重造"命题的丰富内蕴和理想，而此亦即是沈从文"文化观"的主要内容。②《二十年代乡土文学与现代意识》（1990）从多方面论述了20年代乡土作家在现代文化建构中现代意识的不断深化，而沈从文作为其中的一员，在追求散文化和诗意化小说文体探索方面卓有成效，对现代小说在文体发展方面有重要贡献。③《文明与传统的交战——论沈从文的道德观》（1992）把沈从文置于整个五四时期的历史文化背景和新文化的发展走向上来考察，指出了沈从文"道德观"的主要内容：一方面他对现代文明和都市知识分子的道德沦丧展开了全面的批判；另一方面他以自然鲜活的生命（人性）来弥补和对抗现代文化造成的都市人的精神萎顿和人性沦丧。④《沈从文创作的民俗构成》（1994）则从沈从文与民俗文化的视角切入，探讨了沈从文创作与民俗文化的渊源关系以及民俗在作品中的丰富和变形程度等问题，并以沈从文的《边城》为例，详细探视了沈从文创作中的民俗构成。⑤

　　赵学勇是国内对沈从文最早进行"文化—心理"研究的学者之一，并且以自己的研究实践和不俗的成果，影响和带动了一批学者对沈从文进行"文化"研究，可以说，沈从文研究中的"文化热"现象，跟赵学勇等最早一批学者的努力是分不开的。而且，赵学勇在此基础上提出了"将沈从文及其类似的作家置于文化视野内研究"，探讨他们的创作通过"文化重建"中国的思路，特别值得注意。这一观点在更宽泛的历史与文化视野内，开拓了新的沈从文研究课题，不仅提供了一种新的研究思路，而且还提出了很多值得研究的问题，使我们能够更进一步认识沈从文创作的真面目和真价值，对沈从文及其类似的作家研究有着很强的启示意义，在沈从文研究领域影响较大，预示着在一种更为宏观的研究格局中，将沈从文研究推向深入。

----

① 吴小美：《沈从文与东西方文化·序》，兰州大学出版社1990年版，第1页。

② 赵学勇：《现代文化建构的一个重要命题——从"人的重造"看沈从文的文化观》，《吉首大学学报》（社会科学版）1989年第1期。

③ 赵学勇：《二十年代乡土文学与现代意识》，《兰州大学学报》（社会科学版）1990年第3期。

④ 赵学勇：《文明与传统的交战——论沈从文的道德观》，《甘肃社会科学》1992年第1期。

⑤ 赵学勇：《沈从文创作的民俗构成》，《中国现代文学研究丛刊》1994年第1期。

2010 年第 6 期的《中国现代文学研究丛刊》发表了赵学勇的一篇论文《1979—2009:沈从文研究的几个关键词》，该文从"人性""生命""牧歌情调""文化重建"和"文体作家"等几个关键词着手，对新时期以来的沈从文研究再次进行梳理和评析，体现了他对国内外"沈研"走势的整体把握。这篇论文是前面所提《在历史的反思中探索——近年来沈从文研究述评》在数年后的延伸，其对"沈研"中存在问题如"重复研究""过度阐释"的警示，对此后的中国现代作家研究具有普遍性的参照性。

二

赵学勇认为，"将沈从文的创作与国内外众多作家进行比较研究"①，是认识作家创作极为重要的视角和方法，故他也是国内最早对沈从文与中外作家进行比较研究的学者其一。

这一视角的研究，曾在夏志清的《中国现代小说史》中有所涉及，但尚未形成风气，直到 20 世纪 80 年代在部分学者的研究实践中才得以形成一种"方法"，从而拓展了沈从文研究的视野和范围。赵学勇表示，如果我们进一步由表及里，深入开掘，将更有助于认识沈从文全部创作的复杂性，而这一方面则是目前沈从文研究的薄弱点。于是，赵学勇朝着这个"薄弱点"不断地深化，将沈从文与福克纳和川端康成等中西方作家进行全方位比较，发表了《沈从文与川端康成比较论》等一系列论文，把沈从文与中外作家的比较研究向纵深方向推进了一大步。

《人与文化:"乡下人"的思索——沈从文与福克纳的比较研究》（1991）是赵学勇发表的第一篇有关沈从文比较研究的论文，该文在文化的范畴内对沈从文和美国作家福克纳进行了比较研究，指出了中西方两位作家在创作中的诸多异同。首先是对人的命运的关注和思考，沈从文和福克纳都喜欢用一种清醒的双重批判的眼光来看待和审视这个世界，但沈从文的思路仍然延续着新文化运动所张扬的思想启蒙，这构成了沈从文和福克纳的差异；其次是沈从文和福克纳都展开了对文化的批判，但由于中西方历史文化的落差，沈从文更偏重于对封建文化（对都市也一样）的批判，而福克纳更偏重于对现代文明的批判；最后是沈从文和福克纳在各自的文学世界里都把重造民族的品德和重建现代人的精神根基作为毕生的使命并贯穿其整个创作生涯中，在他们的作品中我们可以鲜明

① 赵学勇:《在历史的反思中探索——近年来沈从文研究述评》,《文学评论》1986 年第 6 期。

地看到这种对人类远景和未来的凝眸。①

　　赵学勇的沈从文比较研究，涉及中外作家较多，比如和贾平凹的比较，和川端康成的比较，以及和张爱玲的比较等。《人与文化："乡下人"的追求——沈从文与贾平凹比较论》（1994）从多方面对沈从文和贾平凹进行比较，以此来呈现出二者间的异同。首先是地域景观和乡俗风情的发掘，沈从文和贾平凹都热衷于对各自地域的地域景观（包括人文环境）进行描绘，并在这种描绘中着重展示乡俗风情；其次是现代文明和传统观念的冲突，沈从文和贾平凹都喜欢以批判的眼光注视着都市文明的历史进程，并在对乡村的迷恋和都市的拒斥中，试图为民族文化寻求一种新的出路；最后是文化的价值取向和审美追求，沈从文和贾平凹的审美意向都是投向"乡土中国"的，"湘西世界"的构筑是沈从文审美理想的总体象征，善和美的审美选择是"湘西世界"文化判断的重要价值取向，而贾平凹的审美追求和文化理想和沈从文相似，体现出"拙厚""古朴""旷远"的特点。②

　　《沈从文与川端康成比较论》（2003）将沈从文和日本作家川端康成进行比较，指出二者在其文学世界中表现出诸多相似的地方，首先是他们有着忧郁和感伤的共同审美情调和审美追求；其次是二者非常注重性爱与人性的内在联系，从性的侧面肯定人的自然生理欲求；最后是二者都受到了弗洛伊德等西方思潮和本民族传统文化的影响，但相比于西方思潮，本民族传统文化对他们的熏染远比他们对西方文化的吸收来得更深。③《人性的建构与解构——沈从文与张爱玲比较论》（2013）把沈从文和张爱玲进行比较，指出在中国现代文坛上，沈从文和张爱玲都是属于深度关注"人"的作家，正是由于他们的创作中表现出的对人类生存境遇的追问，以及追问中所呈示的浓郁的悲剧性倾向，使得两人在表层相去甚远的作品中有着深层的契合。④

　　此前的很长一段时间，对沈从文的比较研究往往都局限在一个较狭窄的范围内，其难点主要表现在似乎找不到沈从文跟中西方作家的直接比较及影响，赵学勇在研究这一问题时，着眼于将沈从文放置在整体的宏阔的东西方文化背景中去考察，从文化的心理的甚至审美的各个方面，进行全方位的比较研究，从而勾勒出沈从文的生命哲学同中西方文化观念间既相联系又有区别的特点，预示着沈从文研究需要建立一种更为宏观的研

---

　　① 赵学勇、卢建红：《人与文化："乡下人"的思索——沈从文与福克纳的比较研究》，《兰州大学学报》（社会科学版）1991 年第 3 期。

　　② 赵学勇：《人与文化："乡下人"的追求——沈从文与贾平凹比较论》，《中国文学研究》1994 年第 3 期。

　　③ 赵学勇：《沈从文与川端康成比较论》，《吉首大学学报（社会科学版）》2003 年第 1 期。

　　④ 赵学勇：《人性的建构与解构——沈从文与张爱玲比较论》，《中国现代文学研究丛刊》2013 年第 9 期。

究格局，才能带动一些具体问题的更深层次的探讨。在沈从文的比较研究中，一度出现了一些值得注意的问题：有些文章在将沈从文与其他作家作品的比较中，忽略了沈从文作品的实际情况，显得牵强附会；有的研究者在选择比较的视点上，着眼于一些次要问题，因而显得见识浅薄，赵学勇以其比较研究实绩，运用新的眼光和新的方法，在充实和弥补一些具体作家的比较研究的基础上，纠正这些不足，把沈从文比较研究朝着深层次开掘。

赵学勇的沈从文比较研究表明，在同中西方作家的勾连比较中，我们的视野正在变得开阔，如果进一步扩大选题的目标与对象，比起以往"单一"的沈从文研究，必将会是另一种格局。目前，我们的视点不仅要放在沈从文与具体作家的比较研究中，而且要加强在"总的影响"中去思考更加宏观的研究，比如，沈从文与源远流长的中国古典文学和美学传统的关系，对民族传统文化的博采与消融使他的创作具有鲜明浓厚的民族特色等，而目前这些方面的研究都是很薄弱的，如果我们进一步由表及里去深耕细作，对认识沈从文创作的丰富含量无疑会达到新的水平。值得注意的是，赵学勇在这方面也有新尝试。

中国新文学进入"现代"是受西方影响的，相对于西方来说，属于"晚出"，中西方的"现代"是不同步的，而且，在吸收的过程中，西方的"现代"概念，由于中西方文化语境的不同，产生了"变异"和"延异"。在中国现代作家及其创作中，对"现代"的理解和实践，大部分都带有"启蒙"理想，而且具有浓厚的意识形态色彩，而沈从文则不一样，他对"现代文明"有着自觉的批判和反思意识，可以说，正是有了沈从文的存在，才丰富了中国现代文学的思想内涵，使中国现代文学与世界文学有了对话的空间，而沈从文也通过自己的创作，推进了中国现代文学的"现代性"进程，使中国现代文学与世界文学的现代性进程具有了同步性。从这个意义上来说，赵学勇的沈从文中外作家比较研究，不仅对于沈从文研究，而且对于整个中国现代文学研究来说，都有着重要的价值和意义。

三

对沈从文审美意识及其追求的美学研究是赵学勇"沈研"的第三个特点。20 世纪 80 年代，沈从文研究的突破，还集中表现在沈从文的美学理想及其在创作中的具体表现形态上。具体地讲，对"人性"的追求，反映文明与道德的冲突，探索"生命"的表现形式，以及对"文体"的探索和试验等，是沈从文审美理想的核心，构成了沈从文创作的美学主调。

在"沈研"中，理解作家主体审美理想的一个关键词即是"人性"，这个词是沈从文全部创作的起点和归宿："这世界上或有想在沙基或水面上建造崇楼杰阁的人，那可不是我。我只想造希腊小庙。选山地作基础，用坚硬石头堆砌它。……这神庙供奉的是'人性'。"①"人性"问题构成了沈从文研究的核心，是沈从文全部美学理想的基石，也是正确认识和评价沈从文的基准。

新时期以降，研究者们从各个不同的角度和层面对沈从文所诉诸书写的"人性"作了全面的研讨，显示出"沈研"的深度和广度。最早对沈从文创作中的"人性"内涵予以肯定是凌宇，他在 1980 年即指出，沈从文反映下层人民对生存权利和人生尊严的要求，植根于他对下层人民作为人，具有同别人一样的人性的认识。②其后对沈从文"人性"内涵作出系统阐释的是吴立昌，他在 20 世纪 80 年代末和 90 年代初连续推出了三部"沈研"著作，紧扣沈从文作品中的"人性"问题，展开了深度探讨，提出的"沈从文构筑的'人性神庙'主要包括两方面的内容，一方面是对人性美的赞颂和讴歌；另一方面是对摧残和破坏人性美的种种社会阴暗面或罪恶势力的揭露和鞭挞"的观点，③一度成为学界的某种共识。赵学勇也认为，沈从文借"湘西世界"复原了健康健全的人生形态，寄托了沈从文对人性真谛的思考，他将"蕴藏的热情"和"隐伏的悲痛"转化为对湘西下层人生形式的诗意描述，并隐藏在那些看似平淡的细节背后，看似轻淡，实则深重，这是"沈从文式"的表达方式。④

当沈从文以"一种'优美，健康，自然，而又不悖乎人性的人生形式'"⑤来面对其"湘西世界"的对立面"都市世界"时，沈从文看到的是民族的衰退和道德的沦丧，看到的是"这个民族的过去伟大处与目前堕落处"，⑥于是，大量的研究者都采取"二元对立"的方式对沈从文的"乡村"和"都市"进行对比论述，以此呈现出"乡村"的自然健康和"都市"的"阉寺性"。值得注意的是，大多数论者在看待沈从文的"都市"抑或说都市题材小说时，都是将其作为"乡村"的对立面来看待的，并持肯定和赞扬

① 沈从文：《习作选集代序》，《沈从文全集》（第9卷），北岳文艺出版社2002年版，第2页。
② 凌宇：《沈从文小说的倾向性和艺术特色》，《中国现代文学研究丛刊》1980年第3期。
③ 吴立昌：《沈从文——建筑人性神庙》，复旦大学出版社1991年版，第115页。
④ 赵学勇：《传奇不奇：沈从文构建的湘西世界》，商务印书馆2016年版，第21—22页。
⑤ 沈从文：《习作选集代序》，《沈从文全集》（第9卷），北岳文艺出版社2002年版，第5页。
⑥ 沈从文：《边城·题记》，《沈从文全集》（第7卷），北岳文艺出版社2022年版，第59页。

的态度。然而，赵学勇却另辟思路，以一种更加全面和深刻的眼光来看待沈从文的都市题材小说，其《片面的深刻——论沈从文的都市小说》（2004）以沈从文的都市小说为考察对象，指出沈从文主要从乡村中国的文学视野和价值体系出发反思都市文明，深刻揭示人类在都市化过程中所付出的肉体的和精神的代价，但由此形成的情感和思维定式囿限了沈从文，使他未能更多关注都市生存的其他向度，因此使得他的都市小说在文学发现和文学表现上的优点和缺失都相当明显，这不仅影响了沈从文文学世界的深度建构，而且导致他文学创造整体上的不平衡，其都市小说以一种"片面的深刻"的小说形态阐释了都市文明的现在和未来。①赵学勇的这种思路明显有别于大多数"沈研"论文所采取的"二元对立"模式，在一种"片面的深刻"中给予了"沈研"以"别一思路"。

　　其次，是对沈从文"生命观"的探索。沈从文曾说："我是个对一切无信仰的人，却只信仰'生命'。"②对"生命"的探索是沈从文审美理想的重要特征，蕴含着他全部创作的"主旋律"，他从事文学创作的动机，就是想通过文学来"看看生命有多少形式，生活有多少形式"③，并"从这种人生景象中有所启示，对人生或生命能作更深一层的理解"④。可见，"生命"在沈从文的创作中占据着怎样重要的地位，可以说，"'生命'是理解沈从文小说的关键词"⑤。因而，对沈从文"生命观"的探索，便成了研究沈从文审美意识及追求的核心。《鲁迅·乡土文学·"生命"主题》（1986）将沈从文置于现代文学的"生命"主题小说谱系里去考察，梳理了现代文学中的"生命"主题小说所呈现出来的清晰脉流，指出了沈从文"生命"主题的两个重要特征，一是在时代的挤压下，表现出热爱生命和赞美生命的审美理想；二是对现代文明冲击下生命的畸形和灵魂的堕落表现出深恶痛绝。⑥《沈从文创作的哲学意识和审美选择——文化心理角度的谛视》（1989）从文化心理的角度论述了沈从文创作的哲学意识和审美选择，指出沈从文的"生命"哲学意识一方面同西方现代"生命哲学"思潮发生着强烈的共鸣；另一方面他又把"根"深深地扎在民族文化的土壤里，从儒家和庄子等中国古典哲学中吸取精神和养分，而沈从文的审美选择则是以"善"和"美"为主体的审美选择，其哲学意识和审美选择

① 赵学勇、崔荣：《片面的深刻——论沈从文的都市小说》，《吉首大学学报（社会科学版）》2004 年第 3 期。
② 沈从文：《水云》，《沈从文全集》（第 12 卷），北岳文艺出版社 2022 年版，第 128 页。
③ 沈从文：《学习写作》，《沈从文全集》（第 17 卷），北岳文艺出版社 2002 年版，第 331 页。
④ 沈从文：《小说作者和读者》，《沈从文全集》（第 12 卷），北岳文艺出版社 2002 年版，第 66 页。
⑤ 阎浩岗：《中国现代小说史论》，人民文学出版社 2006 年版，第 159 页。
⑥ 赵学勇：《鲁迅·乡土文学·"生命"主题》，《兰州大学学报（社会科学版）》1986 年第 4 期。

丰富并深化了中国现代文学的表现世界和审美领域。①

最后，是对沈从文"文体"的研究。沈从文最初是以一个"文体家"的身份享誉文坛的，对沈从文"文体"的研究，一直以来都是沈从文研究中的热点话题。《传统批评理念的现代表现——沈从文文学批评的审美特征》（2003）通过对沈从文文学批评活动的整体考察，认为沈从文的文学批评深受中国传统美学思想的影响，显示出个性化的审美特点，主要表现在：反复强调作家创作中的"恰当"原则，讲求"和谐""适度""中和""节制"的审美标准，坚持"以诗解诗"式的基本批评方法，形成以"感悟印象"为特征的风格批评，体现了一位中国现代批评家对传统批评理念的借鉴和转换。②《"美丽总是愁人的"——〈边城〉的悲剧诗学解读》（2011）从"美丽总是愁人的"这一中国传统诗学命题着手，深度探讨了《边城》的"悲剧诗学"意蕴。在沈从文的创作中，始终贯穿着"美丽总是愁人的"这一诗学命题，它蕴含着作家对历史和现实等诸多问题的思考，而《边城》正是践行这一命题最重要的作品，它以特有的现代叙事方式阐发了作者对"美令人忧愁"的认知，而"美令人忧愁"又赋予了《边城》深邃和悲郁的哲学意蕴及美学风格，复原或者说建构了诗意健康的生存方式。在《边城》中，"美令人忧愁"这一曾经中断了的诗学传统，在沈从文手里得以弥合，焕发出更加夺目的现代光彩。③

赵学勇对沈从文文学批评的研究以及对沈从文小说"诗学"内涵的发掘，突破了西方理论对中国现代作家研究的限制，不仅在沈从文研究中取得了新进展，而且对当代中国批评语境中如何看取和构建中国批评理论体系提供了作家研究的经验支持。一直以来，学界均认识到中国现代文学与古典文学传统有着极其紧密的联系，但对二者关系的研究却极为薄弱，研究者更重视中国现当代作家与外来影响关系的研究，而现代作家与传统关系的研究更是稀缺。虽然沈从文研究经过几代学者的努力，取得了丰富的成果，但"沈研"的再突破，需要新的研究视角的扩展与深化，拓展沈从文与传统文化的关系研究，不失为一条新的路径。赵学勇对沈从文和传统关系的研究，渗透着中国古典文论对于现代作家的影响及其传统的传承和转换，凸显出古典资源对于现代作家研究的重要价值，这种研究不光是限于沈从文的，对于认识中国现代作家与传统的关系不无启示意义。赵学勇的研究，不仅为"沈研"打开了一条新的路径，而且拓展了现代文学研究的新观念

①　赵学勇：《沈从文创作的哲学意识和审美选择——文化心理角度的谛视》，《中国文学研究》1989 年第 4 期。
②　赵学勇：《传统批评理念的现代表现——沈从文文学批评的审美特征》，《文艺研究》2003 年第 6 期。
③　赵学勇：《"美丽总是愁人的"——〈边城〉的悲剧诗学解读》，《中国现代文学研究丛刊》2011 年第 9 期。

和新方法，以及新的阐释空间，具有重要的学术价值。

近年来，对沈从文后期思想与创作的研究成为学界热点。赵学勇的论文《1940 年代：沈从文的思想与创作》（2019）①即是其对沈从文深化研究的结果，论文对沈从文 20 世纪 40 年代的思想和创作进行了深入分析，指出 40 年代是沈从文思想与创作极为复杂的时期，当以《边城》为代表的创作高峰过后，苦于对生命和中国现实问题的思考，为寻求自身创作的突破，沈从文的思想与创作陷入了空前的焦虑和心绪的惶惑中，尽管他依然没有放弃对文学的追求，一方面将笔触伸向变革中的湘西，《长河》即作家观察认识湘西的结果，但这部未尽的长篇，却难以遮掩沈从文创作的式微；另一方面，创作的不理想并没有使沈从文停顿对文学的思考，反而促使他陷入了对宇宙自然及生命世界"抽象的抒情"的遐想中，探询生命的永恒意义，但是历史并没有给沈从文一个继续展示自己文化理想的舞台，随着中国形势的巨变，沈从文又一次面临着空前的困境和选择。该文对沈从文后期思想与创作的探讨，使对沈从文的创作历程变化的研究进一步得到了深化，对认识这位中国现代作家的全部人生轨迹有重要的学术参考价值。

《传奇不奇：沈从文构建的湘西世界》②，可以说是他继《沈从文与东西方文化》（包括修订本）后的又一力作，该著从文化和审美等多方面对沈从文进行研究，既有前面提到的"生命观"，又涉及沈从文式的"叙事"和后期创作研究，同时还论及了沈从文与中国古典传统（诸如"传奇"的叙事形式和印象式的文学批评）的关系等，可以说是从多角度探讨"沈从文式"的文学范式的形成及创作影响。著作在一种宽阔的视野中更中肯和切实地判断沈从文及其在文学史上的意义。需要注意的是，论著对沈从文后期思想及创作研究的深化。其所提出的对于沈从文这样的作家，尽管要看重时代的使然对其精神变化的影响有一定的道理，但如果忽视在一个时代大变动中沈从文的诸多的个体因素，显然是不可取的，赵学勇试图从"别一思路"探讨沈从文 20 世纪 40 年代及其以后创作的不断式微以及个人创作心理的焦虑和恐慌，通过对大量沈从文这一时期思想变化和创作心理的分析，尽可能向一个真实的沈从文靠近，揭示一位文学天才即将逝去时痛苦的精神生命历程。而这一视角的探寻，对于中国现代作家的研究具有相当广泛的参考意义，无疑有助于拓宽中国现代作家持续研究的空间。

在赵学勇看来，沈从文研究并不完全是对一个中国现代"另类"作家的研究，而是对中国现代文学历史场域的全部丰富性、多样性的重新认识和再评价，抑或是"从别一

---

① 赵学勇：《1940 年代：沈从文的思想与创作》，《兰州大学学报（社会科学版）》2019 年第 1 期。
② 赵学勇：《传奇不奇：沈从文构建的湘西世界》，商务印书馆 2016 年版。

思路重识中国问题及文化现象"。在这种思路和观点的研究路径中，赵学勇的沈从文研究取得了丰硕的成果，影响甚广，得到了学界的广泛认可，温儒敏和黄修己等在《中国现当代文学学科概要》和《中国现代文学研究史》等著作中，均提到了赵学勇的沈从文研究，并给予了高度评价，认为其"是 90 年代沈从文研究的重要收获"；[1]赵园主编的《沈从文名作欣赏》，是著名的沈从文研究著作，撰稿者均为当时著名的作家和学者，比如汪曾祺、钱理群、吴福辉、温儒敏、凌宇、陈思和等，而赵学勇担任了其中《云南看云》和《烛虚（节录）》两章赏析文字的撰稿任务；[2]此外，沈从文的夫人张兆和在给赵学勇的信中也肯定了赵学勇的沈从文研究，说其"从另一角度开了眼界"，"是对沈从文别一思路的研究"（张兆和致作者信）。

沈从文的《水云》里面有一段话，赵学勇曾把它用作自己第一部沈从文研究专著《沈从文与东西方文化》的开篇引言："不管它是带咸味的海水，还是带苦味的人生，我要沉到底为止。这才像是生活，是生命。我需要的就是绝对的皈依，从皈依中见到神。"[3]2020 年第 1 期的《新文学评论》曾经做了一期赵学勇教授的访谈录，题名《以下沉的姿态求知问学》，梳理和回望了赵学勇教授几十年来从事中国现当代文学研究的历程。数十年来，他一直都在学术研究领域"下沉"，过去如此，现在如此，充实着自己的生命历程。

（作者单位：陕西师范大学文学院）

---

[1]　温儒敏等：《中国现当代文学学科概要》，北京大学出版社 2005 年版，第 361 页。
[2]　赵园主编：《沈从文名作欣赏》，中国和平出版社 1993 年版，第 516—537 页。
[3]　赵学勇：《沈从文与东西方文化》，兰州大学出版社 1990 年版，第 5 页。

延安文艺中的子洲元素

钟海波　栾世宏

内容提要：延安文艺是人民的文艺，广大作家、艺术家深入生活，从民间吸取创作灵感和资源从而创作出一批又一批经典作品，其中《翻身道情》、延安新秧歌、歌剧《周子山》、公木的诗歌以及《白毛女》的细节中包含许多子洲元素，以拓开科为代表的子洲民间艺人参与到延安文艺建设中，为延安文艺发展做出了贡献。

关键词：延安文艺；道情；子洲元素

20世纪三四十年代，成千上万的海内外爱国青年、文学家、艺术家奔赴延安，与经过长征的文艺战士及延安本土的文艺工作者一起，集结成一支庞大的革命文艺队伍，他们沿着毛泽东同志《在延安文艺座谈会上的讲话》指明的方向和道路，开展了轰轰烈烈的革命文艺活动，为民族解放和人民福祉奉献出青春热血，创作出了一批又一批具有中国作风、中国气派、中国精神并为人民群众所喜闻乐见的艺术经典。子洲县属陕北革命老区之一，原分属绥德、米脂、清涧三县，它是为纪念革命家李子洲而于1944年成立。本篇论文试图通过对延安文艺史料的梳理，论析其中存在的子洲元素。

一

陕北子洲境内的道情和清涧流行的道情都称"南路道情"。"南路道情"历史悠久，它和唐代《凉州词》有着渊源关系，其唱腔以中板、慢板居多，旋律平和、沉静，故又叫"老调"。"南路道情"的音乐曲调主要由民歌、说书调演变而成，其主要伴奏乐器有四音胡、管子、三弦、板胡、渔鼓、梆子、手锣、小水镲等，主要唱腔分平板、十字调、七字调、一枝梅、太平调、耍猴调、中南调、凉腔调、滚白、尖板等，其特点是节奏自由、延长音比较多、强弱音节交叉出现、旋律奔放热情。"南路道情"传统剧目有《牡丹亭》《高老庄》《二女子游花园》《李翠莲大上吊》《小姑贤》《小姑不贤》《灵隐降香》《祭阳关》《金堂会》《挂画》《相子算卦》等。子洲境内道情通常在皮影戏中演唱，原以业余演出为主，后受山西临县道情的影响，也有了专业演出团体。民国年间，双湖峪麻坪村王宪增有道情戏班。1944年10月31日《解放日报》曾这样报道：驼耳巷区共有6个道情班子，驼耳巷的最好，清光绪二十年（1894）闹起，民国二十六年（1937）有了职业班子，师家是杜一彪。[①]

　　1942年秋，延安鲁迅艺术学院的老师刘炽在毛泽东《在延安文艺座谈会的讲话》鼓舞下，从延安步行300余里来到绥西（今子洲县）驼耳巷，专程拜驼耳巷道情班子的杜一彪为师，学习"南路道情"和黄河以东的新道情，即山西的"东路道情"。刘炽是西安人，从小就熟悉、喜欢民间音乐。他对道情音乐有着较多的积累，在小学时演出过道情、听过被人们称为"碰碰碰"的长安道情、在人民抗日剧社学习过陕北的古道情，后来又听人介绍过陇东道情。来到驼耳巷后，杜师傅给刘炽讲"南路道情"和"东路道情"的腔调、板式及其表演方法，并不停地演示唱腔、示范动作。刘炽学习很用心、极为专注，有时连饭也顾不得去吃；有时别人都睡了，他还在煤油灯下哼着什么、写着什么，真是达到废寝忘食的地步。3个多月后，刘炽带着学到的道情恋恋不舍地离开了道情班子。

　　1943年，中共西北局宣传部组织工作团去陕甘宁边区各地开展工作，12月2日，延安鲁艺工作团被分派去绥德分区。延安鲁艺工作团王大化、华君武、张水华、贺敬之、于蓝、张平、唐荣枚、张鲁、马可、刘炽、时乐濛、王元方、丁毅、韩冰、王家乙、林侬、陈克、关松筠、吴梦滨、桑夫、祈春、熊塞声、欧阳如秋、王岚、何洛、蒋玉衡、黄准、李焕之、李刚、关鹤童、孟波、加洛、陈因、彭英、计桂森、陈凡、公木、胡仁智、姚明、林侬等一行50多人，在张庚团长、田方副团长带领下，从延安出发前往绥德分区。这样刘炽随延安鲁艺工作队下基层活动再次来到绥德分区的绥西（今子洲县）。在即将返回延安时，绥德分区希望延安鲁艺工作队为群众演出一台节目。于是，延安鲁艺工作队在绥德龙湾演出了大型文艺晚会，晚会上表演了新编秧歌剧《减租会》，刘炽为此

———————

① 《子洲县志》（下），第919页。

谱曲创作一首《翻身道情》。他把自己在驼耳巷采集的新鲜生动、充满朝气活力的平调大起板改编为前奏，一开头，"太阳一出噢来……"唱腔中一连用了八个"哎咳"，造成一种热烈奔放的情绪和氛围，表现了农民闹翻身的乐观豪迈而又自信的情感。一阵昂扬跳跃、热情兴奋之后，即转入忆苦的段落。后刘炽混用古道情的十字调和平调以深沉忧伤的旋律勾画出旧社会农民苦难的生活图景，与开头热烈气氛形成鲜明对比。在欢乐地歌唱"平分土地"的幸福生活后，改编过的新道情大起板第三次出现，"大家要团结闹翻身"又以昂扬的旋律展现了减租减息运动必然胜利的光明前景。

《翻身道情》演出获得了巨大成功！从此，以山西新道情和陕北老道情相结合而成的、充满朝气活力的《翻身道情》，很快传遍了陕甘宁边区和其他抗日根据地。新中国成立后，这首歌由李波灌制了唱片，遂成了女声独唱曲。之后，郭兰英唱过它，王昆唱过它，以至由国内唱到国外。1949年5月，李波还在布达佩斯第二届世界青年联欢节上演唱《翻身道情》获得了二等奖，[①]它成了新中国成立后在国际上最早获奖的歌曲。

二

1943年冬，鲁艺工作团在马蹄沟区采风期间，子洲县县委书记白清江来看望工作团成员。在交谈中，他给鲁艺师生讲了一个故事：有一个土匪头子叫朱永山，少年家境贫寒，一直以揽工为生，1928年加入中国共产党，1932年参加陕北红军，1935年米西革命委员会成立后任白区部部长兼抗日救国会主任，1936年却叛变了，再来骚扰群众时就比别的土匪更厉害，现在已被抓捕归案。鲁艺工作团的同志们听了之后都认为这件事很有教育意义。团长张庚和副团长田方觉得确实可以编一个戏，就决定由王大化、水华、贺敬之、马可四人来创作。

四人接受任务后立即分头行动，有的去小河沟朱子山的家乡搜集材料；有的到监狱里与朱永山本人进行交谈；有的到附近村庄里找老红军了解当年陕北红军的情况；有的去区公所翻阅档案寻找相关的资料与素材；待回来后一碰头交流，剧本很快就写出来了，并且由马可、时乐濛、张鲁、刘炽等谱了曲。

《周子山》全剧从1935年写到1943年，写了怀着个人动机参加革命的周子山，在严峻考验面前叛变投敌，受敌人指派后在当地长期潜伏下来，进行骚扰和破坏，经过七八

---

① 黄俊兰：《郭兰英的歌唱艺术》，人民音乐出版社2000年版，第39页。

年时间，他的真面目才被人民群众识破，在作案时被当场捕获。整个剧目从一些侧面，反映了革命事业开创阶段复杂艰苦的经历，在当时的新秧歌剧中，不仅规模最大，所反映的社会历史内容也最为深广，为延安时期大型歌剧《白毛女》的创作提供了有益借鉴、提供了宝贵的艺术经验。从小型秧歌剧到大型歌剧的出现，秧歌剧《周子山》是一座桥梁，是一个过渡。

1944年4月28日至5月2日，中共中央西北局文化工作委员会开会总结延安各剧团、秧歌队的下乡经验，提出受奖秧歌、戏剧共31个，其中一等奖中就有秧歌剧《周子山》。于蓝还因演出秧歌剧《周子山》获陕甘宁边区甲等文化奖。

三

秧歌剧《周子山》创作和演出期间，由于鲁艺工作团成员没有土地革命的经验，遇到了许多困难。著名作曲家、指挥家，1979年被选为中国音乐家协会副主席的时乐濛回忆："大型秧歌剧《周子山》就是当时的创作之一，写的是我游击队在土地革命时期攻打地主土围子黑龙寨的故事。其中有一场戏是上级派代表到游击队来帮助工作，情节是开秘密会议，研究作战方案。但是，作者和导演都没有这方面的生活经历和知识，无法动笔。为了解决这个难题，在子洲县的一个村子演出期间，一天晚上我们请来了一位老赤卫队员给我们作报告，并兼作我们的导演。戏开排了，排演场就是我们住的老乡家的一间砖砌的窑洞里。剧中演游击队的干部们，有的围坐在炕上的小桌旁，有的站在地上。刘炽同志饰上级代表。他从上级驻地匆忙赶到这里，一推开门，进到屋里就讲话。但刚一开口，老赤卫队员就制止说：'不行！这是地下工作，情况复杂，斗争激烈，要先用暗号敲门，由屋里同志开门，才能进来。'演员们这样做了，又要讲话，老大爷仍然说：'不行！怎么能这样放心进来？要是屁股后有坏人跟来怎么办？还得在门外仔细听听，观察观察动静……'演员们又照样做了之后，就讨论起来了。老大爷又制止说：'还不行！如果这时敌人突然来了怎么办？得先商量个对付敌人的办法，做好安排才行。'这可把大家难住了，望着老赤卫队员：'怎么知道敌人来了呢？用什么办法对付呢？……'老赤卫队员就向大家讲述了当时和敌人斗争的各种情况和办法，并对戏的情节内容作了细致安排。大家的情绪高涨起来了，按照他的要求，讨论得非常热烈。但是，老大爷却又用手示意大家停止讲话，并用轻而又紧张的声音对大家说：'听！远处有狗叫，可能有情况！'室内气氛顿时紧张起来，大家都屏住了呼吸在静听，寂静得几乎连地上掉根针的声音也能听得见。因为大家知道，几百米外对面的村子就是国民党统治区，而国民党反动派对陕甘宁边区的骚扰、袭击和进犯是经常发生的，到绥西办事处时，领导同志曾一再嘱咐大家要提高警惕。现在，大家真的以为发生情况了。可是，老赤卫队员却又突然爽朗地大笑起来说：'好！好！好！这才像个开秘密会的样子……'原来是这样！大家恍然大悟。"①

20 世纪 80 年代，时任儿童电影制片厂厂长的于蓝在《难忘的经历》的回忆文章中写道："有一次，我们在双湖峪参加群众一个追悼公安烈士的大会，无数的民兵扛着红缨枪，无数群众列着整齐的队伍前来，静静的会场给人一种肃穆庄严的感觉。忽然大家目光都转向人群的背后，我也抬头望去，原来远处一个农民牵了一头毛驴朝着会场走来，驴上坐一个身穿素服的中年妇女，由她脚上的白鞋和她沉重的心情，我很快明白这是烈士的妻子。她垂着头无言，也没哭泣，在她悲痛的眼神里，我好像看到一种不同于一般农村妇女的精神状态，那是什么呢？我不能一下解答，也不能忘却。晚上我躺在炕上苦苦地反复思索，终于我懂得了她那不同于一般农村妇女的眼光，就是觉悟和力量。这是她在和丈夫长期共患难的战斗生活中所获得的。所以，在这沉重的打击下，她没有被悲痛压倒。她的形象给我留下了极深的印象，就像影子一样时时跟随着我，成了我不久以后创造大型歌剧《周子山》中聚英（革命领导者马洪志之妻）形象的重要依据。也是我日后创作生活中，能捕捉到革命妇女形象和气质的重要起点。"②

子洲民众为秧歌剧《周子山》的创作提供了精神资源。

四

1944 年冬，延安鲁艺安排戏音系（戏剧音乐系）的孟波、刘炽、于蓝、唐荣枚赴绥德专区采风和传播新秧歌，文学系的诗人公木得知消息后主动请缨要求一起下乡，于是一行 5 人再次下基层。他们到绥德专区后又分为两队。于蓝、唐荣枚、孟波去了米脂、佳县；刘炽、公木去了新成立的子洲县。刘炽、公木先在子洲县的双湖峪镇开展工作，后来又到了马蹄沟镇的十里盐湾采风，并在此生活了近 2 个月。他们一边给群众教授新秧歌，一边为创作收集素材。时值腊月，春节将至，马蹄沟区公所秧歌队在鲁艺刘炽、公木的指导下，由斧头、镰刀取代传统伞头，举斧头者一身工人服装，

---

① 艾克恩主编：《延安艺术家·延安——歌咏城》，陕西人民教育出版社 1992 年版，第 364 页。
② 艾克恩主编：《延安艺术家·难忘的历程》，陕西人民教育出版社 1992 年版，第 134 页。

代表工人阶级；举镰刀者一身农民打扮，代表农民阶级。新秧歌整齐的队形，优美的动作，令人耳目一新，使人豁然开朗，很快就红遍了大理河两岸，传遍了绥德分区，传到了延安，受到了文艺工作者和广大群众的热烈欢迎，成了当年春节群众演出的最大亮点。

于是，榆林地区有了新秧歌，新秧歌第一次扛起了象征中国共产党率领工人、农民走向光明、走向胜利的镰刀斧头，变革了千百年来由伞头领秧歌的传统习惯；打破了"好女不观灯"的禁区，改变了千百年来男扮女装、妇女不能闹秧歌的封建意识，妇女第一次登上了秧歌场子，为妇女解放奠定了基础；工农兵英雄形象第一次在秧歌队出现；而且还一改传统的秧歌闹法，先不去谒庙——求神拜佛、求神灵保佑，后沿门子拜年，而是首先是给陕甘宁边区劳动英雄鲍亮声、蔡自举、郭富财[1]拜年，其次给驻军机关拜年，最后才给群众沿门子拜年；在内容上也彻底革新，旧秧歌大多是祈求神灵保佑，招财进宝，而新秧歌唱的是歌颂共产党、八路军，歌颂英雄模范人物，宣传时事政治的新内容；激发了人民群众热爱共产党、拥护八路军的感情，鼓舞了人民群众的斗志。

应该说，新秧歌于1942年在延安鲁艺开始兴起。但大规模的传播是在刘炽、公木把新秧歌带到子洲后，此后这一革命文艺火苗迅速蔓延，风行于整个陕甘宁边区。

五

1944年，在马蹄沟期间，鲁艺文学系的公木和音乐系的刘炽住在水浇湾，他们走遍了十里盐湾，看过每个盐井，用脚步"丈量"了每一片盐滩，走家串户，访贫问寒，成为最好的朋友。他们帮助盐工们办墙报，编排文艺节目，每当公木给盐工们写下一首首情感真挚、内容充实、思想积极的新秧歌词时，刘炽就给配上陕北民歌的曲调，有时也对曲调略加改编，使之更加适合演唱。秧歌队的演唱有时是合唱，有时是刘炽领唱，秧歌队和唱。那亲切优美的曲调，通俗易懂的秧歌唱词，深得盐业工人的喜欢，很快就征服了十里盐湾的父老乡亲。其中，公木创作出直接反映盐工在旧社会苦难生活的诗歌《盐工曲》《人人都说种盐好》《问天》《三皇峁》《十里盐湾》《种盐英雄郭富财》《十瓢水》，1953年结集为《十里盐湾》出版，他还创作了《联合政府领唱秧歌》。

---

① 1943年11月，鲍亮声、蔡自举、郭富财三人同时当选为绥德分区（今子洲县）劳动英雄。

他的诗歌，如"十冬里北风灌空肠 / 六夏里太阳烙脊梁 / 马勺勺里撒星星 / 水桶桶里担月亮 / 风里不停雨里抢 / 白花花盐水灌满缸"（《盐工曲》）；"说他个灰来真是个灰 / 把咱们伙计呀敲骨又吸髓 / 熬一锅白盐熬一锅汗 / 撒一勺清水撒一勺泪 / 人家享福咱受罪"（《十里盐湾》）；"天下的老鸹一般黑 / 天下的鹁鸪一般灰 / 数灰数到十里盐湾 / 十里盐湾灰掌柜 / 灰眉灰眼灰肝肺"（《种盐英雄郭富财》）；"九瓢水洒呀洒出满天霞 / 千年的铁树开了花 / 十里盐湾曲儿唱得喧 / 唱咱盐工翻身自己当了家"（《十瓢水》）；"青杨柳树一色新 / 十里盐湾谁不亲 / 青杨柳树摆春风 / 十里盐湾谁不疼"（《三皇峁》），都用通俗的语言写出了盐业工人的真实生活情景，揭露了盐主剥削盐工的不良行为，或结合盐工人争取自由，提高分红比例，跟着共产党走的热火朝天情景，鼓舞了盐工斗争的志气。

2007 年春，我们到马蹄沟采访，谈起鲁艺工作团，许多老年人依然记得。84 岁的张宗道老人用传统的小调哼出当年公木写的"草鸡下蛋脸憋红 / 掌柜的低头不吭声 / 十五个吊桶来打水 / 七上八下扑咚咚 / 掌柜的心里发了慷。好一个日子六月初八 / 三皇峁开会闹杂杂 / 掌柜们发言蚊子叫 / 伙计们讲话山洪发 / 掌柜的骨头松了架"，那情景让我们感到十分惊讶（回家后查书，才知道这是《十里盐湾》中的一段）。我们问，60 多年了，你怎么还记得当年的唱词？老人说："那时年轻，不懂太多的道理，只知道人家编的都是咱们要说的心里话，一下记住就忘不了啦。"

公木和刘炽一道在子洲县生活了 2 个多月。从生活中学习了不少关在学校里学不到的东西。他在 1953 年发表的长篇叙事诗《共产党引我见青天》，采用了信天游形式写成，叙述了阎家坪的一个姑娘阎凤兰如何追求婚姻自由，参加红军的故事。作者说这是用子洲县双湖峪采集的素材编写成的。诗歌写道："天上的云彩一朵朵 / 闹起革命跟哥哥 / 哥哥头顶一颗星 / 共产党引我出火坑 / 哥哥身穿一色蓝 / 共产党引我见青天"。

在子洲县，贺敬之写成了长诗《罗峪口夜渡》；贾芝写成了《英勇的司号员》；李景林写成了《重游月台寺》，这些都成为红色延安诗歌的组成部分。

六

1944 年 10 月底，在陕甘宁边区文化教育大会艺术组的讨论会上，当主持人宣布"请子洲县裴家湾的练子嘴英雄拓开科老同志讲话"，一名个子不高，满脸皱纹，下颚上有稀落几根胡子，满头花白头发的 60 多岁的老汉，从座位上走到了室中的长方形桌子中间。

老汉一开口就念了四句"文教大会把会开，代表同志各地来，所有的材料拿出来，民办公助能解开"，引得满堂喝彩。没说几句，有人就提议他表演最拿手的练子嘴"闹官"，他笑得眼睛眯成缝似的，清了清嗓门说了起来："喜冲冲，笑盈盈，一般同志都来听；苏二里闹官也有名，乍听我给咱说一阵……"

拓开科（1883—1962），子洲县裴家湾乡拓家峁村人，农民，稍识字。他是一位民间艺人，也是一位民间艺术家。拓开科自幼喜欢文艺，虽然文化程度不高，但才思敏捷，感情丰富，即兴说唱，押韵合拍，流利顺畅。拓开科自编自唱了不少快板、秧歌，被誉为"练子嘴英雄"。他的练子嘴"闹官"，反映了他亲自参加过的民国二十一年（1932）在共产党领导下，清涧西区几百农民围攻县城，要求减轻苛捐杂税，同县长手下的人斗智斗勇，取得抗粮抗捐胜利的故事。

1944年11月9日《解放日报》第四版，发表了《闹官》全文，同时发表了萧三、安波写的长篇通讯《练子嘴英雄拓老汉》，通讯中说"拓老汉从十六岁起就闹秧歌，到现在足足有了四十五年。他也会演道情，但最出色的是练子嘴。他自己编了一共二三十个练子嘴。最受欢迎，也是他自己最得意的是《闹官》《种棉花》《禁洋烟》等等"，"现在将拓老汉自己最得意的，也是最受人欢迎的，有气魄、有组织、很完整的一个道地民间的艺术作品——也可说是拓老汉的代表作吧——《闹官》分行分段发表在下面。这是拓老汉说了许多遍的时候，我们速记下来的，一个字也没有修改"。几十年过去了，著名戏剧理论家、教育家、戏剧史家张庚，1989年2月27日，还在《陕西日报》上发表《我在"鲁艺"所学到的》一文中说："我们在清涧县遇到一位老汉，我至今还记得他的名字叫拓开科，他不仅仅说得好，而且还会编词。他的词当然是用陕北方言编的，但并不是随编随说，而是经过推敲而成的一首首的叙事朗诵诗，诗的形式和白居易的《长恨歌》《琵琶行》是十分相像的，是七言诗体，所不同的就是一韵到底。他曾经给我们演过一段记述某次清涧农民反对地主非法派工派款，自发引起暴动的故事，文词雄壮动人，也像白居易一样，在叙事的末尾有几句作者的评语作结。这使我认识到中国民间诗歌原是有悠久的民族传统的。"从张庚这段话足以看出拓开科与《闹官》的影响之大。

七

1945年，在中国共产党七大会议召开之际，延安鲁迅艺术学院的一些艺术家在院长周扬的指示下，根据1940年流传在晋察冀边区一带"白毛仙姑"的民间故事，改编出了歌剧《白毛女》，该剧将革命现实主义和革命浪漫主义相结合，表现新旧社会两重天的主题，它以其深刻的主题，精湛的艺术迅速风靡各个解放区，广受赞誉。《白毛女》的诞生具有重大文学史意义，它成为解放区文艺的标志物。

在《白毛女》创作中，歌剧中有一个细节就是编排了恶霸地主黄世仁欲霸占年轻貌美的喜儿，遂与管家穆仁智设计，以重租厚利强迫杨白劳于年内归还欠债。旧历除夕，杨白劳终因无力偿还重利，被黄世仁威逼在喜儿的卖身契上画押。杨白劳痛不欲生，回家后独自饮盐卤而自尽。这"饮盐卤而自尽"，就是编剧水华、贺敬之、丁毅等在子洲县马蹄沟十里盐湾下乡时，和盐工们同吃同住同劳动，完全融入到盐工的生活中，从盐工那里获得大量吞服卤水可至呼吸麻痹和休克，以致循环衰竭而死亡的知识而编排的。这一细节真实地再现了北方地区在土法制盐后，析出的黑褐色液体——卤水，人们一般将其存放在家中的坛子里做点豆腐用材料的生活习惯，歌剧这样处理相当可信又极具生活表现力。

延安文艺是中外文学史上的伟大壮举，它也是人民的文艺、群众的文艺。子洲人民参与到了延安文艺的建设中，为延安文艺发展做出了贡献。延安文艺蕴含了许多子洲元素，这些元素必将随着延安文艺而载入史册！

（作者单位：陕西师范大学文学院）

富平民间信仰状况（1949—1966年）

仵 埂

内容提要：本文所考察的富平民间信仰，其时段是1949—1966年。在此期间，民间信仰因国家意识形态的推进，有一个逐渐冷清的趋向，曾遍布乡间的庙宇也多损毁败落，但依稀可见当年繁盛之貌。富平民间呈现出多神信仰特征，历史人物也进入神祇系列作为敬奉对象，借此显示出民间信仰的现实关怀与指向。逢年过节，其祭祀以家庭为单位，序列依次为先祖—土地神—灶神，亦见出儒教文化中以血亲为根基、以现实幸福为用的特征，可知富平民间信仰将儒教精神要义灌注于神灵，并且实践化礼仪化。富平民间信仰体系可分为三个方面：一、家族祭祀信仰系列；二、与之相关的生存信仰系列；三、精神层面所依持的终极依托信仰系列。这三者具有主体影响的是，借用神祇敬奉，将现实苦难转化为幸福希冀的期盼，所以，说到底，家族祭祀和民间神祇，既与民众切身生存关联，也成为精神世界的依托。

关键词：富平；民间信仰；儒教

一

关中地区属于渭河冲积平原，东西长800余里，人们习惯上称之为八百里秦川。西安市刚好处于八百里秦川的中部，以此为界，人们将西安以西称为西府，西安以东称为东府，富平县就位于东府，距西安70公里。

富平故称频阳，秦厉公二十一年（公元前456年），始在频山之南建立县治，定名频阳。西晋时，建富平县，取"富庶太平"之意。富平现有人口78万，20世纪70年代至

80 年代，县域人口一直保持在 60 万左右，算得上一个人口大县。富平现在总面积 1233 平方公里，17 个乡镇，334 个行政村。80 年代初，富平有自然村落 1641 个。就村落的沿革来说，这 1641 个村落，50 年代与 80 年代相较，没有什么变化，尽管在行政区划上有不同的叫法，80 年代之前的区划称谓为县、公社、大队、小队；90 年代之后，称谓变为县、乡（镇）、村、组。村落真正大规模变化是从 90 年代的城市化进程开始。可以说，50 年代的乡间村落，可以见到清末民国的村庄样态。

清末民国时期，富平县境内民间信仰风习甚为浓厚，庙宇极为繁盛，有上万座之多。乡间村舍，几乎无人不膜拜神灵。多神崇拜，弥漫在乡间，构成一个奇异斑斓的神灵世界。这个神灵世界里的众神祇，从天上到地上，从生老病死，到福禄祸福，从万物运行到日常生活，无不与各路神灵一一对应，无不由神祇支配和统辖。这是一个万物有灵的带有原始宗教意味的乡间精神生活。其乡间所供奉的神灵神祇比较普遍的有：土地爷、灶火爷、关公爷、龙王爷、娘娘神、牛王爷、马王爷、财神爷、药王爷、城隍爷……但这样的罗列实难穷尽，因为富平民间神祇的创造，是因地因人而为，一个地方可能因为某个故事或历史上某个名人而创造出一个神灵。杨庆堃在研究中国宗教的社会功能时，就归纳出中国民间宗教与制度性宗教相对的"弥散性"特征。他的这一观点直到今天被人尊为近世以来研究中国宗教的"圣经"。[①]在富平县境内，王翦庙至少有七处，具有确切的遗迹，就是一例。对王翦的敬奉，一是因了他在秦始皇统一中国时立下了赫赫战功，更重要的因由是富平是王翦的故里，于是，他就成为这个地方百姓敬奉的对象。

二

我把对富平民间信仰的考察时段，放到了 1949—1966 年，之所以这样选择，基于这样几点理由：其一，20 世纪 50 年代，新政权与旧意识形态还有一个相互推移的过程，民国时期的民间信仰和乡间庙宇还在继续沿袭存在，其整体状貌还可见出一个大体轮廓，新政权推动民间进行思想改造、铲除旧思想还没有构成瞬间断裂，国家意识形态还没有完全替代民间的风习和信仰。其二，1949 年至 1966 年这 17 年之间，尽管国家在进行民间思想改造方面，也是运动化推动，比如，1950 年和 1957 年的整风运动，也可说

---

① 参见岳永逸：《灵验·磕头·传说：民众信仰的阴面与阳面》，生活·读书·新知三联书店 2010 年版，第 172 页。

是思想改造运动；1963—1966 年的社会主义教育运动（也称为四清运动。先期是"清工分、清账目、清仓库和清财物"，后期是"清思想、清政治、清组织和清经济"）等，但和此后的"文革"相比，毕竟还是说理的、柔性的，也算得上是和风细雨式的。在两相推移中，一些明显的祭祀和敬拜慢慢转入地下，庙宇里的香火渐趋冷清，有一些比较坚守的人，也只有偷偷去庙宇磕头敬奉，有的在家中敬奉礼拜。这是民间信仰从繁盛走向凋零的一个过渡时期，考察这一时期，可以承前启后，对理解此后民间精神依存状态至为关键。其三，选择 20 世纪 50 年代至"文革"前的 60 年代，还有一个缘由，就是出生于 30 年代至 40 年代的人，今天也不过 70—80 岁，还有一部分人在世，作为考察采访，亦可作为历史见证者，使我们在做田野考察时，有了口述实录的依据，对研究更具有价值。我在富平县做田野考察时，走访了四乡一城，采访了 5 位老人：何本善、张继周、邵登益、范志强、惠志刚，[①]他们提供了极有价值的民间信仰状况的历史信息。

邵登益老人是富平王寮乡政协委员，他家就在王寮乡南董村，是一个较大的自然村，东西呈"一"字排列，分为邵家、段家、常家、王家四个较小的村落小组，从中亦可见出早年大家族聚族而居的痕迹。据邵登益老人回忆，南董村这个东西向 1 公里长的村落，散居排列聚族而居邵、段、常、王四大姓。南董村共有庙宇 10 余座，分别是老爷庙（敬奉关公）、霄仙庙、北庙、北寺（石佛爷）、观音菩萨庙、南庙（关公）、东庙、三官庙、菩萨庙、马王庙等。有的庙宇在不同村落同时拥有，比如常家有座马王庙，段家也有一座马王庙。霄仙庙是一座很大的庙宇，有一个戏台，占地约七八亩，敬奉的似乎是神仙人物，老人也不大能说清楚。现在被用作粮站。南董村距离我出生的村子仵家村只有一公里，小时候到南董村走亲戚，那儿有我一个大伯，我就路经霄仙庙，残破荒凉的庙宇，仿若有魂灵游荡，远远望见庙里伫立的彩绘人物，心里非常害怕，总是急匆匆走过，不敢逗留，甚至不敢多看几眼。我成长的这所村子，也有两座庙宇，村东头是一座娘娘庙，村西头是一座三官庙。

张继周先生是县政协委员，他家在富平县流曲镇，他是一个熟悉历史掌故的人。他说，在流曲镇簸掌村、昌宁村、梅家庄、流曲镇政府所在地，这几个地方庙宇极多，比

---

① 2012 年 2 月 22 日，笔者回到故乡富平县，县文化馆工作的同乡仵小龙，帮忙找到几位熟悉本地历史掌故的老先生，他陪同我先后拜访了美原镇的何本善、流曲镇的张继周、王寮镇南董村的邵登益、县志办的范志强、县政府的惠志刚。上述五位先生以自己的亲历亲见，谈了曾存在于 20 世纪 50—60 年代富平的庙宇及民间信仰情况。半年后遂成初稿，后因各种原因搁置，历数年后始成稿。采访者已有离世者，感慨系之。

如昌宁，流传在人们口边的是"三村六堡二十四个庙庙"，说流曲镇是"七舍六堡二十四个庙庙"。簸掌村民国时期做生意的人极多，赚了钱就盖庙，这个自然村落也有 20 多个庙宇。庙宇之繁盛可见一斑。在流曲镇所属区域，不仅庙宇繁多，而且庙宇的种类极为多样，比如，在流曲镇小惠有一座庙叫"刘屈氂庙"，所敬奉者为西汉刘胜之子，也是汉武帝第十二任丞相，其实这位丞相在位期间乏善可陈，《汉书·武帝纪》里也仅有两句话提到他的名字，分别是"壬午，太子与皇后谋斩充，以节发兵与丞相刘屈氂大战长安，死者数万人。庚寅，太子亡，皇后自杀"；"六月，丞相屈氂下狱腰斩，妻枭首"。传说他陪汉武帝到铜川狩猎，正值富平境内大旱，百姓跪拜，刘屈氂奏报皇帝，降旨免税，百姓感之而为其立庙。此为一例，可知百姓所敬之神，正是为百姓做了好事之人，百姓惦念难忘，在历史岁月里将其神化。所以，富平民间敬奉的神祇序列里，至少有一部分是相当于功德庙，是纪念那些有现实贡献的人，褒扬古人，以激励来者。这些信仰，不具备超越性，非前生来世、上天入地之追问，更多具有现实性特征。流曲镇北耕有一座显圣庙，敬奉的是伍子胥，他也是春秋时期一位历史人物。在流曲镇臧村，还有一座八蜡庙，庙里敬奉的是虫王爷，蝗虫使百姓粮食绝收，虫王爷也变为膜拜对象。

　　一些大的乡镇，比如美原镇，20 世纪 50 年代初期还有城墙城门，镇四周庙宇遍布。何本善老师一直在县文化馆工作，如今已 80 余岁，他就是美原镇人。在他的记忆里，这城墙的每个城门处都有庙宇，称为"十门九刹"，敬观音菩萨、天天菩萨等，四周有关帝庙、土地庙、娘娘庙、马王庙、三郎庙、大圣洞等，庙宇星罗棋布，处处可见。庙宇在民众生活中，更多起到了精神的内在规约和惩罚作用。在美原镇就流传这样一个故事，说明了神是人行为的见证者，最为公平公正，在人面临不平不公时，神会做出决断。传说过去美原镇有一对朋友，关系很好，称兄道弟，老弟赶集买猪，身上只带了 9 两银子，但他看上的一头猪，人家非要 10 两才可成交，无奈，只好借了老哥 1 两。回去后老弟得急病死去，妻子不认账，然后两人约定明天到城隍庙诅咒发誓。当天晚上，女的来到城隍庙磕头，说：城隍爷呀，是我把良心昧了，明天要赌咒，城隍爷一定保佑我，若我赢了，给你塑金身，献活猪。第二日，大哥弟媳一同来到城隍庙，大哥发咒说：若我胡说，把我腿跌坏。弟媳来时儿子也跟着来了，一出门，娃摔了一跤，把腿跌坏了。在这则故事里，呈现出的训谕是，人可以昧着良心颠倒黑白，但是神却清楚是非曲直，最终会做出公正惩罚。

三

在 20 世纪 50—60 年代，富平县庙宇虽然渐趋颓败荒凉，但其大多庙宇的状貌还依旧留存；其香火渐趋冷清，但仍有善男信女拜祭。庙宇繁多之状，仍历历在目。庙宇为什么会在疾风暴雨式的多次运动中，还能在 60 年代见到其残败的颓垣断壁，大抵因为强烈的民间禁忌，人们认为，庙里的东西是不能随便拿回家的，拿回家会带来灾祸，庙地更不能随便侵占，若侵占庙地，神祇怪罪下来，家里要出祸端的。因此，庙宇在多次运动之后，即使被推倒，挪作他用，但是少有私人侵占，大多成为公共场所，或乡公所或学校或仓库。富平庙宇的大规模损毁，在惠志刚先生看来，大约历经三次：一次是民国时期的 20 年代，帝制瓦解，神权动摇，废除科举，举办新学。当时一些开明人士，就拆庙建校，其实只是把神像搬走，将庙地用作学校而已。此后，在国共战争时期，一些庙宇被改作粮库，或者拆庙建粮库，有的也被用作乡公所。儿歌唱道："不信鬼，不信神，共产党来了救人民。"这是第一次。第二次大规模的损毁是 1958 年的"大跃进"时期，全民大炼钢铁，兴修水利，对庙宇损毁厉害。到了 1966 年的"文化大革命"，庙宇更是被作为"四旧"，遭到了彻底扫荡。现在能见到的遗迹已经十分稀少了。

可以说，20 世纪 50 年代，尽管时代已经发生了剧变，村村有庙、家家敬神的传统趋于冷清，但还存在。笔者出生于富平县王寮镇仵家村，在自己能够记事的 60 年代初期，还能回忆起，每逢过年，家里人供奉灶王爷和土地爷的情形，神龛前祭献蔬果菜肴，大人指导孩子给敬奉的神祇磕头。当时，一个自然村落，往往不是一座庙，而是多座庙。不同庙宇里供奉的不是同一尊神，而是多尊神。乡民祭拜也并非只选择一尊神灵，而是见庙就磕头，充分显示出民间多神信仰的特征。并非一尊神统管天上地下万事万物，各神有各神的职责功能，这有点像古希腊神话里的神祇分工，赫拉掌管婚姻，波塞冬是海神，哈台斯是冥王，得墨忒耳是农神，赫斯提亚是灶神，阿波罗是日神，阿瑞斯是战神，赫淮斯托斯是火与铁匠神，雅典娜是智慧之神，阿弗洛狄忒是爱神，阿特米斯是月神等，此外，还有酒神狄俄尼索斯、命运女神摩伊拉、文艺女神缪斯等。但是，在所有神祇之上，还有一个众神之主宙斯。古希腊神话里的神祇，尽管各自掌管着不同权力，有着不同的分工，但却是一个系统，归属于主父宙斯统辖，而且，彼此之间的关系，也是兄弟姐妹和儿女，是一个大家族。我在富平考察民间信仰时，所了解到的是，村民所信奉的各路神祇，互不关联，没有一个体系或者系统，一如中国的神话，没有系统性一样。

四

富平地域所建神庙与所敬奉神祇大体如下，三官庙：道教所称"三官"为天官、地官、水官。天官大帝降生唐尧，掌天文，主持赐福；地官大帝化生虞舜，制地理，主持赦罪；水官大帝育生夏禹，治水利，主持解厄。天官大帝为尧，地官大帝为舜，水官大帝为禹。财神庙：所敬之神为赵公明，招财进宝。但各地所敬奉对象有所不同。娘娘庙：所敬之神为娘娘，但在不同地区有不同的敬奉对象，一般来说，富平娘娘庙敬奉的是送子娘娘（有的敬奉女娲）。其他地区供奉的有王母娘娘、圣母娘娘、催生娘娘、眼光娘娘、天花娘娘，还有碧霞元君等。祭拜娘娘神的多是妇女，娘娘神护佑妇女生儿育女，保佑孩子健康成长，无病无灾。药王庙：所敬之神为药王孙思邈，其作用是保佑人体健康，百病不生。土地庙：所敬之神为土地爷（方言称土贴爷），护佑一方百姓五谷丰登，幸福平安。龙王庙：所供奉龙王，是管水的，不让洪水泛滥成灾，祸害百姓，护佑一方风调雨顺。文庙：这是县一级才有的庙宇，敬的是孔子。一般乡间文庙少见。武庙：敬的是关公，保佑平安。有的叫关帝庙，所敬奉者即关羽。城隍庙：古人把城隍爷视为城市的保护神，大约从明朝后城市普遍兴建城隍庙。富平县城也有一座城隍庙，可惜竟于1985年被毁。西安城隍庙供奉的是都城隍爷，两侧配祀判官、牛头马面和黑白无常等鬼卒。一般都市的城隍庙所供奉神祇大多为历史上的功臣名将，或为当地百姓造福的贤哲廉吏。如北京城隍庙供奉民族英雄文天祥；上海城隍庙供奉汉名臣霍光；苏州城隍庙供奉战国时期的名人春申君；广州城隍庙的城隍爷是南汉国建立者刘䶮以及海瑞等。魁星楼（阁）：所敬之神为魁星，他是主宰世间功名禄位之神，古代文人拜魁星拜得最多。期望自己一朝被点中而成为状元。牛王庙：所敬之神为牛王爷，护佑六畜兴旺，无病无灾。牛在农耕时期作用巨大，价值极高，一头牛相当于一个农户的半个家当。马王庙：所敬之神为马王爷，马王爷的形象是三眼四臂，主司交通运输，与牛王功能大体相同，牛王爷马王爷被作为神明敬奉，充分显示出牛马在民众生活中之地位。二郎庙：原本供奉的"二郎神"是秦朝李冰次子李二郎，他因治水有功而传颂后世。明、清时，受《封神演义》《西游记》《劈山救母》等小说戏曲影响，改李二郎为杨二郎杨戬。

上面所列举的是富平乡间庙宇所主要敬奉的各路神祇情况，这仅仅是其中一部分带有普遍性的敬奉对象，还有一些比较特殊例外的神祇，比如大巴爷、虫王爷等，在这儿不再一一列举。在岳永逸对河北赵县梨区的田野调查中，发现梨区民众多数在其家中供有一张高约 2 米、宽约 1 米的神马，神马从上到下有 10 行左右的神神，总数有百位左右。几乎囊括了所有民间神祇，信奉者将其称为"全神"。岳永逸引用梁景之的观点说，这是民间宗教乡土性的集中反映，是民间宗教与传统乡村社会"多神信仰"或"多神崇拜"创造性整合的产物，是普遍见之于民间宗教与民间社会的一种共通现象。[①]于此可知，多神信仰所具有的普遍性特征，并在现代条件下发生转化，成为"全神"或"神丛"。在上面的列举中，我特别没有列举佛寺和道观，因为这两者在全国其他地方具有同一性，而且和我所论之乡村信仰风习有所不同，下面我会专门论述到这一点。

五

通过以上对富平地域民间所敬奉神祇的陈述，可以看出，这对我们探索民间精神依存状态是一个极好的观察点。民间信仰，我们由之可以将其归为这样几个系列，一为家族祭祀信仰系列，二为与之相关的生存信仰系列，三为精神层面的终极化依持的信仰系列。这三个系列往往融汇一起，表面看来，难以分清彼此的不同向度，但细加辨析，还是可清晰地看出其不同。

先说家族信仰系列。一年中，最为浓郁的祭祀活动是春节，其次是清明节、端午节、中秋节。在这些节日中，春节最为重要和盛大，春节家庭祭祀有这样几项内容：大门两边，一边是秦琼，一边是敬德，属于门神守护者。家神是列祖列宗，其象征是神轴和牌位，常常是家族代代传承下来的先人画像，作为象征，挂于厅堂，加上祖宗牌位，构成对家族先祖的敬奉膜拜。父辈会带领自己的儿孙给祖上上香磕头祭拜。在这种敬奉里，我们看到了一种悠远的传统，这就是儒家文化要素在民间信仰实践中的仪式化表达。儒家思想的逻辑起点是血亲关联，重视血脉代际传递成为其主要特征，所以，在家族的祭祀里，先人敬奉就自然成为第一位次。儒家以此建立人伦社会基本规范，长幼有序、上下有别，由之而推及天下。在列祖列宗的敬奉中，从时间序列上看，过去、现在以及未来，绵延不绝，构成家族历史，传导一种亘古恒久的秩序和责任。所以，祭祀敬奉里，

---

① 参见岳永逸：《灵验·磕头·传说：民众信仰的阴面与阳面》，生活·读书·新知三联书店 2010 年版，第 207—208 页。

希望得到先祖的护佑，祖先的灵魂保佑子孙们安康幸福。这样的活动里，有着现实的期盼，寄寓未来的种子，其与儒家文化要义紧密关联。

我将富平民间信仰的第二类划归为生存信仰系列。其实，在春节家庭的祭祀活动中，第二位是土地爷，进门迎面即可看到，将其供放在神龛里，期望他护佑五谷丰登。俗语云，户有万贯粮，家家有神堂。第三位是灶神，当地称为灶火爷。乡间腊月二十三祭灶神，很虔诚，认为灶神"上天言好事，回宫降吉祥"。三样献食，期待来年和和睦睦、平平安安。土地神和灶神，都切实表达着百姓的生存信仰，期盼五谷丰登和饮食丰足。本文上面所列举的神祇，也可基本上归为与自我生存紧密关联的信仰，不管是求子嗣（娘娘庙）、求安康（药王）、保平安（关公）等，这些敬奉，在精神层面上，大多还是祈求家族兴旺，平安幸福。深究起来，这些信仰，大多超不出儒家的基本教义，或者说是儒家思想的基本延伸。因为，这些东西，都是面对现世的，是有用的，是激励人进取向上的，对未来怀抱美妙憧憬的。它不讨论死亡问题，不讨论痛苦，它祈求化解痛苦，获得幸福。对现世幸福的追求，是民间信仰的核心诉求。

富平民间信仰的第三个方面才涉及终极精神的追问层面，这一点其实在乡间表现不够明显，尽管代表这一趋向的敬奉神祇，有佛寺道观，亦有教堂。富平民间信仰中，关于佛教的信仰，最多见的是观音菩萨，尽管也敬奉文殊菩萨、普贤菩萨、地藏菩萨。有的村庄，也有教堂，比如，王寮乡的三合村民，就一直信奉上帝。但总体而言，民间超越性信仰的精神追寻颇为少见，多是行善做好事，不做亏心事；积德行善，知恩图报之类。对精神层面的信仰，大抵没有超越世俗的需要。所以说，富平民间信仰也是将佛教、道教、基督教世俗化，与自己的生活信仰结合起来了，而很少有形而上的追问。从这种表征中我们可以见到，灌注在富平民间信仰中流动的主脉，是以儒家文化为主体趋向的仪式化行为，就是说，儒家思想，已经不仅是经典，而成为流行于街头巷口的民间语汇，并且也仪式化了，成为一种宗教礼仪规范。以此具有了庄重肃穆的凝重，从而重塑人心人格。

在富平民间信仰的考察中，我所了解到的许多庙宇，多以历史人物命名，这些历史人物，是曾在历史上做出杰出贡献的人物，或者成为一方民众的骄傲，并进而化为地方民众膜拜对象，并以之激励后人。比如王翦、刘屈氂、蒙恬、伍子胥、岳飞等，因之，仪式本身所指，是现实关怀，而不是超越性追问。这样，信仰就变为可触摸的对象，与现实紧密关联，与自我正面取向、人生责任义务扭结一起，而非不着边涯、云遮雾罩的神话人物；或者说，云遮雾罩的神话人物也在参与对民间精神的塑造，依照顾颉刚的说法，叫"层累地造成的中国古史"①，民间信仰也如此，神话人物、历史人物、民间传说等，累积层叠，你中有我，我中有你。如同富平曹村镇的太白庙，前殿敬奉菩萨，后殿敬奉太白。但我还是要强调一句，儒教作为主流文化，表现在关中区域，尤以北宋张载创设形成的关学影响深远。②富平地处西安近地，亦将儒家之教义表现得极为饱满充分，以至于远古的神话故事、民间传说、历史人物、宗教教义，也都被利用和改造，成为符合儒教主体教义的载体，从而衍化为这一地域的主流文化信仰形式。

六

关于民间信仰对人精神的雕塑，或者说成为人的精神背景的依持问题，我在以后的论述中，将另文论及。我的问题兴趣是，富平民间信仰，怎样塑造和构成一个区域人的精神氛围，怎样影响一个区域人的人生理念和行事原则？20 世纪 50—60 年代，富平这个区域人精神的虔敬诚恳性气质问题。我以为这一问题和整体社会的建构密切关联，这是信仰所得以建立的基础性问题，而虔敬诚恳性是建立信仰的心理基石。这一时段人信仰的建立，与前期民间信仰风习有直接关联。我以为，民间信仰的浓郁氛围，为这一时段的虔敬与诚恳打下了一个良好的基础，建立起一块信仰的肥沃土壤，至于在这片土壤里种上了牡丹花还是刺玫，那是另一回事。当然，社会也如同生物性大地，也有一种自生态，就是说曾经遭到破坏的东西，在一定时期会顽强地自我修复，如同遭破坏的形而上的追问追寻，对不可把控的天道神性的敬畏回归。但是，它向哪一方面修复？修复的结果如何？就是一个极为要命的问题。当然，农耕文明时期，它修复的依归标尺是孔孟儒家礼仪。每次王朝更替、社会动荡之后，在秩序重建时，儒家文化会像草木，在曾被烧为灰烬的大地上重生恢复一样，慢慢爬上荒漠，染绿大地，重现一片盎然生机。

---

① 1923 年，顾颉刚在论辩中提出了著名的"层累地造成的中国古史"之观点。随即引起中国史学界的广泛关注并产生深远影响。"古史层累说"是其古史论的主要核心与灵魂，也是最为重要的方法体系。既是一种历史观，又是一种历史研究方法，它有以下三个含义：1. 时代愈后，传说的古史期越长。2. 时代愈后，传说中的人物愈放愈大。3. 我们在这上面即使不能知道某一件事的真确状况，至少可以知道那件事在传说中的最早状况。

② 所谓"关学"即关中之学。从地域角度而言，是指从函谷关以西、大散关以东以西安为中心的狭长的渭河冲积平原，古代称之关中。北宋张载释义儒家经典，提出"气本论"，首创关学。其后有吕大钧兄弟，以及金元明清时期的杨奂、杨恭懿祖孙三代、吕柟、冯从吾、李二曲、李因笃、李雪木、刘古愚等关中大儒追随，形成关学气脉流派。

　　我特别想说的是，抽象的精神背景气质，怎样深刻地影响到知识分子信仰的虔诚性。也就是说，虔诚这一精神品格，是在人心中怎样建立起来的？不论虔诚之下信什么，这一切的"信"，首先须有虔诚性心理，不然，任什么美好的图景，也难以生根，在无法有精神依持的荒漠里，社会精神的重建就会流于一句漂亮的空话。

　　　　　　　　　　　　　　　　　　　　　（作者单位：西安培华学院）

西北作家作品研究

论新时期新疆汉语文学创作中的物性自然观

王　敏　董佳文

内容提要：新时期以来，新疆汉语文学创作获得了长足的发展，诗歌、小说、散文等创作成果丰富，对自然人文的书写和自然生命价值的思考是这些作品中极为常见的书写内容。本文尝试从物性自然观的角度出发，在对具体文本的细致分析中梳理出新时期新疆汉语文学创作中包括反映地域乡情依恋的自然观、本真情感再现的审美自然观以及"心与境谐"反映的敬畏自然观在内的三种物性自然观，通过分析其具体书写类型和叙事策略，进一步概括新时期以来新疆汉语作家创作的自然观类型，以期为作家创作如何书写自然提供借鉴。

关键词：新疆汉语文学创作；自然观；物性自然

近年来，学界对新时期新疆汉语文学创作的研究多聚焦于对单个作家作品的研究，较少有对反映思潮影响的、主题性的新时期新疆汉语文学创作的整体研究，而从物性自然观角度对新疆汉语文学进行阐发的研究更是鲜见。因此，本文将对新时期新疆汉语文学创作进行总体性关照，探析其背后所反映的物性自然观。当然，本文在进一步探析新时期新疆汉语文学创作之前，需对"物性自然观"这一概念做简单界定。从物我对立的立场上分析物性，其通常是说事物本身的特性，即该特性可以用于区别其他事物并为物体本身所独有的特性[①]，这一使物成为物的物性，不仅包括该物的形式和所有质料，更重要的是还包括"某种非—有条件的东西"[②]，通过质料—形式的结构为

[①]　汤杰：《感知常见自然物物性——在雕塑创作中的运用》，鲁迅美术学院 2016 年硕士学位论文，第 2 页。

[②]　［德］海德格尔：《物的追问》，上海译文出版社 2016 年版，第 8 页。

引线，使之传递出带有"生命化"且可发展变化的内在力量，物性的生命力来自于人与物的交互感知，通过对物的质料，即色彩、声音、外观形式，获得物的概念，把在感觉上感知的东西当作物的物因素赋予物，物性自然发生在视觉、听觉和触觉当中，成为感性涌发、理性分析作用下的感知[①]。因此，物性便被赋予了更多主体对象性思维的色彩，从某种意义上而言，这也是本文探讨新时期新疆汉语文学创作书写自然的规律的逻辑起点。

从自然的实体意义来看，自然物是自然界中的天然之物，每一样自然物本身的特质和内容构成了自然物的物性存在，其生长变化、形象本质的不断交织形成了人们在现实生活世界中的自然物质，随着人们认知水平的不断提高，自然也渐渐去人格化，逐渐显现出作为客观对应物的自然其本身的内在价值。

一直以来，人类对自然界奥秘的探索都具有极大的热情，同时也给予了自然的物性以足够的重视。中国道家思想向来关注天地万物的本然存在形式，认为物的多种样态属"自然"之态，物性在庄子的解释中，即一物是其所是，天地万物，各有其性，如"民食刍豢，麋鹿食荐，蝍蛆甘带，鸱鸦耆鼠"[②]，各种事物都有自己的特质，有一种适合其本身的自然形态。西汉刘安编撰的《淮南子》中也着重说明了"物性自然"的含义，如"正其道而物自然"[③]是说世间万物的形成随自然之道，按其本性有序生成。在古希腊自然哲学时期，哲学家大都将自然现象与宇宙本原的哲学问题联系起来，虽然，自然被视作一个基于心灵原理之上的运动体，但其自身有着一定的秩序，它既不是神创造的，也不是因为有人制造或生产了它们[④]，自然有它自身的本体性和存在意义。马克思也承认自然的客观性，指出"没有自然界，没有感性的外部世界，工人就什么也不能创造"[⑤]，人绝不是掌控自然的主体，相反，自然才是人类活动的物质基础。

在以上对自然的探讨中，大多将自然的物性存在看作是个体存在，看到自然界中的各事各物真实丰富，物的呈放在感性感官和头脑思维中不断遭遇，其本身的内在价值得到肯定。这种以物性自然观为主的自然观，在笔者看来，多是在人与自然地位平等的关系下所形成的对自然的看法，减少了人对自我意义世界的关照，并从生态整体去思考人与自然的关系。因此，在这种视野下的自然景观呈现出一种天地生命共赏的和谐局面，

---

① 〔德〕海德格尔：《林中路》，商务印书馆 2017 年版，第 12 页。
② 〔晋〕郭象，〔唐〕成玄英疏：《庄子注疏》，中华书局 2011 年版，第 43 页。
③ 〔西汉〕刘安等：《淮南子》，岳麓书社 2015 年版，第 216 页。
④ 〔英〕罗宾·柯林武德：《自然的观念》，华夏出版社 1999 年版，第 32 页。
⑤ 〔德〕马克思：《1844 年经济学哲学手稿》，人民出版社 2000 年版，第 53 页。

促使文学艺术家以感性的笔触去再现自然界。

在新疆这片自然环境雄奇壮丽、人文风貌丰富多样的土地上，新时期众多汉语作家用笔勾画充满生机的自然之力，体察自然价值，形成了一种以物性自然观为主的自然观，其中自然不仅是与人的有情世界相属的审美性存在，同样也是作家诗性思维中的主体性存在，而新时期新疆汉语文学创作中的物性自然观具体表现为依恋自然观、审美自然观和敬畏自然观。

一、地域乡情：依恋自然观

环境心理学的研究中提到人与生活中的某些环境及场所之间能够形成一种认知行为上的依赖关系，这种依赖关系被称为场所依恋，这也是一个跨越多学科领域的综合性概念[①]，主要研究人与场所之间积极的情感联系。从字面上来看，"依恋"二字解释了人对事物的情感联系，突出了个体对相应地方的情感倾向性，在心理结构上，这种对某一地方的情感指向由个体在物理环境中的体验构成，包含着对特定空间的依赖和认同，简括地说它是指个体同环境的联系[②]。诚然，大自然在人类物质和精神世界中占据重要的地位，自然给予人美的感受，带给人智慧启示，人们有意识或无意识地在自然中找寻属于"自己的地方"，促使人与自然空间间形成一种心理联结，在沉醉山林或远走他乡之时，对自然环境的依恋情感越发明显。同样，文学创作中也极为注重感物寓情，如中国古代文学创作常以自然起兴，"物色之动，心亦摇焉"[③]不仅是一种情物相合的审美心态的表达，也是一种创作者与自然风物间亲和关系的表达。置身现代化步伐不断加快的科技社会，令人心旷神怡的自然美景也不断触发创作主体的追思怀念。本文所讨论的依恋自然观正是指建立在主体与自然环境之间情感联系的基础上所形成的对自然的依赖、认同以及文学书写中的情感寄托。因此，新疆地域上的奇美幽深也时常引发新时期新疆汉语文学作家们的回忆，人与自然心物交融的依恋自然观便显现其中，这些抒情寄意的依恋自然观具体表现为"恋乡情结"的表达和"物我合一"的生发两种书写策略。

　　① 黄向、保继刚、Wall Geoffrey：《场所依赖：一种游憩行为现象的研究框架》，《旅游学刊》2006年第9期。
　　② 苏扬期、王柏山：《"地方感"研究观点的探讨——从人本主义地理学、行为地理学到都市意象学派》，《社会科教育研究》2005年第10期。
　　③〔南朝梁〕刘勰：《文心雕龙》，上海古籍出版社2010年版，第95页。

（一）恋乡情结的表达

"人总是需要一个因情感依附、社会关系和地理特征而被限制和标记出来的有意义的空间—— 一个'自己的地方'"①，承载着个人生命最初印象的故乡在时间旅途中逐渐沉淀为生命记忆、经验中的符码，成为放置文化精神的特殊空间，对这一意义空间即故乡的深切认同、依附以及怀想思旧是人类的一种普遍情感心理，也是文学创作中绕不开的话题。如托马斯·哈代笔下苍茫的威塞克斯荒原、沈从文书写的古朴湘西等都是他们的生身地。可以说，故乡是一个人生命体验和地域环境相结合的产物，在故乡记忆之上的风景中，作家们一边找寻心灵栖息的自然乐园，一边思考着人与乡土自然关系的不同走向。书写新疆大地的作家们对这片广袤神奇的土地都有着切身实在的体验，不论是长居新疆的生活经历，还是因工作、家庭等长期生活于此的生命经验使然，新疆已然成为他们心灵深处不可割舍的一处空间，抒怀自己的恋乡情结便是新时期新疆汉语文学创作者依恋自然观的一种表现。

就新时期新疆汉语文学作品所呈现出的自然图景来看，新疆奇美独特的自然风物以文学意象的方式承载着作者过去经历的关于亲情、友情、爱情等不同的生命情愫。因此，对故乡原风景的回望、对自然生命力的赞叹以及从大自然中获得诗意启迪的思考往往成为新时期新疆汉语文学创作者们的叙事焦点和特征性主题。

首先，对故乡山川河流的回想和赞美的主题在新时期新疆汉语文学作品中反复出现。例如周涛的诗文中，伊犁河是作者割舍不下的关于自然的记忆，他写道："每个诗人都有自己的河／而伊犁河／才是属于我的河／我要唱的也是属于她的歌"②，他在《一个人和新疆——周涛口述自传》中谈到自己在伊犁的生活经验，每日劳动工作量大，身体和心理承受压力的情况下，伊犁那拉提农场的绿色生机如春风般轻轻吹拂忍受艰难之人的心，使得作者紧张压抑的心灵获得宁静。刘亮程《一个人的村庄》将回望故乡的主题发挥到极致，其中以"炊烟"这一特殊意象描述了自己对故乡土地的挂念。20世纪80年代来到新疆的沈苇写下了不少关于新疆的诗章和散文，那些以新疆地名和地域风物作为题目的诗歌和散文，无一不表露出作者对作为第二故乡的新疆所寄予的诚挚感情。

其次，新时期新疆汉语文学作家们大多有同动物亲密相处的成长经历，他们刻画那些活跃于牧野下的美好生灵，对自然生命力发出由衷的赞叹，以此表达出自己对故乡自

① 刘蓓：《我们需要什么样的生态文学》，《绿叶》2012年第5期。
② 周涛：《周涛诗年编》，解放军出版社2005年版，第64页。

然的依恋。如周涛诗中的"马"、刘亮程刻画的"驴"、叶尔克西笔下的"羊"等，可以说是作家成长经历中重要的陪伴者，也丰富着作家们的文学精神。爱马懂马的周涛在饮马、骑马的过程中与马儿交流。刘亮程对驴的感情极为深厚，驴的原始生命活力便成为作家思考生存本身的象征物，牵于驴身的缰绳不仅是"驴和我之间的忠实导线"②，也是作家与乡土纠缠胶葛的温柔纽带。叶尔克西的小说《永生羊》中讲述了一只小羊的生命历程，作者对羊之生命的关怀和怜悯也反映出她对生命力的崇敬和对童年故乡的怀念。不难看出，这些特殊的自然空间和生灵意象，幻化成承载作家文学理想的诗意意象，作家和故乡之间的依恋情愫以及在自然土地中收获的安全感和归属感也表现于其中。

最后，新时期新疆汉语文学创作中的恋乡情结还具体表现为歌咏大自然为创作者所带来的诗意启迪之中。如杨牧在《西部变奏曲》中窥探到边塞植物的生存状况，从胡杨和无花果忍受阳光炙烤、在沉寂之地向阳生长的精神里，汲取了这片土地带来的信念和力量。沈苇在《西域记》中寄予喀什无限的深情，也从喀什古老的传统积淀中领悟到面对生活应从容不迫的道理。总之，新时期新疆汉语文学作家们通过对这片心灵归属地的描写，不仅感谢自然给予其生命的理性启迪，也感谢自然大地的诗意记忆对抚慰疲惫之心的帮助。

综上，宽阔优美的自然在新疆作家的成长记忆和文学生命中所扮演的重要角色是不容忽视的，因此，也不难理解新时期新疆汉语文学作家们将回味故乡的恋乡情结作为叙事主题的原因。这些在自然故乡中寻找精神家园的乡恋作家们，一边回忆着乡土风景、抒写内心对自然的感激之情，一边也在不断思考着人与自然的关系。

（二）"物我合一"的生发

"物我合一"作为一种常见的艺术构思方法，也是中国古典美学的一大突出特征，这种美学观由道家最先提出，庄子在《齐物论》中通过人与山水的比照、融合，将自己融入到无限天地中，追求忘却自我的审美境界，以实现"物我合一"的审美理想。苏轼在谈及绘画创作时，也说到"身与竹化"这一主客观统一的创作心态。本文所涉及的"物我合一"也是指一种主客观融合无间的艺术创作手法，尤其注重心与外界的交感回应，形成主观知觉和客观景象有机结合、交融互渗的优美意境。在地域体验之下，新时期新疆汉语文学作家也通过与观照物融为一体的创作方式表达出对自然界生命的亲近感，这

---

① 刘亮程:《一个人的村庄》，春风文艺出版社 2013 年版，第 12 页。

种贴近自然的"物我合一"在新时期新疆汉语文学文本中具体表现为拟人化的写作手法和内视角的叙事方式。

一则，拟人化作为一种修辞手法被新时期新疆汉语作家多用来表达"物我合一"的依恋自然观。这种修辞方法将物（动植物或抽象概念等）人格化，使其具有人的个性或感情。如李娟就在其作品中赋予了自然之物以人物情感，她在《阿勒泰的角落》中提到洁白飘摇、不掺杂质的白雪"总会让人想起一个咬着嘴唇的沉默而倔强的女孩"①。同时，李娟也善于用自己的内心去理解生命，啃咬手机的小牛犊可能是因为思念母亲想借手机通个电话。在她的小说中，站在河流中央的牧羊犬不停扭头摇头，认真而警惕般地"数羊"。在她的文学创作中，带有人化思维的动植物正展现了作者依恋原野的内心。在新时期新疆汉语小说创作中，作者常通过自然生命的有力烘托，更加生动地完成作品中的人物形象塑造和主题表达，如红柯在《喀拉布风暴》中善用拟人，通过多种生命意象的组合和相互作用烘托主题。在他的创作中，守候爱情的燕子、寻求生命之源的骆驼，都带有强烈的人格性。可见，在这些拟人化的叙事中，作者与自然进行了深入的交感回应，作者通过细致的观察和思索，实现了人与动植物的交融互动，和它们进行交流沟通，更为生动形象地表达出作者对自然的依恋情感，人们对自然生命本真的迷恋和向往也显露无疑。

二则，新时期新疆汉语文学创作中"物我合一"的依恋自然观多采用内聚焦的叙事方式来表现。叙述视角的择取呈现出作者观察事物的角度，对于传达作者意图而言极为重要，"叙事视角展示的是一种独特的视域和进入'写作核心场域'，进入'作品生命本体的重要途径'"②。"内聚焦式又称'同视界式'和'人物视点式'，在这类模式中，叙述者好像是寄居于某个人物之中，借着他的意识与感官在视、听、感、想，所知道的和人物一样多。"③这种内聚焦的叙事方式强调从叙述者的内心世界一步步贴近人事物的思想深处，在小说中多表现为人物的内心独白和心理意识，是人物角色和作者的"融为一体"。而在文学创作中，内聚焦的叙事手法常呈现出心物合一的诗境，让读者体会到自然外物与人的和谐共生。如刘亮程用物我合一的内聚焦式叙事手法打造了一个承载其精神心绪的自然之境，他将自己的生命思想附着在再现村庄中的自然之物上，再如周涛采用倾听自然的方式为天地万物代言发声，作者在"在颠簸的马背上感受自由的亲切和驾

---

① 李娟：《九篇雪》，北京十月文艺出版社 2019 年版，第 195 页。
② 杨义：《中国叙事》，人民文学出版社 2009 年版，第 262 页。
③ 徐岱：《小说叙事学》，商务印书馆 2010 年版，第 222 页。

取自己命运的能力"①，听出烈马嘶鸣中被束缚的苍凉忧郁。此外，在他的《猛禽》中，作者通过再现狼和鹰的内心活动描述了两种力量之间的对抗。可见，内聚焦式的叙述方式让旷野上的生存之争极具戏剧式的冲击力，使读者很容易就触碰到西部生命的壮美和作者对自然山河的追逐和眷恋。

总之，从对新时期新疆汉语作家将自然拟人化的写作手法和内聚焦式的叙述方式的分析中，不难看出作家深切体悟之后寄托地域乡情的依恋自然观。作家们以敏锐的目光捕捉生命跳动的每一瞬间，感知微小生灵的变化，他们将自己与观照之物融为一体，转换视角去倾听自然的声音，在他们笔下，流转着同自然生命的依恋情思和时光印记，也让读者感受到自然与人在广袤天地间生息活动、生命和精神互动相通的美好和谐。

二、本真情感：审美自然观

审美是人类特有的一种高级精神活动，由于人类对自然普遍、直接的感知，自然界的山水花草等都会进入审美者的视野。人类欣赏万物，探索生命之理，从自然中发现生命本性，自然美也不断出现在人类的审美意识之中。

庄子试图用"原天地之美而达万物之理"②来认识世界，认为在观察世间万物形貌样态之时形成的认识也可切中事物的本质，肯定了自然之美的存在价值，但从客观角度来看却是难以达到的。孔子的"兴观群怨"说指出了对自然的审美建立在认识自然之上。魏晋以来的文人们看到山水风物的审美价值，陆机《文赋》中提出"悲落叶于劲秋，喜柔条于芳春"③，刘勰在《文心雕龙·物色》中有"物色之动，心亦摇焉"④，强调了四时美景对人心理产生的不同影响，在对自然事物的细致感受中形成一种"审美感兴"的自然审美观照方式。朱光潜先生也谈道："自然审美的外在表征是人与自然的生态存在关系，是自然的美与人的美的自由契合。"⑤人与自然接触时产生的情感变化以及获得的审美感受及乐趣，不断延伸为一种审美活动，正如作家真实抒写其沉浸于自然美景的内心体验和触动，简单来说，审美自然观是指作品中所显现出的审美主体与自然客体的关系，也即自然对作者自我感情审美影响的观念体现。

---

① 周涛:《稀世之鸟》，解放军文艺出版社1990年版，第2页。
② 方勇评注:《庄子》，商务印书馆2018年版，第388页。
③ 郭绍虞主编:《中国历代文论选（第1册）》，上海古籍出版社1979年版，第72页。
④ 〔南朝梁〕刘勰:《文心雕龙》，上海古籍出版社2010年版，第94页。
⑤ 朱光潜:《谈美》，安徽教育出版社1992年版，第48页。

　　在新时期新疆汉语文学创作中，歌唱花草、表达自由的文学书写正体现了新时期新疆汉语文学创作贴近自然、歌唱自然的审美自然观。不难发现，作家常常采用自然意象的本真性叙事和歌咏自然的情感化叙事两种叙事策略，向读者传递自己的审美感受。

（一）自然风光的本真性叙事

　　从文化认知的角度而言，"本真性"指涉一种独特的文化体认，是审美主体与客体相遇的一种"原初境遇"，涉及具有一定主体认知的外部价值的评判，它一方面更多地与一个地方知识的独特性高度相关，另一方面又与地方文化传统的完整性高度相关。从文学语言表述的审美判断上讲，它具有未经过分修辞雕饰、天然本真、与"自然感"协调融合的含义。国内主流文学界，不少作家在文学创作中运用本真性的叙事策略来展现一个地方的文化传统与主体独特的审美感受。新疆奇异秀丽的自然风景、浪漫丰富的地域特色以及独具特点的人文风情，为新时期新疆汉语文学创作提供了灵感和素材，这种对自然意象的"本真性"描摹在新时期新疆汉语文学创作中具体表现为"本真性意象"的有意选取和"本真性语言"的自觉运用。

　　一则，如雪山、沙漠、草原、荒原、伊犁河等60余种新疆典型自然风景常常成为新时期新疆汉语文学描摹的对象。在新时期新疆汉语文学创作中，描摹自然天地的内容主要集中在散文与诗歌这两种文体之中。其中，恢宏粗犷的原生意象更多出现在诗歌中，而散文作家们多选取细腻微小的自然物象进行描摹，具体体现如下：其一，就诗歌创作反映自然意象而言，"新边塞诗"诗人在展现全新的自然感受之时尽显诗人豪放坦荡的气质，凸显恢宏壮丽的西部风景。山川、草原、戈壁等壮阔的自然意象频繁出现在新边塞诗中。例如，周涛诗歌中常常出现的"山"这一意象体系就包含有天山、阿尔泰山、慕士塔格峰等，诗人歌颂高山的雄伟深沉，用自己的澎湃激情为其倾注了崇高气息；黄沙大漠是诗人章德益创作中频频出现的自然意象，在《大漠和我》这部诗集中，大漠中的风、沙砾等意象组合形成了诗人对西部疆域的深刻印象，也将诗人在寂静空旷沙漠中豪迈、孤独的情怀不断放大。其二，就散文创作反映自然意象而言，昆虫、苜蓿花、蒲公英、沙枣花等微小的自然意象常出现在新时期新疆汉语散文中，新时期新疆汉语散文作家们常于寻常中见不凡，细微处见质感。例如，叶尔克西擅于观察大自然中的细小事物，她的作品中多描绘草原的清新迷人，《永生羊》是让她声名鹊起的一部作品，作者真实记录了北疆牧民自在健康的生活状态，在描写夏牧场时，作者选取小昆虫振翅飞跃以及风吹劲草的声音作为意象，便将大自然清新怡然的原生之美呈现在我们眼前。沈苇的散文集《新疆词典》则呈现了一个全面立体的新疆，如作者特写沙漠中绽放的红柳花、忍耐酷暑的无花果、沙枣花等细小的自然意象，用细腻真实的文字对这些具体事物进行描绘，将自己的审美感觉融入其中，写出了精致而又丰盛的新疆。

可见，新时期新疆汉语文学创作中关于自然意象的本真性叙事在诗歌恢宏粗犷的本真意象和散文中细腻微小的自然物象间不断出现，作家们通过不同的自然意象传递自己的审美感受，也凸显了新时期新疆汉语文学创作在刻画自然形象上"本真性"的审美特点。

二则，这种对自然意象的本真性叙事还主要体现在作家对本真性语言的自觉运用中，新时期新疆汉语作家们常常运用白描和口语化的文字展现自然生态之美，表达感受自然的愉悦，体现出审美主体如何陶醉于自然美中的审美自然观，具体表现如下：其一，白描重简笔，表达准确的语言特点，在新时期新疆汉语文学作品中随处可见，如李娟对自然物象的描写虽没有修辞附丽的词语，简洁利落的文字也将自然的美好真实呈现出来，她形容花"初夏时节，蔷薇花开烂漫，这一大片的浅红浓绿在深蓝天空下尽情地咏叹"[①]；描写新疆的山水木林"天空蓝得响当当，森林墨绿，山石洁白，身旁流水活蹦乱跳"[②]，几组长句、短句的结合，对自然物象颜色的直观描述，便让这"原初本真"的美景在读者眼中有了轮廓。叶尔克西的文学语言同样自然简练，山风、野花、蜜蜂等自然风物在作者朴素的文字表达中显得活灵活现：草原正午的阳光"从空中静静洒下，像洗过一样，掉在毡房里的被垛上"[③]；夏牧场的开阔地上，"阳光高高的、油腻腻的，糊满人畜"[④]。如此简短利落、浑然天成的文字中，洋溢着作家对自然之美最本真的感知。其二，新时期新疆汉语文学作品的语言还有一个很明显的特征，即情感抒发的口语化，即作家们普遍采用生活中较为平常的话语，书写对自然美好的真实感动，如杨牧在《西域流浪记》中将赛里木湖形容成一面极大的仙国宝镜，进而发出直白感叹；而李娟在《羊道·春牧场》里看到苜蓿草场成片花朵时发出"这样的旅途真是赏心悦目"[⑤]的真切感慨；红柯在《大河》中惊叹阿尔泰山的空气透明度已经达到极限等。这些用真挚朴实、原汁原味的文字、语词所描述的美好画面真实地反映出自然在新时期新疆汉语作家心中的审

---

① 李娟：《这世间所有的白》，重庆出版社 2014 年版，第 131 页。
② 李娟：《羊道·深山夏牧场》，上海文艺出版社 2012 年版，第 157 页。
③ 叶尔克西·胡尔曼别克：《永生羊》，新疆人民出版社 2003 年版，第 153 页。
④ 叶尔克西·胡尔曼别克：《额尔齐斯河小调》，新疆人民出版社 2015 年版，第 4 页。
⑤ 李娟：《羊道·春牧场》，上海文艺出版社 2012 年版，第 63 页。

美价值。

　　总之，新时期新疆汉语文学创作中，作家对本真性意象的有意选择以及对"本真性"语言的自觉使用，促成作家笔下关于自然景观的本真性描写，各个用本真性叙事的作家精神深处都潜伏着回归于自然、回归于本色的意识[①]，书写者对自然自在自适性的美好想象和向往也被寄予在这清新怡人的自然图景中。

　　（二）情景相生的情感化叙事

　　审美主体对景物、生活的自然情感积累是文艺创作的深层动因，刘勰将"情"看作是文章的根基，强调了情之自然在创作中的重要推动作用，"情以物迁，辞以情发"[②]，情由物而生，人与物的自然感兴是文学创作的特质，同时，"情以物兴，故义必明雅；物以情观，故词必巧丽"[③]。情思依物比兴则更为形象明朗化，以真情刻画自然事物，文章之美自然呈现。面对新疆绮丽秀美的自然景观，新疆作家的审美情怀时常会被激起，他们睹物兴情，眼中之景与心中之情不断交融互渗，使得多数新时期新疆汉语文学文本中呈现出的情感化叙事形式，均集中表现为以景寓情和情景交融两种描写方式。

　　一则，以景寓情的描写方式在新时期新疆汉语文学作品中较为常见，作家通过对自然景物的具体描写，含蓄地表达内心的思想情感。在诗歌创作方面，"新边塞诗"诗人将自然风貌作为情感的触发点，表达心中豪情。如周涛在《我向荒野走去，他的投影》等诗中，将身肩历史重任的责任感投射在无边寂寥的沙漠荒原上；散文作家李娟的文字中不乏自然美景，她在《羊道·前山夏牧场》里享受沉睡在开阔石头上的宁静悠长，夏牧场上的大片绿野、潺潺溪流触发了作者对神秘自然的敬佩之情；叶尔克西的散文写作通常以新疆北塔山的牧场为言说对象，牧场上细小的自然景观常常触发作者细腻的情感，如作者通过描绘茵茵草在阳光下的生长形态表达心中对初次体验到生命苗壮成长的惊喜和快乐，让读者看到了情感化叙事下自然美的不同侧面。

　　二则，新时期新疆汉语文学创作也通过情景相融的描写方式表达对自然独有的审美感受。"新边塞诗"诗人往往会将豪迈之情融入大漠、草原中，周涛言："我已来到天空旷野之间／这广阔而高远的世界／只有我了，只有我／是太阳灼热的目光／所注视的焦

　　① 王雅菲：《"莜麦味"里透辛酸》，东北师范大学 2014 年硕士学位论文，第 10 页。
　　② 〔南朝梁〕刘勰：《文心雕龙》，上海古籍出版社 2010 年版，第 94 页。
　　③ 〔南朝梁〕刘勰：《文心雕龙》，上海古籍出版社 2010 年版，第 18 页。

点"①；杨牧说："我是绿风和黄风的焦点／为了推进，我把心灵戳一个孔——让春光和碧浪流进沙滩"②，壮阔西部从他们的语言中奔涌而出，使他们在发现自然之美的同时也感叹生命的勃发；同样，新时期新疆汉语作家们也将内心的宁静融入自然景物中，如周涛在散文中自如地倾诉内心深情，"伊犁的秋天"令诗人感受到远离喧嚣的宁静和随意，这些散而不乱的文字是作者心灵的自由挥洒。走进刘亮程的"村庄"，蚂蚁窝、缭绕的炊烟等都是作家心灵中的另一个声音，作者飘忽不定的思绪在平常不过的事物中游荡着，生死衰荣的世事沧桑、人与自然的相互审视借由作家的书写，在村庄的角落里不断显现。同样，情景相融的描写在小说中也较为突出，如王蒙《在伊犁》中花了大量笔墨描写伊犁河的四季之景，在四季景色的书写中流露出的往往是作者对新疆的眷恋之情。

总之，通过对新时期新疆汉语文学创作中关于自然文本描述的梳理，不难发现作家的审美自然观中往往融入对自然意象的本真性叙事和情感化叙事，作家们结合个人细致的观察力，选取大自然的风景片段，将自己的审美体验和独特情思融入山野，在欣赏描摹自然生态的同时，也婉转表达出对自然的感叹赞美，人们渴望在自然中获取诗意启示的心愿，也在这些美丽自然和作家情意相互交织的文本肌理下时隐时现。

三、心与境谐：敬畏自然观

在人类发展的长河中，人类绝大部分时间都是对大自然持敬畏态度的。"敬畏"两字在《现代汉语词典》中的解释为"敬重又畏惧"③。道家语境下的"敬畏自然"，主要是指遵循自然法则，不主张对自然有任何外力的控制和破坏，"其敬畏对象是每一个自然生命的他在性"④。西方伦理学家阿尔贝特·史怀泽将"敬畏生命"作为其伦理学的核心范畴，强调"善待生命"，将促进生命可持续发展视为"必然的、普遍的、绝对的伦理原理"⑤，将侧重点放在了"敬"的意识层面上。当前我国学者对"敬畏自然"的理论内涵也有诸多讨论，如刘文良反观科学技术下的人类文明，提出"敬畏自然才是真正的科学观、科学的自然观"⑥，将"畏惧"看作是帮助人们保持理性的工具；程倩春

---

①　周涛：《周涛诗年编》，解放军出版社 2005 年版，第 88 页。
②　杨牧：《复活的海》，人民文学出版社 1983 年版，第 11 页。
③　商务国际辞书编辑部：《现代汉语词典》，商务印书馆国际有限公司 2017 年版，第 596 页。
④　张应杭：《"敬畏自然"究竟何所之谓？——基于道家哲学的一种解读》，《自然辩证法通讯》2013 年第 6 期。
⑤　[法] 阿尔贝特·史怀泽：《敬畏生命》，上海社会科学院出版社 1996 年版，第 3 页。
⑥　刘文良：《敬畏自然：真正的科学观、科学的自然观》，《科学经济社会》2008 年第 4 期。

强调了"敬畏自然"对文明发展的重要意义:"人与自然的关系始于对自然的敬畏,丧失敬畏自然使人类文明陷入了发展的困境。"①根据不同学者对"敬畏自然"观点的多方解读,在笔者看来,"敬畏自然"不仅包含人类从善与美出发对待自然的态度,也可被视为一种在科学技术发展背景下的理性立场,对自然、生命始终怀有谦卑、感恩、慎重的心理、观念。这一观念也是达到人与自然和谐相处这一平衡关系的重要前提。

目前,人类在科技的帮助下洞悉了自然的生命奥妙,人类对自然的敬畏之心也逐渐减弱。而新时期新疆汉语文学作家则依旧对自然报以敬畏之心,将西部辽阔土地中的强大力量和荒原、沙漠等自然景观等无法言传的原生气息加以渲染书写。因此,笔者择取了两个视点——物理空间和心理空间,分别从文本展开的物理环境和心理描写两方面,分析新时期新疆汉语文学创作中敬畏自然观的具体表现内容。

(一)壮丽山河的自然伟力

叙事学家米克·巴尔将叙事文本中的空间解释为"故事由素材描述方式确定过程中,地点与特定的感知点相关联,根据感知而着眼的那些地点"②,其中包括物理空间、心理空间等。叙事文本中的物理空间通常指行为者所处和事件发生的地理位置,既包括了客观的物理属性,也包括了作家关于往事、记忆的想象空间,如童年、故乡等③。空间在故事中发挥着"框架化"和"主题化"两个功能,前者承载着人物行为,后者成为描述的对象本身,影响到素材的推演进展④。在新时期新疆汉语文学创作所呈现的物理空间中,我们常常能看到宏大的地理地域空间和在自然中生存的生活空间,这些空间类型的使用和切换都有着特殊的文学用意,折射出作者对自然伟力的崇敬和震撼之情。因此,笔者试图选取新时期新疆汉语文学创作中诗歌的空间意象、散文里的生活空间和小说中的地理空间进行分析,认为新时期新疆汉语文学创作中的敬畏自然观多表现为对自然伟力的惊叹和敬重。

首先,就诗歌的空间意象而言,新时期新疆汉语诗歌创作多采用气势宏大的自然意象来表现自然伟力。诗歌的叙事空间需通过意象间不同形式的组合来完成,进而形成诗歌整体的叙事目的和表达内容,谭君强认为:诗歌空间意象叙事能够展现出"更为广大

---

① 程倩春:《敬畏自然——论生态文明的自然观基础》,《自然辩证法研究》2014 年第 3 期。
② [荷兰]米克·巴尔:《叙事理论导论》,中国社会科学出版社 1995 年版,第 106 页。
③ 龙迪勇:《空间叙事学》,生活·读书·新知三联书店 2015 年版,第 348 页。
④ [荷兰]米克·巴尔:《叙事理论导论》,中国社会科学出版社 1995 年版,第 108 页。

的空间，引起欣赏者更为丰富的遐想"①。如新时期"新边塞诗"中，诗人们书写由雪山、山脊、冷冽风雪等壮阔意象所拼贴起的崇高巨人般的自然形象，诗中也表现出对自然力量的敬佩。例如，周涛在《朝拜你，我的神山和圣海》中直白地向自然呼喊出自己对雪峰高山的崇拜和敬畏；杨牧刻画了沙漠的"高度静谧、高度疯狂"②，也惊叹于大漠"把什么都覆盖"③的包容之力；章德益感恩大漠山林丰富人心的温暖："从山的高远里，大漠的辽远里／从落日的肃穆里，星空的皎丽里／从野花的嫣红里，毡房的温静里／汲取一整个世界丰富的内心"④。站在新疆辽阔大地上的诗人们，将西部特有的自然景物描摹成一个辽阔沉雄的物理空间，并将其沉淀为对自然深沉的敬重与感动。

其次，就散文的生活空间书写而言，新时期新疆汉语散文作家们常常叙述着人与自然相处的生活状态，由自然风景和日常琐事交织而成的生活空间叙述不仅使文本具有立体感，其本身作为一种有意义的物理空间，也表现出作家对自然伟力的惊叹和敬重。如李娟在《羊道》中所呈现的对山坡边打馕、牛奶、奶酪、干酪素的制作过程、每日奶茶时间等组成成的生活空间的描写，其间，牧民们适应自然、享受生活的精神状态一目了然。

最后，就新时期新疆汉语小说反映的地理空间而言，天然险峻的自然环境便是人物生活工作的物理空间，作家极力描摹无边的荒野，将自然的崇高神秘不断放大，自然的原始伟力也使人们对自然肃然起敬。如周涛《西行记》中所记述的看到沙漠中骇人的达几百米高的沙漠风暴便敬而生畏的姬书藤，从那股惊人的伟大力量中联想到自己事与愿违的命运安排，感到人在自然之力中的微不足道以及面对命运的无助感；又如红柯的小说《金色的阿尔泰》里那位被阿尔泰震撼得说不出话的野战营长……荒凉恶劣的地理环境下，自然不仅锻炼了人们的意志力，也让人们懂得安稳生活的来之不易，小说中的文学地理空间恰恰能将人物置身自然之中，受其壮丽美感和力感引发的震撼和敬畏之情衬托出来。

总之，不管是雄奇壮丽的意象组合、稀松平常的自然生活，还是冷酷边地的故事背景，这些场景空间参与了整个叙事过程，也推动着叙事发展的进程，渲染出人与自然间"心与境谐"的整体氛围，成为新时期新疆汉语文学创作中敬畏自然观的具体表现内容。

---

① 谭君强：《论抒情诗的空间叙事》，《思想战线》2014年第3期。
② 杨牧：《西部变奏曲》，中国文联出版公司1997年版，第35页。
③ 杨牧：《西部变奏曲》，中国文联出版公司1997年版，第35页。
④ 章德益：《生命》，新疆人民出版社1985年版，第111页。

（二）荒野之中的细腻感知

文学作品中的叙事心理空间是外部空间和体验投射于内心而产生的结果，通过描写人物的各种心理活动而展现，作者经常运用内心独白、意识流、碎片化的梦境等方式直接或间接地揭示人物内心世界的精神思想等。新疆原初自然的天然风光之美，雄奇壮阔的地理空间之大，使得作家们在渲染自然美之时浮想万千，通过对新时期新疆汉语文学创作中心理空间的梳理，不难看出作家们对自然的细腻感知，集中表现为诗歌的直抒胸臆和散文的内心独白。

一则，新时期新疆汉语诗人们感恩自然孕育生命、容纳一切的力量。诗歌中诗人直抒胸臆，对大自然的膜拜之情溢于言表。如周涛对阿尔泰山的深情告白，"你是老人也是婴孩／是山歌也是哲理／是布满皱褶的苍老的岩石／也是新鲜活泼的山泉小溪／是不断生长的骨骼／也是久远的履历"①，一座山孕育河流山泉，磨砺人们性格的沧桑坚韧是值得敬仰和歌颂的；章德益感叹于天地的辽阔气度，"多向往自己／能有天地一般庄重的书套／能有世界一般雄浑的内容"②；沈苇对能承载一切的沙漠有着特殊的感情，诗人在《沙漠，一个感悟》中把纯粹执着的沙漠视为年轻时的情人，称自己配不上对它们的赞颂。这些质朴的、直抒胸臆的诗句无不凝聚着他们对大地的热爱和深切感激。

二则，散文具有抒情达意的真实属性，新时期新疆汉语散文家们将自己广阔的内心空间付诸笔端，荒野中纯粹的生命体验也促使作家们乐于向自然袒露心扉。如李娟的笔下流淌着对自然的敬畏和谢意，她的内心独白中无一不透露着对自然的珍视和爱意，正如她在《遥远的向日葵地》里对贫瘠土地上生长的向日葵的深情赞美。同样对自然持有崇敬、感恩之心的还有沈苇，他在《西域记》中带领读者走访天山南北，极为珍惜喀纳斯美的呈现，把这份美丽视为一份赐福或是一次奢侈的奖赏。王族在《水和草》中描述草场上随风摆动的小草、成片的绿意生机，使作者情不自禁感动于那草场上生命的细致和真实。

总之，新时期新疆汉语诗歌、散文中流转的心理空间叙事，是作家们真实生动的心灵版图，大量"心与境谐"的心理描写总是绕不开对自然生命的感悟体验，传达出渺小自身对自然孕育生命、容纳一切的深切感激和敬仰之情。在物欲膨胀的时代背景

① 周涛：《周涛诗年编》，解放军出版社2005年版，第114页。
② 章德益：《生命》，新疆人民出版社1985年版，第78页。

下，借由文学作品的审美话语表达，用大自然的包容和耐性唤回人们对自然生命的尊重和热爱。

结　语

　　综上可知，本文通过文本细读，梳理和总结新时期新疆汉语文学表达自然观的书写类型和叙事策略。首先针对新时期新疆汉语文学创作中的恋乡主题和物我关系，梳理出作家与自然间的亲密关系，认为这是一种源自地域乡情、依寓于自然的依恋自然观；其次，通过对新时期新疆汉语文学创作中常见的本真性叙事和情感化叙事两种叙事策略进行解读，阐释其背后所蕴含的源自本真情感、歌咏自然的审美自然观；最后，从物理空间和心理空间两个维度，系统阐释了新时期新疆汉语文学创作中源自"心与境谐"、爱护自然万物的敬畏自然观。不难看出，在新疆汉语作家不断走进自然世界、描摹自然图景、抒写自然情感的过程中，不仅反映出他们对自然万物的审美认知，更通过文学话语的审美表达方式呼吁人们回归自然，试图引导读者反观当下人与自然间的关系变静化，意图在现代社会焦躁感弥漫的背景下，帮助人们在大自然中寻获一份心灵的宁静，重新唤起人们对生命的真正尊重。

（作者单位：新疆大学中国语言文学学院）

昌耀诗歌的杜诗精神

易文杰

内容提要：前人主要用力于阐释昌耀诗歌与屈原、贾岛等人的关联。而本文着重探讨昌耀诗歌与杜诗精神的深刻联系：一、"手艺"的艰辛劳作。昌耀和杜甫一样在诗学观和诗歌语言上持有苦吟态度，注重"炼字"，使语言充满坚硬的质感。二、"技艺"的拯救维度：高扬真诚的左翼理想主义，彰显杜甫悲悯与关怀平民的灵魂向度。与张枣承续圆熟流美的古典诗风，追求"甜"的诗学不同，昌耀秉持杜甫以来"涩"的诗学，与古典传统深刻联系。

关键词：昌耀；张枣；杜甫；杜诗

一、昌耀诗歌与古典传统之研究与反思

新诗在构建现代性语言的历险中，不可避免地需要回应中国古典诗歌传统与外国诗歌的传统。李怡在《中国现代新诗与古典诗歌传统》中已指出：中国现代新诗在思想、语言及审美形态上都与传统诗歌有很大的差异，但同时也有着更深刻的关联。[①]关于昌耀与古典诗歌传统的关系，昌耀自己也在《艰难之思》一文中写道："我说不准究竟是哪一位诗人的作品对我的创作影响更深。我仅好说：屈原、李白、庄子（我以诗人读之）……是我钟情的。我不以为他们的精神与新诗无可沟通。"[②]对此，赵飞也曾探讨昌耀诗歌与屈骚精神的关系，并认为两者的诗歌在"流放者"的谱系之中，都富有殉道者

---

① 李怡：《中国现代新诗与古典诗歌传统》，中国人民大学出版社 2015 年版。
② 昌耀：《艰难之思》，《昌耀诗文总集》，作家出版社 2010 年版，第 378 页。

的气质与崇高的精神。①在西渡与雷格的对谈中称昌耀为"当代的贾岛"。②

而在笔者看来,昌耀在新诗百年中体现的独特的写作精神,不仅与贾岛相类似,更与杜甫体现了深刻的联系。正如李章斌提示的那样,"他在追求诗歌形式与诗歌声音的独特性时,经常激进到过分的程度,可谓'语不惊人死不休'。是的,他在多个方面(包括节奏)让我们想到了杜甫"③。

张桃洲指出,"中国当代诗人写作和谈论中频繁出现的'手艺',主要沿着两个向度构建意义和汲取资源:一是回归诗歌作为'手艺'的工匠性质和其所包含的艰辛劳作,一是突出诗歌之'技艺'的诗性'拯救'维度"④。值得注意的是,该文指出:艾青关于诗歌作为"手艺"的工匠性质和其所包含的艰辛劳作的诗学观念与实践,则在后来的昌耀、骆一禾等当代诗人那里得到了接续。但并未充分展开对昌耀的"手艺"观念的讨论。在笔者看来,"手艺"的工匠性质与艰辛劳作,以及"技艺"的诗性拯救,恰恰在昌耀身上达成了辩证的统一。

因此,本文试图通过对昌耀作品的细读,分析他与杜甫在美学与精神上的联系,以揭示其承续古典传统所创造的现代性。

二、"弈"的诗艺——昌耀与杜甫的诗学观与诗歌语言

江弱水在《诗的八堂课》中以博(博,古称掷采,即扔骰子)与弈(即下棋)为喻,讲述了诗人创作的两种状态及其辩证统一,博即赌徒型的诗人:灵感型的诗人,下笔则兔起鹘落,讲究天才的勃发,诗神的迷狂,柏拉图式神秘主义;弈即棋手型的诗人:推敲苦吟型的诗人,讲究诗歌写作的手艺,注重诗歌的律法,在长考中锤炼语词。⑤昌耀和杜甫一样,属于后者:"推敲"式的苦吟态度相似,多次修改、重写作品,千锤百炼的语言构成"弈"的诗学。

(一)作为诗学观的"手艺"

杜甫具有"语不惊人死不休"的诗歌品格。他对文学创作态度严肃。其语言的刻意

① 赵飞:《昌耀诗歌的屈骚精神》,《南方文坛》2020年第2期。
② 西渡、雷格:《期待中国的大诗人——西渡、雷格对谈录》,《文艺争鸣》2020年第4期。
③ 李章斌:《昌耀诗歌的"声音"与新诗节奏之本质》,《文艺研究》2019年第4期。
④ 张桃洲:《诗人的"手艺"——一个当代诗学观念的谱系》,《文学评论》2019年第3期。
⑤ 参见江弱水:《诗的八堂课》第一章,商务印书馆2017年版。

求工，到晚年如臻化境。"庾信文章老更成，凌云健笔意纵横。"（《戏为六绝句》）"晚节渐于诗律细。"（《遣闷戏呈路十九曹长》）晚年，杜甫的"晚期风格"（萨义德语）进一步成熟了，无论是"老"的坚苍深沉，还是"凌云健笔"的纵横之风，都在他笔下挥洒自如。

　　昌耀的写作伦理同样如此，在文章中，他对自己的"诗艺"观有所吐露。在《〈巨灵〉的创作》（1985）中，他表示了自己对"诗艺"的看法，"诗艺的秘诀（除文字基本功外），仅在于被生活造就的诗人自身的不同审美个性。我在气质上把握诗"[①]。这体现了昌耀对诗歌的"整体感""风格化"的把控，他的诗歌绝不是"有句无篇"的撕裂之诗，而是极具青铜色泽的"昌耀体"。他一句"除文字基本功外"，显然是也把"文字基本功"放在了"诗艺"的范畴之中。他对此轻描淡写，但谁都知道为了这"文字基本功"耗费了多少心血。《请将诗艺看作一种素质》（1998）中，他引述布罗茨基的话，"我想说的是作为人类语言的最高级形式，诗不仅是表述人类经验的最简洁的方式，而且它还为任何语言活动尤其是书面语言提供最高的标准。一个诗人读得越多，就越不能容忍任何形式的赘述和啰嗦"[②]。可以看出，昌耀对诗歌的语言是极为重视的，如同一位苦行僧般坚毅。

　　李章斌在一篇卓越的论文中认为：《烈性冲刺》这首诗和昌耀很多后期作品一样，带有很强的精神自白与诗艺自述的意味，可以称为"元诗"，但他并未对这些作品进行详尽的分析。[③]因此，笔者想分析的是他在多篇"元诗"性质的诗歌中体现"手艺"的诗学追求。他"手艺"的工匠性质与艰辛劳作。类似于杜甫的苦吟精神：譬如《良宵》（标明初稿的时间为1962年），一首"元诗"性质的诗，写出了诗人在苦难之中仍然"从空气摄取养料，经由阳光提取钙质"[④]坚毅的写作伦理。值得注意的是，在《昌耀诗文总集》（2000）中，诗人再次"删改"了《昌耀诗选》（人民文学出版社，1998）中的原诗，删去了三句重复性的修辞"这在山岳、涛声和午夜钟楼流动的夜／是属于你的吗？这使月光下的花苞／如小天鹅徐徐展翅的夜是属于你的吗？"[⑤]，使诗歌的表达更为简洁、凝

① 昌耀：《〈巨灵〉的创作》，《昌耀诗文总集》，作家出版社2010年版，第277页。
② 昌耀：《请把诗艺看作一种素质》，《昌耀诗文总集》，作家出版社2010年版，第683页。
③ 参见李章斌：《昌耀诗歌的"声音"与新诗节奏之本质》，《文艺研究》2019年第4期。
④ 昌耀：《良宵》，《昌耀诗文总集》，作家出版社2010年版，第46页。
⑤ 转引自王家新：《论昌耀诗歌的"重写"现象及"昌耀体"》，《文学评论》2019年第2期。王家新先生一开始读到的是网上通行的版本，并无这几句。但《昌耀诗选》中有。王家新更欣赏网上通行的版本，因为并无这几句"重复修辞"。这在《昌耀诗文总集》中也是如此。但《昌耀诗文总集》中该诗的第三句是"这新嫁娘的柔情蜜意的夜是属于你的吗"与网上通行版本的"这新嫁娘忍受的柔情蜜意的夜是属于你的吗"不同，而王家新更喜欢后者，因为这体现了"昌耀体"。而笔者认为是昌耀为了避免歧义和不通畅而做了改动。

缩、精炼。体现了诗人虔敬的写作伦理。《意绪》（1985）的第二节也是一首"元诗"性质的诗，"说银月无光。说诗已贬值。/ 信乎？/ 但我确信五十年代仍是中年人心中祭奠的古典美。/ 我无暇论证。我无须论证。/ 史诗前沿有熠熠之篝灯。/ 我枯槁形体仍为执意赶路。"[①] 尽管诗人长期处于贫困状态、枯瘦枯索，仍然坚持着为自己心中的"史诗"而奋斗，探索诗艺的极限。《紫金冠》[②]（1990）向来以难解多义著称，如果把它看作一首"元诗"，那么意义就很明了了：描写的是对诗艺的不懈追求。"不能临摹出的一种完美"，正是道出词与物之间的紧张关系，向诗歌绝顶攀登的艰辛。"神启而我不假思索道出"，正是刻画诗歌的灵感问题。"希望之星"与"沁凉"，都是写诗歌的功用。"不凋""人性醒觉""秘藏"都是写诗人与诗歌之间亲密的关系，对诗歌的敬重与虔诚。"不可穷尽的高峻或冷寂"——这又是向诗歌绝顶攀登的艰辛了。在这首诗中，我们能看到诗人独特的写作伦理。《播种者》（1994）亦是一首"元诗"："可是我在自己的作坊却紧扶犁杖，/ 赤脚弯身对着坚冰垦殖播种。"[③] 诗歌中这种对"诗艺"的执着，堪称昌耀一生的写照。值得注意的是"可是我在自己的作坊却紧扶犁杖"这个比喻，构成了对之前张枣、王家新、东荡子、梁小斌、西渡等诗人的呼应：他们常把自己的"诗艺"比作一种手艺，甚至有些诗人会把自己的诗歌手艺比喻一种木匠、铁匠、钟表匠等匠人的手艺，所具有的品质是结实、浑沉、牢靠的品质。[④] 昌耀也如此，早年工厂劳作的经历让他念念不忘，并曾多次在作品中书写铁匠的劳作场景。他也正如同一名铁匠，一名紧扶犁杖的耕种者一样，虔诚地在语词中劳作。

（二）作为诗歌语言的"手艺"

在卓越的诗学精神指引下，昌耀的语言注重"炼字"，风格之古奥深邃，与杜甫更有相通。近年来，也已有多名学者指出与分析昌耀在 20 世纪 80 年代以来的"旧作改写""重写"现象。[⑤] 这正体现了昌耀对诗歌语言的高度自觉，以至于有意识地铸造属于自己的"昌耀体"（王家新）的特点，与杜甫的文学自觉有着血脉相通之处。

杜甫注重炼字，昌耀与此相通。更具体地说，在锤炼中追求"硬语"是杜甫与昌耀

---

① 昌耀：《意绪》，《昌耀诗文总集》，作家出版社 2010 年版，第 284 页。
② 昌耀：《紫金冠》，《昌耀诗文总集》，作家出版社 2010 年版，第 445 页。
③ 昌耀：《播种者》，《昌耀诗文总集》，作家出版社 2010 年版，第 550 页。
④ 张桃洲：《诗人的"手艺"——一个当代诗学观念的谱系》，《文学评论》2019 年第 3 期。
⑤ 譬如孙施：《旧作改写与诗学重建——论昌耀后期诗风的转变》，南京大学 2020 年硕士学位论文；王家新：《论昌耀诗歌的"重写"现象及"昌耀体"》，《文学评论》2019 年第 2 期；燎原、王清学：《旧作改写：昌耀写作史上的一个"公案"》，《诗探索》2007 年第 1 期；等等。

共同的诗学品质。在雕镂文字的过程中，追求语言的新奇与陌生化，令语言横出高空，劲健不凡，形成气势磅礴而矫健雄浑的格局与风貌。杜诗之炼字，常常着眼于锤炼出词语的硬度，所谓"锤词坚凝"。譬如"玉露凋伤枫树林，巫山巫峡气萧森"（《秋兴八首》之一）句中的"凋伤""萧森"四字。"会当凌绝顶，一览众山小"（《望岳》）句中的"凌绝顶"三字等。[①]再譬如写马，"锋棱瘦骨成""竹批双耳峻，风入四蹄轻。所向无空阔，真堪托死生"（《房兵曹胡马》）。昌耀的诗歌中也多见对"字""词"的锻造，炼出硬度。让人深感一字不可易。譬如《峨日朵雪峰之侧》，"我的指关节铆钉一样揳入巨石的罅隙"，"铆钉""揳入""罅隙"这三个词都经过了精心锤炼，让句子具有坚硬、沉稳的质地。《慈航》中的名句，"在善恶的角力中／爱的繁衍与生殖／比死亡的戕残更古老／更勇武百倍"，"角力"与"戕残"这两个词都选取得极好，让句子的张力更为凸显出来。

总的来说，无论从诗学观还是诗歌的语言，杜甫与昌耀都昭示苦吟型诗人的写作伦理：字斟句酌、精益求精，将一腔心血倾注于诗歌的精魂之中。

三、悲悯平民：昌耀与杜甫的关怀

值得注意的是，昌耀虽然对诗歌的技艺如此执着，但他绝不是一个只讲究形式的形式主义者，绝不陷入"第三代诗"的"不及物"与"自我循环"，而是和古代的伟大诗人，譬如杜甫一样有着深沉的历史意识与高远的灵魂向度。昌耀在"后革命"氛围中高扬左翼理想主义精神，对平民的悲悯与关怀与杜甫相似。

（一）"内容决定形式"与左翼理想主义精神

譬如，他也十分强调"内容"的重要性，甚至提出过"内容决定形式"的观点，可见诸以下文字：《对诗的追求》（1981）中，昌耀指出：更能引起他的敬意的是"为人生"的诗人，"以自己的精血（岂只是精血）煎作酒浆"[②]。"灵魂的自赎正从刚健有为开始。／不是教化，而是严峻了的现实。／我在这一基准确立我的内容决定形式论／我在这一自信确立我的精神超绝物质论。／时值乙亥年正月初二早晨我见户外漫地新雪／再

① 周远斌：《以硬语"文言"——论杜甫诗文语言的突出特点》，《重庆社会科学》2007年第6期。
② 昌耀：《对诗的追求》，《昌耀诗文总集》，作家出版社2010年版，第155页。

三感动。我投向雪朝而口诵洁白之所蕴含。"①那昌耀的"内容决定形式"论是什么意蕴呢？他主张"精神超绝物质"，那他秉持的是什么精神呢？

　　前人通常把昌耀的社会理想简单地概括为理想主义，但在笔者看来，昌耀持有的理想主义更加具体地来说应该是带有左翼色彩的理想主义。在90年代的"后革命"消费主义氛围中，昌耀却仍然孤独而真诚，并不投机地坚守着自己的左翼理想、国际主义理想。在《〈昌耀的诗〉（后记）》中，他写道："我从创作伊始就是一个怀有'政治情结'的人。当如今人们趋向于做一个经济人，淡化政治意识，而我仍在乐道于'卡斯特罗气节'、'以色列公社'、'镰刀斧头的古典图式'，几疑心自己天生就是一个'左派分子'。"②在1995年的诗里，他写道："我追求一种平民化，以体现社会公正、平等、文明富裕的乌托邦作为自己的一个即便是虚设的意义支点。我始终称自己是一个这种意义上的有左派情感的理想主义者。"③在1997年的《一个早晨》中，他写道："我思考自己的一生……惟执信私有制是罪恶的渊薮。……在精神贬值的今日，自许为一个'坚守者'。"④这些话语并非停留在理论，而是深深地渗入了昌耀的创作实践之中，譬如对平民的悲悯、关怀。以下将进行详细论述。

（二）左翼理想主义：对平民的悲悯与关怀

　　昌耀对平民的悲悯与关怀，与杜甫相通。"朱门酒肉臭，路有冻死骨。"（《自京赴奉先县咏怀五百字》）杜诗被称为"诗史"，其中对平民的悲悯与关怀，已被读者熟知。譬如"三吏""三别"和《负薪行》《兵车行》之中的炽热情怀。虽然他一生的大部分时间都在苦难中度过。然而，他并不囿于一己的小小悲欢，而是时刻关注着人民和国家的命运，"济时敢受死，寂寞壮心惊"（《岁暮》）。与杜甫相似，虽然遭遇重重苦难，但昌耀从不放弃对理想主义的追求。他的诗歌一直秉持这种对平凡生命的及物书写与关注，与历史、社会紧密勾连起来，体现了深厚的历史意识与现实关怀。

　　譬如早期受集体主义思潮影响所写下的《船儿啊》、《鲁沙尔灯节速写》（组诗）、《山村夜话》、《弯弯山道》、《啊，黄河》，歌颂开发者形象，塑造具有西部特色的劳动场景，语言又别有韵味。再譬如80年代，《城——悼水坝工地上的五个浇筑工》⑤《母亲的

---

① 昌耀：《意义的求索》，《昌耀诗文总集》，作家出版社2010年版，第374页。
② 昌耀：《〈昌耀的诗〉（后记）》，《昌耀诗文总集》，作家出版社2010年版，第676页。
③ 昌耀：《一份"业务自传"》，《昌耀诗文总集》，作家出版社2010年版，第857页。
④ 昌耀：《一个早晨》，《昌耀诗文总集》，作家出版社2010年版，第655页。
⑤ 昌耀：《城——悼水坝工地上的五个浇筑工》，《昌耀诗文总集》，作家出版社2010年版，第196页。

鹰——悼六个清除废墟的工人》①——为集体主义劳作而牺牲生命的平凡工人献上一曲哀歌，歌唱他们的雄伟品质。昌耀对平凡生命的礼赞，彰显了生命在深重困境中的奋进精神，与谦卑却又强劲的生命力量。除此之外，他90年代的诗歌，还多写弱势群体。譬如流浪汉、树獭般的小人物、盲人、用手走路的残疾人、残疾的母女、乞丐老头、少年杀人犯等，"悲天悯人，对于弱者、残疾人、贫困无依底层人民的不幸，怀有真诚的人道主义关怀，是昌耀诗篇的重要内容"②。

哪怕年轻时被打成"右派"，社会主义遗产所沉淀的公平公正的诗性拯救意识却从未在昌耀身上消失。在"躲避崇高"的年代，他仍然在90年代的诗中坚持崇高的大旗，高扬人文主义与马克思主义精神，昌耀是一位有高远理想的诗人，人类大同的社会理想自始至终盘踞在他的脑海里，彰显杜甫"大庇天下寒士俱欢颜"的灵魂向度，"简而言之，我一生，倾心于一个为志士仁人认同的大同胜境，富裕、平等、体现社会民族公正、富有人情。这是我看重的'意义'，亦是我文学的理想主义、社会改造的浪漫气质、审美人生之所本"③。在《意义的求索》之中，他写道，"疏离意义者，必被意义无情地疏离。嘲讽崇高者，敢情是匹夫之勇再加猥琐之心"④。因此，在这点上，笔者不同意胡少卿所说，"并不新鲜的陈说内容显示了诗人思想世界的单调与狭窄"⑤。昌耀是一个对现代性有所省思的诗人，保有"人文关怀"与"审美救赎"的美学眼光与诗学追求。

在"后革命"时代，他是如此孤独，然而他仍然孤独地坚守着自己对崇高精神的追求，以至于多次发出这种慨叹，"谁与我同享暮色的金黄然后一起退入月亮宝石？"⑥（《内陆高迥》，1988）"每当坚守自己都得经受一场歇斯底里的神经战。/没有同路人：谁与我一同进入月亮宝石？"⑦（《小满夜夕》，1994）这里的抒情主体是如此鲜明——落日黄昏之中一名悲壮的竖着人文主义与马克思主义大纛与乌托邦的追求者，以审美救赎精神日渐溃败的时代。

总的来说，在昌耀那里，"在自己的作坊却紧扶犁杖"工匠式的对语言的锤炼与对诗歌历史意识与灵魂向度的追求，对公平公正的向往，对平民的悲悯与关怀，两者并不矛

---

①　昌耀：《母亲的鹰——悼六个清除废墟的工人》，《昌耀诗文总集》，作家出版社2010年版，第198页。

②　耿林莽：《我观昌耀的诗》，《理论与创作》2000年第5期。

③　昌耀：《一个中国诗人在俄罗斯》，《昌耀诗文总集》，作家出版社2010年版，第667页。

④　昌耀：《意义的求索》，《昌耀诗文总集》，作家出版社2010年版，第574页。

⑤　胡少卿：《评价昌耀诗歌的三个误区》，《中国现代文学研究丛刊》2017年第1期。

⑥　昌耀：《内陆高迥》，《昌耀诗文总集》，作家出版社2010年版，第414页。

⑦　昌耀：《小满夜夕》，《昌耀诗文总集》，作家出版社2010年版，第557页。

盾，这点正好是贾岛与孟郊的辩证统一，也几近于伟大诗人杜甫的写作伦理——"语不惊人死不休"的语言意识与"安得广厦千万间"的悲悯情怀是辩证统一的。

四、"涩"的诗学谱系——昌耀与杜诗传统构成的谱系学

（一）以味论诗：古典传统与现代转换

昌耀的"手艺"，是艰辛的语词劳作和诗性拯救的辩证统一。而在笔者看来，作为同样重视"手艺"的大诗人，与张枣承续圆熟流美的古典诗风，追求汉语之甜的诗学不同，昌耀秉持杜甫以来"涩"的诗学。两者共同构成了新诗百年的重要诗学精神，与古典传统深刻联系。

何谓"涩"的诗学？这就要追溯到我们民族的古典诗学传统。江弱水在《诗的八堂课》中指出，以味论诗是我们固有的古典传统。我们论诗，动辄用滋味、品味、趣味、意味、韵味、情味等词语，全落在一个"味"字上。①的确，传统诗学中，"味"是一个重要的诗学范畴。钟嵘在《诗品》序中便开始强调"滋味"这个概念，"使味之者无极闻之者动心，诗之至也"②。这种印象式批评，将感官融入玄思的审美范式，一路绵延至元明清诗学之中。③

以味论诗既成经典。而在传统诗学之中，圆熟流美的"甜"与瘦硬凝重的"涩"④，也构成了两种对立统一的经典风格。前者以谢朓、李太白、白乐天、杨万里、范成大、唐寅等人为代表，其诗语感流畅、一气下贯，妙时如弹丸般圆美流转、舒展自如、甜美流丽。而后者以杜甫、柳宗元、贾岛、黄山谷、陈师道、姜白石、陈三立等人为代表，其诗用笔老辣，用意错综，陌生化的语言带来奇拗的质感与气韵。"诗有以涩为妙者，少陵诗中有此味。"⑤沉郁顿挫的杜甫诗歌颇富涩之味。诚如蒋寅指出的那样，涩的趣味贯

---

① 参见江弱水：《诗的八堂课》第二章，商务印书馆 2017 年版。
② 钟嵘：《诗品》，向长清注，齐鲁书社 1986 年版，第 8 页。
③ 参见漆琼娟：《"味"与中国古典诗学审美鉴赏活动》，山东大学 2010 年硕士学位论文。
④ 因受诗词体式的规定，"涩"从来被视为创作的一大避忌。但随宋以后人们思想的日趋内转与深辟，还有论理方式上更注意对辩证意味的体认与开显，它渐渐被论者标举为一种创作上的另类别趣，用以矫正过于险俗轻滑的不良风气，并最终脱弃原来的生硬艰蹇，成为对作品幽邃体象最适切的范畴指谓，标举一种植基于渊雅郁勃的生命真气之上的凝重幽邃的作品体象，是为"幽涩"、"奇涩"、"深涩"与"隐涩"，在另一个方向上，张扬并实现了诗词创作最为推崇的醇雅老到的至高理想。参见汪涌豪：《涩：对诗词创作另类别趣的范畴指谓》，《文学遗产》2010 年第 6 期。
⑤ 张谦宜：《絸斋诗谈》卷一，郭绍虞辑《清诗话续编》，上海古籍出版社 1983 年版，第 2 册第 793 页。

穿于中国文学、艺术中，是具有民族特色的美学概念之一。①

　　而这种古典诗论的范式在现代诗学中也经历了继承与转换，譬如张枣拈出一个"甜"字，概括"甜"的诗学，自觉地追求汉语之甜，而与之相对的"涩"，其代表性诗人是谁呢？肖学周极富识见地指出：昌耀与张枣这两位"完美主义者"代表了中国当代诗歌的两极：基于生存苦难的现实诗派和追求纯诗元诗的技艺诗派，其手法分别为独白与对话，其语言风格分别为厚重与轻逸。②笔者试图在此基础上提出，与古典传统相承续，张枣的"轻"与"巧"的"甜"诗学与昌耀的"重"与"拙"的"涩"诗学恰好形成了新诗中两种迥然不同但又各别具一格的诗学品质。

　　（二）"甜"的谱系学

　　张枣诗歌在现代汉诗中自觉继承以谢朓、李太白、白乐天、杨万里、范成大、唐寅等人为代表的圆熟流美的"甜"古典传统，追求汉语之甜。他在与颜炼军的对谈中指出："当然，诗歌也许能给我们这个时代元素的甜，本来的美。这就是我对诗歌的梦想。"③在张枣看来，"甜"是汉语言本身具有的特质，在表层，它表现为圆润流转的文字章法；在深层，它是语言内部的精神性和思维指向。④当然，这种对"甜"的追求也与张枣本人对肉身、对生活的无限热爱是紧密相连的。他的诗句之中，这种圆润流美的佳句俯拾皆是，无不洋溢着轻盈、圆润、流美的汉语之甜，与圆熟流美的古典传统有着深刻勾连。

　　之后，这种"甜"，在他密友柏桦的"逸乐"诗学中也有所继承，在朱朱的部分诗歌中也有体现。柏桦指出：这种他还在参悟的"甜"……他对此有至深的体会——颓废之甜才是文学的瑰宝，因唯有它才如此绚丽精致地心疼光景与生命的消逝。他有一种预感，"轻与甜"将是以后文学的方向。⑤他的"逸乐"诗学正是这种"甜"的写照："生命应从轻逸开始，尽力纵乐，甚至颓废……生命并非只有痛苦，也有优雅与逸乐，也有对于时光流逝，良辰美景以及友谊和爱情的缠绵与轻叹。"⑥他的诗歌也充满了这种"文

---

① 蒋寅：《"涩"作为诗学概念的意味》，《江海学刊》2018 年第 5 期。
② 肖学周：《试析昌耀与张枣诗歌语言的异同》，《名作欣赏》2018 年第 31 期。
③ 张枣、颜炼军：《"甜"——与诗人张枣一席谈》，《名作欣赏》2010 年第 4 期。
④ 张枣、白倩：《环保的同情，诗歌的赞美》，选自张枣著、颜炼军编选：《张枣随笔选》，人民文学出版社 2011 年版，第 230 页。
⑤ 参见柏桦：《左边：毛泽东时代的抒情诗人》，江苏文艺出版社 2009 年版。
⑥ 柏桦：《逸乐也是一种文学观》，《星星诗刊（上半月刊）》2008 年第 2 期。

之悦"（巴特语）的甜美。朱朱的部分诗歌中也有这种"甜"的因素①，譬如我们所熟知的《扬州》中让人印象深刻的句子："但熟透的藕／被送到唇边，土腥味混合奶香，／要我确认最强大的力量莫过于藕断丝连。"部分句子甚至有些"逸乐"的"颓荡"，譬如《清河县》中让许多女性产生深深共鸣②的句子："她累了，停止。汗水流过落了灰而变得粗糙的乳头，／淋湿她的双腿，但甚至／连她最隐秘的开口处也因为有风在吹拂而有难言／的兴奋。"

（三）"涩"的谱系学

与张枣等人相对，昌耀继承了以杜甫、柳宗元、韩孟诗派、黄山谷、陈师道、姜白石、陈三立等人为代表的"涩"的诗学。与韩孟诗派、杜甫一样，昌耀刻意求新，对"陌生化"（defamiliarization）的追求，也对"涩"的美学风格有所影响。正如蒋寅指出的那样，"有时生涩效果的形成，不只是基于求新的理念，更主要的是想探求至难至险、非寻常可到之境"③。上文关于昌耀诗歌与这些卓越诗人，比如韩愈、孟郊、贾岛、杜甫的相似之处，也有粗略分析。关于昌耀诗歌语言总体"涩"的特征与生成，也已有研究者进行了精妙的概括，譬如"沉重的、滞涩的、古奥的、诘屈聱牙、块垒峥嵘的语言和文体"④"古语汇羼入，造就疙瘩滞涩扭结的诗章"⑤。总的来说，他的语言"文言句式的遒劲，文言词藻的凝重，会给一首现代诗带来某种异质性，使之呈现为多层次多元素的奇妙混合。即使不考虑如何丰富诗篇的内在基质，它们也可以调节语言的速度，造成节奏的变化，以拗救清一色'现代汉语'的率易平滑"⑥。

笔者想特别指出的是，就节奏来说，昌耀与杜甫一样有着"顿挫"的诗风。诗歌中，杜甫有意抑制住自己深厚的感情，形成回环起伏、跌宕起伏的节奏，是为顿挫。⑦昌耀的诗歌也颇具抑扬顿挫的节奏。根据孙施勤苦而又出色的收集，在许多昌耀诗歌中，常以一个双音节词起首，并添之以句号。是为"顿"与"抑"。短而促的两个字迅疾地将

---

① 当然，朱朱是一位美学风格相当丰富的诗人，绝不仅仅是"甜"。但他的部分诗作也能看出张枣的影响。

② 在姜涛讲授这首诗歌的课上，有一位女生不由自主表达了喜爱，认为其中难言的快感，女性读者都能够分享。话锋至此，课堂上的其他女生，脸上也都漾起了"我们懂的"的光晕。参见姜涛：《当代诗中的"维米尔"》，《文艺争鸣》2018 年第 2 期。

③ 蒋寅：《"涩"作为诗学概念的意味》，《江海学刊》2018 年第 5 期。

④ 燎原：《昌耀评传》，人民文学出版社 2008 年版，第 271 页。

⑤ 陈东东：《斯人昌耀》，《我们时代的诗人》，东方出版中心 2017 年版，第 46 页。

⑥ 江弱水：《硬语盘空，又何妨软语商量？》，《读书》1999 年第 9 期。

⑦ 刘顺：《唐代前期七言近体的韵律规则与句法机制分析——兼及杜诗"沉郁顿挫"的生成》，《文学遗产》2018 年第 2 期。

读者带入紧、硬、瘦的诗歌之内，简劲有力。[①]而在该词之后，往往又马上连接着一个较长的诗句或诗行，是为"挫"与"扬"。《斯人》（1985）也有这样的抑扬顿挫的特点："静极——谁的叹嘘？／密西西比河此刻风雨，在那边攀援而走。／地球这壁，一人无语独坐。""静极——谁的叹嘘？"忽地一"顿"与"抑"，将诗歌的节奏与情感收紧。"密西西比河此刻风雨，在那边攀援而走。"舒缓节奏，将情绪一放，是为"挫"与"扬"。"地球这壁，一人无语独坐。"作为"去声"的"壁"字又把情绪往内一"收"与"抑"。在顿挫之中，诗歌的节奏感尽显，诗人的孤绝感也尽显。

由此可得，在传统诗学之中，圆熟流美的"甜"与瘦硬凝重的"涩"，构成了两种对立统一的经典风格，而张枣和昌耀分别是这两种古典诗学在现代汉诗之中最具代表性的继承者。他们都极其重视诗歌的"手艺"，注重形式的自律与语言的自觉，让自己的诗歌美学高度风格化，在味觉上具有丰厚的意蕴。两种风格并无高下之分，共同组成了后朦胧诗乃至新诗百年的重要诗学精神，与古典传统构成了深远的联系。

结　语

新诗自诞生以来，如何面对古典传统，如何继承精华乃至重铸中国诗歌的特色，一直是回避不了的问题，乃至构成了"影响的焦虑"。而昌耀正是这么一位与古典传统有深刻联系，又在白话文中独铸自己现代性的大诗人。作为同样追求技艺的诗人，传统诗学之味在张枣与昌耀身上得到了其现代转换。张枣追求汉语之甜的诗学，与谢朓、李太白、白乐天、杨万里、范成大、唐寅等人构成谱系学；苦难造就的昌耀秉持"涩"的诗学，又与杜甫、柳宗元、韩孟诗派、黄山谷、陈师道、姜白石、陈三立等人构成谱系学。汉语之"味"，在他们身上承传。

当然，这两种美学风格并无高下之分。正如江弱水指出的那样，硬语盘空与软语商量都是一种文学风格，无须分出优劣。[②]然而，必须追问的是，在张枣逝世之后，他的"甜"后人有所继承。那么在昌耀逝世之后，诚如古代诗人多学老杜，韩孟诗派对江西同光都有深远影响，他的"涩"，他的"昌耀体"又有哪位现代诗人（不仅仅是西部诗人）能够继承发展，转换为自己的血肉，而不是"硬语盘空徒作势"呢？李章斌指出：西部诗人如何摆脱"过客的撷取"和"猎奇心理"，是昌耀的写作给西部诗歌提出的问题与挑

---

① 孙施：《旧作改写与诗学重建——论昌耀后期诗风的转变》，南京大学 2020 年硕士学位论文。
② 江弱水：《硬语盘空，又何妨软语商量？》，《读书》1999 年第 9 期。

战。①这个问题直到今天尚未解决，仍然是交给西部诗人乃至当代诗人的一个严肃而又严峻的命题。但或许，这种难以模仿甚至不可模仿，正是昌耀与他的"昌耀体"的独特与孤绝之处。

（作者单位：厦门大学台湾研究院）

---

① 李章斌：《西部诗歌如何成为可能？——由古马想及昌耀》,《扬子江评论》2012 年第 5 期。

论央珍《无性别的神》中的
仪式书写与成长体验[*]

马歆怡

内容提要：央珍的《无性别的神》叙述了央吉卓玛特殊的命运经历，对于丧葬仪式、抗雹仪式以及剃度仪式的书写穿插在央吉卓玛坎坷的成长过程中。参与丧葬仪式缓冲了阿叔死亡带给央吉卓玛的冲击，却无法消除至亲离去带来的痛苦；干扰抗雹仪式让她第一次看到女性不平等的境遇，困惑过后开始试图寻找出路；接受剃度仪式则是她寻找到的出路之一，然而仪式背后的宗教生活仍是充满偏见，至此她又开始了对于理想中的平等与自由的再一次寻找。三次仪式见证着央吉卓玛由稚嫩孩童成长为成熟少女的成长历程。

关键词：央珍；《无性别的神》；仪式书写

《无性别的神》是藏族女作家央珍创作的一部长篇小说，是当代西藏文学史上的一颗璀璨的明珠，被评论界称为"西藏的《红楼梦》"。小说以藏族少女央吉卓玛的视角，记录了她由孩童成长为少女这一时段所发生的故事，从一个侧面再现了西藏特定时期的历史风貌。纵览央吉卓玛的成长历程，贯穿其中的主题是对爱与尊重的追寻。童年时期孤独地辗转在各大庄园之间的央吉卓玛对爱充满了特别的敏感和渴望，而后随着年龄的增长，作为女性被尊重的需要逐渐占据内心，她在期许着获得他

---

* 基金项目：湖南省社科基金课题一般项目："仪式与中国现当代文学的关系研究"（16YBA294）。

人肯定与接纳的同时，也不断向内心质询个人存在的价值。值得注意的是，小说在讲述主人公成长历程的同时，还插入了富有藏区特色的仪式描写，而仪式作为结构文本、衔接逻辑的一种方式，还为作者刻画人物、传递情感、展现民风民俗提供了一个巨大的演练场域。文中主要出现了三次关于仪式的描写，分别是丧葬仪式、抗雹仪式与剃度仪式，这三次描写并非闲笔，也并非作者故作神秘。从仪式叙事的角度来看，这三次仪式分别出现在央吉卓玛不同的人生关口，催化着她心智的成熟，串联起她逐渐深刻的成长体验，见证着其自我认知的不断完善。在此基础上，以仪式书写切入文本研究，为深入透辟地解读小说中主人公成长的心路历程提供了另外一个有效的入口。

一、参与丧葬仪式：孩童的哀伤

作为中国最重要的传统习俗之一，丧葬仪式在不同的地区有着不同的表现形式。但不论形式如何变化，丧葬仪式都不变地蕴含着某地独特的文化内容以及深层次的文化心理。《无性别的神》中对长者阿叔的丧葬仪式的相关描述，在展示藏区具有浓郁佛教气息的仪式过程的同时，借央吉卓玛个人的参与体验丰富了丧葬仪式物质外壳之下的精神内质，即丧葬仪式对于生者的心理意义。

对央吉卓玛来说，阿叔的逝去已经是短暂的人生经历中遇到的第二次死亡。父亲的死亡与阿叔的死亡接续发生，同为最亲近之人的离去，却带来了大相径庭的心灵感受。父亲的死亡就像一句轻飘飘的话，央吉卓玛听到了却不明其含义："死亡只不过是一个用来称呼某种陌生、遥远而不详景况的字眼。"[1]当被奶妈告知阿叔和父亲一样去了另一个世界之时，央吉卓玛就像面对父亲的死亡一样，心里没有任何感觉，除了一种急切想要见到阿叔的渴望。直到看到阿叔躺在白布里面，确认阿叔的逝世之时，心里仍是一片空白。至此，央吉卓玛仍然没有完全懂得死亡的意义，作为阿叔生前最为亲近的人，在阿叔逝去之后央吉卓玛理所当然地参与到丧葬仪式当中。葬礼结束以后，一种旷远的哀伤逐渐占据央吉卓玛的内心，让她忍不住为阿叔的死亡痛哭。

央吉卓玛对死亡的不同感受离不开丧葬仪式的作用。死亡的冲击是极大的，面对死

---

① 央珍：《无性别的神》，浙江文艺出版社 2018 年版，第 74 页。

亡，成人的第一反应大都是难以置信，更不用说孩童。而丧葬仪式缓冲了死亡的冲击，令死亡事实为人接受，起到了心理修复与抚慰的作用。丧葬仪式中有形可感的操作程序让"死亡"这个抽象陌生的词得到具体化。香烟弥漫的大经堂里，僧人们颂唱荐亡祷词引荐亡魂，帮助亡者转世；逝者的亲人们发放铜钱布施，为亡灵获取最后的功德；生者替逝者喂养庄园的飞禽，祈求所有的生灵继续得到人类的慈悲宠惠；来往的人为逝者守灵、念经超度、送葬等。这一些纷繁复杂的仪式礼节都是不断在帮助生者确认逝者死亡的事实，同时以一种温和的方式缓和了死亡带来的悲伤。正如央吉卓玛在葬礼中的感受那样："她曾经想过并告诉自己：已经没有了父亲，自己再也不会忍受失去阿叔的生活，自己会痛苦得天天坐在房门口哭泣。可是，当得知阿叔已经去世并看着眼前许多人来来往往为阿叔守灵，她被一种魔力深深地吸住……"①群体性的哀悼让人与人之间的情绪产生连接，无数的个人共同分担巨大的痛苦。迟子建在小说《原始风景》中曾经写道："葬礼，这是上帝赐予人们的崇高殊荣，是人们在人间度过的最后节日。"②在阿叔最后的节日里，众人聚集起来为他"庆祝"，来自他人的支持让央吉卓玛不至于太过悲伤，反而在此氛围中内心变得宁静祥和，她总能感觉到阿叔"时时刻刻望着自己，目光温柔慈祥，内心充满爱意善良"③。

然而，丧葬仪式仅仅给予了心灵短暂的慰藉，却无法彻底消除至亲逝去带来的巨大痛苦。为众人分担、为繁复的葬礼事宜分散的痛苦在葬礼结束以后，迅速聚拢并变得更为浓厚，霎时间席卷了央吉卓玛的内心。相比于借由葬礼宣告人的逝世，葬礼前后庄园内部热闹与萧条的对比更能够彰显故人不复的事实，也更能带给仍然生活在庄园中的人痛彻心扉的感受。葬礼结束后，央吉卓玛漫无目的地在庄园中游荡，冷清寂寥的庄园将她浸没在失去阿叔的悲伤与痛苦当中。根据弗洛伊德的经典哀伤理论，人在丧失亲人后，为了保证生活的继续，需要主动地割断对丧失的客体的情感依恋，将原来投注在旧的客体身上的能量转投到新的人际关系中。显然，央吉卓玛无法割舍对阿叔的情感，也缺乏与之建立新的情感连接的对象。"从今以后这世上再也没有人疼爱我了"④，这是一句在极度悲伤情况下的感叹，也是出自孩童口中最真实的现实。阿叔死后央吉卓玛的生活发生了天翻地覆的变化。央吉卓玛不仅失去了精神上的依赖，同时在新老爷的统治下身体

---

① 央珍:《无性别的神》，浙江文艺出版社 2018 年版，第 71 页。
② 迟子建:《原始风景》，上海人民出版社 2008 年版，第 190 页。
③ 央珍:《无性别的神》，浙江文艺出版社 2018 年版，第 71 页。
④ 央珍:《无性别的神》，浙江文艺出版社 2018 年版，第 74 页。

上也常常处于饥饿和恐慌的状态。哭成为她排遣悲伤的唯一方式,只有在放肆的号啕大哭中被痛苦束缚的心才能得到稍稍解脱。对央吉卓玛而言,作为一个年龄尚小的孩童,她的哭泣首先是出于无人陪伴导致的孩童乐趣缺失的烦闷,其次是与亲情厚爱永久分离的痛苦与悲伤,最后再是基于这两种感受生发出的精神上的迷茫与孤独。来到帕鲁庄园之前,央吉卓玛遭受过无数的冷眼,被认为是不祥的、没有福气的人。然而阿叔的出现改变了这一切。阿叔把央吉卓玛当成自己的福星,央吉卓玛的淘气、任性在阿叔眼里都是可爱的表现。阿叔的逝世意味着这个世界上容许央吉卓玛安放孩童天真的唯一处所的消逝,这逼迫着央吉卓玛不得不舍弃自己的孩童心性。从这个角度来看,丧葬仪式不仅是央吉卓玛与阿叔肉体的告别,也是央吉卓玛与孩童的自己的告别。"死亡是对过去的终止,更是对未来的承让。"[1]从阿叔的爱中撕裂出来的央吉卓玛产生了全新的独立意识,曾经来到帕鲁庄园是在迷茫中默然接受了母亲的安排,而如今面对这个毫不值得留恋的地方,她选择了主动离开。

二、干扰抗雹法式:女性的困惑

《西藏风土志》记载"西藏自古就有'信守男尊女卑之礼'的规矩"。[2]西藏古代长期实行男权统治,以男权为中心的思想根深蒂固,男尊女卑的意识渗透在生活的各个方面。"女性总是被囿于深宅大院之内,被排斥于公共生活之外"[3],在政治上缺乏参与权、在经济上缺乏支配权,始终处于男性的从属地位。贵族女性尽管拥有常人望尘莫及的身份与地位,同时受过教育有着出众的能力与智慧,仍然不可避免地成为贵族男性的附庸。

央吉卓玛的母亲便是最为鲜活的例子。在英国接受现代文明的父亲返回家乡想要一展宏图改造落后的西藏社会,母亲嫁给父亲过上了贵妇的生活,她深谙家庭内部的经营之道,将庞大的庄园上下管理得井井有条。母亲依附着父亲生存,正如她自己所说:"女孩子不需要学得太多,只要能写信会结算就行了,反正女人也不用为政府工作。女人的责任是结婚生育,料理家务,协助丈夫。"[4]女性自身的局限在此一览无余。"这是长期

---

① 芮渝萍:《美国成长小说研究》,中国社会科学院出版社 2004 年版,第 186 页。
② 赤烈曲扎:《西藏风土志》,西藏人民出版社 1982 年版,第 180 页。
③ 梁爽、李继:《藏族女性的启蒙之歌——评央珍的长篇小说〈无性别的神〉》,《阿来研究》2018 年第 1 期。
④ 央珍:《无性别的神》,浙江文艺出版社 2018 年版,第 219 页。

的不平等制度与文化心理作用于个体的结果，从而导致对于不平等的高度认同。"①受到传统教育的女性从小沐浴在男尊女卑的社会氛围当中，环境的限制让她们对自身的价值缺乏客观的认知。传统观念压抑着女性的主体意识，女性将生活在男性遮蔽笼罩下视为理所当然，并对"男主外、女主内"此类互补的家庭局面引以为傲。然而这样看似和谐的关系存在着很大的弊端，那就是一旦双方中的男性不幸离开，这样的依附关系便直接失去支柱。即使是这样，社会也不允许让女性站出来独当一面，为了寻求稳定，一种荒诞的补救措施被催生了出来——招赘。明明女人有着能够管理庄园的能力，但是仍然需要男人来维持场面，就算男人或愚笨懦弱，或冷酷残忍，根本不懂得庄园上下应该如何经营。这都源于西藏农奴制度下，贵族爵位和财产只有男性可以继承。从外部看来似乎一个家庭一旦离开男人便无法运行下去，而家庭中的女人们也默认了这样一种观念。母亲也是，达瓦吉也是，女人们沉默地接受世俗的安排，与无所谓感情的男人继续生活下去，继续逆来顺受地扮演着从属的角色。

社会观念冷酷无情的压迫以及女性自身反抗意识的缺失让一代又一代的女性默然地活在被男人遮蔽的阴影中，央吉卓玛本也会这样，但一次偶然事件让她成为与众不同的那一个。为了防止冰雹对庄稼带去的侵害，帕鲁庄园请来了咒师作法以保佑庄稼丰收。这一幕恰恰被央吉卓玛看到。看到咒师施法时抽动的表情，善良的央吉卓玛抢过正在作法的咒师的法袋，试图帮助他继续施法。这一善意的行为却直接导致了法式的失败，受到了来自咒师与庄主的指责。但这指责最主要的并不来源于她破坏法式这一行为的本身，而是对她的生理性别充满了歧视。"您是女人，女人怎么可以看法式，摸法袋呢？""女人不能摸，因为是女人。男人可以摸，因为是男人。"②除此之外，法袋里装的东西也充满了歧视意味。咒师神秘地告诉央吉卓玛法袋里都是妇道人家的东西，因为女人就是罪恶，女人的东西也都是丑恶的。通过法袋将尘世上最大的丑恶集中起来，再经过无量法力的加持点化，这样就能战胜世界上所有的邪恶与灾难。这些观点虽然出自咒师一人的口中，但它体现的却是所有藏族人心中根深蒂固地对女性的歧视与偏见。

偶然的对抗雹法式的干扰使央吉卓玛的女性意识开始觉醒。抢过法袋这一行为无意间带有了对男性权力质疑以及颠覆的含义，引起了庄主与咒师的不满，也顺理成章成为央吉卓玛女性意识萌发的导火索。在事后央吉卓玛向咒师发出的声声质询"我是女人

---

① 李美萍：《别样的历史书写——央珍小说〈无性别的神〉分析》，《西藏研究》2015年第1期。
② 央珍：《无性别的神》，浙江文艺出版社2018年版，第90页。

呀，为什么女人的东西我不能摸呢？"①显示了央吉卓玛的女性意识初露萌芽，这是央吉卓玛第一次主动将自己纳入女性身份来看待。此时的她并不清楚藏族女性处于怎样的困境当中，稚嫩的孩童仅仅是觉得自身受到了不公平的对待，她以单纯天真的疑问提出了困扰无数女性却从没有人敢说的疑问。然而尽管有夜晚闯入咒师房间质问的一腔孤勇，在咒师狡黠地搬出庄主老爷施以威胁的情况下，央吉卓玛最后还是没有坚持打开那个充满性别歧视的布袋。此时的央吉卓玛仅仅也只是一个不得不仰仗庄主老爷生活的孩童而已，在肉体与精神上她都还没有足够的力量与庄主老爷这一男权的象征抗衡。

但不可否认的是，透过这次偶然的事件，女性意识的觉醒让央吉卓玛不仅将目光停留在自己的生命体验上，她也逐渐开始关注身边女性的生存状况。拉姆是在贝西庄园姑太太给央吉卓玛分派的小女仆，她与央吉卓玛的年纪相仿，但是却受到完全不同的对待。在央吉卓玛面前像一位翩翩美少年的晋美少爷，对待其貌不扬的仆人拉姆时却换了一副样子，从精神上与肉体上对拉姆进行了百般非人的凌辱与折磨，他戏谑嘲讽的态度纵容了庄园里其他的男仆欺负拉姆，甚至连路上的小男孩都嘲笑拉姆为"老婆子拉姆"。少爷的荒诞不经不仅触发了央吉卓玛对由贵族等级制度生发的恃强凌弱的普遍状态的憎恶，同时也进一步深化了她对女性所处不公平境遇的思考。面对可怜拉姆的遭遇，同情与愤怒的情绪交织在央吉卓玛的心中。她执意要忤逆少爷，把寒冬中光脚跳舞的拉姆带走，并坚定地为拉姆辩护："她是我的，姑太太给了我。"②但是仅此而已，她仍然无法更多地帮助眼前深陷苦难中的拉姆，更不用说彻底拯救万千遭遇不平等待遇的藏族女性。满腔的同情与愤怒最后都化为一团无法描述的伤感，那是想要改变现状却又无能为力的无助心情的自然流露。作为一个女性，如何改变被遮蔽的命运，实现真正的平等，成为央吉卓玛思考的新命题。

三、接受剃度仪式：圣人的"醒"与"省"

于藏族人民而言，佛教是一种重要的宗教信仰，诸多藏区的少男少女都会选择剃度出家，皈依佛门完成自己的一生。值得注意的是，尽管男女入佛都是出于对宗教的敬仰，但是其中还蕴含着细微的差别，许多女性选择入佛的原因在宗教信仰之外更来自生活的

---

① 央珍：《无性别的神》，浙江文艺出版社 2018 年版，第 90 页。
② 央珍：《无性别的神》，浙江文艺出版社 2018 年版，第 125 页。

重担。"不同于其他民族，在藏族社会中，妇女是家庭生产和家务劳动的主要承担者。一个成年女子往往是家中的主要劳动力。"①西藏的女性到了谈婚论嫁的年龄，结婚和投身宗教事务是摆在面前的两种选择，选择前者的话，上层阶级的女性则成为家庭主妇辅佐男性管理家庭事务，而下层阶级的女性除了要担负生儿育女繁衍后代的责任，还需要日复一日承担家庭中大量的劳动。传统社会赋予了女性沉重的社会劳动责任，传统观念却使女性在社会的诸多领域受到歧视与排斥，女性就这样处于肉体与精神都无处可逃的境地当中。在这样的背景下，许多女性自愿选择了出家。

在寺院里，女性可以摆脱社会强加于她们的繁重的家务劳动，同时摆脱现实世界中对于女性身份的偏见，在宗教世界里真正实现与男性平权，获得精神与肉体的双重自由。尽管需要放弃某些女性特质，但是正如央吉卓玛后来在寺院中最好的朋友德吉最喜欢的那首民歌所唱："在一切狗里面，最自由的是野狗，虽然没有早饭晚饭，也没有铁链拴着脖颈。在一切女人里面，最自由的是尼姑，虽然没有头饰胸饰，也不用侍候丈夫公婆。"②正是出于对这一点的认识，在母亲与姑太太建议央吉卓玛进入佛门时，央吉卓玛不假思索地答应了。一直以来，央吉卓玛对于宗教都有一种莫名的亲切感。身边阿叔的谆谆教诲以及奶妈的虔诚信仰都在潜移默化地牵引着央吉卓玛走向佛教，并逐渐为宗教纯洁澄澈的精神世界而倾倒。这种对于宗教的向往在第一次与吉尊先生的会面当中达到了高峰。当时的央吉卓玛因为将吸魂袋拿回家犯了大触，被发怒的母亲锁进了仓房。她透过门缝看到，吉尊先生来到德康庄园时，家中的所有人都双手合十胸前，安静地等候在下马石旁边。吉尊先生在母亲极其恭敬的搀扶之下离开下马石，并且轻轻几句话就让母亲解除了对央吉卓玛的禁闭。在她离开的时候，母亲还极其恭敬地向她磕头。如果说母亲是这个家中最有身份的人，那她的这些举动无疑证明了吉尊先生地位的无上尊贵。僧人享有的极高地位与话语权让央吉卓玛吃惊不已。宗教让女性在某种程度上可以获得同男性一样的社会地位，这无疑是女性寻求平等的一条途径。这次的偶然遇见，让央吉卓玛对吉尊先生充满了崇敬与仰慕。"让人尊重自己，让他人以平等之心甚至仰望之情看待自己，是央吉内心升腾的最大愿望"③，她将成为像吉尊先生这样受人尊敬的圣人作为自己的人生目标，将投向宗教视为女性追求自由与平等的最佳途径，并期待以自己的

---

① 刘夏蓓:《性别角色与价值认同——甘南夏河藏传佛教尼僧价值认同调查》,《西北师大学报（社会科学版）》2007 年第 2 期。

② 央珍:《无性别的神》,浙江文艺出版社 2018 年版,第 274 页。

③ 陈思广:《神的意味——也谈央珍长篇小说〈无性别的神〉的寓意与主题》,《阿来研究》2018 年第 1 期。

亲身实践来证明这一想法。

央吉卓玛对于入佛后的宗教生活充满了憧憬，这份憧憬同样寄托在入佛之前的剃度仪式上。央吉卓玛的剃度仪式定于藏历三月十五这一吉日良辰举行。神香弥漫的家庙中，眼前是一排排高大的神龛，央吉卓玛面朝活佛恭敬地弯腰垂首跪在地毯上。活佛以孔雀翎朝央吉卓玛的头上点洒藏红花汁，意在洗去污浊。在一片安详与宁静中，耳边传来活佛低沉的红铜般的声音："你愿意入佛门吗？""愿意。""你愿意受戒吗？""愿意。"①接着活佛提出了三十六条戒律，央吉卓玛一一做了回复。随着脑袋上的最后一缕发丝被活佛剪去，央吉卓玛被赐予法名"赤列曲珍"。向活佛跪拜三次并接受摩顶以后，央吉卓玛终于如愿穿上了朝思暮想的那件绛红色的袈裟。"当师父沉稳地把红薄呢袈裟熟练地披在央吉卓玛身上时，蓦然间，她有一种飘然升华的感觉，仿佛自己的背上生出了一对翅膀。央吉卓玛不再对眼前的仪式感到拘谨，对初次初见面的师父也消除了陌生，她的心里有一种从未体验过的温暖惬意。"②伴随着一系列仪式行为的顺利执行，央吉卓玛心中对于宗教的虔诚与崇敬也在此达到极点。在庄严肃穆的氛围中，在神圣佛光的沐浴下，央吉卓玛完成了由俗人向圣人的身份转换，建立起了全新的人生信仰。仪式完毕以后，门外的人兴高采烈地拥入房间将央吉卓玛围在中间，他们都以欣赏的眼光上下打量着央吉卓玛，嘴里都不停说着赞美的话。母亲热切的关心、旁人的尊敬与艳羡纷至沓来，她从未像现在这样快乐，也从未像此刻那样认同自己做的某一个决定。这神圣而又庄重的剃度仪式，抚平了她人生最为痛楚的一块伤痕，给予了她灵魂的洗涤与心灵的皈依。

在剃度仪式带来的满溢的爱、尊重和心灵的宁静下，央吉卓玛将由不谙世事的少女转而成为一心向佛的圣人。她将在寺院这一众生平等、远离世俗的神圣之地终身修行佛法，这是央吉卓玛为自己寻找到的最好的归宿，同样也是她认为对女性来说最好的选择。因此在劝说奶妈的女儿达娃一同前往寺院时，她展示着自己身先力行所获得的旁人的敬重与生活的自由，然而达娃的反应让央吉卓玛感到失望。尽管如此，央吉卓玛仍试图以宗教的神圣力量说服达娃，但紧接着达娃的一句话让央吉卓玛手足无措。"二小姐，您到现在还蒙在羊肚袋里呢，这大院中有人说太太是因为不愿给你置办嫁妆，是为了给家

---

① 央珍：《无性别的神》，浙江文艺出版社 2018 年版，第 247 页。
② 央珍：《无性别的神》，浙江文艺出版社 2018 年版，第 248 页。

中剩下一笔钱，这才送你当尼姑的。"①一种消失已久的孤独的感觉又回到央吉卓玛的心中。在此之前，央吉卓玛一直以为步入佛门是与她最为契合的人生选择。从小对佛教神秘而又亲切的感觉、与吉尊先生的偶然会面、观圣湖预测未来时湖中呈现出的寺院影像，这些巧合都在冥冥中指引着央吉卓玛走向宗教，而从未有过的来自母亲的关爱和旁人的尊重，则直接让极度缺失关爱的央吉卓玛坚定了步入佛门的决心。对央吉卓玛而言，步入佛门意味着央吉卓玛人生的完整，她不仅可以收获历来缺失的他人的尊重，同时还能前往寺院追求俗世缺失的更高级别的自由与平等。然而真相是残酷的，本为了自由而步入佛门，但步入佛门却是被裹挟着做出的最不自由的选择。本为了获得他人的尊重，却受到所有人的隐瞒与诓骗。本以为能够为女性争取平等与自由的道路，却遭到女性自身的轻视与贬低。圣人的光辉在亲人的算计中化为一缕炊烟，宗教信仰的纯净神圣被世俗的欲望玷污，浩荡的人生浪潮中，醒悟这一切的央吉卓玛又成为一叶孤舟。

与剃度仪式庄重神圣的形式与意义相反，仪式背后的真相是如此讽刺而又可笑。如果说那份在剃度仪式中达到顶峰的对于宗教的信任与虔诚，在经历亲人的蒙骗之后陷入了低潮，那么在对宗教美好的幻想崩塌以后则已然快要消失殆尽。师父曾对央吉卓玛说过"众生平等，人不分贵贱"②，央吉卓玛却惊讶地发现寺庙生活中现实与教谕恰好背道而驰。梅朵由于出身在铁匠家庭，经常遭到师父的责骂侮辱以及其他尼僧的排挤污蔑。理想的寺院内部并没有实现真正的平等，女性也不是成为尼僧就能像吉尊先生那样为人尊重。僧人之间也存在着级别差异，入佛之前的出身和家庭地位决定了僧人在寺院中所受到的待遇。宗教将美好的一面朝向有钱有势家庭中的女儿，维护了她们心中神圣的理想，而将残酷的一面则留给了梅朵这类下层阶级的女性，她们试图进入宗教世界逃避俗世的苦难，却不承想迈入佛门那头同样也是苦难。更为悲哀的是，等级制度在世俗中没有帮助贵族女性争取到与男性平等的位置，却在满是女性的寺院中为女性之间的互相倾轧提供了依据。

仪式本身是纯洁的，但是它的纯洁无法掩盖宗教生活的黑暗现实，神圣的剃度仪式与令人失望的宗教生活之间的差距使央吉卓玛不得不再次回到原点：去哪里为女性寻找真正的平等与自由？而这次在解放军的军营中，她真正找到了答案。军营里的女性

① 央珍：《无性别的神》，浙江文艺出版社 2018 年版，第 275 页。
② 央珍：《无性别的神》，浙江文艺出版社 2018 年版，第 265 页。

不忌惮咒师口中对女性的限制，也不受母亲所谓女性的责任的牵绊，她们从事着和男性一样的工作，平等地与男性交流。在这里，央吉卓玛还遇见了故人拉姆。曾经被贵族少爷折磨地不成人样的拉姆，现在成了一个小女兵，穿上黄军装的她眼睛充满亮光，脸上挂满笑容，她即将前往人人都平等、没有压迫也没有剥削的内地读书。央吉卓玛曾经想要帮助解救的拉姆如今在精神上与肉体上已经变得焕然一新，而这一切转变都源于解放军的帮助。这群来自异质世界的陌生人，他们在日常生活中真正践行佛经上的众生平等，女性在此不用竭尽办法去争取平等自由，因为这本是女性一出生便被赋予的权利。透过眼前小小的军营，央吉卓玛对遥远陌生的内地充满了想象与憧憬。师父的教诲时常萦绕耳旁："宗教不是对真理的陈述，而是通往真理的道路，而这个真理要靠自己去寻找。"①因此这次央吉卓玛再次鼓起勇气离开了圣地，前往寻找心目中渴望已久的幸福。

结　语

三次仪式影响着央吉卓玛的选择，她"对人生的抉择并不突兀，而是真实的心灵成长轨迹"②。爱是央吉卓玛从小就缺失的东西，与阿叔的相处让央吉卓玛从复得的亲情关系中得到了安慰，而阿叔丧葬仪式的来临又催促着央吉卓玛从对他人的爱的依赖中脱离出来独立前行。对抗雹法式的干扰无意中让央吉卓玛开始关注女性的生存困境，女性不仅在地位上受到歧视，同时在人格上也受到摧残。这之后女性的平等与自由成为央吉卓玛人生中追寻的命题。当央吉卓玛步入宗教领域试图复刻吉尊先生的德高望重，欣喜地准备迎接心目中理想的爱、平等与自由的大圆满时，宗教给予心灵的片刻安宁在世俗利益的沾染下迅速倒塌，寺庙中的一些现象也让央吉卓玛感到失望，当她察觉自己所追寻的理想并不能在寺庙中实现时，在深思熟虑之后她又投向了向她展现真正平等与自由的解放军军营，在众人无法理解的目光中坐着牛皮筏前往了自己朝思暮想的心灵归乡。三次仪式穿插在央吉卓玛起伏的人生中，串起了央吉卓玛对于精神理想的追寻之旅。对于央吉离开圣地以后的故事，作者并没有交代，或许这是作者故

---

①　央珍：《无性别的神》，浙江文艺出版社 2018 年版，第 339 页。
②　孔占芳：《边缘叙事视角下追求平等、自由、人性的赞歌——读央珍的长篇小说〈无性别的神〉》，《阿来研究》2018 年第 1 期。

意给读者留下的想象的空间，又或许作者本意并不在叙述央吉卓玛完整的一生，央吉卓玛作为女性始终保持着不断质询自身与世界的勇气与清醒，这才是作者央珍想要留给读者最宝贵的财富。

（作者单位：湖南师范大学文学院）

"西行悟道"，文人风骨

张　鹏

徐兆寿先生，将笔深深扎根进了故乡的土地。

因近几年"西部大开发"政策的提出和实施，西部文学研究得到了很大的重视。河西走廊所承载的，不仅是沟通东西方的交流，它更是整个中国西部的一颗明珠。甚至可以说，没有河西走廊，没有西部，中国通史就是不完整的。在这片土地上从来不乏用笔墨去描绘它的文人，他们用西部人的宽厚和缜密去挖掘、去剖析、去考量、去审视脚下的这片土地，随之诞生了大量具有现实关怀的作品，为河西走廊、为西部这片贫瘠的土地，注入了强劲的生命力。文人们在梳理西部大地的过程中，也是在梳理他们自己。

一、向着纵深处西行，求索西部文学的过去与未来

徐兆寿先生以河西走廊作基，一路向西，与天地对话，与神灵共舞，叩问苍茫。用一个主题来概括他的"西行"，当是"路漫漫兮，上下求索"。在他的笔下，"西部"已经远远超脱了现实的意义，不只局限于作为中国地理版图的一部分，也不仅是连接中国历史与文化发展的纽带，而是承担着复兴中国文化的重任。

在《为古中国辩护》一文中，"世界上所有的文明都在河西走廊以及以西的地方汇聚，重新生长"①。特别是自 1840 年以来，从官方到民间，"留学西方"被奉为圭臬，如火如荼地开展了近百年。自然，这个西方，就是以欧美为主导的世界。那么，我们中国的"西

---

①　徐兆寿：《西行悟道》，作家出版社 2021 年版，第 20 页。

方"呢？张骞、霍去病打通了河西走廊，河西四郡的设置更是第一次在真正意义上丈量和敲定了中国版图，鸠摩罗什自西而来，玄奘西行求佛等，这些在时空上影响了中国的大事件，却因远离"中原"而一同被尘封在旮旯拐角，成为历史书上的一页文字，茕茕孑立。

"一位年轻诗人写道，斯坦因看到的，是凄艳的晚霞。那里，一个古老民族的伤口在流血。"[①]关于敦煌，在斯坦因从王圆箓的手中诈骗走第一箱佛经抄本开始，中国文化的伤口被撕裂了一个大洞，这伤口永远都无法愈合。可以说，这就是中国的"西方"被漠视的一个标志性事件。

徐兆寿先生所要探寻的不仅限于西部文化，还有对整个民族精神和思想的挖掘。或者说他是在"搜集证据"，致力于为西部正名，致力于唤起人们对中国"西方"的关注，亦是在收拢对中华民族精神根源的注意力。我能感受到，他在一路西行的途中，踽踽独行，嬉笑怒骂。他悲苦，他悼念，他呐喊，他声嘶力竭。理性与感性，他把这两者结合起来的功效发挥到了极致，"骨气端翔，音情顿挫，光英朗练，有金石声"[②]。这是他文字中所喷发出来的磅礴，若是没有河西走廊，若是没有西部，那么华夏民族五千余年来的沧桑该如何去倾泻，仅仅凭借长江与黄河是无法承载其沉重的。毕竟，大河奔腾，亦是西部涕下。

如今我们都在啧叹中国东部的发展与腾飞，其衍生出的诗文更是汗牛充栋，恍然中国西部文学的领域像是一片荒地。但谁能想象敦煌曾是欧亚大陆上最繁华的名城大邑，政治、经济、文化、外交、宗教都在这里得以抒发，然而敦煌只不过是浩瀚西部的一个点缀而已。就像《荒芜之心》中，"所以，当众人遇到四海一般的黑戈壁时都昏沉沉睡去，唯有我在欣赏它的孤绝之美、空无之美、荒芜之美"[③]。当然，敦煌只是一个例子罢了，武威、酒泉、张掖等随便一个拿出来都可以被大书特书的。但是，再厚重的历史文化，最终还是要屈服于地域这一狭隘的框架内不得翻身，"忽魂悸以魄动，恍惊起而长嗟"[④]，这大概最能表达徐兆寿先生目前的心情了。

以河西四郡为代表的西部城市群体，在中国历史长河中扮演着举足轻重的角色，或可说影响着中国历史的进程。在这片宏阔的土地上，战争、商贸、王朝更迭等犹如家常

① 余秋雨：《文化苦旅》，长江文艺出版社 2016 年版，第 39 页。
② 彭庆生：《陈子昂集校注》，黄山书社 2015 年版，第 163 页。
③ 徐兆寿：《西行悟道》，作家出版社 2021 年版，第 47 页。
④ 陆费达：《李太白全集》，上海中华书局 1934 年版，卷 15 第 3 页。

便饭，甚至可以说是战争支撑起了这片土地的生机。所以"丝绸之路"这四个字用来形容河西走廊，实在是太轻了，金戈铁马、宗教冲突，皆非"丝绸之路"一词所能概之。但是如今在飞机上俯瞰这片土地，是如此的渺小，抬起手，一个巴掌就能挡住它。它背负得太多了，它太委屈了。从这里走出去的每个人都想让世人知道这片土地的伟大，可是这个心愿最终化为了他们心中的疤，也包括徐兆寿先生。如今纵目可见的钢筋水泥森林和纵横交错的大道，无法表明这片土地的春秋往来，扬威四海八荒的河西四郡也已经藏入了地母的怀抱、深厚的黄土地里。还是用河西走廊来代表西部吧，只有这个叫法，或可能够分担一抔西部的疲惫与委屈。就像在《寻找天马》一文中如此写道："它不仅仅是一个个体的精神之梦，还成了整个中国的国家理想。过去，它生活在中亚，代表了中国最为强盛的意志与美学，代表了中国向西开放的自由奔放的姿态。"① "天马"代表了凉州，凉州代表了西部，西部代表了古中国的灿烂。

　　至于"西部"及"西部文学"以后能在中华文明中占得多大的分量，当徐兆寿先生决定沿着河西走廊向着纵深处西行时，离得到这个答案已经不远了。当然他一个人的力量是有限的，但是他确实作为一个先行者，将"西部文学"这面大旗插在了中华文明的高地上，然后就需要更多的西部文人向着这个方向去努力。他"西行"的这个过程，就是整饬"西部文学"概念的过程，既明确了"西部文学"的意义和价值，也为其以后的发展做好了铺垫。

　　徐兆寿先生竭力挖掘西部文明，层层剖析西部历史与文化，将目光聚焦于中国西部。提出了一个非常重要的命题——复兴，复兴的不仅是经济，还有文化，还有人的心灵和思想意识。中国西部作为中国与西欧和中亚再造的世界，千余年来承担着连接中西的责任。今日我们复兴西部，也是在复兴往日的中西交流。这不仅是中国谋求继续发展的意义和价值所在，更是中国再一次走向世界所要完成的涅槃。任重而道远矣。

二、问道三教源流，解析中国人的精神信仰

　　我们现在很容易把信仰归结为神怪迷信一类，可以肯定地说这是错误的。

　　《金刚经》②开篇有"乞食"二字。在如今一些南传佛教国家如泰国、老挝、缅甸、斯里兰卡等都可以看到真实的乞食场景：人们虔诚地跪在路边，将食物举过头顶，以供

---

① 徐兆寿:《西行悟道》，作家出版社2021年版，第46页。
② 丁福保:《金刚经笺注》，上海古籍出版社2020年版，第15页。

养路过的僧侣。接下来一句"次第乞已",指僧侣不能只接受一家的供养,要接受众生的供养,这是一个普度众生的过程。简言之,就是信众乞求僧侣接受他们的供养。信仰的形成,是人们对于天地日月崇拜的具体化,是人们寻找精神寄托的过程。

在《鸿蒙开启》一文中儒、道、佛三者相生相合,共同构成了中国人的精神基因,也成为中国文化的源头。儒家讲"仁义礼智信",是德;道家讲"无为而治",是性;佛家讲"大智大悲",是情;三者共同构成了人所要遵守和践行的世界观、人生观和价值观。故而中国知识分子群体追求的最高境界就是儒表、道骨、佛心。那么,徐兆寿先生的"悟道",如是我言也。他立足河西走廊,立足西部,所要探寻的便是三教的发展及促成"唐人气象"的三教合一。道教可以追溯至伏羲与女娲时代,后经周文王而集大成,再被老子阐发为"五千言",这个过程是相当艰难而漫长的,这是中国人早期思想意识觉醒的过程,是中国人对天地万物崇拜的过程,也是中国人对生命探究的过程。儒教自《论语》始,到董仲舒"罢黜百家,独尊儒术",到韩柳复道,再到宋明理学,始终与中国政治的发展休戚与共。在一定程度上说,儒学经历了一个"妖魔化"的过程,以至于孔子成为后世调侃的对象,这是可悲的。圣人远去矣。汉明帝西迎佛教,为中国人的精神体系安装了一部电梯,彻底打通了形而上与形而下的樊篱。直到三教合一,才真正健全了中国人的精神信仰体系。

徐兆寿先生之所以把西部拿出来跟儒道佛三家联系在一起,是想表明西部地区不仅是战争频繁、经济沉浮与政治诡谲的代名词,还是宗教发展的操盘手。三教的融合与发展,体现了儒家的"和",道家的"顺",佛家的"爱",这一切都发生在西部这片土地上,也更加表明了西部的包容与宽厚,也说明了西部的神秘不是关乎鬼怪的神秘,而是中华文化的神秘。从这个出发点上说,探究中国西部,就是在探究中华文脉的源流。中华传统文化,就如同中国人一样,如同中国西部一样:低调、内敛、深沉、博大,无声却有无穷的力量。他的悟道,就是要唤醒人们对中华文化的认同感和归属感,鼓励人们收回一些对西方文化的关注,引导他们:我们也有西方。

徐兆寿先生关于中国宗教信仰的研究,也是对中国文化未来发展道路的探索。在《何为人之尺规》一文中:"当天水麦积山佛窟变成一座艺术宝窟供世人欣赏、把玩,却不再膜拜的时候,这座神圣之山就已经变得无比荒凉了。"[①]世人恰恰忽略了,宗教文化也是整个中国文化的重要组成部分,亦是中国人精神体系不可或缺的板块。正因为有了

---

① 徐兆寿:《西行悟道》,作家出版社2021年版,第187页。

这种认知的偏差，自然少了对宗教文化的敬畏，少了对整个中国文化的敬畏。历史是人民的历史。所以徐兆寿先生的悟道，还有着极高的现实关怀。宗教信仰的产生，归根结底还要放在人的身上来阐明。人们的信仰，是精神寄托，是灵魂的抚慰，更是对生死的敬畏。不论是儒，还是道、佛，都是人们对于天地万物的崇拜，生命宇宙的探索的结果。这是一种智慧，而三种智慧的结合，就组成了中华文明，就构成了中国气派。

徐兆寿先生在西部大地问道三教，将三教源流做了一个细致的整理，目的就在于寻找这片土地能够支撑三教发展的条件。中国西部自古以来都是空旷的代名词，所以才安静，才能有提供哲思的环境；再加上长久的动荡不安，为人们提供了寻找精神寄托的机会。所以三教的产生和传播，真正的意义还是在寻求一个至上的境界，使生命能够度过一个虚空的阶段，到达一个真理的状态。所以对于徐兆寿先生来说，他一路西行，一路思考，不单是在解读中国的宗教文化，当然他也厘清了中国思想史和文化史发展的过程，就是中国宗教史发展的过程。但他的本真目的不是停留在宗教发展的层面上，宗教的发展史只是他探究西部的一个窗口，他的关注点还是在西部文明上。

中国人的精神信仰是深深植根于"大一统"与"天地日月"的，特别是"大一统"，华夏民族一直以来都很重视古西域的归属问题，故而三教产生与发展的本质还是建立在对国家和民族的归属感的基础之上。换言之，宗教思想承担着政治和军事无法完成的责任，也履行着为文化注入生命力的使命。我们要再次屹立于世界民族之林，那么就要重构我们的精神信仰体系。就是要重新解读天地万物，重新拾起老祖宗的思想结晶。老子骑青牛西行，汉明帝西迎佛法，孔子问礼于老子。所以徐兆寿先生才会把三教源流作为一个突破口，在一定程度上说，读懂了三教，就读懂了西部，自然也就读懂了中国人的精神信仰。

三、回望西部，以悲悯润泽历史与文化

余秋雨先生在《文化苦旅·大序》中有这样一句话："对历史的多情总会加重人生的负载，由历史沧桑感引发出人生沧桑感。"[1]同样，徐兆寿先生掂量着这份沉甸甸的历史卷轴，陷入沉思：本应该在历史和文化当中，如今为何泯然于世？也许，这是它的使命吧，使命完成了就该退出舞台，它的价值，并不依靠停留在舞台中央而显现。

———————
① 余秋雨：《文化苦旅》，北京联合出版公司2020年版，第6页。

近年来写西部的人很多，也描绘了很多西部的形象。而徐兆寿先生，不仅写到了西部的厚重、苍凉、悲伤，还写到了对西部的思考。故而他不仅在记录西部，也是在抢救西部、服务西部。

在《寻找昆仑》一文中，他以大篇幅的文字记录着自己家族的变迁史。辽阔的西部地区，是抚育他的地方，也是他思如泉涌的载体，更是他迷惑困顿的桎梏。但这并不影响他的终极关怀。徐氏家族的变迁史在他笔下只是一个窗口，他在追寻祖先的脚步，也是在追寻西部的文明。他以相当深情的笔调写到了祖辈与父辈的信仰，也可说是三观，表明西部文明对生活在这片土地上的人们产生的影响。他是相当怀念的，至少在想到这些的那一刻，他是幸福的。在那个民风淳朴、信仰纯粹的年代，人们的一颦一笑都弥足珍贵。如今他西行，他叩问昆仑，他神往新疆，我们必须要理解他的做法，这是我们理解中华文明的过程，也是我们自省的过程。

他寻找的不仅是地理上的昆仑，更是在寻找我们的文化昆仑、我们的精神昆仑、我们的历史昆仑。似乎这就是注定的，昆仑山脉盘踞在西部大地上，瞭望整个东亚，就像西部，其实也一直在瞭望着整个中国，从时间到空间。昆仑是一个极为神秘和崇高的时空概念，它代表了中国人的精气神，代表了中国文化的巅峰，代表了中华民族的脊梁。他翻越青藏高原到达昆仑山的脚下时，长吁了一口气。这口气，吁得西部为之一振。西王母、周穆王、老子、孔子、释迦牟尼，都置身于昆仑山巅，俯首舔舐伤口。中华文化被打上落后的烙印，继而欧美文明在中国取得极高的地位。这是一个民族的悲哀，也是作为文人群体的悲哀。

国民性改造是一个从未过时的话题，自鲁迅先生始，现当代作家一直致力于这一问题的考量与实践，通过个体生命体验的真实和情感逻辑的真实以促进国民意识形态的再一次觉醒和文化性格的深刻反省。尽管改革开放以后的社会环境相较之过去有很大改变，但人们对于金钱与权力的崇拜日益疯狂，传统社会保留下来的道德底线被一再突破。对于传统文化少了一些敬畏之心，甚至将传统文化与落后愚昧、封建迷信相捆绑，任由鞭挞。这时的徐兆寿先生，怅然涕下，黄河亦在鸣咽。无法寻迹的不只是他的家族，还有中华民族的精神脊梁。他执意向西走去，不仅在寻找中华文明的根，也是在身体力行地告诉世人，传统文化是我们文化自信的重要组成部分，又何止是仍然有可挖掘、可解读、可发扬的价值。他像是河西走廊的一头骆驼，背负着这片土地留下来的叹息与遗憾。

他多次提到凉州，当然这并不只是凉州城，而是包括凉州城的河西地区甚至是更广阔的西部地区。如《凉州之问》一文，矫正人们对传统文化的态度和看法，也是在矫正人们对西部的态度和看法。这块不毛之地，是中华文明的源头与载体，更是中华文明持续发展的凭借，这是必须要坚定的一点，毋庸置疑。当然徐兆寿先生是讲兼容并包的，他在宣扬中国传统文化的同时，并没有否定欧美文化。在这一点上，他是自信的。他一直在提倡中西的交流、借鉴与融合，这一态度是自汉唐以来专为西部塑造的气质。只有不断学习和创新，才能使得民族文化生生不息。他以"凉州"为落脚点，用相当冷静和客观的笔调去捋顺当下学界对于凉州文化和历史的态度和立场，力透纸背，有着一种很强的压迫感，强有力地证明了凉州的文明演进过程。继而窥一斑而见全豹，整个西部对于中国政治、经济、文化、宗教、外交等的影响和价值以及意义不容轻视，更不容忽视。

常喟叹于自屈子、杜甫、苏轼、钱穆等一脉相传的风骨，因先辈创造的文化而骄傲、奋发，却又因文化被岁月侵蚀而涕泗横流。徐兆寿先生亦如此，其"西行悟道"，就是一个梳理西部的过程，是一个梳理中国文化的过程，是一个梳理民族精神信仰的过程。整书从头到尾，压抑、痛苦、愤懑，又踔厉、昂扬、自信。穿越河西走廊，漫迹在西北的大漠戈壁，再穿梭于青藏高原，追寻至阿尔泰山脚下、神往中亚。思绪随着见闻而发散和凝练，胸怀随着历史而开阔和跌宕。

关于西部，关于西部文学，几分华丽、几分忧伤。是不幸，也是幸。

（作者单位：河西学院文学院）

却顾所来径：西部文化的文学巡礼

——徐兆寿散文集《西行悟道》读札

蒋应红

优秀的文学作品从来都没有"嫌贫爱富"的世俗恶习，按照马克思的文学发展不平衡论，古今中外成为经典的文学篇章大多诞生在战乱、灾难之世，饥贫、苦寒之地。就创作个体而言，哪怕躬逢盛世，其代表性作品也通常创作于人生困顿、失意、迷惘、潦倒之时。检视中外文学史上那些闪耀着光辉的作品，似乎都有这样的"不幸"。

或许文学的伟大、宽厚之处正在于此：时代"投"文学以"木桃"，而文学则"报之以琼瑶"。"文学有着切实的庄严性，……文学的目的从未受到质疑，更不用说它的价值，即便我们忘记了文学是什么，我们也不觉得有提问的必要。"①这也在某种程度上启发我们：要创作出优秀的文学作品，应该把目光聚焦在哪里，如何在"无功利"中实现自己的创作意图。

不争的事实，创作者的视界和志向往往决定了作品的格局和品格，而作品的格局和品格，也潜移默化地塑造着我们对创作者的情怀和志向的认知，散文尤其如此。王尧教授如是说："与虚构的文学样式相比，散文更直接地表达了知识分子的'世界观'和'审美观'，用语言的形式反映或表现了知识分子的存在方式。"②

徐兆寿的文学创作已经形成鲜明的辨识度，不管是诗歌、散文，还是小说、评论，都离不开对"道"的阐发和问询。多年来，作者立足于中国原创的哲学思想——道，启

---

① ［美］爱德华·W. 萨义德：《开端：意图与方法》，章乐天译，生活·读书·新知三联书店 2014 年版，第 2—3 页。

② 王尧：《作为问题的八十年代》，生活·读书·新知三联书店 2013 年版，第 249 页。

动各种文学体裁，凭借个人的才情睿思，在西部文化的大纵深处不遗余力地为其正名、申辩。作为文化的露天矿，西部，也因为徐兆寿的书写而为越来越多的人熟知。同时，西部文化也在徐兆寿乐此不疲的文学吟唱中转变为他的文学故乡，以此为基点，可以这样理解，正是在文学返乡的过程中，徐兆寿的文学创作在一定意义上促使西部文化的版图逐渐超越了地理意义上的界限，提升为文化西部的大视野、大美学、大境界，文学每耕耘一次，便是对这个版图的一次拓展和广延。

文化为文学赋能，文学因文化焕彩。徐兆寿的文学创作，不论是丰富多样的文学体裁，还是广博宽厚的书写内容，都得益于作者对西部文化的虔诚信仰和无限崇尚。这是一份浸淫于灿烂文化的自我陶醉，也是一份立足于文学书写的文化担当。

此话怎讲？当人们怀揣着流光溢彩的梦想，趁着改革开放的东风，脚步匆匆奔向东南沿海、北上广深的时候，西部成了落后、贫穷、荒凉的代名词，顺理成章地成为被"开发"、被"扶贫"的对象。诚然，就物质方面而言，西部确实偏僻落后，然而，物质的匮乏不能代表文化的孤陋。遗憾的是，在我们的世俗认识中，却将二者画了等号。虽然我们承认西部文化的绚烂多姿、博大精深，但是，在行动上，很多人却戴着物质化的有色眼镜对待西部。这种浅显、粗暴、功利甚至不负责任的偏见，往往误导着世人对西部文化的深层认识和审美体悟，从而也消解了西部文化作为中国文化的重要组成部分为弘扬中华文明、提振民族精神提供自信的潜在能量应该做出的贡献。徐兆寿近年来的文学创作就是从纠正这种偏见开始的。这种极具使命感的写作，是透析徐兆寿文学创作的一个重要基点。

通过对徐兆寿文学创作的大概梳理，我们就不难理解，散文集《西行悟道》的出版绝非偶然。这部作品共有五辑，依次为"问道荒原""草原往事""佛道相望""敦煌之光""寻找昆仑"，共22篇，其中的《一支歌舞乱天下》《点燃中华文明的香火》《寻找昆仑》《敦煌之光》等篇章我们已经在《光明日报》《北京文学》《芳草》《飞天》等文学报刊中熟悉了。而将这些作品再次以《西行悟道》为名结集出版，就不能简单地视为一部散文集，应该将它纳入徐兆寿的文学创作序列中进行整体把握。

毋庸置疑，散文集《西行悟道》与徐兆寿近年来创作的其他体裁的作品在思想和志趣上是一以贯之、一脉相传的。不管是"洗漱两代中国知识分子的文化命运"的《荒原问道》，还是作为文化使者的鸠摩罗什不远万里、历经磨难传法布道的《鸠摩罗什》，以及近作《西行悟道》，我们看到，徐兆寿关于"道"的理解和认识从迷茫到自觉再到坚定的发展轨迹。

《西行悟道》的主旨是"悟道"，而所悟之"道"并非"玄之又玄"的妙虚思辨，这里的"道"可以广延为精神、思想、信仰，也是依托西部文化，为国家文化发展战略、社会文明精神引领、个人审美情操提升寻求道路、方法、途径，是现实和历史的结合，也是内容和形式的同构。当作者的笔触在西部的大地上腾挪时，让我们看到了西部文化所蕴含和富藏的精神之道、信仰之道、文明之道，以及由此而昭示和启引我们应该把目光转向西部，并且坚信，在这里能修复已然荒芜的精神家园，重振渐次萎靡的文化自信。英国著名文论家特里·伊格尔顿说："现代性已经从我们身上剥去了很多东西，像神话、巫术、亲情、传统、孤独；但如今它最后也成功地剥夺了我们自身。它已经看透了我们真正的主体性的隐秘处，就像掏空众多成熟的李子一样把我们掏空。"①徐兆寿的文学创作恰恰就是要示范我们：面向西部，欣赏西部，书写西部，才有可能进行有效的精神"止损"、道德修复、审美补钙、境界提升。

在《为古中国辩护》一文中，作者从"小时候"的记忆出发，在历史和现实的交织叙述中为西部文明的登场启幕，让丝绸之路的文化脉搏在文学书写中跳动，古道热肠，"它保存了中国文化的元气。可以说，西部是今天中华文化最后的栖息地，原生态的文明散发着它纯正的袅袅炊烟"。但遗憾的是，"中国人的元气、自信乃至古老的血性全在那里一一闪烁，发出奇异的光彩。但有多少人认识那光焰呢"②？充满遐想的老子飞身、潜藏在马家窑彩陶中的中华文化密码、弥漫在大地湾遗址上的众多疑团等，作者如数家珍，娓娓道来，在诗意而辩证的叙述中，让我们见证了西部史前文化的云蒸霞蔚、葳蕤峥嵘。作者不无自豪地说：这些被历史尘封的文化遗产"可能埋葬着我们民族复兴的梦想。"③

叶舒宪教授曾主张，由人类学、神话学视角进入中华文明探源工程的整合研究思路，以大量考古学实物为基础资料，充分调动人文解释学的特有阐释力，让无言的出土器物发出声音，甚至说出话来，从中探索无文字记载的远古时代的社会和文化信息，从而重构出失落的历史线索。这种研究方法是对西方"物质文化"研究的一次延伸，注重"直接研究物体本身蕴含的潜在'叙事'，从古代遗留的实物及图像中解读出文字文本没有记录的文化信息"④。通过多次西部文化考察，叶舒宪教授在核心学术期刊发表了多

---

① ［英］特里·伊格尔顿：《如何读诗》，陈太胜译，北京大学出版社 2016 年版，第 23 页。
② 徐兆寿：《西行悟道》，作家出版社 2021 年版，第 9 页。
③ 徐兆寿：《西行悟道》，作家出版社 2021 年版，第 18 页。
④ 叶舒宪：《物的叙事：中华文明探源工程的四重证据法》，《兰州大学学报（社会科学版）》2010 年第 6 期。

篇具有开拓性的论文：《玉石之路与华夏文明的资源依赖——石峁玉器新发现的历史重建意义》《西玉东输与华夏文明的形成》《丝绸之路还是玉石之路——河西走廊与华夏文明传统的重构》《玉石神话与中华认同的形成——文化大传统视角的探索发现》等，这些成果对于上溯中华历史纪年、标定华夏文明起源、了解史前人类的生产生活、精神信仰等都极具参考价值。

　　然而，文化遗产中所携带的文化密码固然需要一一破解，但是，西部文化是层积性、整体性的，例如传承几千年的故事、神话、传说、仪式、图腾等非物质文化遗产，即或是用最有效的科学方法"解读"，也无法得出令人信服的结论，哪怕最权威的学术研究成果，也只能窥一斑而不能尽全貌，而诸如彩陶、石器、玉器等，我们可能从它们身上窥探到先民们的生产生活情况，但我们更要明白，它们从形而下的器物转变成形而上的审美意象的过程本身就是对我们额外的历史馈赠。因此，对待西部文化，我们不仅需要考镜源流、辨章学术的考古探索，更需要澄味怀象、物与神游的审美想象。

　　在徐兆寿的眼中，西部，不仅是古中国的一部分，也完全能代表古中国，正是在这里，混同着诗意和神秘的史前文化闪现出东方古国的文明光辉。作者不无豪情地说："海拔越高的地方，和荒漠化程度越大的地方，信仰就一定更坚定。故而我认为，在中国，唯有西北这样辽阔而苍茫的地理才能产生伟大的精神。"[1]然而，现实的情形是，面对西部，要么是国内"欧洲中心主义"的学者妄自菲薄，要么是欧美学者在意识形态主导下肆意"边缘化"。为此，作者呼吁要将古中国作为世界的"另一仪""重新思索、评估，重新叙述和抒情"。同时也发出了为古中国辩护的最强音："重新认识古欧亚大陆或欧亚草原。"[2]

　　《寻找天马》再一次把我们的目光引申到广袤的西部大地和悠远的历史深处。从武威到昭苏，从现实到汉唐，文思天马行空，文笔纵横捭阖，作者在追寻天马的过程中，廓清了天马的形象，这个形象"不仅仅是一个个体的精神之梦，还成了整个中国的国家理想"[3]。以寻马为切口，旁溢出西部文化中的英雄特质：侠义、忠勇、精进。寻找天马，也是在打捞历史，当天马在历史的疆场上驰骋奔腾并渐行渐远的时候，它们因为代表了中国最为强盛的意志与美学，代表了中国向西开放的自由奔放的姿态而为西部文化

---

[1]　徐兆寿：《西行悟道》，作家出版社2021年版，第20页。
[2]　徐兆寿：《西行悟道》，作家出版社2021年版，第24页。
[3]　徐兆寿：《西行悟道》，作家出版社2021年版，第46页。

注入了一股清刚劲健之美。

"空即是色，色即是空"，《荒芜之心》也有这种禅学之思，大西北绵延的黑戈壁的"孤绝之美、空无之美、荒芜之美"，除了让我们体验到生命的渺小之外，也感受到生存在这片土地上的人们天生具有的憨厚、质朴、勇敢、坚强、韧性，他们祖祖辈辈生活于此，不离不弃，在更高层面上讲，这就是对生命的坚定信仰和对自然的虔诚皈依。正如作者所说："生命中必须有一块地是荒芜的。它不是供我们来用的，而是供我们实在的心休息的，供我们功利的心超越的，供我们迷茫的心来这里问道的。"①

《高人》中写永昌县圣荣寺的住持，与其说是作者的一段奇遇，还不如说是关于西部文化的一个隐喻，哪怕是来自东部高等学府的一群现代知识分子，在面对一位西部偏远小县城远离尘世喧嚣的僧人也不得不低下"谦卑的头来""问道"。在这位"穿着灰布僧衣散文小个子住持"背后，我们看到的是"辽阔的佛教历史、牺牲的大德精神、精深的超越时空的真理背景，是那些早已深植入我们生命中的敬畏之情，以及佛陀的经典，还有刘萨诃的预言"②。《高人》中写到的这次邂逅旨在启引我们要对东部与西部、现代与传统、世俗与宗教、文化与知识等固化认识进行重新反思。

西北的草原，不仅有"风吹草地见牛羊"的诗意，也有历史深处杀伐征战的硝烟。草原是历史展开的布景，西部的草原因为绵延的历史而辽阔，徐兆寿将《草原往事》《匈奴远去》《一支歌舞乱天下》《何谓"天人之际"》《为大地湾一辩》五篇文章结为一辑——"草原往事"，在文史互参中，着力展示出西部的苦难与离乱、侠骨与柔情、诗意与深邃。例如《草原往事》一文，作者以诗化的语调起笔，从共工怒触不周山的传说为切口，拉开了西部游牧文化的序幕，通过勾连遗留在《山海经》《史记·夏本纪》《周易》《尚书》《春秋》等典籍中的只言片语，在历史的想象中完成了属于西部文化的草原叙事。在徐兆寿笔下的这片绿色疆场中，作者为我们展示出波澜壮阔的西部草原文化所蕴含的良善、血性、刚毅、率直、正义等精神光泽。

《佛道相望》中，甘肃天水，成为儒释道三种文化互鉴共生的庄严之地。作者以"鸿蒙开启""与佛结缘""心的礼拜""何为人之尺规"四个部分勾勒出这片土地上曾经的荣光与而今失落。作者将关于麦积山石窟的遐想、沉思与体验贯穿其中，将密集的文献史料充盈在内，在古今的对比中，显示出一个当代作家的忧虑："当天水麦积山佛窟变成一座艺术宝库供世人欣赏、把玩，却不再膜拜的时候，这座神圣之山就已经变得无比

---

① 徐兆寿：《西行悟道》，作家出版社 2021 年版，第 57 页。
② 徐兆寿：《西行悟道》，作家出版社 2021 年版，第 61 页。

荒凉了。"①

"砍尽南山柴，堆起麦积崖。"麦积山石窟不仅仅是一座佛教圣地、艺术殿堂，它的身上及周围遍布着诸多中华文化的元密码，"麦积山石窟佛教造像身上所承载的文化信息与内涵实在太丰富了……它的意义早已超过了宗教，也不仅仅是雕塑艺术，我们完全可以从它身上看到中华民族在这一千多年来所经历的沧桑岁月"②。天河注水，《佛道相望》，徐兆寿提醒我们，天水，在中华文化的版图上是一个不应忽视的存在。

著名导演周兵曾对"敦煌"二字给出过一个符合敦煌文化气质的解释："敦，大也；煌，明光也。敦煌之城应该被解释为'光明之城'。敦煌之所以可以被称为光明之城，不仅仅是'大光明'的字面理解，也与两千年来敦煌历史、文化、艺术的创造以及其他曾盛行在敦煌的宗教信仰紧密相关。"③

"敦煌之光"这一辑，徐兆寿没有停留在惯常的对敦煌历史、文化、艺术的感性体验和无限赞美中，作者的写作雄心在于，在文化敦煌、"美学敦煌"④的认识层面展现"敦煌"作为一个精神的大光明、信仰的大光明的魅力所在。沿着这条思路，作者对海子的诗歌——《敦煌》有了新解："在他的潜意识中，精神的高原在西部。""他是在为信仰而来"，"感性的诗人，凭着那天才的心灵看到夜空下闪烁的星座：金字塔、敦煌。"⑤

另外，《一缕丝绸燃起的命运》《三危山上的佛光》《恩怨是非》《在青春中国的门口》篇章中所写到的内容我们并不陌生，但是，作者对这些内容的反思却让人耳目一新。例如对于敦煌文物的散失海外，作者没有像余秋雨《道士塔》中那样宣泄激愤，而认为："失盗的敦煌才是完美的敦煌，因为她是人类的敦煌。"⑥面对敦煌文化的"高光"，作者带给我们的问题也极具启发："青春的中国在哪里？""那些经卷的价值和意义靠什么来显现呢？""游客遍地，但施主在哪里？学者往来，但乐僔、玄奘一样关心人类终极价值的真正的知识分子又在哪里？"可以说，对这些疑问的回答，便是对敦煌的再一次发现。

---

① 徐兆寿：《西行悟道》，作家出版社 2021 年版，第 185 页。
② 傅小凡、杜明富：《东方微笑·前言》，敦煌文艺出版社 2003 年版。
③ 敦煌研究院编著：《敦煌·敦煌随想》，中国传媒大学出版社 2010 年版。
④ "美学敦煌"是王建疆教授 2004 年首次在《西北师范大学学报》"美学敦煌"栏目"主持人语"中提出的术语，认为美学敦煌"不是'敦煌美学'的倒装"。"美学敦煌不同于敦煌美学之处就在于它用艺术的眼光看敦煌，用审美的眼光看文化，从而将过去可能只是作为敦煌学一支的敦煌美学提升到一种超越敦煌学学科界限又囊括和穿透一切敦煌学学科的大视野、大美学。不仅如此，美学敦煌还是在全球化背景下的特殊视域。"
⑤ 徐兆寿：《西行悟道》，作家出版社 2021 年版，第 190 页。
⑥ 徐兆寿：《西行悟道》，作家出版社 2021 年版，第 221 页。

　　《寻找昆仑》是"错位"书写，是作者站在西部之外的视角上思考西部，而思考的结果就是《凉州之问》，这两篇文章可以合而为一，通过远近变焦，"昆仑"已经超越了一个山名的存在，"成为一个华夏民族的文化记忆，一个不停地被祭祀的故乡"①，更是一个文化的符号。昆仑山矗立西北，连同它的神话与传说，共同树立起一座文化的丰碑，成为人类仰望的精神之塔。

　　综上，散文集《西行悟道》集思想性、知识性、审美性、艺术性于一身，让我们在西部绚烂多彩、丰富多样的历史文化中体验和感受到西部文明的光辉和荣耀，"在一个感觉瞬息即逝和即时消费事件的世界里"②，徐兆寿对西部文化的文学巡礼，不仅是要展现西部文化的丰厚多彩，而且在更高层面上，启发我们要打破世俗偏见，走进西部、欣赏西部、书写西部，自觉培养文化自信，延续文明精神，提高审美情操，努力将西部文化列位于重塑当代中国人文精神的前沿，在文学书写中，合力为"人文中国"建设打造一条最坚固的文化屏障。

　　这或许正是《西行悟道》的写作意图和文本价值所在。

（作者单位：上海师范大学人文学院）

①　徐兆寿：《西行悟道》，作家出版社 2021 年版，第 360 页。
②　［英］特里·伊格尔顿：《如何读诗》，陈太胜译，北京大学出版社 2016 年版，第 23 页。

斯文在兹：徐兆寿《西行悟道》散文书写的文化价值

王小平

　　《西行悟道》既是悟道之书，亦是有情之书，起于作家对西部今昔盛衰的感慨、对中国社会发展不平衡性的忧虑及对未来走向的思考。由"西部人"身份的自觉以及基于此而产生的种种复杂感受——尤其是热望与雄心，促使作家振笔自新，在对文学、历史、宗教、哲学等领域广泛涉猎钻研的基础上，写成了这部"大"书，其"大"，并非指篇幅，而体现为知识领域之宽广，思维结构之宏阔，在富于历史感与现实感的同时，又蕴含着情绪、意象、生命气息的自由流动。书中包含着知识分子的积极入世精神、开放融通的文化观念以及富于中国传统文化特点的整体性思维方式，体现了散文作为"知识分子精神与情感最为自由与朴素的存在方式"[①]的特点。

　　如果说，一部分西部散文是以背身转向的方式拒斥因经济发展而日益世俗化、功利化的城市，而在西部自然山川、雪域高原以及民间精神中寻求心灵归宿的话，那么，显然徐兆寿并不愿意止步于此。在书中，作者多次提及一些细节：在上海坐出租车时聊起西部，司机们对西部的印象大多仅限于兰州，语气里，"再往西便不是人生活的地方"。以及，同事们去外地时多次遇到这样的问题："你们那里有电吗？"还曾有几位学者提出，为何不将西部人口迁入东部，以解决贫穷问题？凡此种种，不一而足。对此，作家写道："世界从来都是如此，这就是势。抱怨和愤怒是无效的。你必须重新寻找新

---

① 王尧:《错落的时空》, 河南大学出版社 2007 年版, 第 64 页。

的支点，从而确立你自己的世界观。"①东西部发展的不平衡、西部的持续贫困与落后
并不会因西部美学精神的超拔、圣洁而获得改善，"以西海固为自己世界的中心"只能
是一部分文学者的理想，而无法成为普通民众的共识。诚然，文学介入现实的方式有
多种，但徐兆寿的书写从一开始就摆脱了审美乌托邦建构、民间精神追迹与皈依等书
写脉络，而将个体情感结构、审美理想追求与对社会总体结构转型的历史探寻相结合，
立足于西部社会中民众的真实生存与精神状况，揭示历史变迁过程中隐藏在文化表象
下的斑驳现实。

　　譬如武威人的"新疆情结"。《西行悟道》中提及武威老家农村的年轻人都愿意去新
疆，而不愿意去兰州，尽管与前者的距离是后者的数倍。"兰州太远了"，这话并不符合
实际，但却是"老辈人传下来的古话"。"凉州人一旦有难，都往新疆去，而新疆人也往
返于凉州。还是游牧时代留下的心辙。"在《凉州之问》中，作者梳理了凉州发展的历史，
勾勒凉州文化的游牧血统以及逐渐由佛入儒的过程，也呈现了民众于儒家伦理思想熏染
下依旧保存、深藏的佛教精神气质。于是，凉州距离兰州的"远"、与新疆的"近"就有
了文化上的解释。此外，这一选择应还包含着凉州人与游牧文化之间的紧密联系所生发
出的对淳朴自由生活的向往、对现代城市文明的陌生与疏离，但更重要的是，它是民众
在无数次苦难、流亡中自实际求生经验所得来的坚定信仰，他们将在新疆的广袤天地中
获得被接纳，获得生存与发展的更多可能性，这才是"去新疆"的真正心理动因。也只
有在这样的背景下，才能理解"我父亲"对自己亲手养大的羊的由衷喜悦："呵，这个羊
吃起来一定很香。"以及孙女的："爷爷，你怎么能舍得吃自己养大的小羊呢？"文化心
理差异的背后是具体而真实的生存境况的差异。前者诚然是一种自然法则或者说"天地
之道"的反映，但同时也实实在在地蕴含着世世代代贫困、饥饿所累积的辛酸，只不过，
这种辛酸已成为一种集体无意识积淀在民众心灵中，成为一种代表古老自然律令从而具
有"自然""淳朴"审美价值的"民间文化"了。

　　于是，深入探寻"西部"文化符号之下的历史真实，找到撬动、激活西部文化传统
的新的支点，便成为《西行悟道》一书的内在写作动机。如果说在人类社会中，"那种被
一个特定集团内当作绝对的而加以接受的东西，在外人看来是受该集团的处境限制的，
并被认为是片面"②。那么，作家所要从事的工作，便是以文学书写的方式松动、消解
这种特定的"知识"，找到一种"总体性视角"，以更高维度的知识体系去容纳、涵化业
已固化的认知。在《西行悟道》中，这一工作首先是从对西部历史的追溯开始的。作家

---

① 徐兆寿：《西行悟道》，作家出版社 2021 年版，第 10 页。
② ［德］卡尔·曼海姆：《意识形态与乌托邦》，黎鸣、李书崇译，商务印书馆 2000 年版，第 287 页。

以文史互证的方式召唤西部之魂，通过对西部历史之盛的考溯，摹绘西部历史地理图景，彰显其作为中国文化源头的地位及价值，从而为西部文化谱系的丰富、完善与延续奠定知识基础。这一书写是以"点—线—面"的方式展开的，其中包含若干或分散、或彼此从属的"点"，如凉州、大地湾、敦煌；一条线（事实上有无数条支线），即丝绸之路；以及最终指向的整体之"面"——西部。

　　以史实梳理的方式书写凉州，是《西行悟道》中浓墨重彩的一笔，除最后一篇《凉州之问》细致梳理凉州历史之外，书中亦有多处涉及凉州。作为甘肃武威人，作家自言，"我就是从凉州开始认识中国和世界的"①。在历史上，汉武帝改雍州为凉州，设河西四郡，后又正式设凉州刺史部，驻武威郡。自此，一系列移民、屯田政策的实施，使得凉州、河西一带农耕文明迅速发展，沃野千里、物丰民安，"金张掖""银武威"之称即由此而来，这一带也由此成为连接中原文明和西域文明的重要地区。《西行悟道》中引证《后汉书》《晋书》等历史典籍，以史实为基础，详细记述此后数百年间凉州发展历史，分析窦融、张轨、吕光等人经营凉州之功过得失，描绘凉州在历史上之繁盛景象。此外，更进而勾勒"文化凉州"之脉络，辨析姚兴、鸠摩罗什在凉州的际遇之于中国佛教发展的重要意义，以及凉州在成为帝国经略西域重镇的过程中给诗人们带来的无限灵感及其艺术结晶——唐代边塞诗的代表《凉州词》。此外，对西部历史的追溯，也包含着作家对文学写作之于历史研究的意义与价值的确认。譬如，在考察马家窑彩陶时，作家曾设想史前中国的陶文化传播期，而这一想法也在后来大地湾挖掘的陶片上得到进一步证明。由此，作家大胆地提出："考古学是科学，但科学常常受到它自身的限制，那就是一定都得用实物来说话。这是它最致命的地方。艺术远大于它，所以艺术更接近人类的灵魂本身，艺术是可以靠想象甚至直觉来抵达真实的，但这是科学难以证明的。"这一观点或许会引起争议，但从人类发展的角度来看，许多重大的科学发现充分显示了直觉和灵感的重要作用，人文艺术与自然科学、社会科学之间确实存在着有待探索的深层关联，作家在历史探寻书写中所体现出的整体性思维方式是值得重视的。

　　《西行悟道》中的西部历史追溯以及文史互证的书写方式，包含着作家强烈的现实介入冲动，其所指向的是，如何确认西部在当代社会中的重要意义。在对凉州、大地湾、丝绸之路以及"昆仑"叙事的梳理过程中，与"中原文明中心说"不同的思路逐渐浮现出来："从远古神话来看，中国最早的文明中心不在中原，而在一个叫'昆仑'

---

①　徐兆寿：《西行悟道》，作家出版社 2021 年版，第 9 页。

的地方。"①马家窑彩陶文化证明"在黄河上游和广阔的西域世界，曾经存在过先于中原文明的先进文明，而神话诞生于昆仑之巅的观念进一步将史前文明的中心向着黄河上游和西域推进"②。"青藏高原上的文明与黄土高原上的文明在相互交流中发展"③。对西部古代经济、人文之盛的追迹，对西部—中部文化交流脉络的辨析，并非出于"祖上也曾阔过"的补偿心理，而意在以一种新的视角去观照历史，从而获得对现实的另一种发现。通过对历史上西部兴盛、没落轨迹的探寻，《西行悟道》将现实中的"西部/边缘—东部/中心"这一经济文化结构的形成置于历史视野中进行考察，摆脱现实经验的束缚，获得一种知识社会学意义上的"总体性视角"。这一历史书写事实上也包含着对当代社会发展中诸多结构性矛盾的忧虑。20世纪上半叶，钱穆就曾指出，"中国的内地西北和东南沿海，在同一国家之内，却存在有两个绝不同的社会，经济文化太过悬殊，这真是一大问题"。"在国家的立场，至少该用些力量，引导文化经济逆转的跑回黄河流域，由此继续向西北前进。在这里，我们一定可以得到新刺激，一定可以产生新力量，并使国内各方面发展平衡，而得到竟体壮健的现象"。"近代的中国，由南方人沿海人领导，至少该使北方人内陆人追随。到得他们追上了，那就是中国之又一度的文化新生，那即是新中国新生命之再度成长"④。时至今日，"使西北与东南发生对流，力求平衡"的思考依然并不过时。整体结构性失衡在加剧落后地区贫困的同时，也终究会影响先发地区的成长性，甚至产生系统性风险。"天之道，损有余而补不足。"体现了一种古老而永恒的智慧。历史永远是在动态平衡中向前发展，优秀的文学者因悲悯之心而生出的幻想、理想、联想与设想，有时候是走在时代之前，有时则与时代同步，但不会落后于时代。《西行悟道》体现了在21世纪以来国内、国际情势风云诡谲变化下文学书写者的格局和视野。徐兆寿在书中写道："丝绸之路可以是世界观，可以是方法论。"⑤作家想要借由文史互证书写所表达的，与其说是对历史真相的考证，毋宁说是对一种历史意识的确认，体现的是平衡发展、平等相处的愿望，并通过对西部人文传统的追寻与整理进而提升西部人文自信、激扬西部人文传统、改善西部现实民生的努力。这是《西行悟道》作为知识分子精神文本的重要价值所在。

但《西行悟道》并未止步于此，更将观照"西部/边缘—东部/中心"时所采用的"总体性视角"推及对"中国/边缘—西方/中心"的考察，从而在更为开阔的世界历

---

①　徐兆寿:《西行悟道》，作家出版社2021年版，第99页。
②　徐兆寿:《西行悟道》，作家出版社2021年版，第357页。
③　徐兆寿:《西行悟道》，作家出版社2021年版，第335页。
④　钱穆:《中国历史精神》，九州出版社2011年版，第115—121页。
⑤　徐兆寿:《西行悟道》，作家出版社2021年版，第393页。

史、地理时空图景中确立西部的位置、中国的位置。文化偏见并不仅横亘在西部与东部之间，同样也存在于西方与中国之间。书中另有一处细节，一些香港师生来访，有学生在听完徐兆寿对西部历史文化的介绍之后便立刻离开飞回香港，因为根本不相信中国古代西部会有那样兴盛的历史，以为是在被"洗脑"，但也有学者愿意接受，并引来更多访问者。事情虽已过去，却激发了作家的思考。同样基于平衡、平等理念的"总体性视角"，他进而发问："为什么要用海洋文明的标准来衡量游牧文明与农耕文明？"① "是谁在书写世界史？中国学者为什么未能参与世界史的写作？中国人学的是谁的世界史？中国史为什么大多未能进入世界史？"② 并做出如下判断："中国从来就不是封闭的，她始终在参与着历史上的全球化运动。"自然，这种"参与"并不一定是由官方主动进行的，而是包含着大量零散的、非规模化的民间文化流动与迁徙，譬如作家基于西部实际生活体验认为，"丝绸之路绝非一条官办的线性之路，而是由无数条民间支流构成的带状之路。"③ 葛剑雄曾阐明古代的"丝绸之路"并非中原文化的主动向西开拓，而是在西方外来文化进入过程中形成的，并以确凿的考古发现证实"3000多年前甚至五六千年前，已经存在由中亚、西亚向中原迁徙的这样一条道路，而且方向都是由西向东"④。如果是这样，那么不仅是民间商人特别是中亚、西亚商人的逐利举动成就了日后丝绸之路的繁荣，甚至在更早先时期也曾发生自西向东的民间文化迁徙。《西行悟道》中所提出的"中国的西北方，昆仑所在的地方，既是中华文明的发端之地，同时也是上古中国与世界文化交流之地"⑤ 在一定程度上获得了印证，青藏高原一带产生的文明从一开始即在"中西"文化交流中展开——古代与现代的"中国"在内涵与范围上是有差异的，同时，这一交流具有着较为突出的民间特点，所指向的是历史大传统叙事遮蔽下的"小传统"——活跃、丰富、在一定程度上保留了自由自在气息的民间文化。这也说明，文明互鉴的重要基础并不一定是官方行为，而往往是由民间物质、精神文化的自由流动所实实在在地构成、推动，这也为我们今天所提倡的文明互鉴提供了富于价值的思路。

《西行悟道》对西部作为中西文化交流重镇的历史梳理是在世界地理格局、文化流动视野中展开，意在探寻古代中国在世界整体文明发展进程中的位置，并进而确认西部未来现实发展可能具有的文化生机，在这一过程中，徐兆寿的书写体现出富于辩证的整

---

① 徐兆寿:《西行悟道》，作家出版社2021年版，第151页。
② 徐兆寿:《西行悟道》，作家出版社2021年版，第284–285页。
③ 徐兆寿:《西行悟道》，作家出版社2021年版，第5页。
④ 葛剑雄:《从丝绸之路到"一带一路"——"一带一路"的机遇和挑战》，《华中国学》2019年第2期。
⑤ 徐兆寿:《西行悟道》，作家出版社2021年版，第355页。

体性思维意识，这在之前已有论述。但需要特别指出的是，这一近似于西方知识社会学方法论的"总体性视角"，并非来自于西方学术方法的实践，而更多是来自于中国传统文化的滋养。事实上，这种思维方式及其所产生的文化根基或许是作家的"西部"书写中最为核心的部分。

佛道文化差别很大，但两者都主张"最高的真理是居于名词和思想的形式之上的，不能被表述，却可被领悟。二者都把人类所掌握的知识视为外在认识，包括他们自己的语言教义，而他们的内在认识却存在于另外的某个地方"[1]。徐著正是在对佛道文化之超越于"外在知识"本质的把握中展开对西部文化价值的分析。

先说佛教。徐兆寿对佛教文化的研究与书写由来已久，其钻研之深在《鸠摩罗什》中即可见一斑。而在《西行悟道》中，更借由对麦积山石窟、敦煌莫高窟历史的追溯、对自我之佛缘的动人描绘彰显出佛之超然、与众生之亲近，以及有信仰者在礼佛、事佛过程中的由衷喜悦。但最具深度的是以佛之广大无边看待佛教世俗化的过程。作家自至为纯净的宗教信仰角度指出，"绘画、书法、诗歌相比佛经而言，是等而下之的东西。佛的世界无须那些雕琢之技。"[2]在这种视角下，唐朝的边塞诗"只不过是尘世的艺术"，"而佛国世界的声音是那样神圣、安详，要高于一切世俗。"[3]"艺术家并不自知。他以为找到了可以炫耀世界的技艺，却不知离道越来越远了。同样，当天水麦积山佛窟变成一座艺术宝窟供世人欣赏、把玩，却不再膜拜的时候，这座神圣之山就已经变得无比荒凉了。"[4]但同时也认为，"当佛法世界渐渐没落，世俗世界便渐渐显赫，尤其是近代以来各种学术、艺术的纷起，莫高窟的意义便又在这些枝叶上焕发光彩。"[5]这并非自我矛盾，而是体现了一种更为恢宏的视野，或者，用徐著的话来说，是"佛"的视野——世俗生活的兴起又焉知不是佛的意志？基于这一超越了精神—世俗二元对立的思路，作家对敦煌"历劫"事件保持着冷静，"我们以有限的思维猜不透无量世界佛的意志。从这个维度上，我们难以评说斯坦因盗宝的因果是非"。毕竟，正因莫高窟宝物流传到海外，青年常书鸿才在巴黎塞纳河畔见到《敦煌图录》，才有了40年守护敦煌之举。于是，"我们不得不向更高的存在寻求判断。也许，只有在那样的存在面前，我们才可以解脱，并得到正觉"[6]。这种"正觉"意识充分地体现于作家对西部文化意义的探寻中。以现代性

① 徐梵澄：《徐梵澄随笔 古典重温》，北京大学出版社2007年版，第112页。
② 徐兆寿：《西行悟道》，作家出版社2021年版，第227—228页。
③ 徐兆寿：《西行悟道》，作家出版社2021年版，第226页
④ 徐兆寿：《西行悟道》，作家出版社2021年版，第187页。
⑤ 徐兆寿：《西行悟道》，作家出版社2021年版，第228页。
⑥ 徐兆寿：《西行悟道》，作家出版社2021年版，第222页。

标准来衡量，西部贫瘠的物质条件、荒凉的自然环境、宁静保守的人文风貌无疑是落伍、亟须改变的，但这反而成就了精神的高地，它蕴含着佛的教化，既拥有超越世俗的力量，又拥有包容世俗的慈悲。在佛的世界中，精神与世俗物质的关系是复杂的，是难以用"有限的思维"所把握的，精神在某种程度上是物质／世俗性的反映，而世俗文明之中也包含着精神性的价值，这在徐兆寿的《荒原问道》中已有体现，也是理解《西行悟道》推崇西部精神性价值的重要阅读背景，否则便失于偏颇了。基于"佛的视野"，便可理解历史格局变动中西部与东部的此消彼长中所包含的以动态平衡而实现文化的淘洗、更迭、新生的意义，从而进一步理解作家在肯定西部精神信仰的同时，一再强调东西部、中西方文化融合的"正觉"意识。

　　再说道教文化的影响。徐兆寿在《西行悟道》中多处叙写伏羲文化在甘肃天水一带的形成、发展过程，认为"这里是伏羲文化的开启之地，中国古老的天干地支等历法算术皆在此衍生……"①。同时，亦将《黄帝内经》中关于自然规律与人体相应关系的理解运用于对西部—东部关系的分析中："天不足西北，故西北方阴也，而人右耳目不如左明也。地不满东南，故东南方阳也，而人左手足不如右强也。"指出，西北方属阴（左），东南方属阳（右），人之右耳目不如左耳目聪明，左侧手足则不如右侧手足灵活。此亦是对应精神与物质之分野。这体现了一种天人感应的宇宙观念，说明徐兆寿对西部意义以及东西部文化关系的思考框架与中国传统文化的关系渊源极深。这在历史上自有其传统，古代且不必论，现代学者如钱穆在反对国民政府建都于东南时就曾如此论述："我认为中央政府是一国的头脑指导中心，头脑该摆在冷的地方，要曝露在外，要摆在大门口，摆在前面。头脑所在，全部血液都向那里输送，全部神经都向那里会合。头脑不能安放在胸腹安逸处，太温暖是不行的。假使像宋朝般建都开封，开封如人体的腹部，头脑放在腹里便昏昏然，血液也停滞了，不流通。这样便会生机窒塞。"也正是在这一天人感应的思路下，钱穆指出，"现在的中国，是血脉不流通，神经不健全，营养和神智，都堆积在一个角落里。臃肿了，偏枯了。要使人才移流，中央政府要领头向前跑，政府更该要接近国内大多数想接近政府而无法接近的民众，却不必刻意专接近苏、浙、闽、粤沿海一带人。他们自身有能力，自会向政府接近。目前西北是太落后了，政府又远离他们，他们也没有力量来接近政府，那终非好现象，终非好办法。"②这种"天人合一"的思想在古代儒家、道家文化中均有体现，显示了一种圆融汇通的整体思维方式。显然，徐兆寿

---

① 徐兆寿：《西行悟道》，作家出版社 2021 年版，第 393 页。
② 钱穆：《中国历史精神》，九州出版社 2016 年版，第 117—118 页。

对这一文化传统是熟悉并服膺的。

中国传统文化的世界观奠定了徐兆寿《西行悟道》的思考根基，他以佛教之"正觉"、道教之天人相应去观照西部之于中国整体，以及西部在中西方文化交流中的位置与作用，探讨"内在知识"与西方科学思维之间的关系，试图突破二元对立的模式，促使两者相洽，但在这一过程中，作者显然更倾向于以中国传统文化的角度去"化"西方科学传统，在宏观上去揭示其发展规律，有时候不免给人过于自信之感，其中一些观点如"我们中国人对西方传统的了解要远远胜过你们（指赛先生）自己""道既是科学，也是人文"便值得商榷。但其中所包含的对整体性思维方式的重视无疑对工具理性的盛行能够起到一定纠偏作用，事实上，如何在享受科技进步的同时避免为科技所役，也正日益引起人们的关注与思考。同样，《西行悟道》也显示出作家对中国传统文化中感性一面的充分体认，无论是寻找中华民族的"元气"，还是"山脉是诞生精神文明的地方"①都体现了天人合一、感性思维突出的中国传统文化印记，作家由此指出"历史从来都是由人们的感性而造就的理性之路"②。这是一个复杂的话题，其所援引的例子"（马克思）声称要将感性从历史理性中解放出来"是否能够与之接洽似乎亦应存疑，但在中国传统文化中，"孔子推重理性而又兼容感性的思维趋向"③确实是值得重视的——尽管在后世（譬如）孟子那里已为单一理性原则所代替。如果说，在古代顺天安命的自然人文环境与封建帝王治术下，崇尚天人合一、强调感性思维的文化在一定程度上会影响科学理性精神的进步、同时也阻碍人性自由发展的话，那么，在工具理性日益占据上风、人类在追逐先进科技的过程中面临丧失自我主体性危机的当代社会，对这一文化脉络的重新发现、梳理或许能够带给人们以新的启示，同时也是知识分子进行审美批判、重构自我认同的重要途径。正如徐兆寿所指出的"西部的荒原也是一种生态"，事实上，保有文化生态之丰富性、多样性也同样重要，由此，方可"拒绝对中心文化和正统文化进行克隆和仿真，以站在文化的原生地上的主人自居，以抗衡中心文化和正统文化等强势文化"④。

凭借中国传统文化的深厚积淀，将基于个人情感体验、审美理想的西部之思纳入社会历史发展格局的视野进行考察，从而突破现实的局限，在无远弗届的心灵时空中建构新的西部话语，这是《西行悟道》的目标。作家将实实在在的地域文化考辨与天马行空

---

① 徐兆寿:《西行悟道》，作家出版社 2021 年版，第 330 页。
② 徐兆寿:《西行悟道》，作家出版社 2021 年版，第 209 页。
③ 杨国荣:《反思: 传统与价值 中国文化十二讲》，上海文艺出版社 1991 年版，第 99 页。
④ 黄平等:《当代西方社会学人类学新词典》，吉林人民出版社 2003 年版，第 20 页。

的艺术想象相结合，以冷静超然的佛道智慧观照变动不居的历史洪流，提示着时代变局中，一种新的历史合力形成的可能性。西行悟道，所悟者，是宗教哲学之道，也是知识分子精神之道，在作家那里，两者始终无碍流动、生生不息，行之于文字，其言有尽，其意无穷。

（作者单位：上海师范大学）

天路召唤、文化持存与灵命的求索

——读徐兆寿散文集《西行悟道》

张高峰

南朝梁著名文论家刘勰在《文心雕龙·风骨》中写道，"是以怊怅述情，必始乎风；沈吟铺辞，莫先于骨。故辞之待骨，如体之树骸；情之含风，犹形之包气。结言端直，则文骨成焉；意气骏爽，则文风清焉"，这将我们引入文学凝想形物的神思之中，风骨兴寄自古便已融为诗文传统血脉，而为文又往往会为物色之感所触发，"情以物迁，辞以情发"，散文创作重在缘情生思而作。正是透过体物言志的风骨兴寄这一文脉气象，我们可以看到徐兆寿散文集《西行悟道》言为心悟，振笔直书，传神写照地以进入西部地域历史文化古今巨大变迁之中，来传承延续古老中华文明传统信仰与精神维度。他在技术激进欲望喧嚣的"去根化"时代，承负着文化颓败与信仰丧失的巨大痛感，而转身逆行走向中国传统文化的皈依与找寻之路，他一路向西在苍茫大地的现实生存与历史遥望间，兀自行走兀自沉思，以此重新安顿心灵，重新发现生命存在的历史文化方位。可以说"这种返回的行进就是故乡的持存"（海德格尔），就是本源意义上的更高的心灵故乡的持存，正是始终怀着幽深难测的文化情结，在天问求索不息的精神运行中，徐兆寿追慕着历史文化中久已蛰伏而暗哑不彰的那些精神回声，而在巨大的幻灭里担负起天命的重托，这是属于终极性关怀的存在，以此天道赋予，如同诗人荷尔德林隐喻性的诗行所言，"对真正的沉思，天穹却长存上方"。

在西部文化想象中，我们会自然地联想到，那千载悠悠而过所留下的心灵吟唱，诗性的空间光芒闪耀，如唐代诗人李白的《关山月》中，写道："明月出天山，苍茫云海间。长风几万里，吹度玉门关。"这里的"天山"指的便是群山万壑苍茫的祁连山脉。王之涣的《凉州词》也久已被千古传诵："黄河远上白云间，一片孤城万仞山。羌笛何须怨杨柳，春风不度玉门关。"当代爱国宗教领袖赵朴初先生题凉州罗什寺，留有诗句："译经存舌思罗什，犯难忘躯念奘公。千古凉州豪杰地，故应天马自行空。"这些留存于诗性空间的西北文化想象景象，传达了对于凉州自然景象与人文气象的神往和流连，引人无限遐想，并为其所吸引所打动。如今正是通过徐兆寿的散文集《西行悟道》，使得我们可以更为深入地体认到天马的故乡——凉州这片热土的壮阔，与博大精深的西部地域文化，并被其所述说的历史与神话所深深吸引。如其所由衷地引用的"诗人的天职是返乡"，他必得于生命的本源中完全敞开文字的心光，西部历史文化灿烂辉煌，动人心魄，充满古老而神秘之感，那里有着昆仑之丘的创世神话，有着神秘而圣洁的祁连山脉，巨大的文明象征敦煌莫高窟，及河西走廊、丝绸之路等，也曾飞扬过金戈铁马，天马奔流，古代作为连通亚欧文明的交流枢纽，它令人赞叹令人向往。

在英国历史学家阿诺德・约瑟夫・汤因比的《人类与大地母亲》中，他将人类视为大地母亲的孩子，是生命之树自身的一枝，"人类还具有思想，这样，他便在神秘的体验中同'精神实在'发生着交往，并且与非此世界具有的'精神实在'是同一的"。诗人王家新也曾在诗中写下，"当我开出了自己的花朵，我这才意识到我们不过是被嫁接到伟大的生命之树上的那一类"。徐兆寿的散文集《西行悟道》正是嫁接在伟大历史文化生命之树上的璀璨花朵，它的绽放接通了久远的文化命脉，而由五辑组成："问道荒原"、"草原往事"、"佛道相望"、"敦煌之光"与"寻找昆仑"，收有22篇不同时期的散文，熔叙事、义理与抒情于一炉，直指精神栖息之地的持续性探问，它从生命源始走来而认领了自己的文化使命。这部著作情思绵延而述说着西部大地上万物之灵，史料丰赡而翔实，视域辽远而壮阔，它的叙述冲击来自心灵的领受与涌动，撼人心魄而直抵肺腑。可以说《西行悟道》是一部大情怀之书，大气象之书，是复活西部历史文化之魅的一部力作，构成了我们当代文化精神复魅的重要一环，更是一部难得的承载了厚重历史经验的文化寻根之书，涌动着西部文化的活力和蓬勃生机。散文集《西行悟道》将我们带入一种精神的文化场，这源于徐兆寿现实与历史的双重感怀，又自觉从历史文化迁延变革之中来返观西部文化，他渴望的是不同文化交织的对话和沟通，而于此仿佛在携带着一生的命运之海，展开辽阔的远望与落满光辉的悲悯。它有着深切的现实感意义，将西部被历史被物质科技所掩埋的文化精神，从喑哑之中重新挖掘，以历史考古学的文化眼光，重新发出声音，以差异化的理解来洞透本质意义上的文化存在，带给我们诸多新的认识和启示。

　　散文集《西行悟道》源自徐兆寿地域文化疼痛的呼应，追溯那久已遥遥逝去的精神的声息，这注定是一场历史与现实相交织的精神漫游，恒定不移地于托命之地，来展开灵魂的铭记，乃至传统文化内在承接的更新与再生。可以说《西行悟道》里面有着对于西部历史文化的浩瀚书写，这建立于徐兆寿广博的历史文化及文学艺术学识，他仿佛在倾注着一生的良善与宏愿，展开古今文化交融的眺望与追寻，从而使得在"去根化"的后工业化时代，重新坚实地书写文化视域中的西部成为新的可能。徐兆寿从武威成长而来，那里历史上曾是古凉州之地，河西走廊、祁连山脉、丝绸之路等，在他看来，"唯有西北这样辽阔而苍茫的地理才能产生伟大的精神。恰恰是，也只有在西北，在丝绸之路上，佛教、伊斯兰教、基督教从西向东传来，而儒家文明、道教又从东往西而去。世界上所有的文明都在河西走廊以及以西的地方汇聚，重新生长"。这里的风沙走石与草木春秋，都如同血液，溶于血骨之中，是一个人生养成长的血地，成为他思想最初的源头，我们可以在书中浓烈地感受到他对于家乡故土的热爱，对于历史文化的敬畏和求索，这样的书写，源自故土的召唤，唯其挚诚而分外炽热，又一次为我们闪耀起关于重新理解传统的持存。这样绵绵而悠长的述说和无尽的倾诉，自"为古中国辩护"开始，自作家童年经验的"太阳召唤"应命而起，这是关于生命来路与去路庄严的沉思，"那是从民间发出来的一种回声。我以为，那就是古老中华文明的传统回音。儒家文明、道家文化、佛教信仰以及伊斯兰文明的书写，成了西部文学一片独有的情怀。而这正是中国社会所呼吁的传统信仰和精神维度"。"它保存了中国文化的元气。可以说，西部是今天中华文化最后的栖息地，原生态的文明还散发着它纯正的袅袅炊烟"(《为古中国辩护》)。徐兆寿领受到那自觉的精神使命，他沿着尘封已久的文化古道追问与求索，"中国人的元气、自信乃至古老的血性全都在那里一一闪烁，发出奇异的光彩"，从凉州出发，从西部古中国文化源头出发，反身向古重新来理解传统和认识世界，也成为他重溯文化血脉与重新叙述的内在动力与源泉。

　　对生命本源不舍昼夜的探问和辨认，引向历史文化的寻根之路，散文集《西行悟道》穿过茫茫历史浩瀚的时空，它属于一个人倾心的献予与智慧的融通，在荒凉的古道上行进，修远的天路上他行走于无边，断想千古而开启自身，沉沉地潜心思考着世界文化汇集之地新的文化命运。文集诸多篇什运笔观物凝神遥想，在代变世运的更迭之中，往往兴象毕现，洞鉴历史文化的明灭与永生，自是一番况味深长，"天马代表了中华文化中最为浪漫、最具神采的美学精神，就是天马行空的哲学意蕴"，"天马已经活在历史中了，活在我们的想象中了。它不仅仅是一个个体的精神之梦，还成了整个中国的国家理想。过去，它生活在中亚，代表了中国最为强盛的意志与美学，代表了中国向西开放的自由奔放的姿态"（《寻找天马》），"天空升为天空，戈壁降为荒漠。在那里，我们追逐着绿色，但凝重的乌云总是倒挂在天上，使天地总是在顷刻间变得悲壮、凄凉。我的童年和少年便在时而宽广无边时而狭窄压抑的天地间穿越，奔逃。我记得雄鹰被迫在我的头顶上盘旋"（《荒芜之心》）。无疑，徐兆寿关于人类文明兴衰更替的思索，更多地是在以个体生命的感知，来面向历史文化中遥遥不息的精神性的存在，这是在"农耕文化"、"游牧文化"与"海洋文化"三种文明兴亡的人类文明轮回里，来返观文明共生的西域文化的重要性与独特意义，"我有理由和责任回应来自世界的种种疑问，我也必须以这样方式打破西方中心主义的话语霸权，把话题引到中国，再引向丝绸之路这个古代欧亚交流的广阔场域中，来重新探讨中国与世界的命运"（《点燃中华文明的香火》）。

散文集《西行悟道》以形写神而观照万象，匠心独运地将关于中华文明的融合与流变，置于辽阔的地域历史文化和神话传说的本源追忆之中，无限回首而于上下千古往返求索，重新思考理解天人之道，而充满历史哲学性的思辨蕴于其中，为阐幽发微于那灵魂之光的开启。在《草原往事》中徐兆寿通过"远古之渴""大禹之镜""北方苍狼""历史正义"等，穿梭于历史苍茫浩叹，以诗人激情盈满胸襟的气度，与之对话与之盘诘，来展开北方草原历史风烟间动荡起伏的巨大命运更迭，而于此以文学想象的观照文化命脉的诞生与历变。"事实上，也可能是黄帝把当时的游牧文化和农耕文化进行了一次伟大的融合与创新。派仓颉道法自然，以天地万物之形象创立文字；与岐伯、素女交流修行之法，以道法自然、天人合一的阴阳五行原理创立中医学说；让大挠氏学习游牧文化，借鉴星相学创立天干地支与历法……""中华文明的序幕以这样伟大的融合与创造拉开了。这也许才是真正的阴阳之道。当农耕文明每走过一段时间时，就变得自足，自足便容易故步自封，犹如文弱书生，而此时的游牧文明恰好是犹如蛮荒岁月沉淀着的洪荒之力，这恰恰是生命本身的元气所在。前者为阴，后者为阳，两者相合，才能融合创造出新的生命"（《草原往事》）。在不同文化交融与演变间观鉴历史洞察兴替，纵横漫笔而臻于掀开历史叙述隐秘的一角，而在中原文明中心说之外，重新关注到那被遮蔽的其他文明的历史性存在，而使得那些喑哑中的差异性文明，再次于历史进程的漫长曲折变化中得以彰显，"而黄帝建都在了轩辕之丘，也就是中原。这是中原文明中心说的开始。到底是在几千年前，目前传说是五千年，但拿考古来证明还不太好说。但如果说起考古，我们即会发现早在仰韶文化之前，中原的四周就已经有了文明，比如在其东方的山东大汶口文化，其南方的良渚文化，其北方的红山文化和更早的兴隆洼文化，还有其西方的大地湾文化、马家窑文化，都是与其同时或早于其的文化"（《匈奴远去》）。千载光阴不复，从远古神话昆仑之墟，而至黄帝轩辕之丘周侧文明的存在，虚实相生而联结起神话和现实的两端，以质疑精神呈现出历史文化记忆的多样性多元化，从而力求复魅文化源头的幽深与博大壮阔。

如同哲学家海德格尔所言，"阐释乃出自一种思的必然性"，绘光写色而声影可鉴，散文集《西行悟道》中的许多篇章，凝神于重返历史与文化的源头，在于苦苦探询文化根脉的所依所在，那些历史间的形迹，便成为个体生命怀古的千载所系所思，徐兆寿所瞩目的始终是文化血骨中的精神性存在。如《何谓"究天人之际"》在当代语境里以师徒三人的问答辨析，自汉代董仲舒和孔安国，以及司马谈的思想脉络梳理，来重新认识和理解史家司马迁的"究天人之际，通古今之变，成一家之言"，如其所写"司马迁认为，上天并不是像董仲舒所认为的那样不可把握，无法言说，而是有规律可循的，那就是天道，天道首先是要从天上得来，而《周易》、阴阳五行、天干地支这些都是中国古人的天道观""不仅要像道家那样有天的理念，要遵循阴阳五行的自然之变，还要做什么呢？修德，要务必使人的德行彰显，而这才是人之所以成为人的方面"。返回文化的主体性来理解中国传统文化，并保持文化视域的多元化，而不是偏狭地依据欧洲中心主义的观念，来单维度地看待中国文明的多样性，也许才可以更为真切地靠近历史本身，才有可能促使最终实现文化转型与传统现代化的完成，如同徐兆寿《为大地湾一辩》所言，"一切的文化都必须生长在脚下的大地上，同时，也必须从自己的根系上生长并嫁接，否则，原有的文化将消失"。也正因如此，徐兆寿所倾心地投身于西部历史文化的重述，以此来重构历史与激活历史，并以此与我们所生活的当下发生联系。

散文集《西行悟道》往往从历史沿革的深层经验，来进入对于西部文化奥秘的洞察，由此"麦积山石窟"与"敦煌"，作为古代文化的巨大信仰象征，对后世历代佛教的传播产生了深刻的影响，成为人们心灵久远的回声，无疑便进入到徐兆寿的文化求索视野。面对西部独特的历史人文景观遗址，他寻觅那散落的文化之谜，深入到古老的经藏而精研《易经》，且不断地行走于一生所热爱的恋土，从祁连山乌鞘岭远望，从丝绸之路上敦煌回首，从天水卦台山遥想，这些史与思、缘与灵的述说，端凝为作者那浩瀚而磅礴的追忆，感悟本真而思接千载。这注定是一场艰难的"心的礼拜"，敞向的是无始无终的永恒的遥接，如《佛道相望》靠灵魂与智慧亲近道缘之中，《鸿蒙之初》则将眼光投向了《易经》源头——伏羲氏文化带及其八卦思想的诞生，《与佛结缘》由麦积山石窟，而沉思佛教西来的生命相续的文化信仰。另外，徐兆寿年轻时热衷写诗，他的文学之路由诗而来，诗性作为一种永久的生命传达，后来慢慢转化为他的散文与小说燃烧的述说激情，化为了他渴望观照文化存在的内部隐秘的动力。《西行悟道》第四辑收有《海子的诗歌发现》《一缕丝绸燃起的命运》《三危山上的佛光》《在青春中国的门口》等，这是关于伟大的佛教圣地敦煌莫高窟，漫长而无尽的诉说与追忆，他在诗神的漫游中领受精神高原的启示，他要在那幸存的文化光照下，探赜索隐而为文化招魂。在第五辑"寻找昆仑"中，收有《寻找昆仑》《凉州之问》两篇长文，聚合了作者关于向古向西而行，不断接近中国文化源头，以此来重新理解中国传统文化的努力。在《寻找昆仑》里，作者饶有意味地以"我"与虚构的"科学"之友间的对话与辩难相展开，精细入微地进入到传统文化的阐释之中，这无疑也是借由对话来呈现的传统重述，"中国的西北方，昆仑所在的地方，既是中华文明的发端之地，同时也是上古中国与世界文化交流之地""你让我找到了真正的昆仑，找到了广阔的古代世界，也找到了广阔的未来之路"。《凉州之问》则重又返回一生归依的安魂之乡，在散文集《西行悟道》的最后，作者将其献给了故乡，这是需穷尽终生来抵达的"返乡"，诗人荷尔德林《返乡——致亲人》曾写道，"返乡就是返回本源近旁"，而海德格尔所说，"唯有这样的人才能返回，他先前而且也许已经长期地作为漫游者承受了漫游的重负，并且已经向着本源穿行，他因此就在那里经验到他要求索的东西的本质，然后才能经历渐丰，作为求索者返回"。以此观之，徐兆寿以凉州为方法的文化关怀，无疑也是不断寻回本源记忆的抵达，当他写下向西而行的历史文化踪迹，返乡的命运便即刻发生。徐兆寿以"凉州文化"为视点，来观照那历史古老的心辙，如同作者所说，"在武威谈凉州文化，即是从武威出发，将历史风云重新聚拢，将文化之甘甜漫向四野。这既是对历史的尊重，也是今天武威重新看待自我与世界的一个开放的视野"。哲学家海德格尔曾说，"写诗就是迎向尺度"，可以说《西行悟道》就是徐兆寿迎向自我生命跋涉的精神尺度，就是一场修远的天路之行，是文化血液的循环和更新。

　　如同诗人荷尔德林所言，"但诗人，创建那持存的东西"，与历史对话，与不同文化文明相对话相沟通，犹如精神的魂线贯穿于散文集《西行悟道》之中，而在不同文化文明间所展开的对话，目的也在于重新激发我们的文化西域想象，在于努力实现传统文化的现代转化和继承，而不是历史遗忘和文化偏执一端。在《西行悟道》中，徐兆寿注意到钱穆先生曾将不同文化分为三种类型：农耕文化、游牧文化和海洋文化。在文中他以此纳入重新认识传统文化的多元思考，并结合周易天干地支及阴阳五行传统文化，来进入历史来与现代化相对话。同样书中关于以"天马"与"昆仑"为表征的西域文化的历史溯源，史料丰富，详实生动，而又充满神秘色彩，动人心弦。徐兆寿重新溯流而上，追寻文化源头，以返观古今之变，在去魅的技术时代与世界进程里，仍渴望于历史文化的残片里，存留下一种弥足珍贵的文化神性。诗人池凌云曾说，"所有光的降临，都有其使命"，《西行悟道》有其使命，有其担当，我们可以将它视为使命之作，也是还愿之作，它发自大地的脏腑，朝向的是西部文化的大地万物。山川有灵，有生之爱渴望被保存，于此而言《西行悟道》又是一部祝佑之作，它带着眷恋与祝福而来，从热土的深情瞩望中而来，闪耀着灵魂庇护和精神抚慰的存在之念。这部大书从个体生命体验出发，接通的正是不同文化文明的深度思考，而将那些消逝与不断到来之物谨记，它有着文化总体性的纵横辽阔的求索比照视野，也拥有着尊重文化差异性的深切感念，而为中国传统文化的创造性转化提供了诸多启示，正如诗人荷尔德林诗中所写：

　　……那么来吧！让我们放眼那敞开之境，
　　让我们去寻找本己之物，不论它多么迢遥。

　　……所有的人都注定有自己的命运，
　　每个人走向和到达他能到达的地方。

（作者单位：北京师范大学）

鲜活的地方诗歌史

——评刘锋焘《关中诗歌图志》

吴慧添

文学与地域的密切联系几乎从文学作品产生之初就存在了,《诗经》就因地域的不同划分为十五国风,至唐代,魏征又提出南北文学的差异:"江左宫商发越,贵于清绮;河朔词义贞刚,重乎气质。"(《隋书·文学传》)伴随着西方"地理环境决定论"的输入,文学与地理的关系得到了近代学者们的关注。梁启超、刘师培、王国维等人都作过精辟的论述。到了 20 世纪 80 年代,学术界对文学与地理的关注再度兴起,不仅相关的实证研究得到了丰富,理论框架也逐渐建构起来。与此同时,地方文学史开始出现,地域成为文学史建构的一个新的切入点。相比起中国文学史,地方文学史的优势在于可以着眼于区域或地域的特殊性,更深入、细致地探讨文学现象与发展历程。刘锋焘先生的新著《关中诗歌图志》(中华书局,2022),作为国家社科基金项目的结项成果,即是一部关中地区的诗歌史,对先秦至清代关中地区的诗歌发展作了清晰而生动的阐述。

在秦汉时期,"关中"概念便已开始使用,虽然后来人们对关中具体地理范围的解释有所变化,但在漫长历史的发展过程中,"关中"已形成其独立而自足的地域文化内涵。相比于人为的行政区划,有着其独特的风貌和较好的完整性,对文学的考察亦是如此。再者,关中之地是秦汉与隋唐之都城所在,曾是这些王朝政治、经济、文化的中心。众多重要的文人活动、文学创作发生于此,使得关中地区在文学史上具有重要的地位。《关中诗歌图志》聚焦于关中的历代诗歌创作,同时关注诗人相关的文学活动及其创作心态,将不同时期关中诗歌的面貌展现出来。

作为一部诗歌史,《关中诗歌图志》以时代分章,将先秦至清代关中诗歌分为八章进行论述。在庞大的诗歌历史中，诗人各有其面貌。作者以其敏锐的文学感受力，让读者瞥见诗歌之风神以及诗中所展露出的诗人人格。而在关注单个诗人的同时，作者也有意识地思考他们与时代之间的关系，将其放在历史背景中予以考察，并总结各个阶段诗歌的总体特征。这在明清的相关章节中表现得尤为明显。但此书在结构上并非只是简单地以时代来罗列诗人与诗歌。在具体的章目中，作者根据所存诗歌数量以及题材与主题的价值进行灵活的分节——先秦时期以篇目进行划分，唐代以内容类型进行划分，而其他时期则以时代为划分标准。各小节之下，作者或对重要的诗人诗歌进行主要论述，或对独特内容和风格的诗歌进行划分以便集中解读。这样的书写体例，虽于统一性上稍有欠缺，但能在关注重要诗人的同时，也不忽略小诗人，还注意到女性诗人、外国诗人以及民间流传的歌谣等。在符合各时期诗歌实际情况的基础之上，此书准确而充分地展现出纷繁复杂的关中诗歌面貌。在具体的写作中，作者以史料性与现场感贯穿始终，书写了一部既严谨又鲜活的地方诗歌史。

《关中诗歌图志》具有较强的史料性，其一在于它十分重视诗歌中所蕴含的史料价值。正如作者在前言中所说，此书偏重于"志"，重心在于诗歌的史料性而非艺术性。在解读诗歌的过程中，作者注意到了诗歌中所表现出的地理环境、历史事件、时代风貌、地方文化、民风民俗以及时人心态等各个方面的内容，并进行着重分析。当地理范围得以聚焦，诗歌与地方的关系便凸显出来，《关中诗歌图志》用史料性来连接二者，从具有史料价值的诗歌中还原当时的关中面貌。如在论说唐代诗歌的第三、四、五章中，作者就是以诗歌中所展现的社会内容的不同进行分节，从中便可直接看出此书重视诗歌史料性的特点。其二，此书在论说之时充分收集材料并予以考辩。如对三秦民谣中"孤云两角"，作者引用史书、方志、类书等诸多材料，又引他人诗歌作为旁证，得出两种解读。又如对北宋文人宋京的大佛寺诗的研究，作者不仅参考了纸上之材料，还充分运用出土文献，以大佛寺石窟壁上的刻诗纠正了前人迻录有误之处。书中所运用的这些材料，表现出了作者深厚扎实的文献功底以及寻找新材料的细致用心，也使此书展现出严谨的面貌。

此外，《关中诗歌图志》还具有很强的现场感。作者出生并常年生活在关中地区，这不仅为其收集积累材料提供便利，也使他对关中环境有较深入的体察。再加上作者多次进行实地考察，观察地形气候，访览古迹，调查民风民俗，在考察诗歌的相关问题之时，这些都有很大的帮助。在讨论邠地范围之时，有学者以为"鸱鸮"即为猫头鹰，作者通过请教多位当地老人并分析文献和地方民俗文化对此做出判断。在一些地方至今仍保存着古代民俗，当地的方言在长辈老者处也有较好的保留。作者充分利用了这些条件，为文学现象的考察提供思路。除了民俗方言，作者也将地形地貌作为考察诗歌的证据。对王维《过香积寺》中"香积寺"，已有一些学者提出不同的意见，认为此非长安香积寺。作者对长安香积寺的地理位置、地形进行考察，又回顾近 20 年来终南山下植被之变化，以为这些学者提出的一些看法，并不能成为确凿的证据。针对有学者提出王维诗所涉乃是今礼泉县昭陵下的香积寺，作者又亲往实地考察，发现其地形与王维诗中更不相符，并据宋人《长安志图》，指出王维诗中所指应非此寺。台湾中山大学简锦松教授提出"现地研究"，主张"回到作品现场，在当时语境和实际山川中，找到被研究作品的真实"[1]。《关中诗歌图志》也是运用了这样的研究方法，置身于诗歌现场，体察诗歌的创作环境，寻找自然与人文环境和诗歌之间的关联，并以此对诗作相关信息进行考证。

除了考证之外，《关中诗歌图志》中的现场感对理解诗歌内容也有帮助。在对诗歌进行解读之时，作者对相关的地理环境及文化内涵进行介绍，为读者提供诗歌的创作背景。而熟知地理环境的作者以其亲身体会去解释诗中所描述的场景时，读者更如目有所见，对诗歌所描写之情境有更充分的理解。如韩愈《游青龙寺赠崔大补阙》一诗与关中至今仍在的红柿红叶景观，如华清池景区中的古代石刻，保存着曾经吟咏华清宫的诗歌。今日之时空与历史之时空仿若相通，将读者带入诗歌的情境中去。对地理环境的熟悉，使作者不仅能够充分体会诗歌描写的场景，还能生动地将诗中描写的关中独特情境表现给读者。黄土高原的地形地貌常被诗人所描写，例如杜甫"邠郊入地底"，文同"地底见幽州"，又如赵秉文"遥看泾水绕城流，下尽陂陀始见州"，李齐贤"行穿山窈窕，俯见树扶疏"等。不了解当地地形的读者可能较难理解诗中描写的现象，作者传神地介绍其环境，并配上照片，以帮助读者更好地体会。又如塞谔的《宝鸡县》，作者以实际地形对诗中古陈仓的描写进行分析，将其称为"文学地理诗"。同时，出于对地理的熟悉，作者更容易判断出诗中的虚写，从而发现一些写作的特色。殷奎的《登乾陵作》，作者据乾陵、九嵕山与三原之间的距离进行判断，认为其中颈联的描写是诗人根据自己的地理知识做出的想象。由此，作者还联想到了殷奎的其他类似的诗句，发现这似乎是殷奎写诗的一个特点。这些判断都基于作者对关中地理的了然。

书以"图志"命名，其中所配的大量插图也增加了其现场感。这些图包括了关中地区所留下的文物古迹、自然风光，以及古籍照片等。其中大多为作者实地所拍摄，从中

---

① 简锦松：《现地研究是"人"的研究》，《数字人文》2020 年第 2 期。

也可见作者在撰写此书中所进行的大量实地考察。今日留存之古迹在历史变迁之中经历损坏与修复，其面貌与最初有所改变，但其中仍然保留着一些当年的痕迹。除了已经开发的地区，某些地区地形地貌等自然环境和古时相比变化不大。这些图片都可以给予读者直观的感受。而当面对一些已成废墟的古迹之时，读者回想昔日辉煌，历史沧桑之感亦会油然而生。在阅读过程中，一幅幅鲜活的关中图景在读者面前铺展开，读者不仅能够更好地理解诗歌，在这个过程中，也可以感受当时的时代氛围与文化内涵，更好地还原出当时人们的日常生活，回到他们的创作语境中去。

在庞大的诗歌材料中，作者抽丝剥茧，理出关中诗歌发展脉络，以时间为纲，以诗歌的史料性为重点，实现了时间、空间与文学三者的整合，以诗歌为窗口去看历代关中的社会面貌，以如今的关中环境为辅助去联想与考察历代的诗歌写作。除了严整的结构与丰富的材料，《关中诗歌图志》以其强烈的现场感展现出关中诗歌独特的面貌，成为一部鲜活的地方诗歌史。而作者在书中时时以敏锐的眼光指出的一些文学现象，也给笔者极大的启发。

（作者单位：陕西师范大学文学院）

严耕望《治史经验谈》之我读

史 金

正如严先生所说，文科方面的研究，也要讲方法，所以先生凭借自己毕生的研究历史经验著成了《治史经验谈》（台湾商务印书馆1981年版）。序言中，严先生说道，"今日青年好学者若想学习前人研究技术之精微处，只有取名家精品，仔细阅读，用心揣摩，庶能体会；若都只匆匆翻阅，一目十行，只能认识作者论点，至于研究技巧，曲折入微处，恐将毫无所获"，深受先生言语触动，于是潜心沉静，仔细认真地阅读此书，确有颇多收获。

本书一共分为九个章节，分别是：原则性的基本方法、几条具体规律、论题选择、论著标准、论文体式、引用材料与注释方式、论文撰写与改订、努力途径与工作要诀、生活修养与治学之关系。每一章节都有详细的、有条理的讲解，并附有真实鲜活的实例，理论结合实际，通过这样的说明，艰深的理论其义自现。

严先生该书可谓是契合了霍金的名言"真正好的科学家是把科学当作简单易懂的故事讲给人听"。读完《治史经验谈》，我非但没有感受到预想的枯燥与乏味，反而汲取了许多治史以及做人的经验，并懂得了治史对于社会科学的发展有着多么伟大的意义。以下将分成两大部分讲述读书体会。

第一部分 做人

整部书中洋溢着严先生对于历史研究的热情，并处处能够感受到他的谦虚与谨严。印象比较深刻的第九章，严先生说到了，做人是对做学问有着深刻影响的事情。有很多学者其实并不强调这个问题。律己，其实是一件说起来最容易而做起来最困难的事情。也许是为了不被冠以"心口不一"的恶名，所以大多数人对这件事闭口不提。而严先生却铿锵有力地将这些话表达给读者，若不是真正有坚定力，不浮躁，我想，这样的夸口大概是不敢的吧。

（一）健康的心理

史学家是要将历史重建，给众人阅览，甚至要加入自己的评说和议论。试想，如果他是一个心胸狭窄、居心叵测的小人，如何能还历史一个清白？又如何能够给读者一个客观的、公正的、真实的历史？

以下是我读到的日本历史教科书中的节选部分。

"1937 年（昭和十二年）7 月，在北京郊外的卢沟桥，中国军队与日本军队发生了冲突（其将'中国军队'放在了前，意在说明是中方挑衅在先）。虽然在当地签署了停战协议，但由于日本政府没有明确方针战火扩大到了上海。中日在完全没有宣战的情况下爆发了全面战争。国民党政府决定与共产党停战，共同抵抗日本。"

"关于卢沟桥事件——日本和中国的见解之差异：

"中国——蒋介石的谈话：

"'从此次事件的经过来看，是日本长期深思熟虑谋略的结果，和平已经不容易得到了'（1937 年 7 月 17 日一部分摘要）。

"日本，内阁书记官长的谈话：

"'我军不过是为了确保交通线以及保护我居民，进行不得已的自卫行动。根本没有一丝一毫对领土的野心'（1937 年 7 月 27 日一部分摘要）。"

我不想对日本教科书有任何其他的评论，毕竟每一种社会形态都有一种特有的意识形态，每一个政党都有一种思想统治方法。可是，事实是不容篡改的，罪行可以被原谅，却绝不容许被掩盖。教科书的作者，日本右翼团体"新历史教科书编撰会"作为历史编写人和呈现者，完全违背了严先生所说的"健康的心理"，这是史学家的耻辱，更是玷污了历史的清白。

（二）一心力，惜时光

"逝者如斯夫，不舍昼夜。"严先生说，学问是由心力与时光交织而成，缺一不可。每个人的时光和精力都有限，如果在有限的时间内尽可能地专精，这就是要集中精力，始能有成。滴水能够穿石正是因为锲而不舍，以及力量集中在一个点。这便是时光与心力结合的事实。

（三）淡名利，避权位

陶渊明"不为五斗米折腰"，李白"安能摧眉折腰事权贵，使我不得开心颜"。名利，从古至今，都成为很多人的牵绊和追逐。就"名"而言，学术上若真有成就，名不求而自至。就"利"而言，学术工作真有表现，绝不至于穷得没有饭吃。严先生认为，学术工作只为兴趣与求真的责任感，不可被名利权位分了心，精神不集中，就很难长时间安静下来，深思穷追，如何能深入学术奥壤？

（四）坚定力，戒浮躁

所谓，食色性也。佛家说：人是因为有欲望而苦痛。凡夫俗子，谁也无法避免"欲望"二字的烦扰。人不可以没有欲望，却不能够被欲望所左右和操控。我们时刻应该铭记在心的便是"欲壑难填"，放纵欲望的后果只能是欲望的泛滥成灾，欲望得不到满足，便会外在表现为浮躁。做学问是件长期而艰苦的工作，也许长期的努力并不能换来同等的回报。此时，戒骄戒躁便显得尤为重要。胜不骄败不馁，方才是可持续发展的长久之计。

（五）开阔胸襟

历史，在某种意义上而言，并不等同于所真实发生的事实。因为事实是纯粹客观的，具有排他性；而历史，往往伴随着史学家的主观认识与想法。作为负责任的史学家，应该尽可能地还原历史真相，复活历史的原貌，努力保持历史的客观；并且在评论时，尽力保持言论的公正、清晰、全面。如若史学家没有开阔的胸襟，他便没有"一览众山小"的气度，也不具备公正的判断力，更加不会清晰，缺乏公信力。一个没有胸襟的史学家，会看低他人的研究成果，无法博采众家之长，而只能沦为闭门造车，画地为牢。

（六）戒慎执着

做学问不能固执，但确应执着。坚守原则，同时灵活变通。否则四处阻塞，犹如困兽。

第二部分　治学

以上是对《治史经验谈》第九章内容的个人想法与见解。以下着重谈论书中严先生提到的专精与博通和治史的辩证关系。

一言以蔽之：要有所成就，必须专精；"博通"服务于"专精"；"博通"处在通往"专精"的必经之路上。

专不一定能精，能精则一定有相当的专；博不一定能通，能通就一定有相当的博，而治史牵涉人类生活的各方面，非有相当的博通，就不可能专而能精。

严先生认为治史分为三种：考史、论史、撰史。考史是把历史事实的现象找出来；论史是把事实现象加以评论解释；完成了考史和论史的工作之后，才能做综合的撰述工作。

为了阐释"博通"，先生用了达摩一派何以能发展成一大宗的例子：南北两宗盛衰的转折点在安史之乱时代。安史之乱后，北方经济残破，南方经济渐渐发展繁荣起来，宗教不能没有经济力量来支持，北方残破不堪，有一段时期黄河中下游千里无人烟，这一带本为北宗兴盛的区域，经济状况如此，北宗岂有不衰之理？神会的菏泽宗[①]也在北方，同样走上衰运，其故正相同（此为禅宗发展史的例证）。

从以上例子可知，我们不得已研究一个时代或朝代，要对于上一个朝代有极深刻的认识，对于下一个朝代也要有相当的认识；所以研究一个时代或朝代，最少要建立三个时代或朝代，研究两个相连贯的朝代，就要懂得四个朝代，以此类推；若是研究两个不相连贯的朝代，那中间那个朝代的重要性更为增加。上下两朝的"博通"，服务于这一朝的"专精"。

此处，严先生又提及了对宋代市镇制度研究的问题。要研究这个问题，必须追本溯源，市镇实质是军镇，为军事而设，不是为商业或行政。五胡十六国时代，设军镇，取"镇压"之意，由于军队只消费不生产，所以引来商贩推销消费品，同时，军镇一般处于交通要道，且治安有保障，综合上述因素，最后发展为商业中心（此为"市镇"发展史的例证）。这便是"博通"对"专精"的贡献。

此二例都是从时间上阐释了"博通"和"专精"的关系。

---

① 菏泽宗，禅宗支派，以菏泽神会为宗祖，神会初受大通神秀的提携，后至曹溪，入大鉴慧能之门，北游增广见闻，随侍晚年的慧能而嗣其法。

比照数学理论，博通是专精的必要不充分条件，而专精确是博通的充分不必要条件，一个学者"专精"则必"博通"；反之则不成立。作为一个治史学者，如若不能做到博古通今，按照严先生的理论，也一定要对自己研究的朝代的上下两朝有深入的研究和了解，不能博通是一定无法精专的，而不精专就无法有任何成就。

先生说到，"面"是史学家为自己划定的研究范围；"点"是在研究范围中确定的自己的研究目标。通读了严先生的理论后，我粗略地总结了"面"与"点"的一些辩证关系。

（一）"点"存在于"面"中

历史很难做时间的隔断，做平面的划割，更不容易。因为时间前后固有关联，有影响，而同一时间的各项活动更彼此有关联有影响。所以研究问题不能太孤立，只在某一小点上做功夫，至少要注意到一个较大的平面，做"面"的研究。作全盘的广面的研究，容易发现材料彼此冲突，可以及时纠正错误。

（二）"面"中要有凸显的"点"

"面"代表"划定自己的研究范围"；"点"代表"建立自己的研究重心"。面是点的集合而成，无点不成面。然而，在同一个平面中，不同的点具有不同的重要性，而"建立自己的研究重心"便从这些点中脱颖而出。一个学者，必须在博通的同时，划定自己的研究范围，因为没有人是无所不知无所不晓的；而划定范围之后确定自己的研究重心就是为自己确立了明确的目标，才可能有所成就。研究历史最忌上下古今，东一点，西一点分散开来做孤立的研究，这样既没有找到"面"，也没有抓住"点"。

（三）了解全面的"面"有助于加强对"点"的可持续发展式的理解

书中说到，看某一正史时，固然不妨先有个研究题目放在心中，但第一次看某部正史时则要从头到尾，从第一个字，看到最后一个字。一方面寻觅研究题目的材料，随时摘录；一方面广泛注意题目以外的各种问题。只抱个题目找材料，很容易将重要的材料漏去，因为有的材料只有几个字，有的材料有隐蔽性，匆忙之中不易察觉到；至于其他的问题，更就一无所得了。而且当你看过整部正史后，对于这一个时代就有了一个概括性的认识，也可说有全盘了解，全盘观念，而这种了解认识观念是自发的，不是从人家头脑中转借过来的，因此印象比较巩固，这对于以后的研究工作非常重要。严先生强调：读正史时，找材料是副目的，要读得仔细；否则，当你做完这个题目会发现所得甚少，久而久之，学问的潜力太薄弱难以发展。反之，会发觉前途一片通明，似乎无往而不可。

（四）某一个"点"不能代表一整个"面"

注意普遍史事，即一般现象，不要专注于特殊现象。我曾经看过一本书，书上说，当一个小孩子问大人"为什么火车的蒸汽会让火车前进"，大人会回答"这就像茶壶的蒸汽会顶起茶壶嘴一样"，于是我们就明白了。其实生活中很多时候，我们只是在用我们十分熟知的问题来解释陌生的问题，用一些我们司空见惯的日常现象来说明我们没有看到过的画面，我们以为这就是 explanation。其实不然。真正的科学，是归纳总结这所有的特殊现象，然后得出一个普遍适用的一般性结论。而不是用一种特殊现象来解释另一种特殊现象，此非科学。普遍现象才是社会和历史的主流，若是过分注意特殊现象，会迷惑自己和读者。

（五）忌片面，忌抽样取证

在史学研究过程中，要留意这个"面"中的所有各方面的史料，不能只留意有利于这个"点"的史料，更不能任意抽出几条有利于这个"点"的史料，切忌"抽样取证"。

读先生一席话，胜读十年书。通读全篇，犹如醍醐灌顶，茅塞顿开。先生的伟大在于他不仅治学，并且教人。所谓"授人以鱼不如授人以渔"，严先生全书都在讲授治史的方法以及为人的要义。做好人才能做好事，先生严于律己、严谨治学的人生态度，让我受益匪浅。一字字，一句句，掷地有声，振聋发聩，余音绕梁，三日不绝于耳。

最后借用一句先生的话，做人做事皆可借鉴："对外要开阔胸襟；对内则当戒除持执着，免得陷于拘泥不化，"与君共勉。

（作者单位：中国国家博物馆）

图书在版编目（CIP）数据

大西北文学与文化．第七辑／陕西师范大学人文科学高等研究院编．
－－ 北京：作家出版社，2023.6
ISBN 978-7-5212-2590-7

Ⅰ．①大… Ⅱ．①陕… Ⅲ．①地方文学史—研究—西北地区②地
方文化—文化研究—西北地区 Ⅳ．① I209.94 ② G127.4

中国国家版本馆 CIP 数据核字（2023）第 215529 号

大西北文学与文化．第七辑

编　　者：陕西师范大学人文科学高等研究院
责任编辑：田一秀
装帧设计：芬　妮
出版发行：作家出版社有限公司
社　　址：北京农展馆南里 10 号　　　邮　　编：100125
电话传真：86-10-65067186（发行中心及邮购部）
　　　　　86-10-65004079（总编室）
E-mail:zuojia@zuojia.net.cn
http://www.zuojiachubanshe.com
印　　刷：三河市紫恒印装有限公司
成品尺寸：185×260
字　　数：270 千
印　　张：14.25
版　　次：2023 年 6 月第 1 版
印　　次：2023 年 6 月第 1 次印刷
ISBN 978-7-5212-2590-7
定　　价：68.00 元